Nora Roberts est le plus grand auteur de littérature féminine contemporaine. Ses romans ont reçu de nombreuses récompenses et sont régulièrement classés parmi les meilleures ventes du *New York Times*. Des personnages forts, des intrigues originales, une plume vive et légère… Nora Roberts explore à merveille le champ des passions humaines et ravit le cœur de plus de quatre cent millions de lectrices à travers le monde. Du thriller psychologique à la romance, en passant par le roman fantastique, ses livres renouvellent chaque fois des histoires où, toujours, se mêlent suspense et émotions.

L'impossible mensonge

NORA ROBERTS

L'impossible mensonge

Traduit de l'anglais (États-Unis) par Anne Busnel

Titre original
TRUE BETRAYALS

Éditeur original
G.P. Putnam's Sons, New York

© Nora Roberts, 1995

Pour la traduction française
© Éditions J'ai lu, 1996

Pour Phyllis Grann et Leslie Gelbman

1

Lorsque Kelsey alla chercher son courrier ce jour-là, elle était loin de se douter que l'une des lettres émanait d'une morte. L'enveloppe ivoire, son nom et son adresse rédigés dans une élégante calligraphie, le cachet du service postal de Virginie, tout cela semblait fort anodin. Au point que Kelsey abandonna le pli avec le reste du courrier sur la table du salon, avant d'aller dans la cuisine se servir un verre de vin.

Seule une enveloppe de papier kraft, assez épaisse, avait retenu son attention ; même si elle s'était bien gardée de l'ouvrir. Elle provenait de son avocat, et Kelsey savait parfaitement ce qu'elle contenait : le jugement de son divorce. Par ce simple document, elle, Kelsey Monroe, redevenait Kelsey Byden, une célibataire, une divorcée...

C'était stupide de raisonner ainsi, d'autant plus que depuis deux ans, il n'y avait plus rien entre elle et Wade, à part ce lien légal. Mais mieux que les disputes, les larmes, ou la longue procédure juridique, le document rendait la séparation définitive.

Une phrase résonnait dans sa tête : « Jusqu'à ce que la mort vous sépare... » Quelle supercherie ! Car si c'était vrai, elle serait morte à 26 ans. Or, elle était en excellente santé, et pleine de vie, en dépit de l'amertume et de la frustration qui l'habitaient.

En ce moment même, Wade devait fêter l'événement dans son agence de publicité, en compagnie de son associée si sexy, qui était également sa maîtresse ; une aventure sans lendemain, qui ne remettait absolument pas en question son mariage, avait-il affirmé à sa femme, deux ans plus tôt. Pas la peine d'en faire toute une histoire.

Seulement voilà, Kelsey n'avait pas la même ouverture d'esprit. Elle avait pris très au sérieux les vœux prononcés devant l'autel, et n'entendait pas passer l'éponge. Il n'y aurait pas de seconde chance. Après une violente altercation, elle avait quitté sur l'heure leur charmant petit pavillon de Georgetown, décoré avec amour par ses soins, pour aller demander asile à son père et à sa belle-mère.

Une situation pour le moins humiliante, mais Kelsey avait mis sa fierté dans sa poche, tout comme ses sentiments. L'amour qu'elle éprouvait pour Wade s'était désintégré à la minute même où elle l'avait surpris en galante compagnie dans la suite de son hôtel d'Atlanta, alors qu'elle venait de le rejoindre à l'improviste, pensant lui faire une surprise et le distraire d'un voyage d'affaires ennuyeux.

Un voyage d'affaires ! Avec le recul, la jeune femme riait de sa propre naïveté. Elle avait aussitôt demandé le divorce, en dépit des protestations de Wade qui l'accusait de se montrer bornée et rancunière. Deux années d'une procédure douloureuse s'étaient ensuivies, qui se concluaient aujourd'hui, avec l'arrivée au courrier des papiers officiels.

Ayant fini son verre de vin, la jeune femme retourna dans le salon ensoleillé de son petit appartement. Elle alluma la chaîne hi-fi, glissa un CD dans la platine, et la *Symphonie pathétique* de Beethoven envahit la pièce.

De son père, titulaire d'une chaire à l'université de Georgetown et président de la faculté de littérature, Kelsey tenait cet amour de la musique classique, ainsi qu'une soif inextinguible de savoir. D'ailleurs, après avoir accepté un premier emploi chez Monroe et

Associés où elle avait connu son mari, puis plus tard, lorsqu'elle avait déjà quitté l'agence pour enchaîner quantité de petits jobs, elle avait continué à prendre des cours pour le simple plaisir d'apprendre, dans des domaines aussi variés que l'anthropologie, la zoologie ou l'art floral. Wade s'était moqué d'elle bien sûr, car pour lui cet éclectisme n'était qu'une forme déguisée d'instabilité et d'immaturité.

Entre l'héritage que lui avait laissé son grand-père paternel et les revenus de Wade, Kelsey n'avait pas besoin de travailler. Une fois mariée, elle avait donc démissionné de l'agence pour se consacrer, dans un premier temps, à la décoration de la maison qu'ils venaient d'acheter. Combien d'heures avait-elle passées à repeindre les murs, poncer les parquets, coudre les rideaux, ou encore écumer les brocantes afin de dénicher le bibelot idéal qui trouverait sa place à un endroit bien précis ? Impossible d'en tenir le compte, car elle s'était investie à plein temps dans cette occupation passionnante.

Ceci fait, elle avait entrepris de transformer leur minuscule terrasse en un délicieux jardinet anglais. Et au bout d'un an d'efforts et de patience, le pavillon était devenu une sorte de musée, reflet de ses goûts et de ses idées.

Désormais, ce n'était plus qu'un bien immobilier dont la valeur avait été estimée et partagée entre deux conjoints dont les chemins divergeaient.

Après la séparation, Kelsey avait passé deux fois plus de temps à l'université, ce temple de la connaissance où, durant de longs moments, elle oubliait le monde réel. Et grâce à ses études en histoire de l'art, elle avait décroché un poste à mi-temps à la National Gallery.

Cette façon de se disperser dans de multiples loisirs et activités lui était plus que jamais vitale, maintenant que la seule chose pour laquelle elle se croyait vraiment douée – le mariage – s'avérait un échec retentissant.

Avec un soupir, la jeune femme s'approcha de la table où elle avait déposé le courrier. Ses doigts pianotèrent sur l'enveloppe kraft. Puis, se traitant mentalement de lâche, elle saisit l'enveloppe ivoire dont l'écriture ressemblait étrangement à la sienne.

Intriguée, elle la déchira.

Chère Kelsey,
J'imagine quelle sera ta stupeur en lisant cette lettre...

Les yeux de la jeune femme s'écarquillèrent tandis qu'elle poursuivait sa lecture. Peu à peu, son incrédulité se mua en un sentiment plus complexe, proche de la peur.

La lettre qu'elle tenait entre les mains était une invitation émanant d'une femme que Kelsey croyait morte depuis des années. Une femme qui se trouvait être sa mère.

En période de crise, Kelsey s'était toujours tournée vers la même personne : son père. L'amour et la confiance qu'elle lui vouait avaient toujours été le pilier de son existence régie par sa nature exaltée. Il avait toujours répondu présent en cas de besoin, telle une main solide qui l'aurait guidée dans la tempête. Elle chérissait son beau visage altier, ses gestes empreints de douceur, sa voix infiniment patiente. C'était lui qui lui avait appris à lire, à faire du vélo, à aimer Mozart ; lui encore qui avait tressé ses longs cheveux blonds le matin, avant d'aller à l'école, ou qui avait séché ses larmes quand un chagrin insurmontable la submergeait...

Elle l'adorait et était très fière de la position qu'il occupait à l'université de Georgetown. Curieusement, elle n'avait ressenti aucune jalousie quand il s'était remarié, alors que Kelsey venait de fêter son dix-huitième anniversaire. Au contraire, ravie qu'il refasse sa vie, elle avait accueilli avec chaleur sa belle-mère Candice et son fils Channing, tout en s'enorgueillissant secrètement de cette preuve d'abnégation.

Au demeurant, elle n'avait pas beaucoup de mérite, car rien, elle le savait, ne pourrait briser la relation exceptionnelle qu'elle entretenait avec son père.

Rien, sauf sa mère que, jusqu'à présent, elle avait crue morte.

Au volant de sa voiture qu'elle conduisait à tombeau ouvert sur l'autoroute, Kelsey luttait contre la stupéfaction, la rage et l'indignation qui bouillonnaient en elle. La foule d'émotions qui s'était emparée d'elle à la lecture de la lettre était si violente qu'elle s'était ruée hors de son appartement sans même prendre le temps d'enfiler un manteau. Pourtant, elle ne sentait pas la morsure du vent qui s'engouffrait dans l'habitacle pour lui fouetter le visage. Bouche pincée, yeux étincelants de fureur, elle tentait de faire le vide dans son esprit. Ne pas penser. Surtout ne pas penser que sa mère, censée être morte vingt-trois ans plus tôt, vivait tranquillement, à une heure de route de chez elle. Sinon elle allait se mettre à hurler.

Son agitation ne s'était pourtant nullement apaisée quand elle se gara dans l'élégante avenue bordée de chênes où habitait son père. Levant les yeux sur la délicieuse demeure de style colonial dans laquelle elle avait grandi, Kelsey la trouva aussi majestueuse et sereine qu'à l'accoutumée avec ses fenêtres à croisillons, ses murs de stuc blanc et sa cheminée d'où s'échappaient des volutes de fumée. Sur la pelouse, au pied du vieil orme, les premiers crocus pointaient timidement leurs bourgeons. Tout respirait la tranquillité et l'opulence, une ambiance aux antipodes de l'état d'esprit actuel de la jeune femme.

Kelsey claqua la portière de la voiture et se dirigea droit vers la porte d'entrée qu'elle ouvrit à la volée...

pour tomber nez à nez avec Candice qui sortait du salon.

Comme d'ordinaire, sa belle-mère était tirée à quatre épingles. Son tailleur bleu marine, simple mais raffiné, égayé d'un discret rang de perles, mettait en valeur sa mince silhouette, et ses cheveux châtains encadraient son visage encore séduisant qui s'éclaira quand elle reconnut la visiteuse.

— Kelsey, quelle bonne surprise ! J'espère que tu vas rester dîner. Nous recevons des collègues de ton père ce soir, mais...

— Où est-il ? coupa Kelsey d'une voix abrupte.

Décontenancée, Candice enveloppa sa belle-fille d'un regard perplexe. Se rendant compte que celle-ci n'était pas dans son état normal, elle changea aussitôt d'attitude. Ses invités n'allaient pas tarder à arriver, et elle n'avait guère envie d'assister à une scène avant de passer à table.

— Qu'y a-t-il ? demanda-t-elle d'un ton soucieux.

— Où est papa ?

— Tu as l'air bouleversé. C'est à cause de Wade, n'est-ce pas ? Écoute, Kelsey, même si un divorce n'a rien de plaisant, ce n'est pas la fin du monde. Viens t'asseoir un instant, je...

— Très bien, si tu ne veux pas me dire où il est, j'irai le chercher moi-même !

Kelsey s'apprêtait à monter l'escalier quand Channing apparut sur le palier supérieur.

— Eh, Kelsey, on ne t'attendait pas ! s'exclama-t-il en dévalant les marches.

D'ordinaire, la vision de son visage juvénile au sourire espiègle mettait Kelsey de bonne humeur. Cette fois-ci, elle accueillit le jeune homme avec un soupir excédé.

— Qu'est-ce que tu as ? demanda-t-il en remarquant l'air renfrogné de sa sœur. Tu cherches le Prof ? Il est dans son bureau, enfoui sous une tonne de paperasse. Dis, tu restes ce soir ? On pourrait aller faire la fête en ville...

Sans daigner répondre, Kelsey s'engagea dans le couloir, plantant là Candice et Channing médusés. Quelques secondes plus tard, elle faisait irruption dans le bureau de son père.

L'image familière de Philip, assis à son cher bureau de chêne, presque dissimulé par une pile de livres et de dossiers, le regard absent derrière ses lunettes à monture d'argent, l'arrêta net dans son élan. Les mots qui se bousculaient dans sa gorge demeurèrent coincés et elle resta là, à le fixer d'un regard désespéré.

Enfin Philip releva la tête et sourit à sa fille.

— Kelsey ! fit-il en reposant son stylo à plume. Tu arrives juste à temps pour lire le brouillon de ma thèse sur Yeats. Je crains de m'être encore laissé emporter par le sujet et j'aimerais que tu me donnes ton avis.

Il avait l'air si normal, entouré de tous ses livres, avec sa veste de tweed et sa cravate soigneusement nouée ! Pourtant l'univers de Kelsey, dont il était le pilier, venait de s'écrouler.

— Elle est vivante ! lança-t-elle. Vivante ! Et tu m'as menti durant toutes ces années !

Philip blêmit et, l'espace d'un instant, Kelsey crut lire de la peur dans ses prunelles bleues.

— De quoi parles-tu ? dit-il enfin.

— Ne recommence pas à me mentir ! Elle est vivante. Ma mère est vivante, et tu le savais !

— Voyons, Kelsey, où as-tu été chercher cette idée ?

— Nulle part. C'est elle qui me l'a dit. Ou plutôt écrit.

Ce disant, Kelsey plongea la main dans son sac et brandit la lettre reçue le jour même. Philip baissa les yeux, et ses épaules parurent se voûter. Puis il tendit la main.

— Puis-je la lire ?

— Dis-moi d'abord si ma mère est morte, oui ou non ?

Philip exhala un soupir douloureux.

— Non, répondit-il simplement.

Les yeux de Kelsey s'emplirent de larmes.

— Non ? répéta-t-elle, incrédule. C'est tout ce que tu as à me dire après tout ce temps ? Après tous ces mensonges ?

— Je vais t'expliquer de mon mieux, ma petite fille. Mais d'abord, j'aimerais voir cette lettre.

Sans un mot, Kelsey la lui tendit. Puis, incapable de le regarder, elle se tourna vers la haute fenêtre qui donnait sur le jardin.

La main de Philip tremblait tant qu'il dut poser la lettre sur le bureau. Il aurait reconnu entre mille l'écriture fine et nerveuse. Lentement, il lut :

Chère Kelsey,
J'imagine quelle sera ta stupeur en lisant cette lettre. Si je ne t'ai pas contactée plus tôt, c'est que cela me semblait déraisonnable, voire injuste. Un coup de téléphone aurait peut-être été plus personnel, mais je préfère te laisser le temps de réfléchir mûrement à la décision que tu prendras à mon sujet.

Ils t'ont dit que j'étais morte quand tu avais 3 ans et, d'une certaine façon, ce n'est pas entièrement faux. J'ai moi-même accepté cette solution afin de te protéger. Mais plus de vingt ans ont passé, et tu n'es plus une enfant à présent. Tu as, je pense, le droit de savoir que ta mère est vivante.

Cette nouvelle va sans doute te bouleverser, néanmoins j'ai décidé de te révéler la vérité, quelle que soit ta réaction.

Si tu désires me rencontrer, ou juste me poser des questions, tu es la bienvenue chez moi. J'habite la ferme des Trois Saules, près de Bluemont, en Virginie. Viens quand tu veux. Si tu acceptes mon invitation, je serai heureuse de te recevoir aussi longtemps que

tu le souhaiteras. Dans le cas contraire, je comprendrai ton refus de me voir. J'espère simplement que la curiosité qui te caractérisait enfant t'incitera à venir me parler.
Ta mère,
            Naomi Chadwick.

Naomi !

Philip ferma les yeux. Seigneur... Naomi !

Vingt-trois ans s'étaient écoulés depuis qu'il l'avait vue pour la dernière fois. Pourtant, il se souvenait d'elle comme si c'était hier. Naomi... sa peau laiteuse, ses longs cheveux blond cendré, ses grands yeux tantôt pétillants de malice, tantôt lançant des éclairs, son rire cristallin si contagieux, son parfum qui évoquait pour lui une clairière boisée et moussue, sa silhouette souple et élancée...

Ces réminiscences étaient si nettes, si précises, que lorsqu'il ouvrit les yeux, il crut voir sa première épouse devant lui. Son cœur bondit dans sa poitrine, tandis qu'une émotion étrange le submergeait, mélange de peur et de désir longtemps réprimés.

Mais c'était Kelsey qui se tenait debout devant lui, le dos raide, tournée vers la fenêtre.

Comment aurait-il pu oublier Naomi, alors que sa fille était son portrait craché ?

Lentement, Philip se leva.

— Qu'as-tu l'intention de faire ? demanda-t-il.

— Je n'ai pas encore décidé, dit Kelsey sans se retourner. Cela dépendra surtout de ce que tu vas me dire.

Philip réfréna l'envie d'aller la prendre dans ses bras, sachant d'avance qu'elle le repousserait. Sa propre impuissance le terrassait. Plus que tout, il aurait voulu remonter le temps, effacer ces vingt-trois dernières années et contrecarrer le destin qui avait impitoyablement saccagé sa vie.

Mais c'était impossible.

— Ce n'est pas simple, Kelsey...

— Je sais. Les mensonges sont toujours compliqués !

Comme elle lui faisait brusquement face, il sentit son cœur se serrer. Elle ressemblait tant à Naomi avec ses cheveux lumineux qui encadraient son visage empourpré par la colère, et ses prunelles grises étincelantes ! Comme Naomi, sa beauté était encore rehaussée quand ses émotions transparaissaient sur ses traits délicats.

Kelsey enchaîna :

— Oui, des mensonges. Tu m'as menti, grand-mère m'a menti. Et *elle* m'a menti. Sans cette lettre, tu ne m'aurais jamais rien dit, n'est-ce pas ?

— Je pensais que c'était mieux pour toi.

— Mieux pour moi ? Comment peut-on mentir à quelqu'un pour son bien ?

Accablé, Philip secoua la tête.

— Tu as un caractère si entier, Kelsey ! Déjà, enfant, tu montrais la même intransigeance. Ce n'est pas facile pour les autres.

Kelsey serra les poings. Ce discours ne lui rappelait que trop celui que lui avait tenu Wade.

— Tu insinues donc que c'est ma faute ?

— Non, non ! protesta-t-il en se frottant machinalement les tempes. Bien sûr que ce n'est pas ta faute. Mais ce qui s'est passé est arrivé à cause de toi...

Un coup discret fut frappé à la porte qui s'entrebâilla. Candice passa la tête dans l'interstice et annonça :

— Philip, les Dorset sont arrivés.

Il eut un sourire crispé.

— Occupe-toi d'eux, ma chérie. Je dois parler seul à seule avec Kelsey.

Candice jeta à sa belle-fille un regard mi-figue, mi-raisin.

— Le dîner sera servi à 7 heures. Dois-je rajouter un couvert, Kelsey ?

— Non, merci, Candice.

— Très bien, je vous laisse. Mais ne retiens pas ton père trop longtemps.

La porte se referma. Kelsey prit une profonde inspiration et demanda :

— Est-ce qu'elle sait ?

— Naturellement. J'ai dû lui dire la vérité quand nous nous sommes mariés.

— À elle. Mais pas à moi !

— Je n'ai pas pris cette décision de gaieté de cœur, crois-moi ! Naomi, ta grand-mère et moi-même avons agi dans ton propre intérêt. Tu n'avais que 3 ans, Kelsey !

— Je suis adulte depuis longtemps. Je me suis mariée, et j'ai divorcé.

— Tu n'imagines pas comme le temps passe vite.

Il se rassit et saisit la carafe de scotch qu'il gardait sur son bureau à l'intention des visiteurs. Sa main trembla quand il se servit un verre. Dire qu'il avait presque réussi à se convaincre que cet instant ne viendrait jamais, que sa vie était trop stable, trop équilibrée désormais pour être engloutie dans cette spirale infernale... Mais Kelsey, à l'instar de Naomi, n'avait jamais aimé la stabilité. Et à présent, l'heure de la vérité avait sonné.

Il se lança :

— Tu sais déjà que ta mère était l'une de mes étudiantes. Elle était jeune, belle, pleine de vitalité... d'un caractère si opposé au mien que je n'ai jamais bien compris ce qui l'avait séduite chez moi. Nous venions tous deux de milieux favorisés, mais ta mère avait une soif de liberté et d'aventure que je n'ai jamais partagée. Elle mordait la vie à belles dents, elle voulait rencontrer des gens, voyager. Et bien sûr, elle adorait les chevaux.

Il but une gorgée de scotch pour chasser la douleur que réveillaient ces souvenirs, puis reprit :

— C'est peut-être cette passion qui s'est dressée entre nous. Après ta naissance, elle souhaitait désespérément retourner en Virginie pour que tu sois élevée là-bas. De mon côté, je ne concevais pas l'avenir en dehors de l'université. J'étais ambitieux, je travaillais à mon doctorat et déjà, à l'époque, je briguais le poste de président de la faculté des lettres. Pendant quelque temps, nous avons fait chacun des compromis. Je suis resté à Georgetown et, dans la mesure du possible, je passais le week-end en Virginie. Mais Naomi exigeait plus. Peu à peu, la vie nous a séparés. Nous avons décidé de divorcer.

Les yeux rivés sur son verre, il soupira.

— Elle voulait te garder avec elle en Virginie. Et je ne pouvais me résoudre à te perdre. La vie qu'elle menait, entourée de joueurs, de jockeys, me choquait au plus haut point. Nous nous sommes âprement disputés, et nous avons engagé une bataille juridique.

— Pour obtenir le droit de garde ?

— Oui. Ce fut vraiment très pénible. C'est tellement pathétique de voir deux personnes qui se sont autrefois aimées se déchirer dans une lutte sans merci ! Cela en dit long sur la nature humaine. Je ne suis pas fier de moi, Kelsey, mais en toute sincérité, je pensais agir pour ton bien. Elle fréquentait d'autres hommes, et le bruit courait que certains avaient des liens avec la mafia. On aurait dit qu'elle s'acharnait à me défier. Elle s'affichait avec ses amants, dans les soirées mondaines, sur les champs de course, et son nom apparaissait régulièrement dans la chronique mondaine. Et bien entendu, cette débauche de plaisirs lui a causé du tort.

— Tu as gagné le procès, conclut Kelsey tranquillement. Et tu as décidé de la rayer de mon existence.

De nouveau elle se tourna face à la fenêtre pour regarder le jardin sur lequel le soir tombait lentement. Comme Philip demeurait silencieux, elle insista :

— Mais pourquoi avoir pris une décision si extrémiste ? Tous les jours, des couples divorcent, et les enfants sont bien obligés de s'adapter à la situation. Elle aurait pu obtenir un droit de visite.

— Elle ne le souhaitait pas, et moi non plus.

— Pourquoi ? répéta Kelsey avec désespoir. Parce qu'elle s'était enfuie avec un amant ?

Philip prit une profonde inspiration.

— Non, dit-il, mais parce qu'elle a tué l'un d'entre eux. Et parce qu'elle a passé dix ans en prison pour meurtre.

Kelsey fit volte-face. Son teint avait pris une nuance terreuse.

— Pour... meurtre ? Tu veux dire que ma mère est une criminelle ?

— J'espérais ne jamais avoir à te l'apprendre. (Philip se leva.) Dieu merci, tu étais avec moi la nuit où le meurtre a eu lieu, poursuivit-il. Elle a tiré sur son amant, un certain Alec Bradley, après qu'ils s'étaient disputés. Elle avait 26 ans, l'âge que tu as aujourd'hui. Elle a été jugée, déclarée coupable d'homicide volontaire sans préméditation. La dernière fois que je l'ai vue, elle était en prison. Elle m'a supplié de ne rien te dire, de te faire croire à sa mort, et m'a promis, si je me résolvais à cette solution, de ne jamais tenter d'entrer en contact avec toi. Et jusqu'à aujourd'hui, elle a tenu parole.

— Je ne comprends rien à tout cela ! s'exclama Kelsey en pressant sa main contre son front.

D'un bond, Philip franchit la distance qui les séparait. Son regard plongea dans celui de sa fille.

— Je voulais te protéger, Kelsey. Si tu me soutiens aujourd'hui que j'ai eu tort, je le comprendrais, toutefois je ne m'excuserai pas. Je t'aimais. Tu étais toute ma vie. Je t'en prie, ne me hais pas pour ce que j'ai fait !

Spontanément, Kelsey posa sa tête sur l'épaule de son père.

— Je ne te hais pas, papa. Mais j'ai besoin de réfléchir. Tout cela me semble si... absurde. Je ne me souviens même pas d'elle !

— Tu étais trop jeune, murmura-t-il d'un ton apaisant qui trahissait son soulagement. Mais sache que tu lui ressembles beaucoup. C'est même troublant, une telle similitude. Quels que soient ses défauts, Naomi était une femme fascinante et pleine de séduction.

Qui a commis un meurtre ! songea Kelsey, avant d'avouer :

— Je... je ne sais plus où j'en suis. Tant de questions se bousculent dans ma tête !

— Pourquoi ne passes-tu pas la nuit ici ? Et dès que nous en aurons l'occasion, nous reparlerons de tout ceci.

L'idée de s'enfermer dans l'intimité sécurisante de sa vieille chambre, de laisser son père panser ses blessures et chasser ses doutes était certes tentante. Pourtant Kelsey secoua la tête. Elle avait à peu près recouvré son calme et se sentait moins désorientée à présent.

— Non, il faut que je rentre. J'ai besoin de solitude. Et puis, Candice est déjà contrariée parce que je t'ai retenu si longtemps.

— Ne t'inquiète pas, elle comprendra.

— Je sais. Tu ferais mieux d'aller rejoindre tes invités. Moi, je n'ai pas envie de voir du monde. Je vais sortir par la porte de derrière.

— Je préférerais que tu restes, plaida Philip, l'air soucieux.

— Tout va bien, papa. J'ai juste besoin de temps pour digérer la nouvelle. Nous discuterons plus tard.

Elle l'embrassa et, d'une main ferme, le poussa vers la porte. À regret, il sortit. Une fois seule, la jeune femme contourna le bureau et baissa les yeux sur la lettre abandonnée sur le sous-main de cuir.

Au bout d'une minute, elle la plia et la glissa dans son sac à main. Un soupir lui échappa.

En une journée, elle venait de perdre un mari... et de retrouver une mère.

2

Parfois, il valait mieux suivre ses impulsions.

Voilà pourquoi, au lieu de réfléchir et de faire le tri dans ses idées, Kelsey avait sauté dans sa voiture le lendemain matin pour prendre la route de la Virginie, au bout de laquelle l'attendait un fantôme.

Sa mère. Une meurtrière.

Pour éviter de ressasser cette pensée, Kelsey alluma la radio, et la musique de Rachmaninov envahit l'habitacle. Le temps était splendide, et le ciel d'un bleu limpide couronnait les collines de Virginie. Pied au plancher, grisée par la vitesse et les notes qui s'égrenaient, la jeune femme savourait la sensation de liberté qui l'envahissait. Personne ne savait qu'elle était partie. Aujourd'hui, elle était maîtresse de son destin et pouvait aller n'importe où, faire n'importe quoi. Même changer d'avis si l'envie lui en prenait.

Mais bizarrement, cela aurait ressemblé à une fuite.

Parvenue à Bluemont, elle s'arrêta quelques instants dans l'épicerie locale pour demander son chemin. Le propriétaire, un vieux bonhomme chauve, une cigarette vissée au coin de la bouche, la détailla avec curiosité avant de lui donner les indications à suivre.

— Vous allez voir mamz'elle Naomi ? Vous faites partie de la famille Chadwick, au moins ? ajouta-t-il en mâchonnant son mégot.

— Non, rétorqua Kelsey en tournant les talons.

Le regard scrutateur du vieil homme l'avait mise mal à l'aise. Évidemment, il avait dû lui trouver un air de ressemblance avec la propriétaire des Trois Saules. Et, sans savoir pourquoi, Kelsey s'en trouvait irritée.

Elle quitta le village pour s'enfoncer dans la campagne verdoyante et doucement vallonnée qui s'étendait à perte de vue. Dans les prairies délimitées par des barrières blanches, des juments broutaient, crinière au vent, tandis que leurs poulains folâtraient autour d'elles. Çà et là, un champ fraîchement labouré formait une longue tache brune dans cet écrin de verdure.

Kelsey ralentit en passant devant une première ferme dont lui avait parlé l'épicier. Deux piliers de pierre, surmontés de chevaux cabrés, encadraient la haute grille de fer forgé sur laquelle une pancarte proclamait le nom des lieux : LONGSHOT. Au-delà, une route bitumée et sinueuse, plantée de magnifiques ormes, remontait vers une demeure perchée au sommet d'un coteau. La maison, presque arrogante dans sa modernité, détonnait un peu dans le paysage, mais de ses nombreux balcons et terrasses on devait avoir une vue imprenable sur toute la région.

Résolument, Kelsey appuya sur l'accélérateur. Longshot, décida-t-elle, était son point de non-retour. Jusqu'ici, elle s'était encore accordé la possibilité de faire demi-tour. Maintenant, il était trop tard. Sa démarche était froide, lucide. Elle n'allait pas se jeter dans les bras d'une mère dont elle aurait chéri le souvenir, mais rencontrer une étrangère pour qui elle ne ressentait que de la méfiance. Elle ne venait pas chercher de l'amour, mais des réponses. C'était aussi simple que ça.

Pourtant, quelques kilomètres plus loin, quand elle bifurqua dans l'allée sablée qui menait chez sa mère, elle ne put maîtriser l'appréhension sourde qui naissait en elle.

En été, la demeure était sans doute masquée par le feuillage des trois gracieux saules qui lui avaient donné son nom. Pour l'heure, les branches étaient à peine émaillées de tendres bourgeons. À travers ce mince rideau, Kelsey aperçut des colonnes blanches de style dorique qui supportaient un large porche, et les lignes fluides d'une habitation construite sur trois étages.

Les massifs des jardins n'avaient pas encore fleuri, mais d'ici quelques semaines, on les imaginait facilement parés d'une explosion de couleurs chatoyantes, environnés du bourdonnement des abeilles, du chant des oiseaux, et de l'odeur envoûtante du lilas...

D'instinct, le regard de Kelsey se porta sur les fenêtres du dernier étage, tandis qu'une question se formait dans son esprit : dans quelle chambre le meurtre avait-il été perpétré ?

Un frisson la parcourut comme elle sortait de son véhicule. La grande porte d'entrée, avec son huis de chêne et son heurtoir de cuivre, l'impressionna, si bien que, suivant une impulsion, elle s'en éloigna pour contourner la maison. Elle découvrit un grand patio qui donnait sur les collines environnantes. Plus loin, elle aperçut des dépendances, une écurie, quelques appentis, qui semblaient aussi bien entretenus que la demeure elle-même. En contrebas, la surface bleutée d'un lac scintillait au soleil.

Une vision se superposa alors à la scène qu'elle contemplait : le soleil d'été dardait ses rayons sur la campagne, l'odeur des roses embaumait l'air ; quelqu'un la soulevait en riant et, l'instant d'après, elle se retrouvait juchée sur une selle, ses petites jambes enserrant les flancs d'un poney...

Kelsey secoua la tête. Non, elle ne gardait aucun souvenir de cet endroit. C'était simplement son imagination qui lui jouait des tours.

Elle s'apprêtait à battre en retraite lorsqu'un couple apparut au détour de la maison : un homme et une femme qui marchaient, bras dessus, bras dessous. Ils étaient si beaux que, l'espace d'un instant, Kelsey crut qu'ils sortaient tout droit de son imagination, eux aussi.

L'homme était grand, un peu plus d'un mètre quatre-vingts. Il se déplaçait avec cette aisance et cette souplesse innées chez certaines personnes. Ses cheveux bruns bouclaient sur son front et sa nuque, encadrant un visage aux traits anguleux. Comme il s'approchait, Kelsey lut une lueur de surprise dans ses yeux d'un bleu profond.

— Naomi, tu as de la visite, dit-il d'une voix grave aux intonations traînantes.

Kelsey tourna alors son attention sur la femme qui l'accompagnait. Et elle reçut le choc de sa vie. Rien de ce que lui avait dit son père ne l'avait préparée à une telle confrontation. C'était comme si elle contemplait son double dans un miroir qui lui aurait rendu une image du futur.

La main crispée sur le bras de son compagnon, Naomi dévisageait sa fille. Sur ses traits bien dessinés, rien ne venait trahir l'émotion intense qui s'emparait d'elle. Ses yeux demeuraient secs. La vie lui avait appris combien les larmes étaient vaines.

D'une voix bien timbrée, elle murmura :

— Eh bien, je ne pensais pas avoir si tôt de tes nouvelles. Encore moins recevoir ta visite. Nous nous apprêtions à prendre le thé. Veux-tu te joindre à nous ?

L'homme debout à ses côtés esquissa un mouvement de recul.

— Je vais aller faire un tour... commença-t-il.

Mais Naomi se cramponna à son bras comme s'il était une sorte de bouclier.

— Non, reste, Gabriel.

D'une voix désincarnée, Kelsey s'entendit répondre :

— Merci, mais je ne compte pas m'attarder.

— Viens à l'intérieur, insista Naomi. Un instant, au moins...

Entraînant Gabriel, elle traversa le patio. Après une brève hésitation, Kelsey les suivit et pénétra à son tour dans un charmant salon où crépitait une bonne flambée.

— Assieds-toi, je t'en prie, invita Naomi en désignant le canapé à Kelsey. Je vais m'occuper du thé, j'en ai pour un instant.

Sur un dernier regard à Gabriel, elle s'esquiva promptement. En homme habitué à gérer les situations les plus délicates, celui-ci prit place sur une chaise avant de sortir un cigare de sa poche.

— Naomi est un peu troublée, expliqua-t-il avec un sourire charmeur.

— Vraiment ? On ne dirait pas.

— Je m'appelle Gabriel Slater, je suis son voisin. Et, bien sûr, vous êtes Kelsey.

— Vous connaissez mon nom ?

Le ton hautain accentua encore le sourire de Gabriel. Une reine s'adressant à un croquant ! D'ordinaire, une telle provocation – surtout de la part d'une femme – l'aurait fait immédiatement réagir. Cette fois, il passa outre.

— Je sais que Naomi a une fille qu'elle n'a pas vue depuis des années. Et vous êtes un peu jeune pour être sa sœur jumelle. Asseyez-vous donc, cela vous aidera à paraître détendue.

— Je préfère rester debout, répliqua Kelsey en se dirigeant vers la cheminée, dans l'espoir que le feu la réchaufferait un peu.

Haussant les épaules, il se carra contre le dossier de sa chaise. Après tout, cela ne le concernait pas et, à moins que Kelsey ne s'en prenne à Naomi, il se garderait bien d'intervenir. Non que cette dernière eût besoin d'être protégée. De toute sa vie, il n'avait jamais rencontré femme plus endurcie. Néanmoins il l'aimait trop pour permettre à quiconque de lui faire de la peine.

Le fait que Kelsey ait apparemment décidé de l'ignorer ne le contrariait nullement, au contraire. Il avait ainsi tout loisir de l'observer. Aspirant une bouffée de son cigare, il admira sa silhouette mince, souple comme une liane, et sa longue chevelure couleur de blé mûr.

Quelques secondes plus tard, Naomi refit son apparition, un sourire un peu crispé sur les lèvres.

— Le thé sera prêt dans un instant, annonça-t-elle. Kelsey, j'imagine combien tu dois te sentir mal à l'aise, et...

— Ce n'est pas tous les jours qu'on voit sa mère resurgir parmi les vivants. Cette mascarade était-elle vraiment nécessaire ?

— À l'époque, oui. Je ne voulais pas que tu viennes me voir en prison, et de toute façon ton père s'y serait opposé. Alors j'ai dû me résoudre à sortir de ta vie.

La voix était calme, posée, le regard ne se dérobait pas. Cette femme avait-elle un bloc de marbre à la place du cœur ? songea Kelsey, de plus en plus interloquée.

Elle ouvrait la bouche pour répliquer quand une femme d'une soixantaine d'années, vêtue d'une robe grise et d'un tablier blanc, pénétra dans la pièce avec un plateau.

— Je te présente Gertie, ma gouvernante, dit Naomi en désignant la nouvelle venue. Gertie, tu te souviens certainement de Kelsey ?

Les yeux de la domestique s'emplirent de larmes.

— Bien sûr ! Elle n'était qu'un bébé la dernière fois que je l'ai vue. Elle venait tout le temps me réclamer des cookies.

Kelsey ne trouva rien à dire à cette inconnue qui la considérait avec tendresse.

— Il faudra en préparer la prochaine fois qu'elle nous rendra visite, intervint gentiment Naomi. Merci, Gertie, je vais servir le thé.

Avant de sortir, la domestique se tourna une dernière fois vers Kelsey et ajouta en reniflant :

— C'est votre portrait craché, mademoiselle Naomi.

— Oui, je sais, répondit Naomi avec douceur.

Kelsey attendit que la gouvernante ait refermé la porte pour déclarer :

— Je ne me souviens ni d'elle ni de vous.

— C'est normal. Comment préfères-tu ton thé ? Avec du sucre ? Du citron ?

Kelsey explosa :

— Sommes-nous censés déguster du Darjeeling en bavardant comme si de rien n'était ? C'est cela que vous attendez de moi ?

— En réalité, c'est du Earl Grey. Écoute, Kelsey, je m'attends à tout de ta part. À de la colère, sûrement. À des accusations, à de la rancœur... Tout cela est amplement justifié, non ?

— Pourquoi m'avez-vous écrit ?

— Pour plusieurs raisons, dont certaines sont très égoïstes, je l'avoue. J'espérais piquer ta curiosité afin de t'inciter à venir me voir. Je sais que tu es à un tournant de ta vie actuellement, et...

— Que savez-vous de ma vie ?

— J'ai toujours pris de tes nouvelles, Kelsey. Même en prison.

Une bouffée de colère assaillit la jeune femme, lui donnant envie de balayer d'un geste rageur la précieuse porcelaine et le plateau de petits-fours. Seule la crainte de se ridiculiser la retint.

Gabriel, qui sirotait son thé sans la quitter des yeux, devina quel effort elle devait faire sur elle-même pour se contenir. Il réprima un sourire. Derrière ce minois délicat se cachait un tempérament passionné et fougueux.

Tout le portrait de sa mère, songea-t-il.

— Vous m'avez fait espionner ! dit Kelsey dans un souffle. Vous avez engagé un détective, c'est ça ?

— Rien d'aussi mélodramatique, rétorqua Naomi. C'est mon père qui me fournissait ces renseignements.

— Mon... grand-père ?

— Oui. Il est mort il y a cinq ans. Quant à ma mère, elle est morte l'année qui a suivi ta naissance. Comme je suis fille unique, cela t'épargne de faire la connaissance d'une foule de tantes, d'oncles et de cousins. Si tu as d'autres questions, j'y répondrai bien volontiers. Tout ce que je te demande, c'est de prendre du temps avant de décider si tu souhaites ou non me voir entrer dans ta vie.

Pour l'heure, une seule question venait à l'esprit de Kelsey. Une question qui la hantait depuis la veille :

— Avez-vous tué cet homme ? Avez-vous tué Alec Bradley ?

Naomi se figea, avant de porter sa tasse à ses lèvres. Enfin, elle répondit d'une voix égale :

— Oui, je l'ai tué.

Debout près de la fenêtre, Naomi regardait la voiture de sa fille qui s'éloignait dans l'allée.

— Désolée de t'avoir imposé une telle rencontre, Gabriel.

— Je n'ai fait que rencontrer ta fille.

Avec un petit rire, Naomi ferma les yeux.

— Tu es le roi de l'euphémisme ! murmura-t-elle en pivotant sur elle-même, indifférente à la lumière du soleil qui, elle le savait, soulignait les fines ridules au coin de ses paupières. Honnêtement, je n'aurais pas eu la force d'affronter seule cette entrevue. Quand je l'ai aperçue, tant de souvenirs sont remontés à la surface !

Il se leva et s'approcha d'elle pour masser doucement les muscles tendus de ses épaules.

— C'est toujours un plaisir d'apporter son soutien à une jolie femme, répondit-il.

— Tu es mon meilleur ami. L'un des seuls avec qui je puisse me permettre d'être vraiment franche. Peut-être parce que toi aussi, tu as connu l'univers carcéral ?

— Tu as raison, cela crée des liens ! répliqua-t-il avec ironie.

— Évidemment, une malheureuse partie de poker illégale n'a pas grand-chose à voir avec un meurtre, mais...

— Arrête !

Elle se mit à rire.

— Que veux-tu, les Chadwick adorent la compétition ! Mais dis-moi, Gabriel, qu'as-tu pensé d'elle ?

— Elle est très belle. Comme toi.

— Cela ne m'a pas surprise. J'avais vu des photos. Pourtant, la ressemblance est si frappante que je suis déconcertée. Je me la rappelle si bien enfant ! Mais maintenant, c'est une adulte...

Elle s'interrompit et secoua la tête pour balayer cet accès de nostalgie.

— Au-delà des apparences, quelles sont tes impressions ? insista-t-elle.

Gabriel hésita. Lui aussi était déconcerté, un sentiment qu'il éprouvait rarement. Il ne comptait plus les filles ravissantes qui avaient traversé sa vie. Il les avait désirées, aimées, puis oubliées. Mais dès que son regard s'était posé sur Kelsey Byden, son cœur avait cessé de battre.

Cette pensée le perturbait, néanmoins il n'avait pas l'intention d'en faire part à Naomi.

— Elle m'a paru troublée, agitée. Elle ne se maîtrise pas aussi bien que toi. De toute évidence, elle bouillait de colère, mais elle est assez maligne pour le cacher. Si j'avais affaire à une pouliche, je dirais qu'elle a de la race et du tempérament, mais qu'il faut maintenant juger de son courage et de ses qualités de cœur. Quoi qu'il en soit, bon sang ne saurait mentir. Ta fille a de la classe, Naomi.

— Elle m'aimait...

La voix de Naomi se fêla. Inconsciente qu'une larme roulait sur sa joue, elle poursuivit :

— Elle m'aimait comme seul un enfant peut aimer. Malheureusement, Philip et moi nous ne nous aimions pas assez pour préserver l'unité de notre famille. Et j'ai perdu Kelsey.

D'un revers de main, Naomi essuya sa joue humide. Depuis la mort de son père, elle ne se souvenait pas avoir versé une seule larme.

— Et je viens de comprendre, ajouta-t-elle, que jamais plus je ne serai aimée de cette façon.

Gabriel objecta :

— Tu vas trop vite en besogne, ça ne te ressemble pas. Tu ne l'as entr'aperçue qu'un quart d'heure !

— Tu as vu son visage quand je lui ai confirmé que j'avais tué Alec ? J'ai vu si souvent cette expression horrifiée autour de moi ! Les gens bien ne se rendent pas coupables de meurtre.

— Bien ou pas, les gens se débrouillent comme ils peuvent pour survivre !

— Elle ne raisonne pas ainsi. Elle me ressemble peut-être, mais elle a le caractère de son père. Et Dieu sait que Philip Byden a une haute idée de la morale !

— Il n'est pas si intelligent que ça, puisqu'il t'a laissée partir.

Naomi rit de nouveau, l'air plus détendu. Spontanément, elle planta un baiser sur la bouche de Gabriel.

— Où étais-tu il y a vingt-cinq ans ? Tu jouais avec tes Playmobils ? ironisa-t-elle.

— Je ne me rappelle pas en avoir jamais eu. Je devais sûrement les jouer aux cartes avec mes camarades. À propos, je te parie cent dollars que Quitte ou Double bat Orgueil de Virginie au Derby de mai.

— Tenu. Viens donc jeter un coup d'œil à mon yearling. D'ici deux ans, il laissera tous les autres chevaux dans les stalles de départ.

— Comment l'as-tu appelé ?
— Honneur de Naomi.

Comment pouvait-elle se montrer aussi froide, admettre qu'elle avait tué quelqu'un sur un ton aussi détaché que si elle avait avoué se teindre les cheveux ? se demandait Kelsey tout en déverrouillant la porte de son appartement.

Une fois le battant refermé, elle s'y adossa et se massa les tempes pour chasser la migraine qui lui martelait la tête. Elle avait l'impression d'avoir échappé à un rêve insensé : cette demeure majestueuse sur laquelle régnait cette femme, presque son sosie... et aussi cet homme étrange, Gabriel Slater. Le nouvel amant de Naomi ? Dormait-il avec elle dans la chambre où avait été perpétré le meurtre ? Il en semblait bien capable. En fait, il semblait capable de tout.

Kelsey se mit à arpenter nerveusement le salon. Quel genre de femme était donc sa mère ? En voyant Kelsey, elle n'avait montré aucune émotion, ne s'était même pas excusée pour toutes ces années perdues. Elle lui avait seulement offert une tasse de thé.

Puis il y avait eu cet aveu, franc et direct, de sa culpabilité.

Ce qui prouvait au moins que Naomi Chadwick n'était pas une hypocrite.

Seulement une meurtrière ! songea Kelsey avec hargne.

Comme la sonnerie du téléphone retentissait, elle se rendit compte que le voyant lumineux clignotait sur son répondeur. Résolument, elle tourna le dos à l'appareil. Il lui restait deux heures avant de se rendre au musée, et dans l'intervalle elle n'avait aucune envie de discuter avec quelqu'un.

Elle n'avait plus qu'à se convaincre que la soudaine résurrection de sa mère ne changerait en rien son existence ; qu'elle continuerait à vivre comme avant, avec son travail, ses cours, ses amis.

Mais ses nerfs lâchèrent enfin, et elle s'effondra sur le canapé. Pourquoi se bercer d'illusions ? Son travail n'était ni plus ni moins qu'un passe-temps, ses cours, une routine destinée à tromper l'ennui. Quant à ses amis... la plupart connaissaient également Wade, et depuis le divorce ils s'étaient prudemment mis en retrait pour ne pas être affectés par l'antagonisme qui opposait les deux époux.

Ma vie ne ressemble à rien, songea Kelsey avec désespoir.

Un coup fut frappé à la porte, qu'elle ignora. Une voix impatiente s'éleva alors derrière le battant :

— Kelsey ? Ouvre cette porte ou je vais chercher le concierge !

Avec un soupir résigné, Kelsey obtempéra.

— Bonjour, grand-mère.

Après avoir offert sa joue pour recevoir le baiser attendu, Milicent Byden pénétra dans l'appartement d'un pas alerte. Comme toujours, elle était très élégante, et ses cheveux auburn étaient impeccablement coiffés. Son visage, maquillé avec soin, ne trahissait aucunement ses quatre-vingts printemps. En fait, on lui en aurait facilement donné quinze de moins. Sa mince silhouette, qu'elle entretenait à coups de régimes draconiens et d'exercice régulier, était aujourd'hui sanglée dans un tailleur Chanel bleu pâle. D'un geste décidé, elle ôta ses gants de chevreau et les déposa sur le guéridon, avant de draper son vison sur le dossier d'une chaise.

Enfin, comme elle prenait place dans un fauteuil, ses yeux se portèrent sur sa petite-fille.

— Tu me déçois, Kelsey. Bouder dans ta chambre comme une gamine ! Ton père est fou d'inquiétude. Lui et moi, nous t'avons appelée au moins une demi-douzaine de fois depuis ce matin.

— J'étais absente. D'ailleurs, papa n'a aucune raison de se faire du souci.

— Vraiment ? fit Milicent en tapotant ses ongles laqués de rouge sur le bras du fauteuil. Tu fais irruption chez lui hier soir en annonçant que cette femme t'a écrit, puis tu disparais en refusant de répondre au téléphone. Moi, je trouve ce comportement plutôt irrationnel.

— Cette femme, comme tu dis, est ma mère, et papa connaissait son existence. Cela justifie ma réaction, il me semble ! Nous avons eu une scène que tu aurais sûrement jugée vulgaire, mais qui était inévitable étant donné les circonstances.

— Ne prends pas ce ton avec moi ! Ton père a tout fait pour te protéger, t'offrir une éducation décente et un foyer stable. Tu ne vas pas le lui reprocher !

Kelsey leva les yeux au ciel.

— Mais ce que je cherche, grand-mère, c'est la vérité !

— Et maintenant que tu l'as obtenue, es-tu satisfaite pour autant ? Je vais te dire une chose : il aurait mieux valu pour tout le monde que tu continues à la croire morte. Mais évidemment, il a fallu qu'elle mette les pieds dans le plat, en dépit de sa promesse. Cela ne m'étonne guère, d'ailleurs. Elle a toujours fait preuve d'un égoïsme forcené. Il n'y a que sa petite personne qui l'intéresse.

Sans vraiment savoir pourquoi, Kelsey contra :

— Tu l'as toujours détestée, n'est-ce pas ?

— Je l'ai prise pour ce qu'elle était dès le début. Philip s'est laissé aveugler par une jolie frimousse et ce qu'il appelle « la passion de la vie », qui à mon avis n'est rien d'autre qu'un penchant dépravé pour la débauche. Il a payé très cher son erreur.

D'une voix sourde, Kelsey murmura :

— Et je lui ressemble. Voilà pourquoi tu m'as toujours regardée comme si j'étais susceptible de commettre un crime horrible à chaque instant... ou du moins, un manquement éhonté aux bonnes manières.

Milicent ne chercha pas à nier l'accusation.

— Je redoutais, naturellement, que tu hérites de ses pires défauts. Mais tu es une Byden, Kelsey, et la famille n'a que des raisons d'être fière de toi. Hormis, bien entendu, ce regrettable divorce...

— Grand-mère...

— Wade est issu d'une excellente famille, coupa Milicent d'un ton sec. Son grand-père est sénateur et son père possède l'une des agences publicitaires les plus prestigieuses et respectées de la côte Est. C'était le mari idéal pour toi.

— Le fait qu'il soit infidèle n'a bien sûr aucune importance !

Milicent ébaucha un geste impatient de la main qui fit étinceler l'alliance de diamants que lui avait offerte son défunt époux.

— Tu préfères le blâmer plutôt que d'accuser la femme qui l'a séduit ?

— Oui. De toute façon tu perds ton temps, grand-mère. Ce divorce est définitif.

— Tu as l'honneur douteux d'être la seconde Byden à avoir divorcé. Dans le cas de ton père, c'était inévitable, bien entendu. Toi, en revanche, tu as agi sur un coup de tête, comme d'habitude. Enfin, c'est un autre problème. Si je suis venue, c'est pour connaître tes intentions à propos de cette lettre.

— Cela ne regarde que moi, objecta Kelsey.

— Tu te trompes. Cela concerne toute la famille. Philip est mon unique fils ; son bonheur a toujours été primordial pour moi. Et il dépend du tien.

Une lueur d'affection sincère dans le regard, la vieille femme se pencha pour saisir la main de sa petite-fille.

— Je veux ce qu'il y a de mieux pour toi, affirma-t-elle.

Comment protester après cela ? Même si la morale rigide de son aïeule la hérissait parfois, Kelsey savait que cette dernière l'adorait.

— Je sais. Et je ne tiens pas à me disputer avec toi, grand-mère.

— C'est réciproque, dit Milicent, radoucie. Tu es une bonne fille, Kelsey. Personne ne douterait un instant de la dévotion que tu portes à ton père. Et je sais que la dernière chose que tu souhaites est de lui faire du mal. Dans ces conditions, le mieux est de me donner cette lettre et de me laisser régler cette affaire. Rien ne t'oblige à rencontrer cette femme.

Kelsey prit une profonde inspiration.

— Je l'ai déjà rencontrée. Je suis allée lui rendre visite ce matin.

— Tu l'as vue ? Tu t'es rendue là-bas sans en discuter au préalable avec les tiens ?

— J'ai 26 ans, grand-mère ! soupira Kelsey avec patience. Naomi Chadwick est ma mère, je n'ai pas à demander la permission à quiconque pour aller la voir. J'ai fait ce que j'avais à faire, c'est tout.

— Ce que tu *voulais* faire, rectifia Milicent avec aigreur. Sans songer une minute aux conséquences qui en découleraient.

— Peut-être. Mais c'est normal, non ? Et je ne comprends pas pourquoi cela te met dans une telle colère.

— Je ne suis pas en colère, mentit Milicent. Je crains simplement que tu ne réagisses sous le coup de l'émotion et que tu ne t'en mordes les doigts à l'avenir. Tu ne la connais pas, Kelsey. Tu ne sais pas combien elle est rusée et rancunière.

— Elle s'est battue pour obtenir le droit de garde.

— Uniquement afin de blesser ton père, parce qu'il l'avait enfin percée à jour. Enfin, Kelsey, elle buvait, elle fréquentait des hommes, elle faisait étalage de ses vices, parce qu'elle se croyait invincible ! Et elle a fini par tuer un homme ! Je suppose qu'elle a essayé de te convaincre qu'il s'agissait de légitime défense.

Qu'elle ne faisait que protéger son honneur. Son honneur, vraiment !

Incapable de rester immobile plus longtemps, la vieille dame se leva.

— Oh, elle est très maligne ! Si les preuves réunies contre elle n'avaient pas été à ce point accablantes, elle aurait trouvé le moyen de se faire acquitter. Mais voyons, quand une femme reçoit un homme dans sa chambre, au milieu de la nuit, vêtue en tout et pour tout d'un déshabillé, il est difficile de venir crier au viol par la suite !

— Au viol ? répéta Kelsey dans un souffle.

Milicent ne l'entendit même pas.

— Certains l'ont crue, bien entendu. Il se trouve toujours des naïfs pour gober les mensonges de ce genre de créatures. Mais finalement, elle a été reconnue coupable et condamnée. Et elle est enfin sortie de la vie de Philip et de la tienne. Jusqu'à aujourd'hui. Tu ne vas tout de même pas lui permettre de bouleverser de nouveau vos deux existences, par pur entêtement ?

Milicent avait saisi ses gants et les serrait dans sa main crispée. Kelsey objecta :

— Je n'ai pas à choisir entre ma mère et mon père.

— Si, voilà exactement de quoi il s'agit ! riposta la vieille dame avec véhémence.

— Pour toi peut-être, mais pas pour moi. Tu sais, avant ta visite, j'ignorais encore si je retournerais aux Trois Saules. Maintenant, je sais que j'en ai envie. Justement parce qu'elle n'a pas tenté de se justifier, parce qu'elle ne m'a pas demandé de choisir. Alors je vais la revoir et décider par moi-même.

— Au mépris des souffrances que tu infligeras autour de toi ?

— Je suis la seule à prendre des risques, il me semble.

— Tu as tort, Kelsey. Et tu commets une immense erreur. C'est une corruptrice, décréta Milicent en

enfilant ses gants, doigt par doigt. Si tu cherches à poursuivre cette relation, elle s'efforcera par tous les moyens de détruire le lien qui t'unit à ton père.
— C'est impossible.
Milicent lui jeta un regard aux reflets métalliques.
— Tu ne connais pas Naomi Chadwick, assena-t-elle avant de tourner les talons.

3

Non, Kelsey ne connaissait pas Naomi Chadwick. Mais elle comptait bien combler cette lacune. Si ses années d'études lui avaient appris quelque chose, c'était bien à effectuer des recherches.

Durant les deux semaines qui suivirent, la jeune femme passa le plus clair de son temps libre à la bibliothèque municipale, afin de passer au peigne fin tous les articles et documents se rapportant à ses parents.

Elle tomba d'abord sur un entrefilet du carnet mondain qui annonçait le mariage de Naomi Anne Chadwick, 21 ans, fille de Matthew et Louise Chadwick de la ferme des Trois Saules, à Bluemont, Virginie, avec le Pr Philip James Byden, 34 ans, fils d'Andrew et Milicent Byden, de Georgetown.

Kelsey retint son souffle en découvrant la photo qui illustrait l'article. On y voyait son père, visiblement transporté de joie, tenant la main d'une Naomi radieuse, belle à couper le souffle avec son visage juvénile, ses yeux brillants, ses lèvres sensuelles incurvées dans un sourire spontané. Un tel couple semblait prêt à braver tous les obstacles que la vie dresserait sur sa route.

Au fil de ses recherches, Kelsey trouva l'annonce de sa propre naissance, puis quelques chroniques qui mentionnaient de rares réceptions ou bals de charité auxquels ses parents avaient pris part. Ceux-ci semblaient avoir mené une vie tranquille, à l'écart des mondanités, du moins au début de leur union.

L'empoignade juridique qui avait suivi le divorce faisait l'objet d'un petit article dans le *Washington Post*, sans doute à cause de la position du père de Philip, qui était à l'époque chef de cabinet au Trésor public.

Kelsey dénicha d'autres articles sur Les Trois Saules. L'un d'eux relatait un drame survenu à l'hippodrome : une pouliche à l'avenir prometteur s'était blessée en pleine course et avait dû être abattue. On voyait sur la photo le beau visage marbré de larmes de Naomi.

Puis le meurtre.

TRAGÉDIE AUX TROIS SAULES :
UNE QUERELLE AMOUREUSE SE TERMINE DANS LE SANG.

Naomi était décrite comme l'ex-épouse d'un professeur de littérature de Georgetown, et la fille d'un éleveur de chevaux réputé. On faisait vaguement allusion à la victime, un play-boy frayant avec le milieu des courses. Les événements étaient simples : Alec Bradley avait été tué d'un coup de pistolet dans une chambre de la propriété. L'arme appartenait à Naomi Chadwick Byden, qui avait elle-même alerté la police. L'enquête était en cours.

La presse de Virginie contenait plus de détails. Naomi n'avait jamais nié avoir tiré sur Bradley. Selon son avocat, elle affirmait que celui-ci l'avait agressée, et elle plaidait la légitime défense. Mais plusieurs témoins rapportaient qu'elle et Bradley se comportaient en public comme des amis intimes ; que Naomi excellait au tir ; qu'elle adorait les soirées mondaines où le champagne coulait à flots ; qu'elle et Bradley s'étaient disputés le soir même du meurtre à propos d'une autre femme qu'il aurait courtisée...

Une semaine après le drame, l'affaire faisait de nouveau les gros titres des gazettes :

NAOMI CHADWICK INCULPÉE DE MEURTRE :
DES PREUVES ACCABLANTES VIENNENT RÉFUTER
LA THÈSE DE LA LÉGITIME DÉFENSE.

Et quelles preuves ! Charles Rooney, un détective privé engagé par Philip Byden pour suivre son ex-épouse, avait surpris les deux amants en pleine dispute ce fameux soir. Au lieu de les prendre en flagrant délit d'adultère, il avait photographié le meurtre.

Kelsey sentit son sang se glacer en examinant les clichés qui parlaient d'eux-mêmes : Naomi en déshabillé de soie, ouvrant sa porte à Bradley, lui offrant un verre de cognac ; le couple enlacé dans un baiser passionné. Puis l'angle des prises de vue changeait. N'écoutant que sa conscience professionnelle, Rooney s'était juché dans un arbre pour braquer son téléobjectif sur la fenêtre de la chambre à coucher. La pellicule avait saisi le visage furieux de Naomi, son bras levé, alors qu'elle s'apprêtait à gifler Bradley, son mouvement vers la table de chevet tandis qu'il lui tournait le dos pour quitter la pièce...

La dernière photo montrait Naomi pointant une arme à feu en direction de son amant qui lui retournait un regard stupéfait.

Un long moment, Kelsey fixa le titre sous le cliché, qui proclamait : COUPABLE ! Puis, au prix d'un immense effort, elle s'arracha à sa contemplation fascinée pour rassembler ses notes. Avant que la logique ne vienne se mêler à ses émotions, elle alla téléphoner.

— Les Trois Saules.
— Je désirerais parler à Naomi Chadwick, s'il vous plaît.
— De la part de qui ?
— Kelsey Byden.

Il y eut un murmure étouffé à l'autre bout du fil, puis :

— Mlle Naomi est aux écuries. Je vais la prévenir.

Quelques secondes s'écoulèrent avant que la voix de Naomi s'élève, toujours aussi sereine :

— Bonjour, Kelsey. Je suis heureuse que tu appelles.

— J'aimerais vous parler, répliqua Kelsey en se réfugiant obstinément dans le vouvoiement.

— Bien sûr. Viens quand tu veux.

— Maintenant. Mais cette fois, je préférerais que nous soyons seules.

— Comme tu voudras.

Naomi raccrocha et essuya sa paume moite sur son jean avant de se tourner vers Moïse Whitetree, son entraîneur, qui était aussi son amant depuis de nombreuses années.

— C'est ma fille. Elle arrive.

Moïse ne releva pas les yeux du rapport qu'il était en train d'étudier. Dans ses veines coulaient à parts égales du sang juif et du sang indien. Comme l'indiquaient les deux longues tresses noires qui pendaient dans son dos et l'étoile de David retenue par une chaînette sur sa poitrine, il n'avait jamais voulu choisir entre ses deux origines. Moïse n'avait plus rien à apprendre sur les chevaux et à quelques exceptions près, il les préférait aux humains.

— Elle va me poser des questions, murmura Naomi, pensive.

— Bien sûr.

— Que vais-je lui répondre ?

— Pourquoi ne pas dire la vérité, tout simplement ?

— Pour l'instant, cela ne m'a jamais beaucoup réussi ! rétorqua Naomi.

— C'est ta fille. Elle te croira.

Naomi secoua la tête avec impatience. Tout était toujours si simple pour Moïse ! Elle objecta :

— Elle est adulte, elle pense par elle-même, du moins je l'espère. Elle ne va pas m'accepter d'emblée parce que je suis sa mère. Cela me décevrait, d'ailleurs.

Moïse repoussa ses papiers et se leva. Il n'était pas très grand, mais quelques centimètres et quelques kilos excédentaires l'avaient empêché de devenir jockey à l'époque où il avait eu envie d'embrasser cette profession. Dans ses bottes de cuir avachi, il avait exactement la même taille que Naomi.

— Tu veux qu'elle t'aime, mais selon tes propres règles. Comme toujours, tu es trop exigeante.

Avec tendresse, elle effleura de la main la joue burinée du métis.

— Avant de la revoir, je ne savais pas qu'elle prendrait une telle importance dans ma vie, confia-t-elle.

— Tu espérais ne pas être affectée ?

— Dans un certain sens, oui.

Moïse comprenait aisément ce sentiment, dicté par l'instinct de survie. Il avait passé la moitié de sa vie à combattre son amour pour Naomi.

— Mon peuple a un adage, commença-t-il d'un ton sentencieux.

— Quel peuple ? le taquina Naomi, qui savait pertinemment que Moïse inventait la moitié de ses proverbes et déformait les autres selon sa convenance.

— « Seuls les imbéciles détruisent leur plus beau rêve. » Montre-toi à elle telle que tu es. Ça suffira.

Un palefrenier passa la tête par la porte du bureau et porta deux doigts à sa casquette en guise de salut.

— Moïse, j'aime pas trop la façon dont Serenity s'appuie sur son antérieur gauche. Le boulet m'a l'air un peu enflé.

Moïse, qui s'était levé aux aurores pour superviser l'entraînement, fronça les sourcils.

— Elle a pourtant bien couru ce matin, s'étonna-t-il. Enfin, allons jeter un coup d'œil.

Ils n'eurent que quelques mètres à parcourir car Moïse avait installé son bureau tout près des écuries. Il profitait ainsi des relents de crottin et d'urine de cheval qui s'échappaient des box, mais c'était une fragrance qui, selon lui, était bien plus agréable que le plus onéreux des parfums parisiens.

Une agitation trépidante régnait dans les écuries entretenues avec un soin méticuleux. L'allée de béton qui séparait les deux rangées de box étincelait de propreté. Il ne se passait pas un quart d'heure sans qu'un palefrenier zélé armé d'un balai-brosse ne parte à la chasse au moindre fétu, ou à la moindre tache de boue. L'odeur du foin et du cuir pommadé embaumait les lieux et Naomi la respira avec délices. Pour elle, c'était l'essence même de la liberté.

Tandis que Moïse s'avançait dans l'allée, prenant le temps de s'arrêter devant chaque box pour prodiguer quelques caresses et flatteries aux chevaux, les employés s'activaient avec un regain d'enthousiasme. L'entraîneur, qui ne tolérait pas les tire-au-flanc, était craint et respecté par le personnel des Trois Saules.

Le palefrenier qui ouvrait la marche s'arrêta enfin devant le box de Serenity.

— J'allais l'emmener au pré quand j'ai vu qu'elle boitait, expliqua-t-il.

Avec un grognement, Moïse pénétra dans le box pour flatter l'encolure de la jument baie. Il inspecta ses yeux brillants, renifla son haleine, puis examina son poitrail et ses jambes tout en lui murmurant des paroles apaisantes.

Se penchant, il découvrit une légère boursouflure au-dessous du canon, qui irradiait une chaleur suspecte sous sa paume. Comme il accentuait légèrement la pression de ses doigts, la jument renâcla bruyamment.

— On dirait qu'elle s'est cognée.

— Reno l'a montée ce matin à l'entraînement, se souvint Naomi. Allez le chercher.

— Bien, mamz'elle, fit le palefrenier en s'exécutant.

Paupières plissées, Naomi s'agenouilla auprès de Moïse. Avec délicatesse, elle replia la jambe de l'animal avant de la laisser retomber.

— C'est curieux, elle s'est très bien comportée à l'entraînement, fit-elle observer. J'espère qu'il n'y a pas de fracture. Elle doit courir à Saratoga la semaine prochaine.

— Rien ne dit qu'elle ne pourra pas participer à la course, répliqua Moïse d'un air cependant sceptique. Quoi qu'il en soit, il vaut mieux appeler le véto pour qu'il fasse une radio.

— Je m'en occupe. Et je parlerai à Reno, dit-elle en se redressant pour passer son bras autour de l'encolure de la jument. C'est une championne, tu sais. Je ne voudrais pas apprendre qu'elle ne peut plus courir.

Moins d'une heure plus tard, Naomi, la mine sombre, observait Matthew Gunner, le vétérinaire, qui s'apprêtait à injecter un anti-inflammatoire à la jument. La blessure avait déjà été bassinée à l'eau froide, et maintenant Moïse appliquait sur la peau un mélange de vinaigre et d'eau fraîche.

— Dans combien de temps pourra-t-elle reprendre l'entraînement, Matt ?

— Disons un mois, répondit le vétérinaire. Quoique six semaines seraient préférables. Il y a un hématome, mais heureusement pas de fracture. Gardez-la à l'écurie, continuez les massages, et tout rentrera dans l'ordre.

Reno, qui se tenait dans l'angle du box, intervint :

— Je l'ai fait galoper ce matin et elle n'a même pas bronché.

— J'étais là et s'il s'était passé quelque chose, je l'aurais vu, renchérit Moïse.

— N'empêche qu'elle a pris un vilain coup, objecta Matt. Si votre palefrenier n'avait pas été aussi vigilant, cela aurait pu être beaucoup plus grave. Ce médicament soulagera la douleur. (Il rangea la seringue qu'il venait d'utiliser dans sa sacoche et ajouta :) Elle est forte, en bonne santé. Elle va se remettre. Appelez-moi si son état empirait, mais franchement, je suis optimiste...

Il s'interrompit, tandis que son regard se portait derrière Naomi. Celle-ci se retourna et découvrit Kelsey dans l'encadrement de la porte, une chemise cartonnée à la main.

La jeune femme recula d'un pas.

— Désolée de vous déranger. On m'a dit que je vous trouverais ici, et...

— J'ai perdu la notion de l'heure, soupira Naomi en se passant la main dans les cheveux. Nous avons un léger problème avec ce cheval. Kelsey, je te présente Matt, mon vétérinaire, et Moïse, mon entraîneur. Matt, Moïse, voici ma fille, Kelsey Byden.

Moïse, qui terminait le pansement de Serenity, esquissa un vague geste en signe de bienvenue. Matt tendit la main à Kelsey en l'enveloppant d'un regard admiratif.

— Ravi de faire votre connaissance, mademoiselle Byden.

— Et enfin, voici Reno Sanchez, l'un des meilleurs jockeys du circuit, conclut Naomi.

— Vous voulez dire *le* meilleur, corrigea Reno avec un clin d'œil malicieux. Enchanté, mademoiselle.

— Moi de même, répondit Kelsey. Mais je vois que vous êtes occupée, je vais attendre...

— Inutile, je ne puis rien faire de plus, déclara Naomi. Rentrons à la maison, veux-tu ?

Elle dépassa Kelsey et, prenant garde à ne pas la frôler, lui fit signe de la suivre.

— Ce cheval est malade ? s'enquit Kelsey en lui emboîtant le pas.

— Blessé, je le crains. Il ne pourra pas courir avant plusieurs semaines.
— Dommage.

Tout en marchant, Kelsey jeta un coup d'œil circulaire autour d'elle. L'activité bourdonnante qui régnait aux Trois Saules l'intriguait et la fascinait. Les garçons d'écurie allaient et venaient en tous sens, maniant la pelle ou la fourche. Près d'un enclos, un palefrenier étrillait vigoureusement un hongre pommelé. Plus loin, un jockey guidait sa monture vers la piste d'entraînement. Dans une petite carrière, un dresseur exerçait un alezan à la longe.

— Quelle animation ! murmura-t-elle, consciente des regards curieux que les employés lui lançaient à la dérobée.

— Le gros du travail s'effectue dans la matinée, expliqua Naomi. L'après-midi est plus calme, mais nous serons très occupés ce soir quand l'hippodrome aura fermé.

— Vous courez aujourd'hui ?

— Tous les jours, répliqua Naomi d'un air absent. En ce moment, les juments mettent bas, et nos nuits sont courtes. En fait, il y a toujours quelque chose à faire ici.

— Je ne m'étais pas rendu compte que l'exploitation était aussi importante.

— Depuis dix ans, nous sommes devenus l'une des premières fermes d'élevage du pays. Nos chevaux sont arrivés placés dans les trois derniers Derbys, et nous avons remporté le prix de Belmont, ainsi que la coupe des Éleveurs deux années de suite. Une de nos pouliches a même gagné une médaille d'or aux jeux olympiques.

Naomi s'interrompit avec un petit rire avant d'enchaîner :

— Voilà que je m'emballe encore ! Il ne faut pas me brancher sur le sujet, sinon je radote comme une vieille mamie !

— Ce n'est pas grave, cela m'intéresse, affirma Kelsey. J'ai pris des leçons d'équitation quand j'étais petite, à l'âge où tous les enfants s'entichent des chevaux. Papa s'y est opposé au début, mais je l'ai tellement harcelé que...

Elle se tut brusquement, comprenant tout à coup pourquoi son père avait été si contrarié par cette passion juvénile.

— Il a cédé, bien entendu, acheva Naomi. Déjà, quand tu étais petite, il était incapable de te résister. À 3 ans, tu avais des idées bien arrêtées sur ce que tu voulais faire. Au fait, je ne t'ai pas demandé des nouvelles de ton père. Comment va-t-il ?

— Bien. Il est président de la faculté des lettres de Georgetown depuis sept ans maintenant.

— C'est un homme très brillant et très bon.

— Mais pas assez bon pour vous ! ne put s'empêcher de répliquer Kelsey.

Les sourcils de Naomi s'arquèrent au-dessus de ses yeux gris.

— Ma chère Kelsey, c'est moi qui n'étais pas assez bonne pour lui. Tout le monde te le dira. Il s'est remarié, je crois ?

— Oui, quand j'avais 18 ans. Il est très heureux avec sa deuxième femme. Et j'ai un frère, Channing.

— Tu aimes ta nouvelle famille ?

— Beaucoup.

Les deux femmes venaient d'atteindre le patio et pénétrèrent dans le salon. Naomi s'enquit :

— Que puis-je t'offrir ? Du café, du thé ? Un verre de vin, peut-être ?

— Non, rien, merci.

— J'espère que tu feras honneur aux cookies que Gertie t'a préparés quand elle a appris ton arrivée. Elle est toute retournée, tu sais.

Elle me piège en faisant appel à mes bons sentiments, songea Kelsey, avant de répondre :

— Dans ce cas, je prendrai du thé et des cookies, merci.

— Je vais la prévenir. Je t'en prie, assieds-toi.

Mais Kelsey demeura debout. Une fois Naomi sortie, elle se mit à arpenter le salon, désireuse d'examiner de plus près l'environnement de sa mère. La pièce à la décoration raffinée était conviviale et chaleureuse. Dans la cheminée, des braises rougeoyaient. Les stores relevés laissaient pénétrer à flots la lumière du soleil. Le canapé crème et le tapis oriental qui couvrait le parquet couleur miel renforçaient encore l'atmosphère feutrée et intime. Il n'y avait rien d'ostentatoire dans le mobilier du meilleur goût.

Seules les peintures ornant les murs formaient un contraste saisissant avec cette ambiance sereine. Les œuvres abstraites, dans une explosion de couleurs vibrantes, exprimaient une violence et une passion inouïes. Toutes étaient signées de deux initiales : NC.

Ainsi donc, Naomi peignait. Curieux ; personne n'avait évoqué ce talent devant Kelsey. Pourtant ce travail n'était visiblement pas celui d'un amateur. Le trait était ferme, la démarche volontaire. Et bizarrement, au lieu de détruire l'harmonie empreinte de dignité de la pièce, ces tableaux ne faisaient que l'humaniser.

S'arrachant à la contemplation des toiles, Kelsey s'intéressa à une jatte de verre emplie de pierres semi-précieuses posée sur un guéridon. Elle frôlait du doigt une opale iridescente quand Gertie fit son entrée dans la pièce avec un plateau. Confuse, Kelsey laissa retomber son bras.

— Ce sont les vôtres, mademoiselle Kelsey. Vous avez toujours aimé les jolis cailloux. Je les ai gardés pour vous quand... quand vous êtes partie, acheva la gouvernante en se rembrunissant soudain.

Que répondre à cela ?

— Vous travaillez ici depuis longtemps ? hasarda Kelsey.

— J'habite Les Trois Saules depuis l'enfance. Ma mère entretenait la maison pour M. Chadwick, et j'ai pris sa suite quand elle est partie prendre sa retraite en Floride.

Mal à l'aise, Kelsey se troubla sous le regard d'adoration dont l'enveloppait la domestique. La joie de cette dernière était si manifeste qu'elle en devenait insupportable.

Avec un soupir de contentement, Gertie se mit en devoir de verser le thé dans les tasses.

— Asseyez-vous et servez-vous, dit-elle en désignant une assiette pleine de cookies au chocolat. Mlle Naomi est au téléphone, mais elle sera là dans un instant.

Comme Kelsey prenait place sur le canapé, la domestique enchaîna :

— Je savais bien que vous reviendriez. Votre mère était persuadée du contraire. Depuis votre première visite, elle n'arrête pas de se tourmenter. Mais je lui ai dit : « C'est votre fille, non ? Elle reviendra voir sa maman. » Et vous voilà !

— Oui, me voilà, répéta Kelsey stupidement.

Gertie ne put s'empêcher de lui caresser furtivement la tête, comme elle l'aurait fait avec une enfant.

— Vous êtes une vraie demoiselle, maintenant ! ajouta-t-elle avant de se détourner et de quitter la pièce à la hâte.

Quelques minutes plus tard, Naomi rejoignit Kelsey.

— J'espère que Gertie ne t'a pas assommée avec ses vieux souvenirs, dit-elle en s'installant face à Kelsey dans le fauteuil. Elle est très nostalgique, et je conçois que cela t'embarrasse.

— Ce n'est pas grave.

— Tu sais, jusqu'à ton coup de fil ce matin, je pensais réellement ne jamais te revoir.

Kelsey esquissa un demi-sourire et avoua :

— Je n'aurais sans doute jamais remis les pieds ici si ma grand-mère ne me l'avait expressément interdit.

— Ah oui, Milicent... murmura Naomi en hochant la tête. Elle m'a toujours détestée et c'est bien réciproque. Mais passons. Je ne devrais pas dire du mal de ta grand-mère devant toi. Tu as des questions à me poser, j'imagine ?

Kelsey reposa sa tasse de thé d'un geste nerveux.

— Vous avez l'air si stoïque ! s'exclama-t-elle. On dirait que rien ne vous touche !

— En prison, j'ai appris à accepter ce que la vie réserve. En l'occurrence, c'est toi qui as les rênes en main, Kelsey. J'ai beaucoup réfléchi avant de t'écrire, et je me suis promis d'accepter ta décision, quelle qu'elle soit.

— Pourquoi avez-vous attendu aussi longtemps ? Vous êtes sortie de prison depuis...

— Douze ans, huit mois et dix jours. Les ex-taulards sont encore plus obsédés que les ex-fumeurs. Je sais de quoi je parle, j'ai été les deux. Mais cela ne répond pas à ta question. En fait, j'ai songé à te contacter dès ma sortie de prison. Je me suis même rendue à ton école, chaque jour, pendant une semaine. Je restais cachée dans ma voiture à te regarder jouer dans la cour de récréation. Mais jamais je n'ai osé aller à ta rencontre. J'avais peur que tu ne sentes l'odeur de la prison sur moi. Aujourd'hui encore, j'ai l'impression qu'elle me colle à la peau. (Avec un soupir, elle poursuivit :) Tu étais heureuse, en sécurité, tu ignorais mon existence. Je n'ai pas voulu bouleverser ta vie. Ensuite, mon père est tombé malade. Les années ont passé. Chaque fois que j'avais envie de décrocher le téléphone ou de t'écrire, quelque chose me disait que j'allais commettre une erreur.

— Alors pourquoi maintenant ?

— Parce que la situation a évolué. Tu as divorcé, tu ne vis plus dans un univers aussi stable qu'avant. Cette période m'a paru propice. (Avisant l'assiette de cookies à peine entamée, Naomi pria :) Kelsey, si tu ne veux plus de cookies, mets-en quelques-uns dans ton sac. Gertie ne verra pas la différence.

Sans entrain, Kelsey prit un autre gâteau.

— J'ai effectué quelques recherches, confessa-t-elle en désignant la chemise cartonnée qu'elle avait posée sur le canapé.

— Ce sont des articles de presse ?

— Entre autres choses.

— Si tu veux, je peux t'obtenir les minutes du procès. Après tout, ce sont des archives publiques, et je ne veux rien te cacher. À ta place, j'aurais envie de les consulter.

— L'autre jour, vous avez admis être coupable du meurtre dont on vous a accusée...

D'un ton neutre, Naomi corrigea :

— J'ai admis avoir tué Alec Bradley.

— Mais pourquoi m'avoir dit que vous aviez plaidé la légitime défense ?

Naomi haussa les épaules.

— Quelle différence ? J'ai été jugée, condamnée, et j'ai payé ma dette envers la société.

— Cette histoire de viol, ce n'était donc qu'une manœuvre légale destinée à amadouer le jury ?

— C'est ce que les gens ont cru.

Exaspérée, Kelsey explosa :

— Je veux une réponse. Oui, ou non !

— Ce n'est pas si simple, Kelsey. Quelles que soient les circonstances, j'ai ôté la vie à un être humain.

— Parlons-en, des circonstances. Vous l'avez reçu chez vous, dans votre chambre, c'est bien cela ?

— Je l'ai autorisé à entrer chez moi, et il m'a suivie jusque dans ma chambre, rectifia Naomi.

— Il était votre amant ?

— Non. Peut-être le serait-il devenu à la longue, mais à l'époque, nous n'avions pas eu de relations intimes. Évidemment, le jury n'en a pas cru un mot. J'étais attirée par Alec, certes. Je le trouvais charmant et distrayant. Mais ce n'était pas mon amant.

— Vous vous êtes disputés à propos d'une autre femme qu'il courtisait ?

— Oui. Je n'aime pas partager. Il se prétendait follement amoureux de moi, ce qui à mon sens lui interdisait de flirter à droite à gauche. Il a fini par m'ennuyer et j'ai décidé de ne plus le voir. Mais il ne l'entendait pas de cette oreille. Nous nous sommes querellés en public, puis plus tard, chez moi. Il était furieux, il m'a insultée. Je lui ai ordonné de quitter les lieux...

Bien que Naomi conservât un visage impassible, sa voix s'était mise à trembler légèrement tandis que les souvenirs affluaient à sa mémoire.

— Au lieu de cela, il m'a suivie dans ma chambre en continuant à m'injurier. Il est devenu de plus en plus violent et a décidé d'obtenir ce qu'il voulait par la force. J'étais en colère, puis j'ai pris peur en comprenant qu'il était déterminé à parvenir à ses fins. Je me suis débattue, j'ai attrapé mon revolver, et j'ai tiré.

Un lourd silence retomba sur le salon. Puis Kelsey saisit la chemise pour en retirer la reproduction de la photo prise par le détective privé sur laquelle on voyait sa mère brandissant l'arme à feu.

Seule une petite crispation de la bouche trahit l'émotion de Naomi.

— Pas très flatteur, hein ? commenta-t-elle. Mais nous ignorions que nous avions un public.

— Sur cette photo, Bradley ne vous touche pas. Il lève les bras en l'air.

— L'image est trompeuse. Il fallait être sur place pour se rendre compte. Mais je ne te demande pas de me croire, Kelsey. Dans quel but ? J'assume mes torts. Toutefois j'ai payé. La société m'a réhabilitée. Tout ce que je te demande, c'est de m'offrir une seconde chance.

Une foule de questions se bousculaient dans l'esprit de Kelsey mais elle n'était pas sûre de vouloir entendre les réponses.

— Je ne vous connais pas, déclara-t-elle enfin. Et j'ignore si un jour j'éprouverai des sentiments pour vous.

Naomi prit une profonde inspiration.

— Je vais faire appel au sens du devoir que ton père t'a certainement inculqué et te prier de séjourner ici quelques semaines. Un mois me paraît une durée raisonnable.

Cette proposition complètement inattendue cloua Kelsey sur place.

— Vous désirez que je vienne vivre ici ? s'exclama-t-elle, abasourdie.

— Parlons-en comme d'un séjour prolongé. Quelques semaines de ta vie, Kelsey, contre les années que j'ai perdues. C'est égoïste de ma part, et pas très équitable, mais je te demande de m'accorder cette chance.

Naomi ferma les yeux. Elle ne voulait pas supplier, mon Dieu, non ! Pourtant il faudrait bien qu'elle s'y résolve si Kelsey ne lui laissait pas d'alternative.

— Vous êtes trop exigeante, répondit enfin celle-ci en secouant la tête.

— Je sais. Mais je maintiens ma requête. Je suis ta mère, tu n'y peux rien. Nos liens demeureront les mêmes quoi que tu décides. Alors pourquoi ne pas apprendre à nous connaître ? Si nous découvrons durant ces quelques semaines que nous n'avons aucun atome crochu, tu seras toujours libre de t'en aller et de couper définitivement les ponts. Alors, es-tu capable de relever le défi ?

Piquée au vif, Kelsey pointa le menton en avant.

— J'accepte de séjourner aux Trois Saules quelques jours, concéda-t-elle. Toutefois je ne vous promets pas de rester un mois entier.

Une lueur victorieuse passa dans le regard de Naomi.

— À la bonne heure ! Tu as du sang Chadwick dans les veines. Moi, je te parie que si tu résistes à mon charme, tu tomberas sous celui des Trois Saules. Et puis, nous verrons ce qu'il te reste de ces lointaines leçons d'équitation.

— Je ne me laisse pas facilement désarçonner ! affirma Kelsey en se levant.

— Moi non plus, répliqua Naomi d'un ton tranquille.

4

Comme à l'accoutumée, le dîner familial fut une cérémonie très distinguée où l'on servit une excellente chère. Néanmoins Kelsey le subit comme une obligation, voire une épreuve, en dépit des efforts de son père qui tentait de bavarder sur un ton enjoué.

Depuis que Kelsey lui avait annoncé son intention de séjourner aux Trois Saules, Philip était obsédé par le passé et la peur de perdre l'enfant pour qui il avait si durement lutté. Il n'avait qu'à fermer les yeux pour la revoir, si petite, si blonde, si têtue du haut de ses 3 ans. Et dans ces instants, la culpabilité le submergeait tel un raz de marée.

De son côté, Milicent rongeait son frein. D'ordinaire, elle détestait aborder les sujets déplaisants au cours des repas. Cette fois, estimant qu'elle n'avait pas le choix, elle attendit cependant que la pintade rôtie soit servie pour dire à Kelsey :

— J'ai appris que tu partais demain.
— Oui, juste après le petit déjeuner.
— Et ton travail ?

Une lueur de défi dans le regard, Kelsey annonça :

— J'ai démissionné. De toute façon, il s'agissait de bénévolat.

— Si tu changes sans cesse d'emploi, tu auras peut-être du mal à retrouver une position, objecta Milicent.

— C'est possible.

Candice, qui détestait la discorde, intervint :

— La Société d'Histoire cherche toujours des bonnes volontés. Je pourrais leur en toucher deux mots pour toi quand... quand tu seras revenue.

— Merci, Candice.

— Kelsey va peut-être attraper le virus des courses ! s'exclama Channing avec malice.

— Quelle idée ! murmura Milicent après s'être délicatement tamponné la bouche à l'aide de sa serviette. Heureusement, Kelsey n'est pas puérile à ce point.

— Moi, ça ne me déplairait pas de passer quelque temps à la campagne, insista le jeune homme.

Aussitôt, Kelsey proposa :

— Tu pourrais me rendre visite aux Trois Saules. Ce serait amusant...

— Alors, c'est à cela que tu penses ? À t'amuser ! s'insurgea Milicent en posant brusquement sa fourchette. Tu ne te rends donc pas compte de ce que tu infliges à ton père en ce moment ?

— Maman...

Milicent balaya l'objection de Philip d'un geste impatient.

— Après tous les malheurs que nous avons traversés, c'est un comble de voir qu'il suffit à cette femme de claquer des doigts pour que Kelsey accoure !

— Elle m'a invitée chez elle, et j'ai accepté, voilà tout, rectifia Kelsey avec irritation. Je suis navrée si cela te fait de la peine, papa.

— Je m'inquiète pour toi, ma petite fille.

Dans une tentative désespérée pour éviter l'affrontement, Candice hasarda :

— Tu n'es pas obligée pour autant de séjourner là-bas, Kelsey. Après tout, la ferme n'est qu'à une heure de route de Georgetown. Commence par y passer un week-end, ce serait plus raisonnable, non ?

— Si elle était vraiment raisonnable, elle n'aurait jamais mis les pieds là-bas ! trancha Milicent d'un ton péremptoire.

— Je n'ai pas signé de contrat, que je sache ! s'écria Kelsey. Je suis libre d'aller et venir à ma guise. Et je tiens à connaître ma mère.

— C'est bien naturel, opina Channing tout en mâchonnant une bouchée de pintade. À ta place, je réagirais exactement de cette façon. Au fait, tu lui as posé des questions sur la prison ? C'est vrai, ces histoires de matons qui...

— Channing, ne sois pas vulgaire ! coupa Candice d'une voix horrifiée.

Kelsey ne put réprimer un profond soupir.

— Est-ce que Channing et moi sommes les seules personnes autour de cette table à ne pas considérer la situation comme une tragédie ? Vous devriez tous être soulagés. Je ne suis pas traumatisée au point de courir chez un psy ou de sombrer dans l'alcoolisme ! C'est déjà ça.

— Tu ne penses qu'à toi ! assena Milicent.

— Oui, exactement ! riposta Kelsey qui sentait la moutarde lui monter au nez. (D'un bond, elle se leva et se tourna vers son père :) Tu t'en fiches peut-être, papa, mais elle ne m'a dit que du bien à ton sujet. Elle n'a pas du tout essayé de me monter contre toi et, de toute façon, elle n'y serait pas arrivée.

La jeune femme s'approcha de son père pour déposer un baiser sur sa joue, avant de faire face aux autres convives et d'ajouter :

— Merci pour ce dîner, Candice. Il faut que je rentre faire ma valise, maintenant. Channing, si tu es libre un de ces week-ends, passe-moi un coup de fil. Bonne nuit, grand-mère.

Dès que la porte se fut refermée derrière elle, la sensation oppressante qui l'étouffait disparut pour laisser place à une enivrante euphorie. Elle avait tenu bon, elle était libre. Et elle avait bien l'intention d'en profiter !

Le lendemain matin, Gertie accueillit Kelsey sur le seuil des Trois Saules.

— Enfin vous voilà ! s'exclama-t-elle en s'emparant d'office des deux valises de la jeune femme. Mlle Naomi est aux écuries. Elle m'a demandé de la prévenir dès votre arrivée.

— Ne la dérangez pas, je suis sûre qu'elle est très occupée. Et rendez-moi ces valises, elles sont lourdes comme du plomb.

— Et moi je suis forte comme un bœuf ! répliqua Gertie. Venez, je vais vous montrer votre chambre.

En dépit de son apparente fragilité, Gertie grimpa sans effort les marches du grand escalier qui menait aux étages.

— J'ai tout préparé pour vous recevoir, annonça-t-elle fièrement. C'est si bon d'avoir un peu d'occupation ! D'ordinaire, Mlle Naomi n'a pas vraiment besoin de moi.

— Je suis sûre que vous exagérez.

— À peine. Je lui tiens compagnie, c'est tout. Elle mange comme un oiseau et s'occupe d'elle-même. Parfois, elle reçoit des gens, mais ce n'est plus comme avant, quand les soirées mondaines se succédaient.

Les deux femmes venaient de pénétrer dans un long couloir tapissé d'une moquette vieux rose. Gertie poussa la porte d'une chambre et posa les valises sur un élégant lit à baldaquin. Par la large fenêtre, Kelsey aperçut les contours verdoyants des collines qui se dressaient sur l'horizon. Des jardins en contrebas montait un délicieux parfum.

— C'est charmant, déclara Kelsey en s'approchant d'une petite table en cerisier sur laquelle était posé un vase en cristal empli de tulipes.

— C'était votre chambre. Bien sûr, la décoration a changé. Avant, il y avait une tapisserie en vichy rose et blanc. Votre maman a dit que si vous ne l'aimiez pas, vous pouviez prendre celle qui est de l'autre côté du couloir.

— Non, non, elle est parfaite, assura Kelsey.

— La salle de bains est ici, précisa Gertie en allant ouvrir une porte. N'hésitez pas à me réclamer des serviettes supplémentaires, ou n'importe quoi d'autre. Je vais chercher Mlle Naomi.

— Non, je vous en prie ! protesta Kelsey sur une impulsion. Je déballerai mes affaires plus tard, je préfère descendre tout de suite.

— Je m'en chargerai, ne vous inquiétez pas. Allez donc visiter la maison avant le déjeuner. Et boutonnez votre veste. L'air est encore frais, ce matin.

— C'est entendu, concéda Kelsey avec un sourire amusé avant de s'éloigner.

Elle songea d'abord à explorer rapidement la demeure, puis se ravisa. Dehors soufflait un petit vent printanier et vivifiant, et le soleil brillait de tous ses rayons. Kelsey se sentait en vacances. Avant de préparer ses bagages, la veille, elle n'avait pas compris à quel point elle avait besoin de s'éloigner de la solitude de son appartement et de sa routine quotidienne. À présent, elle avait des envies d'air pur, de paysages champêtres et de ciel bleu.

Et puis, elle avait des tas de choses à apprendre, se dit-elle quand l'odeur musquée des chevaux l'assaillit au moment où elle débouchait sous le porche. Après tout, elle ne connaissait rien au monde des courses. Et son intuition lui disait que pour cerner la personnalité de sa mère, elle devrait d'abord comprendre l'univers dans lequel celle-ci évoluait.

Résolument, la jeune femme se dirigea vers les écuries.

Dans le premier box, un vieux palefrenier pansait la jambe d'une jument. Kelsey marqua un temps d'hésitation en le voyant lever vers elle son visage sillonné de rides profondes.

— Excusez-moi, je cherche Mme Chadwick, dit-elle.

L'homme se mit à mâchonner la chique qui lui gonflait la joue.

— Alors, vous voilà de retour, hein ? Vous avez bien changé, pour sûr. Là, sois mignonne, ma grande.

Kelsey mit quelques secondes à comprendre que cette dernière remarque s'adressait à la jument.

— Elle a un problème ? s'enquit-elle en désignant l'animal.

— Une petite entorse. Elle est plus de la première jeunesse, mais elle est encore vaillante. Elle a 26 ans.

Comme Kelsey demeurait silencieuse, un sourire grimaçant vint éclairer le visage ridé.

— Vous vous souvenez pas de moi, hein ? Je m'appelle Boggs. C'est moi qui vous ai hissée sur votre premier poney. Vous étiez haute comme trois pommes, à l'époque. Je parie que vous avez oublié comment on tient en selle ?

— Non, je sais monter, répliqua Kelsey en tendant la main pour caresser les naseaux de la jument. Comment s'appelle-t-elle ?

— Queen Vanity Fair. Mais appelez-la Queenie, ça suffira. Elle est à la retraite, mais elle se prend encore pour une jeune fille. Si j'apportais une selle dans son box, elle dresserait les oreilles, croyez-moi !

— On peut encore la monter, alors ?

— Ça dépend du cavalier. Vous cherchez mam'zelle Naomi ? Elle est dans la stalle de reproduction, sur la gauche en sortant. Mais je vous préviens, il y a du remue-ménage, là-bas.

Kelsey s'apprêtait à s'éloigner quand il la rappela :

— Un conseil, ma belle. La prochaine fois que vous descendrez aux écuries, mettez une bonne paire de bottes.

— Euh... vous avez raison, acquiesça Kelsey en baissant les yeux sur ses mocassins.

Elle ressortit à l'air libre et contourna le bâtiment... pour s'arrêter net devant la scène qui s'offrait à elle. Entouré de plusieurs palefreniers, Gabriel Slater se tenait devant un petit enclos de bois et s'efforçait de maîtriser le plus bel étalon que Kelsey ait jamais vu.

Bien campé sur ses jambes puissantes, Gabriel tenait fermement la bride de l'animal qui se cabrait en hennissant, crinière au vent.

Témoin de cette lutte entre deux volontés farouches, la jeune femme n'aurait su dire qui, de l'étalon ou de l'homme, était le plus impressionnant.

Rejetant la tête en arrière, Gabriel éclata de rire.

— Nerveux, mon gars, hein ? Je te comprends. Rien de tel qu'une belle fille consentante pour vous chauffer les sangs ! (Sans même détourner la tête, il ajouta :) Salut, Kelsey ! Vous arrivez juste à temps pour le spectacle. Vous n'êtes pas prude, au moins ?

— Pas du tout ! rétorqua Kelsey.

— Parfait. Vous allez assister à la conception d'un futur champion, fruit d'une étroite collaboration entre Longshot et Les Trois Saules.

Le regard de Kelsey se reporta sur l'étalon qui piaffait, l'œil farouche et les muscles saillants sous sa robe baie ruisselante de sueur.

— Vous allez le lâcher sur une malheureuse jument ? s'inquiéta-t-elle.

— Croyez-moi, elle ne nous en tiendra pas rigueur !

S'approchant de l'enclos, Kelsey aperçut Naomi et Moïse qui tentaient de calmer la jument. En dépit de la lourde couverture de toile matelassée posée sur son encolure et qui entravait ses mouvements, celle-ci avait aussi fière allure que son amoureux fringant et semblait également pressée de conclure l'affaire.

D'une main, Naomi essuya la sueur et la poussière qui lui maculaient le front.

— Tu es déjà là ? s'étonna-t-elle en voyant Kelsey. Gertie devait me prévenir de ton arrivée.

— Je vous dérange ?

— Non, mais... les choses vont devenir plutôt crues.

— Je ne suis plus une enfant ! rétorqua Kelsey, vexée.

— Restez, et vous allez parfaire votre éducation sexuelle, intervint Moïse, avant d'annoncer aux palefreniers : Elle est prête.

— Recule ! intima Naomi à sa fille.

Comme Gabriel et ses aides faisaient pénétrer l'étalon dans la stalle, l'air parut s'imprégner d'une odeur sauvage et primitive. La jument hennit, de peur ou d'impatience, et ce cri vibrant donna la chair de poule à Kelsey.

D'un mouvement puissant, l'étalon grimpa sur le dos de la jument. Les yeux écarquillés, Kelsey vit Moïse s'approcher et aider l'animal dans l'aspect le plus technique de l'accouplement. Et la jeune femme retint son souffle en comprenant soudain pourquoi la jument portait une épaisse couverture sur l'encolure ; sans cette protection, l'étalon lui aurait cruellement mordu la peau.

Hypnotisée par la scène brutale qui se déroulait sous ses yeux, Kelsey s'avança sans même en avoir conscience. Le cœur battant, elle leva les yeux et s'aperçut que Gabriel la dévisageait avec insistance. Avec son front couvert de sueur, sa chemise ouverte sur une poitrine musclée, ses cheveux noirs rejetés en arrière, il offrait une image aussi barbare que l'étalon. Au regard brûlant dont il l'enveloppait, Kelsey se rendit compte avec stupeur qu'il éprouvait la même émotion qu'elle. Puis un lent sourire étira les lèvres de l'homme, comme s'il devinait avec précision les pensées confuses qui traversaient le cerveau de la jeune femme.

La voix de Naomi arracha brusquement Kelsey à la tempête émotionnelle qui la soulevait :

— Impressionnant, hein ?

— Est-ce... qu'elle souffre ? murmura Kelsey en tournant les yeux vers la jument.

— Si oui, je doute qu'elle s'en aperçoive, rétorqua Naomi en sortant de la poche de son jean un bandana bleu dont elle se servit pour essuyer son cou humide de transpiration. Certains étalons s'accouplent très gentiment, comme s'ils étaient timides ou très amoureux. Mais celui-là est une brute ! Évidemment, il y a des femmes qui apprécient, ajouta-t-elle avec un sourire.

Kelsey préféra se réfugier dans la conversation pour échapper au trouble qui l'avait envahie.

— Comment choisissez-vous l'étalon pour chaque saillie ? demanda-t-elle.

— Cela dépend de son pedigree, de ses qualités physiques, et parfois même de la couleur de sa robe. Nous établissons des cartes génétiques, puis nous croisons les doigts. Seigneur, je me damnerais pour une cigarette ! Allons prendre l'air. C'est presque fini, maintenant.

Naomi tira un paquet de chewing-gum de sa poche et le tendit à Kelsey.

— Tu en veux un ?

— Non, merci.

— C'est un piètre substitut pour le tabac, soupira Naomi en glissant une tablette dans sa bouche. Comme tous les substituts d'ailleurs. (Observant sa fille, elle ajouta :) Tu as l'air fatigué. Tu as passé une mauvaise nuit ?

— Un peu agitée, en effet, reconnut Kelsey.

Naomi soupira derechef en se remémorant la petite fille bavarde et volubile qu'elle avait connue naguère.

— Tu n'es pas obligée de me répondre, mais j'aimerais savoir si Philip s'est opposé à ta venue, enchaîna-t-elle.

— Disons qu'il a été blessé que j'accepte votre proposition.

— Je vois. Je te suggérerais bien de lui parler pour tenter de le rassurer, mais cela ne ferait qu'empirer la situation, n'est-ce pas ?

— Oui.

— Eh bien, tant pis. Il survivra. Je ne vais pas faire la morte parce que certaines personnes préféreraient que je le sois vraiment.

Un sourire vint adoucir ses traits comme elle avisait Gabriel qui entraînait l'étalon hors de l'enclos.

— Alors, tu crois que ça a marché ? lui demanda-t-elle.

— En tout cas, ce ne sera pas faute d'avoir essayé ! J'espère que ce poulain sera le premier d'une longue série. Alors, Kelsey, que pensez-vous de cette initiation intéressante à la vie d'un élevage ? Si vous êtes encore dans le coin dans un an, vous verrez le résultat de ce petit rendez-vous galant.

— Un rendez-vous galant ? Il me semble qu'en l'occurrence, la dame n'avait guère le choix ! protesta Kelsey.

— Le monsieur non plus. Quand l'attirance est aussi primaire et intense, il n'y a qu'à laisser parler la nature. C'est parfois pareil pour les humains.

Son regard espiègle jaugea Kelsey tandis qu'il sortait un cigare de sa poche.

— Excusez-moi, je vais voir la jument, dit Naomi avant de s'éloigner.

Restée seule en compagnie de Gabriel, Kelsey désigna l'étalon que deux employés s'efforçaient d'apaiser.

— Vous ne devriez pas partager ce cigare avec lui ? ironisa-t-elle. J'ai toujours cru qu'après l'amour, les garçons se réunissaient pour comparer leurs prouesses sexuelles.

— Il y a longtemps que je n'ai plus rien à prouver dans ce domaine. Est-ce moi qui vous rends nerveuse, ou juste l'atmosphère ?

— Ni l'un ni l'autre.

Gênée par les allusions malicieuses de Gabriel, la jeune femme s'empressa de détourner la conversation :

— Ainsi, vous êtes le propriétaire de Longshot ? J'ai admiré votre maison de la route. Elle est plutôt originale.

— Je l'ai conçue à mon image, après avoir fait raser l'ancienne demeure qui s'élevait sur la propriété, un truc très prétentieux qui ne me plaisait pas du tout. Il faudra que vous veniez visiter les lieux.

— Volontiers, mais j'aimerais tout d'abord visiter Les Trois Saules.

— Vous ne trouverez jamais plus bel élevage sur la côte Est, hormis le mien, bien sûr ! (Il entendit un ricanement dans son dos et se tourna à demi pour sourire à Moïse qui s'était approché.) Évidemment, j'aurais le meilleur haras de tout le pays si j'arrivais à débaucher Whitetree. Qu'en dis-tu, Moïse ? Je double ta paye.

— Garde ton fric pour t'acheter un costume neuf, cow-boy. Les éleveurs dans ton genre, ça ne fait pas long feu.

— Tu m'as dit la même chose il y a cinq ans.

— Et je le répète aujourd'hui. Donne-moi un cigare. (Comme Gabriel s'exécutait en riant, l'entraîneur ajouta :) Ton palefrenier, celui qui a le nez cassé... Il sent le gin à vingt mètres.

Le sourire de Gabriel s'évanouit instantanément.

— Je m'en occupe, dit-il d'une voix sourde.

— C'est le boulot de ton entraîneur, objecta Moïse.

— Oui, mais ce sont mes chevaux. Excusez-moi...

Sans plus attendre, Gabriel tourna les talons et se dirigea vers le van dans lequel des employés faisaient monter l'étalon. Le regardant s'éloigner, Moïse maugréa :

— Celui-là, il changera jamais !

— Gabriel ne connaît pas la hiérarchie, fit Naomi qui avait rejoint Moïse et Kelsey. Tu aurais d'abord dû avertir Jamison, Moïse.

— Jamison n'a pas besoin qu'on lui dise ce qui se passe sous son nez.

Kelsey intervint :

— Pourriez-vous m'expliquer ce qui se passe ?

— Gabriel va virer un de ses palefreniers, répondit Naomi.

— Comme ça ? Tout de suite ?

— On ne boit pas sur son lieu de travail, décréta Moïse. Mais c'est une affaire entre l'entraîneur et l'employé. Un proprio devrait pas s'en mêler.

— Pourquoi ?

— Parce que c'est un proprio.

Sur un hochement de tête, Moïse s'éloigna en direction des écuries. Kelsey reporta son attention sur Gabriel qui s'était immobilisé devant le van pour apostropher l'un des palefreniers.

Ce dernier, un petit homme sec à la mine arrogante, parut protester avec vigueur. Sans entendre les propos échangés, Kelsey comprit que le ton montait. Soudain, elle vit le palefrenier balancer son poing fermé vers la figure de Gabriel qui para le coup avec souplesse.

Inquiètes, Kelsey et sa mère s'approchèrent de Gabriel qui avait reculé d'un pas et considérait son employé avec mépris.

— Va faire ton baluchon, Lipsky ! ordonna-t-il froidement. Tu es viré de Longshot.

L'air mauvais, l'homme s'essuya la bouche du revers de la main. À côté de Gabriel, il paraissait plutôt chétif. Il n'était pas ivre au point de perdre l'équilibre, mais le gin ingurgité suffisait à le rendre agressif et sûr de lui dans ce combat perdu d'avance.

— Pour qui vous vous prenez, Slater ? persifla-t-il. J'en sais plus sur les chevaux que vous n'en apprendrez dans toute votre vie ! Vous crânez, mais tout le monde sait que vous êtes un tricheur, et que votre père est un minable, alcoolique au dernier degré !

Un éclair brilla dans le regard bleu de Gabriel. Aussitôt, par un accord tacite, les autres employés se regroupèrent pour former un cercle autour des deux hommes.

— Tu connais mon père, Lipsky ? Ça ne m'étonne pas. Qui se ressemble s'assemble. Maintenant, va chercher ta paye et prends tes affaires. Je ne veux plus te voir dans le coin.

— C'est Jamison qui m'a embauché, bien avant que vous ne rachetiez la ferme Cunningham. Ça fait dix ans que j'y bosse, et j'y serai encore quand vous serez retourné à votre roulette et à votre black-jack !

— Jamison t'a peut-être engagé, mais maintenant, c'est moi qui signe les chèques, rétorqua Gabriel. Et je n'emploie pas les ivrognes. Si jamais tu t'approches encore de mes chevaux, je te promets que c'est à moi que tu auras affaire.

Gabriel se détourna et leva les yeux sur Kelsey, qui avait observé toute la scène. En le voyant si dédaigneux, elle eut juste le temps de songer qu'elle n'aimerait pas se trouver à la place de Lipsky en ce moment. Puis, la seconde suivante, elle surprit un éclat métallique dans l'air, juste derrière Gabriel.

L'exclamation de la jeune femme mourut dans sa gorge. Mais Gabriel avait déjà pivoté sur lui-même pour faire face au palefrenier qui, fou de rage, s'élançait sur lui, un couteau à la main. La lame plongea et rasa le bras de Gabriel. Du sang apparut sur sa manche de chemise.

Lipsky se rejeta en arrière puis, les traits déformés par la rage, se mit à tourner autour de Gabriel. Celui-ci pesta intérieurement contre lui-même. Il avait commis l'erreur de sous-estimer les effets de l'alcool sur un homme au caractère déjà teigneux.

— Tu veux te battre, Lipsky ? D'accord, amène-toi. Je te garantis que tu auras besoin de ton couteau, lança-t-il, cinglant.

La main qui brandissait l'arme trembla. L'espace d'un instant, Lipsky parut hésiter. Mais le défi de Gabriel avait aiguillonné sa fierté. Devant les autres, il ne pouvait plus se défiler.

Horrifiée, Kelsey agrippa le bras de sa mère.

— Il faut faire quelque chose ! Appeler la police ! s'exclama-t-elle.

— Non, pas la police ! répliqua aussitôt Naomi en pâlissant.

Impuissante, Kelsey se tourna vers les deux hommes qui s'affrontaient du regard. Soudain Lipsky prit son élan. La lame zébra l'air, manquant l'épaule de Gabriel de quelques centimètres. Dans le cercle qui s'était formé autour d'eux, nul ne bougeait. Les employés se contentaient d'assister à ce règlement de comptes. De nouveau, Lipsky se fendit en avant. Alors, sans réfléchir, Kelsey s'empara d'une fourche appuyée contre l'enclos et se précipita vers les deux adversaires.

Elle se figea en voyant Lipsky s'effondrer tête la première dans la poussière. Le mouvement de Gabriel avait été si rapide qu'elle ne l'avait pas vu feinter et catapulter son agresseur sur le sol. Le couteau virevolta en l'air avant d'atterrir un peu plus loin, hors de portée de Lipsky.

À présent, le visage dur, Gabriel écrasait l'employé d'un regard dégoûté.

— Jamison t'enverra tes affaires et ton fric, gronda-t-il. File d'ici avant que je te casse en deux !

Il se pencha, saisit Lipsky par le col de sa chemise et, sans effort apparent, le projeta à quelques mètres de là. Puis il se tourna vers ses hommes :

— Conduisez-le hors de la propriété. Qu'il aille se faire pendre ailleurs !

— Oui, m'sieur Slater.

Visiblement impressionnés, les employés s'empressèrent d'obtempérer. Deux d'entre eux encadrèrent Lipsky et l'entraînèrent vers le camion auquel était attaché le van.

— Désolé, Naomi, marmonna Gabriel en rejoignant les deux femmes. J'aurais dû attendre d'être rentré à Longshot pour le virer.

— J'aurais raté un beau pugilat ! plaisanta-t-elle avec un sourire forcé en regardant le sang qui tachait la chemise de Gabriel. Viens à la maison, il faut nettoyer la plaie.

— Ce n'est qu'une égratignure, mais je ne vais pas laisser passer l'occasion de me faire dorloter par une jolie femme !

L'air goguenard, il se tourna alors vers Kelsey, qui tenait toujours sa fourche, si fort que les jointures de ses doigts avaient blanchi. Sous son regard, elle s'empourpra violemment.

— Vous pouvez lâcher ce truc, dit-il en lui ôtant doucement l'objet des mains. C'est inutile, maintenant. Mais c'est l'intention qui compte. Je vous remercie beaucoup de votre soutien.

Kelsey sentit ses jambes se dérober sous elle. Au prix d'un effort intense, elle se domina.

— Vous allez le laisser partir ? s'étonna-t-elle d'une voix chevrotante.

— Bien sûr.

— D'ordinaire, les gens qui se rendent coupables de tentative de meurtre sont jetés en prison.

— La plupart du temps, nous préférons régler nos différends entre nous, répliqua Naomi avec un sourire en coin.

Elle remonta la manche de Gabriel et, saisissant son bandana, entreprit d'éponger le sang.

— Tu n'as pas un jupon à déchirer pour me faire un bandage ? ironisa celui-ci.

— Non, désolée. Presse le tissu contre la blessure et suis-moi, lui enjoignit-elle.

— À vos ordres, m'dame ! répliqua gaiement Gabriel, avant d'ajouter à l'intention de Kelsey : Bienvenue aux Trois Saules, Kelsey !

5

Kelsey laissa sa mère panser la plaie de Gabriel tandis que Gertie caquetait autour d'eux telle une poule affolée. En ce qui la concernait, la jeune femme aurait plutôt opté pour les urgences de l'hôpital le plus proche, mais nul ne paraissait particulièrement intéressé par son opinion. Dans la région, on semblait prendre les coups de couteau avec philosophie et soigner les éventuels blessés dans la cuisine.

Une fois le bras de Gabriel désinfecté et bandé, on servit des bols de bouillon et des biscuits chauds. On parla chevaux, pedigrees, courses hippiques et, comme Kelsey n'y connaissait rien, elle put observer son entourage tout à loisir.

La relation existant entre Naomi et Gabriel Slater l'intriguait. Ils semblaient très intimes, comme le démontraient certains de leurs gestes, de leurs regards ainsi que les petites attentions qu'avait Gabriel pour son hôtesse. Kelsey avait beau se dire que cela ne la concernait en rien puisque ses parents étaient divorcés depuis de nombreuses années, elle ne pouvait s'empêcher d'éprouver de la contrariété à l'idée que Naomi et Gabriel soient amants.

Pourtant, ils formaient un beau couple. En plus de leur passion commune pour les chevaux, ils possédaient tous deux cette vitalité étonnante qui transpirait dans chacun de leurs mouvements, et qui trahissait même parfois une violence sous-jacente, heureusement soigneusement contrôlée.

— Kelsey aimerait peut-être assister à l'entraînement, un de ces jours, suggéra Gabriel qui savourait son café.

— Vous n'exercez pas les chevaux ici ? s'étonna la jeune femme.

— Ici, et sur le champ de courses, expliqua Naomi. Cela les habitue à la foule.

— Et cela permet aux parieurs d'estimer leur valeur, renchérit Gabriel. Mais je vous préviens, il faudra vous lever aux aurores.

— Cela ne me gêne pas, affirma Kelsey.

— Alors, rendez-vous demain à l'hippodrome ?

— Parfait.

— Nous te rejoindrons là-bas, déclara Naomi en jetant un coup d'œil à sa montre. Maintenant excusez-moi, il faut que j'aille aux écuries. J'attends le maréchal-ferrant. Termine ton café, Gabriel. Kelsey te tiendra compagnie.

Saisissant sa veste en jean, elle se leva et quitta la pièce sous le regard perplexe de sa fille.

— Elle ne tient pas en place ! murmura celle-ci.

— Le premier trimestre de l'année est toujours le plus agité. Dites-moi, aviez-vous vraiment l'intention de pourfendre Lipsky avec cette fourche ?

Ignorant le regard bleu pétillant de malice, Kelsey haussa les épaules.

— Ni vous ni moi ne le saurons jamais, rétorqua-t-elle.

— Moi, je parie que oui. Vous aviez l'air sacrément déterminé. Je ne regrette pas d'avoir vu ça, même si ça m'a valu une belle estafilade.

— Vous aurez une cicatrice, Slater. Estimez-vous heureux que ce ne soit pas sur votre belle petite gueule.

Le ton agressif parut divertir Gabriel qui s'enquit, narquois :

— C'est un compliment ? En tout cas, je vous remercie de m'avoir prévenu.

— Comment cela ? Je n'ai même pas eu le temps de crier.

— Votre visage était très expressif.

Avec nonchalance, il tira un jeu de cartes de sa poche et commença à les battre.

— Vous jouez au poker ? s'enquit-il.

— Non, mais je connais les règles.

— Un conseil : ne bluffez jamais. Vous y laisseriez votre chemise.

— Vous parlez en connaisseur, on dirait.

— Oh oui !

Machinalement, il distribua deux cartes face visible.

— Vous misez sur votre dame de pique ? demanda-t-il.

— Pourquoi pas ? répliqua Kelsey, traversée tout à coup par un petit frisson de plaisir.

Il distribua trois autres tournées de cartes.

— Je suis toujours maître, annonça-t-elle avec satisfaction. Qu'est-ce qui vous intéresse le plus, les chevaux ou le jeu ?

— J'ai plusieurs centres d'intérêt.

— Y compris Naomi ?

— Y compris Naomi. (Il retourna la dernière carte et sourit.) Une paire de cinq. On dirait que votre dame est battue.

Kelsey esquissa une petite moue et fit remarquer :

— C'est dommage de perdre contre des cartes aussi insignifiantes.

— Aucune carte n'est insignifiante lorsqu'elle est gagnante.

D'un geste vif, il s'empara de la main de la jeune femme et la porta à ses lèvres. Kelsey se raidit.

— Vous affolez pas, m'dame ! C'est juste une vieille tradition du Sud. Vous m'avez sauvé la vie et j'ai une dette envers vous. Comment voulez-vous que je la rembourse ?

Kelsey sentit les battements de son cœur s'accélérer. Cela faisait une éternité qu'elle n'avait éprouvé ce genre d'émotion en compagnie d'un homme. C'était à la fois excitant et effrayant.

— Cela ne vous gêne pas de me faire des avances dans la cuisine de ma mère ? fit-elle d'un ton qui se voulait cinglant.

— Je n'appelle pas ça une avance.

Tenant fermement la main de Kelsey, il la tourna et pressa les lèvres au creux de sa paume. Sous ses doigts, il sentit le pouls de la jeune femme s'accélérer.

— Ça, c'est une avance ! chuchota-t-il.

Il la libéra et ramassa les cartes avant de se lever.

— À demain matin. À moins que vous ne changiez d'avis.

— Ça ne risque pas. Quand j'ai décidé quelque chose, je m'y tiens. Je sais ce que je veux, et aussi ce que je ne veux pas. Et cela vaut aussi pour vous, Slater.

Il se pencha de façon que leurs visages soient au même niveau et souffla :

— Je vous ai dit de ne pas bluffer, Kelsey. Vous perdriez.

Sur ces mots, il quitta la pièce.

De retour à Longshot, Gabriel alla directement trouver Jamison. L'entraîneur travaillait déjà pour Cunningham, l'ancien propriétaire, et quand Gabriel avait acquis la propriété il n'avait pas eu beaucoup de mal à le convaincre de rester.

Jamison adorait les chevaux dont il s'occupait. Bien qu'il eût entraîné des générations de champions, peu l'auraient comparé à Moïse Whitetree. C'était un bon vivant, amateur de bière et de bonne chère, comme le prouvait sa bedaine prononcée. Il avait consacré sa vie entière aux courses et, à 62 ans, il rêvait désormais d'acquérir son propre crack qui lui assurerait une retraite confortable.

Jamison reposait son livre de comptes comme Gabriel pénétrait dans son bureau.

— Il paraît que vous avez eu des ennuis ? dit-il d'un ton soucieux.

— Combien de fois avez-vous surpris Lipsky ivre au travail ? demanda Gabriel sans préambule.

Jamison soupira.

— Deux fois. Je lui ai donné un avertissement en lui disant qu'il serait viré si la chose se reproduisait. C'est un bon employé, Gabriel. D'accord, il est porté sur la bouteille, mais il travaille ici depuis plus de dix ans. Évidemment, j'étais loin de me douter qu'il allait vous agresser.

— Vous savez ce que je pense des ivrognes, Jamie. On ne peut pas se fier à eux.

— J'ai suivi mon propre jugement.

— C'était une erreur. Si un gars arrive saoul au boulot, je veux qu'il dégage sur l'heure. Sans exception. Compris ?

— C'est vous le patron, acquiesça Jamison, sans pouvoir dissimuler son irritation.

Satisfait, Gabriel s'empara du livre de comptes pour le feuilleter.

— Ne croyez pas que je cherche à me substituer à votre autorité, ajouta-t-il au bout d'un moment. En ce qui concerne les chevaux, j'accepte tous les conseils que vous pourrez me donner. Mais j'entends m'investir totalement dans la gestion de l'écurie, et ceci à tous les niveaux. Jusqu'ici, je me suis déchargé sur vous car j'étais accaparé par d'autres problèmes. Il fallait que je me fasse accepter dans le cercle très fermé des propriétaires de chevaux. Aujourd'hui, c'est chose faite, et j'ai l'intention de tout superviser, même si je dois moi-même manier la fourche.

Comme il prononçait ces mots, l'image de Kelsey s'imprima dans son cerveau. Il esquissa un sourire.

Jamison émit un vague grognement. *Des paroles, tout ça !* songeait-il. Rares étaient les propriétaires qui s'intéressaient réellement à la routine d'un haras. Tout ce qu'ils désiraient d'ordinaire, c'était avoir leur loge personnelle dans l'enclos des accrédités, et récolter des espèces sonnantes et trébuchantes après chaque course.

Gabriel referma le livre de comptes avec un claquement sec.

— Nous n'avons pas de temps à perdre, il faut être à Pimlico à 3 heures. Qui monte la pouliche ?

— Torky. C'est Lynette qui la soigne.

— Eh bien, allons voir s'ils forment une bonne équipe.

Livrée à elle-même, Kelsey alla troquer ses mocassins contre des bottes avant de ressortir. Consciente de n'être qu'une gêne pour les employés, elle s'éloigna des écuries pour se diriger vers les pâturages doucement vallonnés où broutaient les chevaux. Elle avait besoin de se changer les idées et de réfléchir.

S'immobilisant près d'une pimpante barrière blanche, elle admira trois juments qui gambadaient en compagnie de leurs poulains. Le tableau était presque trop parfait, comme une carte postale. C'était frustrant de constater qu'il n'évoquait aucun souvenir en elle. Elle avait passé une bonne partie de sa petite enfance aux Trois Saules, c'était ici que sa destinée avait subi un revirement décisif, et cependant cette période s'était totalement effacée de sa mémoire.

Une voix s'éleva dans son dos, l'arrachant à ses pensées :

— Ne sont-ils pas magnifiques ? Je ne me lasse jamais de les contempler, année après année. C'est à la fois apaisant et excitant.

Kelsey se tourna pour regarder sa mère, dont les cheveux, coupés en un simple carré, voletaient dans la brise printanière.

— Ils sont superbes, reconnut-elle. Et si placides ! C'est dur de les imaginer en train de disputer une course.

— Ce sont des athlètes, élevés pour la vitesse. Tu le vérifieras par toi-même demain matin. Tu vois celui qui tète sa mère, là-bas ? Il a juste 5 jours.
— 5 jours ?
— Eh oui ! Les poulains grandissent vite. Ça commence ici, ou plus exactement dans la stalle de reproduction, et cela finit sur le champ de courses. Dans trois ans, celui-ci sera un champion. Il aura atteint sa taille adulte et aura son jockey attitré. C'est un processus merveilleux à observer.
— Cela ne doit pourtant pas être facile de transformer un être aussi délicat en un crack hors pair.
— Tu as raison, convint Naomi avec un sourire. Cela représente un travail acharné, une dévotion inouïe, et bien souvent de cruelles déceptions. Mais cela en vaut la peine, crois-moi. (Elle abaissa la visière de sa casquette afin de protéger ses yeux du soleil et ajouta :) Désolée de t'avoir laissée seule si longtemps, mais le maréchal-ferrant est un bavard. C'était un ami de mon père et il n'arrête pas de ressasser le bon vieux temps.
— Ce n'est pas grave. Il ne faut pas vous sentir obligée de me distraire.
— Qu'attends-tu de moi, alors ?
— Rien, pour l'instant.
— Je suis navrée pour l'épisode de ce matin. Tu aurais pu rêver mieux comme accueil. Tu n'es pas fâchée, au moins ?
— Non, plutôt stupéfaite. Je n'arrivais pas à en croire mes yeux. Tous ces gens qui se contentaient de regarder la bagarre sans réagir !
— Toi, tu as réagi, objecta Naomi avec un sourire. J'ai bien cru que tu allais transpercer cet ivrogne de part en part ! Je t'envie cela, Kelsey, cette témérité, ce sens exacerbé de la justice. Moi, je n'ai plus le courage, mais à une certaine époque, je n'aurais pas hésité, moi non plus. (D'un geste frileux, elle se frictionna les bras.) Tu te demandes pourquoi Gabriel n'a

pas prévenu la police ? Simplement par égard pour moi, afin de ne pas me bouleverser. (Fermant les yeux, elle ajouta :) Vois-tu, je n'ai pas eu peur le jour où on est venu m'arrêter. J'étais tellement sûre que tout se finirait bien ! J'étais une Chadwick, il ne pouvait rien m'arriver. Puis il y a eu cet interrogatoire qui n'en finissait pas dans cette salle grise, cette chaise dure et bancale qu'on m'avait donnée, et ces policiers qui cherchaient à me déstabiliser. Peu à peu, l'angoisse s'est insinuée en moi, jusqu'à ce que je sois incapable de la refouler. Quand j'ai quitté cette horrible pièce, j'étais terrifiée.

Elle inspira profondément, se rappelant qu'elle était libre de toute entrave désormais, sauf de ses souvenirs obsédants.

— Ensuite il y a eu le procès, et enfin le verdict. Dans ces moments-là, on fait semblant d'être calme, d'avoir confiance, parce que tous les regards sont braqués sur vous. Mais au fond, on tremble, on se liquéfie. Puis, quand le mot « coupable » tombe, c'est la douche froide. On refuse d'y croire, et en même temps on sait que c'est inéluctable, définitif. (De nouveau, un soupir.) Tu comprends pourquoi je suis réticente à rencontrer la police, conclut-elle d'une voix posée.

Un long silence s'ensuivit avant que Naomi ne prenne de nouveau la parole :

— Quand tu étais petite, nous venions souvent ici. Je t'asseyais sur la barrière et tu caressais les poulains.

— Je suis désolée, je ne m'en souviens pas.

— Aucune importance. Tu vois le noir, là-bas, qui se dore au soleil ? C'est un as. Je l'ai su dès qu'il est né. Ce sera sans doute l'un des meilleurs chevaux élevés aux Trois Saules.

Kelsey observa le poulain plus attentivement. Il était certes adorable, mais à ses yeux rien ne le distinguait de ceux qui folâtraient non loin.

— Comment le sais-tu ? s'enquit-elle.

Elle avait employé le tutoiement très naturellement, sans même s'en apercevoir.

— C'est écrit dans ses yeux, et dans les miens. Nous le savons, voilà tout, répondit Naomi avec simplicité.

Elle s'appuya contre la barrière et, durant un long moment, la mère et la fille demeurèrent côte à côte, le regard perdu sur les herbages qui s'étendaient à perte de vue.

Tard cette nuit-là, dans la grande maison silencieuse, Naomi se blottit contre Moïse, écoutant le vent qui sifflait derrière les carreaux. Elle aimait qu'il vienne la rejoindre dans sa chambre, comme ce soir. C'était plus réconfortant que lorsqu'elle se glissait furtivement dans son appartement à lui, aménagé au-dessus du bureau. D'un autre côté, cet aspect clandestin de leur liaison l'amusait.

Promenant sa main sur la poitrine musclée, elle se souvint avec humour de leur première nuit. Elle était venue le trouver alors qu'il ne s'y attendait absolument pas, et l'avait surpris au lit, une canette de bière à la main. Dans son regard noir, elle avait lu la stupeur, l'incrédulité, et la passion. Moïse la désirait depuis toujours. Elle avait juste mis seize ans à se rendre compte que c'était réciproque.

— Je t'aime, chuchota-t-elle.

Moïse emprisonna la main de sa maîtresse dans sa paume calleuse. Jamais il ne s'habituerait à ce simple aveu, et chaque fois que Naomi le prononçait, il sentait son cœur bondir de joie.

— Moi aussi, répondit-il. Sinon, pourquoi aurais-je accepté de venir alors que ta fille dort à l'autre bout du couloir ?

Naomi éclata d'un rire gai.

— Kelsey n'est plus une enfant, protesta-t-elle. Je doute qu'elle soit traumatisée de te savoir dans mon lit.

Se redressant avec souplesse, elle s'assit sur les cuisses de son amant qui, d'un geste automatique, fit glisser ses mains le long du torse mince et les referma sur ses seins.

— Tu es plus belle de jour en jour, Naomi. D'année en année.

— Tu dis cela parce que ta vue baisse, se moqua-t-elle.

— Pas quand je te regarde.

Naomi se sentit fondre de tendresse.

— J'aime quand tu deviens sentimental, murmura-t-elle. Mais lorsque je regarde Kelsey, je mesure le temps écoulé. C'est merveilleux de la savoir près de moi, même pour peu de temps, même si je me surprends à compter mes rides dans la glace.

— Je suis dingue de tes foutues rides !

— Quand j'étais jeune, j'attachais beaucoup d'importance à ma beauté. C'était comme un devoir, une mission. Puis, durant des années, cela n'a plus rien signifié du tout. Jusqu'à ce que je te rencontre.

Elle se pencha et sa bouche effleura celle de Moïse. Il la souleva par les hanches et se glissa en elle avant de la regarder se renverser en arrière avec un gémissement. Puis, doucement, il lui imposa son rythme pour les mener tous deux au plaisir.

Kelsey, qui revenait de la cuisine où elle s'était préparé une tisane, s'immobilisa en haut des marches, sa tasse à la main. À travers le mur, lui parvenaient des plaintes étouffées et les craquements du sommier. La jeune femme se sentit rougir. Nul besoin d'être sur place pour deviner ce qui se passait dans la chambre de Naomi !

Emplie de confusion, elle s'empressa de gagner sa chambre sur la pointe des pieds. Jamais elle n'avait entendu des bruits aussi intimes sortant de la chambre de son père et de Candice. Sans doute étaient-ils trop réservés pour s'aimer de manière aussi bruyante.

Après tout, c'était très malpoli d'écouter aux portes. Et il n'y avait pas là de quoi être choquée. Sa mère était une adulte qui avait une vie sexuelle normale, voilà tout.

Pourtant, elle avait beau se raisonner, une question lancinante la taraudait. Avec qui se trouvait Naomi ? La réponse lui apparut soudain, évidente. Gabriel Slater, sans aucun doute. Mais pourquoi cette certitude la bouleversait-elle autant ?

Mieux valait ne pas s'appesantir sur le sujet.

S'approchant de la fenêtre, Kelsey se mit à contempler les jardins baignés par la lumière argentée de la lune. Un paysage romantique à souhait. Mais elle n'était pas venue ici chercher de la romance. Elle était venue pour en apprendre plus sur cette femme mystérieuse : sa mère.

Avec un soupir, elle se mit au lit. Malheureusement, le sommeil s'obstina à la fuir, jusqu'à ce que, bien plus tard, une porte s'ouvre puis se referme, et qu'un bruit de pas étouffé monte de l'escalier. Alors Kelsey ferma les yeux et se laissa terrasser par la fatigue.

6

Kelsey avait toujours songé à un hippodrome comme à un endroit bruyant envahi de fumeurs de cigares et de joueurs frénétiques mais le lendemain elle découvrit un univers magique, presque irréel. La brume noyait la piste et les gradins déserts. De ce rideau blanchâtre émergeaient les silhouettes fantomatiques des chevaux prêts pour l'entraînement. Leurs sabots martelaient le sol humide, et les plus impatients piaffaient, faisant cliqueter leur harnachement.

— C'est très beau, murmura Kelsey à Naomi. Pas du tout ce que je m'étais imaginé...

— La plupart des gens ne voient qu'un seul aspect des courses : deux minutes de galop et hop, terminé ! Bien souvent, on juge les gens aussi rapidement, sur une seule de leurs facettes. Viens, je vais te montrer le paddock. C'est là que tout se passe.

Kelsey découvrit toute une faune pittoresque : des jockeys vieillissants qui avaient raté leur carrière et qui gagnaient quelques dollars par semaine comme garçons d'écurie ; des adolescents au regard avide qui rôdaient, guettant leur chance. On discutait chevaux, stratégie, régimes, sans excitation particulière. Juste la routine, en somme.

Kelsey repéra un homme vêtu d'un costume bleu pâle et chaussé de bottes étincelantes, qui conversait avec un bonhomme à l'air maussade. De temps en temps, le premier ponctuait ses paroles d'un mouvement péremptoire de l'index, où étincelait une bague en diamant en forme de fer à cheval.

— C'est Bill Cunningham, expliqua Naomi, sans dissimuler la note de dédain dans sa voix. C'est lui qui était propriétaire de Longshot, à l'époque où l'élevage s'appelait encore Cunningham Farm. À présent, il habite dans le Maryland. L'homme avec qui il parle s'appelle Carmine. C'est son entraîneur. Il a l'air d'écouter les instructions de Bill, mais comme d'habitude, il n'en fera qu'à sa tête. Tout le monde sait que Bill est un abruti. Ô misère ! Il nous a vues !

D'un pas vif, Cunningham s'approcha des deux femmes. Les yeux brillants, il s'empara de la main de Naomi.

— Naomi ! Quelle charmante rencontre par un matin aussi lugubre !

— Vous vous faites rare à l'entraînement, Bill.

— Je viens de m'acheter une nouvelle pouliche. Elle a gagné haut la main à Hialeah et j'expliquais justement à Carmine comment la faire travailler aujourd'hui. Je ne veux pas qu'il la dorlote.

— Bien sûr. Bill, je vous présente ma fille, Kelsey.

Bill écarquilla les yeux avec une surprise feinte. Comme tous les gens du coin, il avait déjà entendu parler de Kelsey.

— Votre fille ? Vous voulez dire votre sœur ! Ravi de vous rencontrer, beauté, dit-il à Kelsey en lui broyant la main. Alors, on marche sur les traces de sa maman, hein ?

— Je suis juste ici pour regarder, répliqua la jeune femme.

Avec un clin d'œil à l'intention de Naomi, Cunningham affirma :

— Je parie qu'avant ce soir, vous aurez attrapé le virus ! Surtout, consultez-moi avant de miser le moindre dollar. J'ai quelques bons tuyaux.

— Merci.

— Tu parles ! murmura Naomi tandis que l'homme s'éloignait. Il a le chic pour dénicher les toquards, mais il se prend pour un expert. C'est le genre de type à payer son jockey au nombre de coups de cravache.

— Je m'étonne que tu te sois montrée si polie avec lui.

— Ça ne m'a rien coûté. Et puis, je sais ce que c'est que d'être exclu.

À l'autre bout du paddock, les garçons d'écurie aidaient les jockeys à se jucher sur leurs montures. Kelsey remarqua que les selles étaient minuscules et les étriers très courts.

— Voilà le nôtre, Orgueil de Virginie, dit Naomi en désignant un grand cheval bai. Si tu en as envie, tu pourras miser quelques dollars sur lui cet après-midi. Il apprécie tout particulièrement ce genre de terrain. Viens maintenant, l'entraînement va commencer.

Elles retournèrent vers la piste. À présent, la brume se levait. Les chevaux prirent place dans les stalles, et le départ fut donné. D'un même mouvement, montures et cavaliers, soudés l'un à l'autre, s'élancèrent en un galop effréné. Kelsey retint son souffle en voyant les jambes fines et nerveuses des chevaux fouler la boue dans une envolée de mottes de terre.

— Regarde, voilà Orgueil ! cria-t-elle à Naomi d'une voix excitée, en désignant le grand bai qui se détachait du peloton.

— Le terrain est rapide aujourd'hui, mais j'imagine que Moïse a dit au jockey de le maintenir juste en dessous des deux minutes.

— Comment le jockey compte-t-il le temps écoulé ?

Une voix masculine s'éleva derrière Kelsey :

— Il a une horloge dans la tête. Bonjour, mesdames. Orgueil a l'air en forme, ce matin.

— Bonjour, Gabriel, répondit Naomi. Oui, il a du punch. Mais il en aura encore plus pour le Derby. Quitte ou Double n'a qu'à bien se tenir !

Sur la piste, les chevaux venaient de franchir la ligne d'arrivée. À contrecœur, Kelsey se détourna pour jeter un coup d'œil à Gabriel dont la présence ne lui rappelait que trop les bruits gênants entendus la veille.

— Vous avez choisi votre favori ? s'enquit ce dernier.

— Je n'aime pas les jeux d'argent, répondit-elle du bout des lèvres, avant d'ajouter : Mais Bill Cunningham m'a proposé de me conseiller.

Gabriel partit d'un rire tonitruant.

— Cunningham ? répéta-t-il. Ma pauvre chérie, si vous l'écoutez, vous n'aurez bientôt plus un sou en poche !

Il sortit un cigare de sa poche, puis se ravisa en songeant que la fumée couvrirait le parfum de Kelsey, le genre d'odeur subtile et douce qui subsiste même après le départ d'une femme.

Ils suivirent les chevaux qui réintégraient maintenant le paddock pour y être dessellés. Après l'effort, leurs robes luisantes de sueur fumaient doucement dans la fraîcheur du matin. Les jockeys ayant mis pied à terre, les palefreniers s'activèrent. On tâta les jambes des montures à la recherche d'éventuelles entorses ou meurtrissures, puis on entreprit de les bouchonner. Kelsey vit un garçon d'écurie graisser les sabots d'un robuste rouan. Plus loin, un maréchal-ferrant, la taille ceinte d'un tablier de cuir, fixait un fer à l'aide d'une masse.

— On dirait un tableau, hein ? chuchota Gabriel à l'oreille de la jeune femme, comme s'il avait lu directement dans ses pensées.

Sans attendre de réponse, il se tourna vers Naomi et, d'un geste naturel, ramena derrière son oreille une mèche blonde qui avait glissé.

— Que diriez-vous d'un café, mesdames ?

— Bonne idée, répliqua Naomi. Kelsey ?

— Volontiers, acquiesça cette dernière. En attendant, puis-je aller voir Orgueil de plus près ?

— Bien sûr.

Comme Kelsey et Gabriel s'éloignaient chacun de leur côté, Naomi s'assit sur un seau retourné. Son regard suivit la silhouette de sa fille qui accompagnait Orgueil que Boggs faisait marcher d'un pas vif. La voyant échanger quelques mots avec le vieux palefrenier, Naomi esquissa un sourire. Sans doute lui posait-elle des questions sur le déroulement de l'entraînement. Enfant, Kelsey s'était toujours montrée d'un naturel très curieux. Mais elle n'était pas distante comme aujourd'hui.

Malgré elle, Naomi soupira. Durant les quelques minutes qu'avait duré la course, elle avait perçu un relâchement dans l'attitude de sa fille. Prise par l'ambiance, Kelsey avait oublié sa réserve. Puis elle s'était de nouveau enfermée en elle-même.

Percevant soudain le rire clair et spontané de la jeune femme, Naomi sentit son cœur se gonfler d'amour.

— Elle s'amuse, commenta Gabriel, qui était revenu et lui tendait un gobelet de café.

— Oui. C'est bon de la voir comme ça. J'espère tellement que nos relations vont s'améliorer ! Je voudrais la toucher, la tenir dans mes bras, rien qu'une fois ! Mais c'est impossible. Elle me repousserait, ou pire, elle me laisserait faire par pitié.

Gentiment, Gabriel se mit à masser le cou de son amie.

— Elle est là, c'est tout ce qui compte, affirma-t-il.

— Je ne lui demande pas de m'aimer, juste de me permettre de l'aimer.

— Je sais.

Debout près d'Orgueil qui lui mordillait la main, Kelsey surveillait le couple à la dérobée. Elle vit Gabriel poser ses mains sur les épaules de sa mère, et de nouveau, les bruits qu'elle avait surpris la veille lui revinrent en mémoire, déclenchant un vif malaise chez elle. Comme elle les rejoignait, elle dut faire appel à toute sa volonté pour accepter avec naturel le gobelet de plastique que lui proposait Gabriel.

— Merci. Boggs vient de me révéler le nom du gagnant dans chaque prochaine course, annonça-t-elle.

Riant, Naomi répliqua :

— Il a toujours des tas de tuyaux à donner, mais méfie-toi, en général, ça ne marche qu'une fois sur deux !

— Je suis censée parier sur Bulle de Champagne dans la première, parce que le terrain lui convient bien, qu'il a du cœur quoiqu'il soit encore un peu vert[1], et qu'il a des chances de rentrer aux balances[2].

— Personne ne croirait que c'est votre premier jour à l'hippodrome, fit remarquer Gabriel en souriant.

— J'apprends vite ! rétorqua-t-elle, avant de demander à Naomi : Que faisons-nous maintenant ?

— On attend, répondit celle-ci en se levant et en s'étirant. Venez, je vais vous acheter des beignets à manger avec le café.

Attendre faisait partie, semblait-il, de la vie de l'hippodrome. Vers 10 heures, la journée était terminée pour les chevaux qui ne devaient pas participer aux courses. La piste fut nettoyée, tandis que des vans remorqués par des camions allaient et venaient en tous sens. Vers midi, les tribunes commencèrent à se remplir. Les restaurants ouvrirent, accueillant pour le déjeuner ceux qui préféraient s'éloigner du bruit et de la foule.

Dans le paddock, les chevaux furent de nouveau préparés. Les jockeys enfilèrent leurs casaques et leurs toques.

---

1. Pas aguerri. *(N.d.T)*
2. Être dans les cinq premiers. *(N.d.T)*

À présent, l'excitation absente lors de l'entraînement du matin faisait vibrer l'air. Les animaux frémissaient, impatients de donner le meilleur d'eux-mêmes. Enfin, une fois les jockeys en selle, ils furent conduits en file indienne vers la piste pour entamer la traditionnelle parade. C'est cet instant que choisissaient les joueurs pour placer leurs paris. Un cheval transpirait, cela dénotait sa nervosité. Atout ou désavantage ? Chacun avait son opinion. Tel autre tirait sur son mors, cela signifiait peut-être qu'il était d'humeur ombrageuse aujourd'hui.

Cinq minutes à peine après le début de la parade, la formation se dispersa.

Fascinée, Kelsey observait tout ce spectacle : il y avait tant à voir ! Avec étonnement, elle remarqua que la piste n'était pas plane, mais au contraire bosselée, ridée, creusée d'ornières. On aurait dit que les rêves et les espoirs des joueurs imprégnaient l'atmosphère. À cet instant, elle comprit pourquoi le désir de vaincre pouvait devenir aussi obsédant qu'une drogue.

— Je vais miser ! décida-t-elle soudain.

Naomi, qui s'était attendue à cette réaction, se mit à rire.

— Emmène-la, Gabriel. Personne ne doit placer son premier pari seul.

Avant que Kelsey ait le temps de protester, Gabriel lui prit la main et l'entraîna vers les guichets devant lesquels des files d'attente avaient commencé à se former.

— Je peux très bien me débrouiller seule, affirma la jeune femme.

— Tout le monde croit cela, mais c'est faux. Je vais vous donner votre première leçon. D'abord, combien désirez-vous miser ?

— Disons… cent dollars.

— Doublez la mise. Quelle que soit votre intention de départ, doublez le montant. Puis considérez que c'est de l'argent perdu. Vous avez le programme officiel ?

— Oui, acquiesça Kelsey en montrant le document auquel elle ne comprenait absolument rien.

— Normalement, il vous faudrait quatre heures de tranquillité pour étudier l'ordre des courses, éliminer les toquards, faire votre sélection. Vous avez apporté des jumelles ?

— Non, je n'y ai pas pensé.

— Aucune importance, je vais vous prêter les miennes. Vous allez parier placé ou gagnant ?

— Gagnant, bien sûr.

— Très bien. Il faut un pari agressif. Miser sur un cheval placé, c'est pour les mous, décréta Gabriel, qui eut la satisfaction de voir l'homme qui les précédait dans la file d'attente sursauter et voûter les épaules. Bien ; avez-vous consulté le tableau d'affichage des cotes ?

— Non, avoua Kelsey, se sentant tout à coup d'une affligeante stupidité.

— Bulle de Champagne est à quatre contre un. C'est parfait. Seules les poules mouillées parient sur les favoris. Dommage que je n'aie pas su tout à l'heure que vous alliez miser, car je ne vous aurais pas laissée manger ni boire.

— Pourquoi ?

— Il faut avoir l'estomac vide quand on choisit son cheval.

— Vous êtes en train d'inventer tout cela ! lui jeta Kelsey en l'enveloppant d'un regard suspicieux.

— Vous avez raison. Il faut jouer pour s'amuser. Attention, c'est votre tour.

Kelsey se planta devant le guichetier et annonça :

— Dix dollars sur Bulle de Champagne. Gagnant.

À son tour, Gabriel sortit son portefeuille de sa veste.

— Cinquante sur le numéro trois. Gagnant.

— Quel est le numéro trois ? s'enquit Kelsey.

— Je n'en ai pas la moindre idée, répliqua-t-il en glissant le ticket dans sa poche.

— Vous vous fiez au hasard ?

— Disons à mon intuition. Tenez, je parie qu'elle vaut mieux que votre soi-disant tuyau.

— Dix dollars ! riposta-t-elle.

— Et vous prétendiez ne pas aimer les jeux d'argent !

Ils pénétrèrent dans l'enclos des accrédités juste au moment où les chevaux entraient dans les stalles de départ. Kelsey avait les mains moites et le cœur battant. Comme la cloche tintinnabulait, elle se pencha en avant, éblouie par le kaléidoscope de couleurs qui défilait sous ses yeux. En quelques secondes, les chevaux atteignirent leur allure maximale et le grondement des sabots martelant le sol emplit l'air. Trois chevaux se dégagèrent du peloton dans le premier tournant et prirent la corde.

— Le numéro trois a gagné, souffla Gabriel à l'oreille de Kelsey.

— La course vient à peine de commencer ! protesta-t-elle, sans quitter des yeux les chevaux qui négociaient à présent le deuxième tournant.

Les cris des jockeys se mêlaient au sifflement des cravaches. Quand les chevaux foncèrent dans la ligne droite, Kelsey avait complètement oublié son pari. Toute son attention se concentrait sur l'arrivée. Elle vit un cheval distancer ses concurrents, mètre après mètre, et doubler par l'extérieur le cheval de tête. À peine consciente de ce qu'elle faisait, elle se mit à l'encourager.

Le cheval franchit la ligne d'arrivée avec une demi-longueur d'avance.

— Vous l'avez vu ! s'exclama Kelsey en éclatant de rire. Magnifique ! Il a été magnifique !

Mais Gabriel n'avait rien vu de l'arrivée, car il avait les yeux fixés sur Kelsey. Sous l'effet de l'excitation, le visage de la jeune femme avait perdu son impassibilité pour prendre une expression passionnée, trahissant le feu qui couvait sous la façade polie qu'elle arborait d'ordinaire. Et soudain, il comprit qu'il désirait cette femme à la folie, plus qu'il n'avait jamais désiré une main gagnante.

Naomi se pencha vers Kelsey.

— Bulle de Champagne a fini cinquième.

— Aucune importance, je ne regrette rien. Vous avez vu comment il a remonté le peloton ? On dirait qu'il a jailli de nulle part !

— C'est le numéro trois, constata Gabriel. Mon intuition s'est révélée payante.

— C'est le numéro trois ? répéta Kelsey avec stupeur, en se tournant vers le gagnant qui effectuait un tour d'honneur. Eh bien, c'est vraiment votre jour de chance !

Elle était partagée entre la contrariété d'avoir perdu son pari contre Gabriel et le ravissement que lui avait procuré le spectacle. Puis, tandis qu'un sourire illuminait brusquement ses traits, elle lança :

— Et maintenant, qui choisissez-vous dans la prochaine ?

Plus tard dans l'après-midi, Kelsey dévora un hot dog et bu un soda. Curieusement, elle éprouva un vif sentiment de fierté lorsque Orgueil de Virginie remporta sa course. Il était évident, même aux yeux d'une personne aussi inexpérimentée qu'elle, qu'aucun de ses concurrents ne lui arrivait à la cheville.

Une autre émotion plus complexe s'empara d'elle quand Quitte ou Double, le cheval de Gabriel, franchit la ligne d'arrivée bon gagnant.

Comme le crépuscule tombait sur le champ de courses, les gradins se vidèrent peu à peu, et il ne resta plus sur les degrés de ciment que des tickets perdants, des mégots de cigarettes et un parfum d'espoirs brisés.

— Puis-je vous inviter à dîner, mesdames ? proposa Gabriel.

L'air distrait, Naomi boutonnait sa veste, cherchant Moïse du regard dans le groupe de professionnels qui s'attardaient.

— Merci, mais j'en ai encore pour une bonne heure, annonça-t-elle. Emmène Kelsey, ça la distraira.

— Cela ne me dérange pas de t'attendre, objecta cette dernière.

— Profite de ta soirée. Je te verrai à la maison ce soir.

Déjà Naomi s'éloignait. Embarrassée, Kelsey se tourna vers Gabriel.

— Je vous remercie, mais...

— Allons, vous êtes trop polie pour refuser, déclara-t-il en lui prenant le bras.

— Vous vous trompez !

— Je sais que vous mourez de faim. Un malheureux hot dog ne peut pas rassasier une femme qui a dépensé autant d'énergie en une seule journée. Et puis, je vous aiderai à compter vos gains.

— Inutile d'avoir fait math sup pour ça !

Néanmoins, Kelsey dut s'avouer qu'elle avait l'estomac dans les talons. Elle suivit donc Gabriel vers le parking où était garée sa voiture, une superbe Jaguar vert bouteille.

— Jolie mécanique, commenta-t-elle.

— Rapide, surtout, précisa-t-il en ouvrant la portière.

Bien carrée contre le siège, Kelsey savoura le voyage en admirant le ciel où s'allumaient les étoiles une à une. Elle avait toujours aimé conduire vite, avec la radio qui hurlait, même si Wade ne cessait de lui reprocher ses excès de vitesse. Il était si raisonnable ! Il n'avait jamais compris ce besoin vital chez elle de libérer ses émotions, de se défouler en faisant n'importe quoi, à toute allure. Il prêchait la modération, et la plupart du temps elle se pliait à ses exigences, sauf quand son envie était par trop irrésistible. Dans ces moments-là, elle était capable des pires coups de tête : un achat impulsif, une sortie improvisée, un voyage aux Bahamas. Et bien souvent, cela se terminait en scène conjugale.

S'arrachant à ses réminiscences, la jeune femme se rendit compte qu'ils avaient presque atteint Bluemont.

— Je croyais que nous allions au restaurant ? s'étonna-t-elle.

— Nous dînons chez moi. J'ai prévenu la cuisinière par téléphone cet après-midi. Ça vous tente, de l'espadon grillé ?

Kelsey entendit une sonnette d'alarme résonner dans sa tête.

— Comment saviez-vous que j'accepterais votre invitation ?

— Vous savez bien que je fonctionne à l'intuition.

La voiture franchit les grilles de fer forgé de Longshot, puis remonta l'allée avant de s'immobiliser devant le porche. Kelsey embrassa les jardins d'un regard admiratif. Le jardinier de Gabriel ne devait pas chômer ! Devant la façade, la pelouse d'un vert émeraude formait un écrin pour les parterres de plantes vivaces qui commençaient à peine à fleurir. Quelques jonquilles audacieuses pointaient déjà leurs charmantes corolles jaune vif. Des arbres et des bosquets, plantés un peu partout sans grand souci de symétrie, donnaient au parc un petit côté sauvage.

Comme la jeune femme reportait son attention sur la maison, son regard fut tout de suite attiré par la porte d'entrée aux panneaux de verre rouges et blancs. Chaque carreau biseauté avait la forme d'un losange. Kelsey se souvint alors que la casaque blanche du jockey de Gabriel était également ornée de losanges rouges.

— Pourquoi avez-vous choisi ces couleurs comme emblème ? s'enquit-elle en s'avançant vers l'entrée.

— En souvenir d'une quinte flush à carreau par le roi qui m'a porté chance, répondit-il en ouvrant la porte. J'ai pioché le dix et le valet. Les gens du coin vous diront que c'est comme ça que je suis devenu propriétaire de Longshot. Au terme d'une partie de poker.

Kelsey pénétra dans un hall carrelé surmonté d'un plafond très haut agrémenté de lucarnes en ogive. Une mezzanine, entourée d'une rambarde de cuivre, occupait le premier étage, auquel on accédait par un escalier à double révolution. D'énormes pots de terre cuite débordant de feuillage étaient suspendus à des nacelles de macramé.

— Plutôt impressionnant, commenta-t-elle.
— J'aime les pièces spacieuses.

La précédant, il emprunta un petit passage voûté qui donnait sur un salon communiquant avec différentes pièces par d'autres arches. De hautes baies vitrées faisaient entrer la nuit dans la pièce dont l'atmosphère un peu froide était adoucie par l'éclairage tamisé de petites lampes disposées sur des guéridons.

Dans le foyer de pierre de la cheminée, un feu de bois crépitait. Sur la table placée devant l'âtre, le couvert était mis pour deux personnes. Sur la nappe immaculée, un bougeoir chantourné orné de chandelles était posé à côté d'un seau à glace en argent dans lequel rafraîchissait une bouteille de champagne.

— C'est votre intuition qui vous a soufflé que Naomi ne se joindrait pas à nous ? demanda Kelsey d'une voix coupante.

— Après une journée à l'hippodrome, elle passe généralement la soirée avec Moïse, pour discuter des performances des chevaux.

Il déboucha la bouteille de champagne, puis remplit une flûte qu'il tendit à la jeune femme.

— Vous ne buvez pas ? s'étonna-t-elle.
— Non, jamais. Venez, je vais vous faire visiter la maison.

Au premier étage, Kelsey compta quatre chambres, toutes pourvues d'une salle de bains adjacente. Ils gravirent encore une volée de marches avant de pénétrer dans la suite principale, conçue sur deux niveaux : il y avait la chambre avec un lit immense, une cheminée et un vélum qui permettait de voir le ciel étoilé, et, sur une estrade lambrissée, un petit salon.

À l'instar des autres pièces, la suite était un mélange de décorations classique et moderne : une commode Chippendale, supportant une sculpture de bronze, jouxtait une table en teck posée sur un tapis persan...

Les toiles qui ornaient les murs attirèrent soudain l'attention de Kelsey. À la juxtaposition des motifs abstraits aux couleurs criardes, elle reconnut immédiatement la patte de l'artiste, bien avant de lire le parafe apposé au bas des tableaux.

— C'est Naomi qui les a peints, n'est-ce pas ?
— Oui.
— Elle a beaucoup de talent. Je connais plus d'une galerie d'art où elle pourrait exposer ses œuvres.
— Surtout pas ! Sa peinture est très personnelle.
— Comme pour tous les artistes. Cela fait longtemps qu'elle peint ?
— Posez-lui la question, elle vous renseignera mieux que moi.

Sirotant son champagne, Kelsey se mit à déambuler dans la pièce.

— J'ignore à quoi ressemblait cette maison avant que vous ne la fassiez reconstruire, mais je suis sûre que cela n'avait rien à voir.
— Vous avez raison. Tous les voisins ont été horrifiés par le résultat.
— Cela vous a fait plaisir, j'imagine ?
— Évidemment. À quoi bon avoir mauvaise réputation si on ne l'entretient pas ?
— Vous êtes mal vu dans la région ?

— Ma pauvre enfant, tout le monde vous dira que se trouver seule dans une chambre en ma compagnie est le début de la perdition !

Avec un haussement d'épaules, Kelsey termina le contenu de sa flûte.

— Vous espérez me séduire, Slater ? Je vous préviens tout de suite, vous n'avez aucune chance.

— C'est ce que nous verrons. Maintenant, venez, le dîner doit être servi.

De retour dans le salon, ils prirent place à la table sur laquelle un domestique invisible avait déposé un plat couvert d'un dôme d'argent, allumé les bougies et branché la chaîne hi-fi qui distillait une œuvre de Gershwin.

— Parlez-moi de cette fameuse partie de cartes, dit Kelsey tandis que Gabriel remplissait de nouveau sa flûte de champagne.

— Il y a environ cinq ans, je faisais partie d'un cercle de joueurs qui misaient plutôt gros.

— Ici, à Bluemont ?

— Non, à Cape Cod.

— Le jeu n'est pas interdit dans le Massachusetts ?

— Appelez les flics. Vous voulez entendre mon histoire, oui ou non ?

— Allez-y. Ainsi vous disputiez une féroce partie de poker illégale. Et ensuite ?

— Cunningham jouait de malchance. Pas seulement au cours de cette partie, mais depuis plusieurs mois. Ses chevaux ne remportaient aucune victoire, et ses dettes s'accumulaient. Comme tous ceux qui traversent une mauvaise passe, il s'est imaginé qu'il allait se refaire aux cartes. À l'époque, je venais de gagner un petit pactole aux courses. J'étais en fonds. Je suis entré dans la partie en pensant qu'avec un peu de veine je pourrais me payer un cheval, et que si tout marchait bien je me constituerais petit à petit ma propre écurie au fil des ans.

— Manifestement, vous avez gagné plus qu'un cheval !

— Je ne pouvais pas perdre. C'était l'un de ces instants bénis où tout vous tombe tout cuit dans le bec. S'il avait un brelan, j'avais un full. S'il avait une quinte, j'avais un flush. Bientôt, il lui a été impossible de se retirer de la partie. Ses pertes s'élevaient déjà à dix-huit.

— Dix-huit cents dollars ?

— Dix-huit mille. Il ne les possédait pas, pas en liquide, en tout cas. Alors il a monté les enchères en refusant d'arrêter la partie.

— Bien sûr, vous avez tenté de le raisonner ? fit Kelsey, sarcastique.

— Je lui ai dit qu'il commettait une erreur, mais il n'a rien voulu entendre. Je n'allais tout de même pas me battre avec lui ! Nous n'étions plus que quatre autour de la table, et cela faisait quinze heures que la partie était engagée. Nous avons décidé de faire un dernier tour : cinq mille dollars à l'ouverture, sans limite de surenchère.

— Ce qui faisait vingt mille dollars engagés avant même de commencer ?

— Et plus de cent cinquante mille quand les deux autres joueurs se furent couchés et qu'il ne resta plus que Cunningham et moi.

Kelsey, qui s'apprêtait à avaler une bouchée de poisson, suspendit son geste.

— Cent cinquante mille dollars ! s'exclama-t-elle, stupéfaite.

Sans s'émouvoir, Gabriel poursuivit :

— Cunningham était persuadé d'avoir une main gagnante. Chaque fois que je demandais à voir, pensant le sortir de sa misère, il relançait. Et je peux vous dire que, même si j'ai été navré pour lui, je n'ai pas regretté le moment où j'ai abaissé ma quinte flush devant son brelan de rois. Il n'avait pas de telles liquidités, bien sûr, et à peine l'équivalent en capital. Alors nous avons conclu un marché. Nous sommes convenus qu'il avait parié sa ferme et qu'il l'avait perdue.

— Vous l'avez jeté hors de chez lui ?
— Qu'auriez-vous fait à ma place ?
Kelsey réfléchit quelques secondes avant d'avouer :
— Je n'en sais rien, mais je ne pense pas que j'aurais été jusqu'à exproprier un homme.
— Même s'il avait joué de l'argent qu'il ne possédait pas ?
— Même.
— Dans ce cas, vous êtes très indulgente ! En l'occurrence, Cunningham et moi avons trouvé un arrangement à l'amiable. Il payait sa dette, et moi, j'héritais d'un haras, ce dont j'avais toujours rêvé.
Kelsey se renversa contre son dossier en riant.
— Quelle histoire ! J'imagine que vous avez rencontré Cunningham pour la première fois sur un hippodrome ?
— Non. C'était mon ancien patron. J'ai travaillé pour lui pendant trois ans, en tant que palefrenier. J'avais 15 ans. À l'époque, Cunningham avait une belle écurie, même s'il se fichait éperdument des chevaux. Pour lui, ils ne valaient que l'argent qu'ils étaient susceptibles de lui rapporter. Et il méprisait encore plus ses employés. Les communs où nous étions logés ressemblaient à des cellules de prison !
— Je comprends mieux que vous n'ayez pas eu de scrupules à lui prendre sa maison.
— Ça ne m'a pas empêché de dormir, reconnut Gabriel. Après avoir quitté mon emploi chez Cunningham, j'ai travaillé quelque temps aux Trois Saules. Voilà un beau haras ! Le vieux Chadwick savait s'y prendre, et Naomi a hérité de ses compétences. Quand j'ai quitté la région, je me suis juré de revenir un jour, les poches pleines d'or, et de devenir propriétaire de mon propre élevage.
— Et vous avez réussi.
— Dans une certaine mesure, oui.
Sans pouvoir refréner sa curiosité, Kelsey demanda :
— Qu'avez-vous fait entre-temps ?

— C'est une longue histoire.

Amusée, Kelsey vida sa flûte de champagne. Plus la soirée avançait, plus elle se sentait d'humeur enjouée.

— J'imagine que vous détestiez l'ancienne maison si vous vous êtes empressé de la faire raser dès votre arrivée ?

— J'en haïssais chaque centimètre carré ! Je me suis beaucoup investi dans la reconstruction, et j'ai dessiné les plans moi-même.

Repue et un peu grisée par le champagne, la jeune femme se leva pour s'approcher de la grande baie vitrée qui donnait sur le jardin. Dans la pénombre, on apercevait la masse sombre des écuries et des dépendances.

— Ce doit être merveilleux de vous dire que tout cela vous appartient désormais, murmura-t-elle, le front appuyé contre la vitre.

— Que voyez-vous de votre fenêtre ?

— La façade d'un restaurant, un petit centre commercial et une boulangerie. J'habite à deux pas du métro. Quand j'ai emménagé, je croyais que le côté pratique primait toute autre contingence.

— Et vous avez changé d'avis ?

Elle se rendit compte qu'il s'était levé à son tour lorsqu'il posa la main sur ses épaules pour la tourner face à lui. Comme il faisait glisser ses doigts le long de son cou, elle se prit à trembler.

— Que désirez-vous maintenant ? insista-t-il.

— Je n'en sais rien.

— Alors je vais décider pour vous.

Ses lèvres se posèrent sur celles de la jeune femme, dans une caresse tendre et douce qui n'avait rien d'exigeant. Kelsey ne chercha pas à le repousser. Un désir intense venait de naître en elle et, s'abandonnant aux sensations qui l'assaillaient, elle noua les bras autour du cou de Gabriel pour lui rendre son baiser avec passion.

Oubliant alors toute retenue, Gabriel l'étreignit fougueusement en lui dévorant la bouche. Il n'y avait plus rien de civilisé en lui, à présent. Le vernis social craquait pour révéler la nature sauvage d'un homme qui libérait ses pulsions les plus primaires. Il avait besoin de la toucher, de la caresser, de la posséder. Ses mains coururent sur les courbes de la jeune femme qui se coula contre lui dans un gémissement.

Emportée par une houle sensuelle, Kelsey frémit quand les lèvres de Gabriel se posèrent sur sa gorge, à la naissance de ses seins. Jamais elle n'avait éprouvé des émotions si paroxystiques dans les bras d'un homme. Elle avait l'impression que ses veines charriaient un feu liquide, et soudain elle eut envie de supplier Gabriel de la prendre, là, vite, avant que la raison ne prenne le pas sur ses sens.

Puis, comme Gabriel repoussait l'une de ses mèches blondes derrière son oreille, une image s'imprima dans l'esprit de la jeune femme : elle le revit effectuer le même geste, quelques heures plus tôt, avec Naomi...

La honte et l'horreur l'envahirent. Dans un sursaut de tout son être, elle s'arracha aux bras qui l'encerclaient.

— Ne me touchez pas ! Comment osez-vous vous conduire ainsi ? lança-t-elle d'une voix rauque.

Gabriel se pétrifia. Debout devant lui, Kelsey lui retournait un regard écrasant de mépris. Il dut faire appel à toute sa volonté pour ne pas l'enlacer de nouveau et prendre ce que, quelques secondes plus tôt, elle lui offrait si librement.

Enfin, sourdement, il dit :

— Je ne comprends pas. Je vous désire. Et visiblement, c'est réciproque.

— Je ne suis pas une jument dont on dispose à son gré ! riposta Kelsey, cinglante. Je n'ai pas besoin de me justifier. Moi au moins, j'ai eu la décence d'arrêter cette folie avant qu'il ne soit trop tard. Vous, vous n'avez aucune décence !

D'un geste rageur, elle renvoya ses longs cheveux en arrière. La fureur, tel un acide corrosif, annihila brusquement le sentiment de culpabilité qui la torturait. Sur un ton sarcastique, elle poursuivit :

— Pourquoi m'avez-vous invitée chez vous ce soir ? Pour faire une comparaison entre la mère et la fille ? Voir laquelle était la meilleure au lit ? À moins que tout cela ne soit qu'un jeu. Vous avez parié que vous me séduiriez après un dîner aux chandelles, c'est ça ? À combien se montait l'enjeu ?

Gabriel serra les poings pour ne pas trahir la colère dévastatrice qui montait en lui.

— Vous croyez que je suis l'amant de Naomi ?

— Je ne le crois pas, je le sais !

— Vous m'en voyez flatté.

Kelsey sursauta.

— Bon sang ! Quel genre d'homme êtes-vous donc ?

— Vous n'en avez aucune idée, Kelsey. Je doute fort que dans votre petit univers aseptisé vous ayez jamais rencontré un homme de mon acabit.

D'un bond, il fut près d'elle et lui emprisonna la nuque d'une main de fer. Kelsey se débattit mais d'un geste prompt, il la ceintura. Avec satisfaction, il vit passer une lueur de peur dans ses grands yeux gris. C'était une façon mesquine de se venger d'elle, mais en cet instant, il se sentait vil et cruel.

— Lâchez-moi ! articula-t-elle.

— Vous n'êtes plus aussi fière, hein ? Que feriez-vous si je décidais de vous posséder, ici, maintenant, sur le parquet ?

— Je vous ai dit de me lâcher ! répéta-t-elle d'une voix plus faible.

— Je vais vous dire ce que je crois. Je crois que vous ne me repousseriez pas longtemps. Ça n'a pas eu l'air de vous déplaire, tout à l'heure, quand je vous ai embrassée. Je dirais même que vous y avez pris plaisir.

— Justement, j'ai perdu la tête. Mais j'ai recouvré mes esprits à présent. Une dernière fois : lâchez-moi.

Il ne put s'empêcher d'admirer son courage. En dépit de la terreur qu'il lisait sur son visage, elle faisait front et ripostait. Envahi d'un soudain dégoût envers lui-même, il la libéra et recula d'un pas.

— Je vous prie de m'excuser, dit-il lentement sans la quitter des yeux. Mais permettez-moi de vous dire que vous ne perdez pas de temps à juger les êtres, Kelsey. Vous risquez de vous en mordre les doigts, un beau jour. En attendant, je ne vois aucune raison de prolonger cette amusante petite soirée. Venez, je vous raccompagne chez vous.

Sans plus attendre, il tourna les talons et s'éloigna en direction de la porte. Kelsey, le cœur battant, mit une seconde à réagir. Le ton froid de Gabriel l'avait perturbée malgré elle. Pourtant elle se savait dans son droit. Il leur était interdit de s'abandonner au désir qui les poussait l'un vers l'autre, aussi fort soit-il.

J'ai eu raison, songea-t-elle pour achever de se persuader. *Et puis, pour qui se prend-il ?*

D'un geste nerveux, elle attrapa son sac sur le dossier d'une chaise avant d'emboîter le pas à Gabriel.

7

Naomi s'apprêtait à éteindre sa lampe de chevet quand elle entendit la porte d'entrée se refermer violemment. Un bruit de pas rapides dans l'escalier suivit, et de nouveau, un battant claqua. Puis le silence retomba sur la maison.

L'envie d'aller trouver Kelsey pour lui demander comment s'était déroulée la soirée envahit Naomi. Un instant, elle hésita. Avait-elle le droit de questionner sa fille ? Après tout, celle-ci n'était plus une adolescente.

Néanmoins la curiosité l'emporta. Je vais juste lui demander si elle a passé un bon moment, songea-t-elle en enfilant son peignoir.

— Entrez ! lança Kelsey d'une voix rogue en entendant un coup discret frappé à sa porte.

Les bonnes résolutions de Naomi s'évanouirent instantanément quand elle se rendit compte que sa fille était bouleversée.

— Que se passe-t-il ? Tu ne te sens pas bien ?

Encore sous le coup de la colère, insensée qu'elle venait d'éprouver, Kelsey s'écria :

— Comment as-tu pu t'associer avec ce... cet individu sans vergogne, sans parler de... Mon Dieu, dire que c'est toi qui m'as poussée à passer la soirée avec lui ! Je n'arrive pas à le croire ! C'est un monstre !

— Gabriel ?

Naomi faisait une confiance aveugle à Gabriel mais une appréhension soudaine lui noua la gorge.

— Que t'a-t-il fait ? s'inquiéta-t-elle.

— Il m'a embrassée !

Soulagée, Naomi esquissa un sourire amusé.

— Bon, fit-elle. Ça ne m'a pas l'air trop catastrophique.

— Mais tu ne comprends donc pas ? s'exclama Kelsey avec désespoir. Il m'a embrassée, et je lui ai rendu son baiser. Et si je n'avais pas réagi, les choses auraient été encore plus loin !

Naomi prit une profonde inspiration. Si la relation mère-fille qu'elles entretenaient leur posait quelques problèmes, il était plus simple de s'adresser à Kelsey de femme à femme.

— Kelsey, je comprends que ton récent divorce t'ait traumatisée. Mais tu es libre à présent, et rien ne t'empêche de fréquenter d'autres hommes.

Kelsey, qui arpentait nerveusement la pièce, s'arrêta net avec une exclamation de stupeur.

— Nous ne parlons pas de moi, mais de toi !

— Comment ça, de moi ?

— Qu'est-ce qui te prend, à la fin ? Tu n'as donc aucune fierté ?

— En réalité, on m'a souvent reproché d'en avoir trop. Toutefois, je ne vois pas le rapport avec la situation présente.

Kelsey poussa un soupir exaspéré.

— Je suis en train de t'expliquer que ton amant a voulu coucher avec moi ! Tu saisis le rapport, maintenant ?

Naomi écarquilla les yeux.

— Mon amant ? répéta-t-elle.

— Dieu sait pourquoi tu te commets avec ce sale type ! reprit Kelsey, hargneuse, en se remettant à faire les cent pas. Tu dois pourtant savoir à quel genre d'homme tu as affaire, puisque tu le connais depuis des années. D'accord, il a du charme, mais quand on gratte un peu, on voit vite qu'il n'a aucun sens de l'honneur ni de la loyauté.

— De qui parles-tu ? demanda Naomi d'une voix sèche.

— De Slater, bien sûr ! Gabriel Slater. Combien d'amants as-tu donc ?

Plusieurs secondes s'écoulèrent, durant lesquelles Naomi fixa sa fille d'un regard inexpressif. Puis, contre toute attente, elle éclata de rire.

— Oh, Kelsey, je suis désolée. Vraiment désolée ! Gabriel, mon Dieu !

Sous le regard sidéré de Kelsey, elle se mit à pouffer de plus belle, dans une crise de fou rire inextinguible.

— Je ne vois pas ce qu'il y a de drôle là-dedans, marmonna sa fille avec humeur.

— Si, c'est... très drôle ! hoqueta Naomi, sans parvenir à se contrôler. Seigneur ! Par... pardonne-moi, ça va passer. C'est juste que...

Pressant sa main sur son ventre comme si ses muscles lui faisaient mal, elle se laissa tomber sur le lit pour rire tout son saoul. Puis, recouvrant un peu son sérieux, elle leva les yeux sur Kelsey qui la regardait comme si elle était soudain devenue folle.

— C'est vraiment... magnifique. Je suis si flattée !

— Il a dit la même chose, rétorqua Kelsey entre ses dents serrées.

Prise d'un nouvel accès d'hilarité, Naomi essuya ses yeux larmoyants.

— Tu veux dire que tu lui as demandé s'il couchait avec moi ? reprit-elle, encore secouée de soubresauts. Voyons, Kelsey ! Il n'a qu'une trentaine d'années, et j'en ai bientôt cinquante !

— Et alors ?

— Cette fois, je suis vraiment flattée. Tu crois réellement qu'un homme aussi séduisant que Gabriel pourrait tomber amoureux d'une femme de mon âge ?

— Je n'ai pas parlé d'amour, rétorqua Kelsey en considérant la mince silhouette de sa mère moulée dans le peignoir.

— Oh, je vois, fit Naomi en se calmant un peu. Alors tu penses que nous avons une liaison torride ? Décidément, je me sens rajeunir de minute en minute !

Tête haute, Kelsey toisa sa mère.

— Avant que tu essaies de nier, je vais te dire deux choses, lança-t-elle. Tout d'abord, ta vie sentimentale ne me regarde en rien. Tu peux avoir autant d'amants que tu veux, ça n'est pas mes oignons. Et ensuite, je t'ai entendue, la nuit dernière, quand tu étais avec lui.

Naomi retint sa respiration.

— Oh... C'est assez gênant, murmura-t-elle.

— Gênant ? C'est tout ce que tu trouves à dire ?

Comprenant qu'elle allait devoir se montrer plus précise, Naomi leva une main apaisante.

— Procédons par ordre, déclara-t-elle. Primo, quoi que tu en penses ou qu'on t'ait dit, je n'ai jamais eu beaucoup d'aventures. Crois-moi ou non, mais ton père a été mon premier amant. Ensuite, il n'y a eu personne d'autre dans ma vie, jusqu'à ma sortie de prison. Et encore, il s'est écoulé deux ans avant que je n'aie de relations intimes.

— Alors c'est pire ! Comment peux-tu réagir avec autant de détachement en apprenant qu'il te trompe ?

— Ma chère Kelsey, je te garantis bien qu'aucun homme ne me tromperait plus d'une fois ! Je ne suis pas du genre complaisant. Ce n'était pas Gabriel qui était avec moi hier soir. C'était Moïse.

Un long silence suivit cette révélation. Bouche bée, Kelsey demeura figée sur place, incapable d'articuler le moindre mot. Impossible de réfuter la vérité quand on la lui assenait si calmement. Puis, désorientée, elle s'assit lourdement sur le lit à côté de sa mère.

— Moïse ? dit-elle enfin. Ton entraîneur ?

— Oui, Moïse. Mon entraîneur, et mon amant.

— Mais Gabriel... Enfin, il n'arrête pas de... de te toucher, de te frôler.

— Nous sommes très proches. Hormis Moïse, Gabriel est mon meilleur ami. Je suis navrée pour ce quiproquo.

Atterrée, Kelsey ferma les yeux.

— Mon Dieu ! souffla-t-elle, au comble de l'humiliation, en se remémorant les accusations cinglantes qu'elle avait portées contre Gabriel. Pas étonnant qu'il se soit mis dans une telle colère... Après toutes les horreurs que j'ai proférées !

Prenant le risque de se voir rejeter, Naomi passa la main dans les cheveux de sa fille.

— Ainsi, il n'a pas cherché à nier ? s'enquit-elle.

— Non. J'étais si sûre de moi, et j'avais tellement honte d'avoir perdu la tête dans ses bras ! Je n'ai jamais... Enfin, je veux dire, avec Wade, c'était toujours... Oh, aucune importance ! Ce qui est grave, c'est que j'ai été odieuse avec Gabriel.

— Ne t'inquiète pas, je l'appellerai demain pour tout lui expliquer.

Kelsey redressa fièrement les épaules.

— Pas question, dit-elle. J'irai le voir moi-même et je m'excuserai de vive voix.

Naomi esquissa un sourire indulgent.

— C'est dur de reconnaître ses torts, hein ?

— Presque autant que d'avoir tort. Je suis désolée, murmura Kelsey, la mine contrite.

— Inutile de te culpabiliser. Tu viens tout juste d'intégrer un univers qui t'est totalement étranger et, mise dans une situation délicate, tu as suivi ton instinct. C'est ton haut sens moral qui t'a dicté ta conduite.

— Tu me cherches des excuses, s'irrita Kelsey.

— Normal, je suis ta mère. Il va bien falloir que nous nous accoutumions à cet état de fait. Je vais te laisser dormir, maintenant. Et si jamais tu n'as pas le courage demain d'affronter seule le fauve dans sa tanière, je t'accompagnerai.

Laissant sa fille méditer ces paroles, Naomi se glissa hors de la pièce pour rejoindre sa chambre.

Fidèle à ses principes, Kelsey mit un point d'honneur à se rendre seule à Longshot. Elle avait d'abord envisagé de prendre sa voiture, puis se ravisa en songeant qu'elle avait besoin de temps pour réfléchir et choisir ses mots. Aussi décida-t-elle de demander qu'on lui selle un cheval. La promenade l'aiderait en outre à se calmer les nerfs.

La première personne sur qui elle tomba en rejoignant les écuries fut Moïse, occupé à oindre le poitrail d'un hongre d'une mixture bizarre. Décontenancée, elle s'approcha de lui sans oser lui adresser la parole. Maintenant qu'elle savait quel genre de relation il entretenait avec sa mère, elle ne se sentait pas très à l'aise avec lui.

Un instant, elle l'observa, tandis qu'il s'activait de ses gestes doux et précis. Bien que personne n'eût pu le qualifier de beau, avec son nez proéminent et ses tresses poivre et sel, il avait un visage séduisant et des yeux pétillants d'intelligence. Mais son corps, sec et nerveux, ne possédait pas la grâce de celui de Gabriel.

Sans même relever la tête, Moïse apostropha la jeune femme sur un ton qui trahissait son amusement :

— C'est dur à croire, pas vrai ? Une belle femme comme elle, riche, élégante, et un petit métisse comme moi. Moi, je n'en reviens toujours pas.

— Je vous demande pardon ? fit Kelsey, interloquée.

— Naomi m'a dit qu'elle vous avait mise au courant.

Horriblement gênée, Kelsey toussota.

— Monsieur Whitetree...

— Appelez-moi Moïse. Étant donné la situation, c'est plus simple. Je suis tombé amoureux d'elle dès que je suis venu travailler ici en tant que palefrenier. Elle devait avoir 18 ans, à l'époque. Je n'avais jamais rien vu de plus beau de toute ma vie. Pourtant je n'espérais même pas qu'elle pose les yeux sur moi.

Il se redressa et assena une petite claque sur le dos du cheval.

— Voilà, c'est fini ! annonça-t-il.

— Il est malade ? s'enquit Kelsey.

— Une laryngite. Ce n'est pas très grave si c'est traité à temps. En cas de complications, il risquerait de s'étouffer.

— Pour un banal mal de gorge ?

— Les chevaux sont différents des humains.

— Et c'est vous qui le soignez ? Je pensais qu'un entraîneur se contentait de superviser les exercices.

— Un entraîneur s'occupe de tout. Parfois, on a même l'impression que les chevaux passent en dernier. Suivez-moi un jour dans ma journée de boulot, vous verrez.

— Volontiers.

Moïse jeta un coup d'œil perplexe à la jeune femme. Il avait fait cette remarque en l'air, et ne s'attendait certes pas qu'elle accepte sa proposition.

— Je m'y mets avant l'aube, précisa-t-il.

— Je sais. Justement, je commençais à me demander comment je pourrais me rendre utile durant mon séjour. Je n'ai aucune expérience, et je ne voudrais pas me mettre dans vos jambes, mais je pense pouvoir exécuter des tâches simples, comme nettoyer les box ou entretenir les harnais. Je déteste l'oisiveté.

Comme sa mère ! songea Moïse, avant de répondre :

— Il y a toujours de l'ouvrage dans le coin. Quand voulez-vous commencer ?

— Aujourd'hui. Ou plutôt demain, se reprit-elle en se rembrunissant. J'ai quelque chose à faire ce matin. Je préférerais charrier du fumier, mais je ne peux malheureusement pas y échapper.

— Venez me trouver quand vous serez prête, se borna à répondre Moïse.

— En fait, je suis venue voir s'il y avait un cheval de disponible. J'aimerais en emprunter un. Je sais monter, vous savez.

— Vous êtes la fille de Naomi ; vous n'avez pas à demander la permission pour prendre un cheval.

— Je préférais poser la question.

— Je vais vous seller Justice. Il vous conviendra, décréta Moïse en se dirigeant vers les écuries.

Le hongre pommelé que Kelsey se vit attribuer avait un caractère doux sans être pacifique. Comme l'avait confié Moïse à la jeune femme, il n'avait jamais été un champion, mais il avait mené une carrière fort honorable et avait bien mérité la retraite qu'il prenait actuellement.

Kelsey, quant à elle, se moquait bien que l'animal ait perdu chaque course à laquelle il avait participé. Il lui suffisait que sa monture, telle une machine bien huilée, l'entraîne dans son galop souple vers les collines qui séparaient Les Trois Saules de Longshot. Justice répondait à la moindre pression de ses genoux, et elle n'avait aucun mal à le contrôler.

La promenade procura à la jeune femme un vif plaisir dont, décida-t-elle, elle s'était privée depuis trop longtemps. En dépit de ses muscles endoloris, elle se promit de réitérer l'expérience. Peut-être pourrait-elle même déménager, quitter la ville et s'installer à la campagne ? Et dans la foulée, acheter sa propre maison et acquérir un cheval. Il faudrait le placer dans un haras, bien sûr, mais cela ne présentait pas de problème majeur. Et si elle suivait attentivement l'enseignement de Moïse, elle serait peut-être capable sous peu de travailler dans un élevage...

Tandis que ces idées trottaient dans sa tête, Kelsey respira à pleins poumons l'air frais du matin. Un bien-être vivifiant l'envahissait. Pourquoi diable avait-elle cru bon de s'enfermer jusqu'ici dans un bureau alors qu'on pouvait mener une activité au grand air ?

Elle éclata de rire quand le hongre franchit aisément une petite faille avant de remonter un raidillon. Puis, comme elle parvenait en vue de Longshot, elle tira sur les rênes, brutalement ramenée à la réalité. La balade lui avait fait du bien mais n'avait pas résolu son problème pour autant. Elle ne savait absolument pas comment elle allait aborder avec Gabriel le sujet qui la tracassait.

— Bah, j'improviserai ! murmura-t-elle en lançant Justice dans la descente.

Gabriel, qui était en train d'exercer une pouliche à la longe dans la carrière, la vit dévaler le flanc du coteau au petit trot. Sans cesser de faire claquer son fouet, il surveilla son approche du coin de l'œil et comprit, en la voyant, si mince et si blonde, juchée sur sa monture, qu'il la désirait toujours autant, même si la colère qui l'avait assailli la veille ne s'était pas apaisée.

Tirant une bouffée sur le cigare qu'il tenait coincé entre ses dents, il attendit.

Parvenue devant la carrière, Kelsey mit pied à terre et s'approcha en tenant Justice par la bride. *J'ai déjà surmonté des situations plus embarrassantes*, se dit-elle pour se donner du courage, en vain.

— Vous êtes bonne cavalière, fit remarquer Gabriel. Il faut une main ferme pour se faire obéir d'un vieux bourrin comme celui que vous montez.

— J'aimerais vous parler, si vous avez quelques minutes à m'accorder.

— Allez-y.

Kelsey déglutit avec peine. Évidemment, elle ne devait pas s'attendre qu'il lui facilite les choses.

— En privé, s'il vous plaît, ajouta-t-elle.

Gabriel fit signe à un palefrenier et lui lança la longe.

— Continue, Kip.

— Bien, m'sieur Slater.

Kelsey dut allonger le pas pour ne pas se laisser distancer par Gabriel qui avançait à grandes enjambées en direction de la maison.

— Vous avez une belle exploitation, commenta-t-elle. Elle ressemble beaucoup aux Trois Saules...

— Vous êtes venue parler boutique ?

— Non, reconnut-elle en abandonnant toute tentative de bavardage. Je vois que vous êtes occupé, je ne vais pas vous retenir longtemps.

Elle demeura silencieuse jusqu'à ce qu'il ouvre la baie d'une véranda située sur l'arrière de la demeure. L'intérieur ressemblait à une immense serre. On se serait cru sous les tropiques tant la profusion de plantes luxuriantes qui décoraient l'endroit était dépaysante. Baignée par les rayons du soleil qui filtraient à travers la verrière, une piscine ovale en mosaïque bleue miroitait au milieu de cet écrin de verdure.

— C'est magnifique ! s'écria Kelsey, sans pouvoir dissimuler son ravissement. Vous ne m'avez pas montré cette partie de la maison, hier soir, ajouta-t-elle en faisant courir son doigt sur le tronc rouge vif d'un hibiscus en pot.

— Il ne m'a pas paru approprié de poursuivre la visite. C'est un endroit très privé, répliqua-t-il en s'asseyant sur une chaise longue à rayures jaunes et blanches.

Kelsey observa la fumée de son cigare qui montait s'enrouler autour des pales du ventilateur suspendu au plafond avant de déclarer :

— Je suis venue vous demander de m'excuser.

— À quel propos ?

— Mon comportement d'hier soir.

La mine pensive, Gabriel tapota le bout de son cigare sur un seau d'argent empli de sable fin avant de répondre :

— Vous avez eu différents comportements, hier soir. Soyez plus précise.

Incapable de résister à la provocation, Kelsey tapa du pied.

— Vous êtes odieux, Slater ! Et arrogant comme un paon !

— C'est l'idée que vous vous faites d'une excuse ?

— Mais je viens de vous présenter mes excuses ! Même si cela m'a beaucoup coûté. Et vous n'avez même pas la décence de les accepter !

— Comme vous l'avez fait remarquer hier soir, je suis totalement dénué de décence, rétorqua-t-il en croisant les jambes avec nonchalance. Dois-je conclure que vous avez discuté avec Naomi et qu'elle a rectifié quelques-unes de vos certitudes ?

— Vous auriez pu nier, contra Kelsey en relevant le menton.

— M'auriez-vous cru ?

Furieuse, elle se détourna.

— Non ! lança-t-elle. Mais cela ne change rien. Vous devez bien comprendre ce que j'ai ressenti, croyant ce que je croyais, après...

— Après quoi ?

— Après m'être jetée dans vos bras ! cria-t-elle en pivotant de nouveau face à lui. Je ne vais pas prétendre le contraire. Mais bon sang, je suis un être de chair et de sang, et j'ai des désirs, moi aussi !

Luttant contre les larmes qui lui brouillaient soudain la vue, elle poursuivit :

— J'ai commis une énorme erreur. J'ai porté contre vous des accusations injustifiées et je le regrette. (Elle se passa les deux mains dans les cheveux, puis les laissa brusquement retomber dans un geste d'impuissance.) J'étais persuadée que vous étiez l'amant de ma mère ! La veille, j'avais entendu...

Comme elle s'interrompait brusquement, il acheva :

— Moïse ?

— Oui. Et j'ai cru que c'était vous. Je suis désolée.

Elle était si adorable, avec ses cheveux illuminés de soleil, son expression contrite et désespérée ! Gabriel soupira.

— Vous savez, j'avais vraiment l'intention de vous faire la tête. Cela me semblait... plus sécurisant. (Se levant, il ajouta :) Vous avez l'air fatigué, Kelsey.

— J'ai passé une mauvaise nuit.

— Moi aussi.

Il tendit la main pour lui effleurer la joue, mais elle se déroba.

— Ne faites pas cela, je vous en prie, implora-t-elle. C'est stupide de ma part, mais je me sens si vulnérable en ce moment ! Vous avez un effet... bizarre sur moi.

— J'apprécie votre franchise ! dit-il en riant. Cela m'aidera sûrement à mieux dormir cette nuit. « Ne me touchez pas, Gabriel, je pourrais me jeter dans vos bras ! »

Elle ne put s'empêcher de sourire.

— C'est un peu ça, reconnut-elle. Pourquoi ne pas recommencer tout depuis le début ? Soyons amis, d'accord ?

Il baissa les yeux sur la main qu'elle lui tendait, avant d'affronter de nouveau son regard gris.

— Cela me paraît difficile, dit-il en ébauchant un pas dans la direction de la jeune femme, qui recula aussitôt.

— Écoutez, je ne veux pas me lier avec un homme. Pas maintenant. Le moment est mal choisi...

— Je le trouve tout à fait propice, au contraire, répliqua-t-il en avançant encore.

— Je vous répète que...

Elle n'acheva, pas sa phrase. Son pied venait de rencontrer le vide. Juste avant de basculer dans la piscine, elle surprit la lueur espiègle dans les yeux de Gabriel. L'eau se referma sur elle et elle fut saisie autant par la sensation de fraîcheur que par la stupeur. Quand elle refit surface, crachant et toussant, Gabriel était plié en deux au bord du bassin.

— Salaud ! s'écria-t-elle, furieuse.

— Je ne vous ai pas poussée. Notez, j'y ai bien pensé, mais je me suis retenu.

Obligeamment, il lui tendit la main. L'œil de Kelsey s'alluma. Elle saisit la large paume, tira de toutes ses forces. Peine perdue ! Autant vouloir abattre un séquoia...

— Ne bluffez pas, Kelsey.

Il se contenta d'ouvrir la main et elle retomba dans les flots bleutés. Cette fois, prenant la chose avec philosophie, elle se hissa sur le rebord par ses propres moyens.

— Belle piscine, commenta-t-elle en s'asseyant pour tordre ses longs cheveux ruisselants.

— Je l'apprécie beaucoup. Revenez donc un de ces jours pour prendre un vrai bain. C'est encore mieux l'hiver, quand la neige tombe dehors.

— Je me souviendrai de votre invitation.

D'un bond, elle se remit debout.

— Il faut que je rentre, maintenant.

— Vous êtes trempée.

— Il ne fait pas froid. C'est une vraie journée de printemps.

— Je vais vous raccompagner.

— Non, inutile. Je préfère rentrer à cheval. J'avais oublié comme c'est bon de galoper dans la nature.

D'un geste vif, Gabriel glissa un doigt dans le passant du jean de la jeune femme pour l'attirer vers lui.

— Vous comptez me faire attendre longtemps ?

— Je...

— Je vous désire, Kelsey. Et tôt ou tard, je vous aurai.

— C'est vous qui le dites, répliqua-t-elle dans un souffle.

Il la relâcha, tandis qu'un sourire malicieux éclairait son visage.

— Les jeux sont faits, rien ne va plus ! Venez, je passe vous chercher une veste aux écuries.

Dix minutes plus tard, Gabriel regardait Kelsey s'éloigner au galop vers Les Trois Saules. Comme la cavalière et sa monture disparaissaient derrière la colline, il entendit une voix dans son dos :

— Jolie petite pouliche, hein ?

Gabriel frémit intérieurement. Mais c'est avec une expression impassible sur les traits qu'il se tourna vers son père.

En six ans, Rich Slater n'avait guère changé. Il avait toujours de la classe, même si maintenant son allure évoquait celle d'un commis voyageur aux manières onctueuses. Grand, large d'épaules, il portait une élégante gabardine un tantinet serrée à la taille, et des souliers brillants comme des miroirs.

Il s'était toujours servi de son charme – ses yeux bleus perçants, son sourire enjôleur – pour circonvenir ceux qui ne se méfiaient pas. Mais Gabriel décela tout de suite chez lui les signes de l'alcoolisme : le visage légèrement empâté, les yeux injectés de sang, les pommettes couperosées. Non, Rich Slater n'avait pas changé. C'était toujours un ivrogne.

— Qu'est-ce que tu viens foutre ici ? demanda Gabriel d'une voix froide.

Aussi jovial que si son fils venait de dérouler devant lui un tapis rouge, Rich lui donna une accolade. Gabriel sentit le relent aigre du whisky sous l'odeur de la menthe dont son père se servait pour parfumer son haleine, et comme toujours, ce mélange lui souleva le cœur.

— En voilà une façon d'accueillir son vieux père !
— Je t'ai demandé ce que tu foutais là !
— Je suis juste passé voir comment se portait mon fiston, répondit Rich en lui assenant une claque dans le dos.

Il ne titubait pas, ne bredouillait pas. Rich avait toujours tenu l'alcool. Jusqu'à la seconde bouteille. Et il y avait toujours une seconde bouteille.

— Cette fois, tu as réussi ! Tu as gagné le gros lot ! Fini de zoner, hein, fiston ? ajouta-t-il en passant son bras autour des épaules de Gabriel.

Ce dernier se dégagea d'un mouvement brusque.

— Combien ? lança-t-il.

Rich afficha un air faussement peiné.

— Voyons, est-ce que ton paternel ne peut pas te rendre une visite de courtoisie sans que tu penses aussitôt qu'il vient te taper ? Si tu tiens à le savoir, je suis dans une bonne passe. J'ai misé sur le bon canasson, là-bas dans l'Ouest. (Tout en parlant, il embrassa du regard la propriété pour en estimer rapidement la valeur.) Mais je ne vais pas me caser comme toi. Tu me connais, j'ai toujours la bougeotte.

Il sortit une cigarette de son paquet et l'alluma à l'aide d'un briquet plaqué or qu'il avait fait graver à ses initiales. Avec un clin d'œil, il reprit :

— Alors, qui était cette belle blonde ? Tu aimes toujours autant les dames, à ce que je vois. Et elles te le rendent bien. Tu es le digne fils de ton père !

— Combien ? répéta Gabriel avec obstination.

— Je te l'ai dit, pas un cent.

Non, pas un cent, répéta Rich en son for intérieur. Cette fois, il voulait beaucoup plus.

— Belle bête, commenta-t-il en se tournant vers la pouliche que le palefrenier entraînait toujours dans la carrière. Je me souviens que tu t'es toujours plus intéressé aux chevaux qu'aux paris.

— Je n'ai pas le temps de discuter avec toi. J'ai du pain sur la planche.

— Quand un homme a réussi comme toi, il n'a pas besoin de travailler pour vivre, objecta Rich. Enfin, je ne vais pas te retenir. Voilà, je suis venu dans la région voir de vieux potes. Et comme je n'ai pas de pied-à-terre, j'ai pensé qu'avec cette grande maison...

— Je ne veux pas de toi chez moi.

— On renie son vieux père ? Tu es devenu trop bien pour moi, c'est ça ? Maintenant que tu roules sur l'or, tu ne veux pas qu'on te rappelle le ruisseau d'où tu sors ? Mais tu seras toujours un zonard et un raté, Gabriel, même si tu vis dans le luxe et que tu baises de jolies filles. Tu as oublié qui te fournissait le gîte et le couvert avant que tu te prennes pour un nabab ?

D'une voix sourde, Gabriel rétorqua :

— Je n'ai pas oublié que je dormais dans le couloir, ou que je mourais de faim parce que tu avais dépensé en alcool ou perdu aux cartes tout l'argent que maman avait durement gagné. Je n'ai pas oublié que nous devions fuir les hôtels minables en pleine nuit, parce que nous n'avions pas de quoi payer. Comme tu vois, j'ai beaucoup de souvenirs. Elle est morte dans un hospice, en crachant son sang.

— J'ai fait de mon mieux pour ta mère.

— Mon cul ! Maintenant, dis-moi combien cela va me coûter pour que tu disparaisses de ma vue ?

— J'ai besoin d'un endroit où dormir. Juste pour quelques jours, avoua Rich.

Ses nerfs lâchaient, sa voix était devenue geignarde. Incapable de se retenir, il sortit une flasque de whisky de sa poche et but une longue rasade.

— Autant te le dire tout de suite, j'ai des problèmes, enchaîna-t-il en s'essuyant la bouche du revers de la main. Un petit malentendu au cours d'une partie de poker à Chicago...

— Autrement dit, tu t'es fait prendre en train de tricher et maintenant, quelqu'un te cherche pour te briser les phalanges ?

— Tu n'as pas de cœur, Gabriel. Tu as une dette envers moi, ne l'oublie pas. J'ai juste besoin d'un refuge durant quelques semaines, le temps que les choses se calment.

— Pas ici.

— Tu vas me virer comme un malpropre ? Les laisser me faire la peau ?

— Certainement pas. Mais je vais te donner de quoi te tenir à l'écart de chez moi. Cinq mille dollars devraient suffire à te loger dans la région.

— Ce n'est pas assez ! protesta Rich en regardant de nouveau les vastes écuries et l'imposante demeure.

— Il faudra t'en contenter. Je vais te signer un chèque.

Déjà, Gabriel tournait les talons. En le regardant s'éloigner, Rich eut un rictus amer. Non décidément, ce n'était pas assez. Le garçon vivait comme un coq en pâte, et lui, Rich, voulait sa part du pactole. Et il l'aurait, se promit-il. Il avait donné sa chance à Gabriel, mais maintenant ils allaient jouer selon ses propres règles.

8

Assis à la table d'un restaurant, Philip Byden ne cessait de consulter sa montre entre deux gorgées de vin blanc. Il n'y avait pourtant pas de quoi s'inquiéter. Kelsey n'était pas en retard, c'est lui qui était en avance.

C'était aussi stupide de craindre qu'elle ait pu changer en deux semaines ; qu'elle puisse le regarder différemment, ou le trouver faible, comme il s'était justement senti le jour où la femme qu'il aimait avait été jetée en prison.

Il n'avait rien pu faire. Il avait beau se le répéter, les mots sonnaient creux. Depuis des années, la culpabilité le rongeait, soulagée seulement par l'amour qu'il portait à sa fille. Aujourd'hui encore, il se souvenait avec précision de la dernière fois où il avait vu Naomi.

De Washington, on mettait six heures à rejoindre Alderson par la route. Six heures pour passer du monde civilisé et feutré de l'université à la réalité lugubre du pénitencier fédéral.

Quel choc il avait subi en voyant la pétulante, l'arrogante Naomi assise au parloir derrière une vitre de sécurité ! Physiquement, elle avait déjà changé. Son corps avait perdu ses courbes délicieusement féminines, ses traits délicats s'étaient accusés. Dans son uniforme gris, elle paraissait maigre et anguleuse.

Philip s'était tout de suite senti idiot dans son costume-cravate et sa chemise amidonnée.

— J'ai été surpris que tu souhaites me voir, Naomi.

— J'avais besoin de te voir, avait-elle précisé. Et je te remercie d'avoir accédé à ma requête.

— Tes avocats vont faire appel ?

— Je n'ai guère d'espoir. Si je t'ai demandé de venir, c'est pour parler de Kelsey.

Il était demeuré silencieux. Il avait craint par-dessus tout que Naomi exige que Kelsey lui rende visite. Bien sûr, elle avait le droit de voir sa fille. Mais Philip ne supportait pas l'idée que son enfant chérie pénètre dans cet endroit sordide.

— Comment va-t-elle ? s'était enquise Naomi.

— Bien. Je l'ai envoyée passer un ou deux jours chez ma mère.

— Que lui as-tu dit à mon sujet ?

— Elle te croit en voyage quelque part. Je ne sais pas comment lui annoncer... J'espère qu'avec le temps...

— Je ne te blâme pas, coupa Naomi. (Elle avait fermé les yeux et soupiré :) Que nous est-il arrivé, Philip ? Je n'arrive pas à comprendre à quel moment notre histoire a dérapé. J'ai beau essayer de faire le point, je n'y arrive pas. Je pense sans cesse à Kelsey.

— Elle te réclame, avait avoué Philip, envahi par la pitié.

Naomi avait détourné la tête.

— Je ne veux pas qu'elle sache où je suis, avait-elle annoncé tout de go.

— Naomi...

— Non, Philip. J'ai beaucoup réfléchi, tu sais. Je ne veux pas que ma fille apprenne qu'on m'a mise en cage. Bientôt le scandale s'apaisera. Les gens ont la mémoire courte. Quand elle ira à l'école, ils se souviendront à peine de ce qui s'est passé.

— Peut-être, mais cela ne résout pas le problème. Je ne peux pas lui dire que tu as disparu du jour au lendemain. Elle t'aime.

— Dis-lui que je suis morte.

Philip avait sursauté.

— Tu es folle ! s'était-il écrié.

— C'est la seule solution possible.

Soudain fébrile, Naomi avait appliqué ses mains contre la vitre de plexiglas qui les séparait.

— Tu le peux, et tu le dois, pour son bien-être, avait-elle insisté, une lueur passionnée dans les yeux. Réfléchis. Si tu lui dis la vérité, elle deviendra la fille d'une criminelle. Tu la vois annoncer ça à ses camarades de classe ? Quand je sortirai, elle aura 18 ans, et toute sa vie elle m'aura imaginée entre quatre murs. Je veux lui épargner ça, Philip.

Les larmes avaient embué ses immenses prunelles grises. Elle s'était emportée.

— Il faut la protéger de toute cette boue ! C'est la seule chose que je puisse faire pour elle, maintenant !

À son tour, Philip avait posé la main sur la vitre.

— Comment veux-tu que je lui dise que sa mère est morte ? avait-il murmuré. Que je me rende coupable d'un mensonge aussi énorme ?

— Ce n'est pas si éloigné de la vérité. Une partie de moi est morte. Mais le reste veut survivre, désespérément. J'en serai incapable si Kelsey sait à quoi s'en tenir. Si tu lui dis que je suis morte, elle aura du chagrin, mais tu seras à ses côtés pour la soutenir dans sa peine. Dans quelques années, elle se souviendra à peine de moi, puis tous ses souvenirs s'effaceront. Je te promets que je ne chercherai pas à la joindre. Si tu viens me voir, je ne descendrai pas au parloir. Pour toi, comme pour Kelsey, je n'existerai plus.

Elle avait jeté un coup d'œil à l'horloge murale. Le temps dont ils disposaient était presque terminé.

— Je sais combien tu l'aimes, Philip. Tu es un bon père, tu la rendras heureuse. Mais ne l'oblige pas à subir ceci.

— Et quand tu seras libérée ?

— Nous verrons. Dix à quinze ans, c'est long.

Les épaules de Philip s'étaient voûtées et Naomi avait su qu'elle avait gagné.

— D'accord, Naomi. Par amour pour Kelsey.
— Merci.

Elle s'était levée, luttant contre la nausée qui l'assaillait.

— Au revoir, Philip.
— Naomi...

Elle ne s'était pas retournée et s'était dirigée droit sur le gardien en faction devant la sortie. Une seconde plus tard, la lourde porte métallique s'était refermée sur sa mince silhouette.

— Papa ? Dans quel siècle es-tu donc perdu ?

Kelsey posa sa main sur l'épaule de son père pour lui donner une petite secousse. Confus, il leva les yeux sur elle.

— Je ne t'ai pas vue arriver, s'excusa-t-il.
— Tu n'aurais pas vu un troupeau d'éléphants ! répliqua-t-elle en riant avant de prendre place en face de lui.
— Laisse-moi te regarder... Tu vas bien ?

Avait-elle l'air plus détendu ? Plus heureuse ? Égoïstement, cette pensée le dérangea.

— Je n'ai pas changé tant que cela en deux semaines ! protesta-t-elle. Je suis en pleine forme ! Rien de tel que l'air de la campagne, une nourriture saine et l'effort physique !
— Tu fais du cheval ?
— Je travaille aux écuries. On me confie seulement les tâches les plus ingrates, précisa-t-elle, avant d'annoncer à la serveuse qui venait s'enquérir de sa commande : Champagne !
— Tu fêtes quelque chose ? s'étonna Philip.
— Orgueil de Virginie a remporté le prix de Santa Anita aujourd'hui ! Tu comprends, c'est moi qui nettoie son box aux Trois Saules, et j'ai l'impression

d'être en partie responsable de cette victoire. En mai, il participera au Derby. Succès assuré ! ajouta-t-elle avec un clin d'œil.

Philip déglutit avec difficulté une gorgée de vin blanc.

— On dirait que tu t'investis beaucoup dans ces courses, fit-il enfin remarquer.

— Les chevaux de Naomi sont magnifiques !

Levant sa coupe de champagne, Kelsey enchaîna avec entrain :

— À Orgueil de Virginie, le plus beau mâle que j'aie jamais vu ! Sur quatre pattes, bien sûr. Alors dis-moi, comment va la famille ? Je croyais que Candice t'accompagnerait.

— Elle s'est doutée que je préférais être seul durant quelques heures. Elle te présente toutes ses amitiés, bien sûr, ainsi que Channing. À propos, il a une nouvelle petite amie.

— Qu'est-il advenu de l'étudiante en philo ?

— Il prétend qu'elle l'assommait avec ses théories sur le kantisme. Cette fois, il s'est entiché d'une jeune artiste qui crée des bijoux. Elle ne porte que du noir et est végétalienne.

— Cela ne devrait pas durer très longtemps. Channing tombe malade s'il n'engloutit pas au moins trois hamburgers dans sa journée !

— Candice mise tous ses espoirs là-dessus. Victoria – c'est le prénom de la jeune fille en question – est un peu trop excentrique à son goût.

— Elle considère encore Channing comme son bébé, décréta Kelsey en ouvrant le menu pour le parcourir.

— C'est dur pour n'importe qui de voir son enfant prendre son envol. Tu m'as manqué, avoua-t-il en posant la main sur celle de sa fille.

— Je n'étais pourtant pas bien loin. Pourquoi te fais-tu autant de souci pour moi ?

— Une vieille habitude. Kelsey... je t'ai invitée à dîner ce soir pour plusieurs raisons. Tout d'abord, j'ai une nouvelle plutôt désagréable à t'annoncer.

— Je croyais que tout allait bien ? fit Kelsey en se raidissant.

— C'est à propos de Wade. Il vient d'annoncer ses... fiançailles. Apparemment, ce sera un mariage intime. Il aura lieu dans un ou deux mois.

— Oh, je vois, dit Kelsey en piquant du nez dans le menu.

Puis, incapable de dissimuler son aigreur, elle persifla :

— En tout cas, il n'a pas perdu de temps. C'est une affaire rondement menée !

Avisant le regard soucieux que lui lançait son père, elle se radoucit aussitôt.

— Je sais que c'est stupide de ma part de lui en vouloir. Cela fait plus de deux ans que notre rupture est consommée. Si j'étais civilisée et polie, je lui souhaiterais tout le bonheur du monde. Mais en réalité, j'espère que cette garce fera de sa vie un enfer ! (Caustique, elle ajouta en fermant le menu :) L'entrecôte aux échalotes m'a l'air appétissante. Je vais la demander saignante, j'ai envie de mordre !

Une fois la commande passée, la jeune femme tourna vers son père un visage souriant.

— Tu avais peur que je pique une crise ? demanda-t-elle.

— Je pensais que tu aurais peut-être besoin d'une épaule pour t'épancher.

— Je sais que je peux compter sur toi, papa. Mais il n'est pas question que je m'apitoie sur un passé révolu. Je suppose que travailler a changé ma vision des choses.

— Cela fait des années que tu travailles ! protesta Philip.

— Disons qu'avant, je me contentais de meubler le temps. Aucun de mes jobs n'avait de réelle importance à mes yeux.

— Parce que nettoyer des écuries pleines de crottin te valorise, peut-être ?

Le ton acide incita Kelsey à la prudence. Elle choisit ses mots avec soin.

— Je me sens bien, là-bas. Pas seulement à cause des courses ou des chevaux. C'est un univers en soi, et tout le monde participe à sa pérennité. C'est parfois fastidieux, souvent répétitif, et pourtant chaque matin ne ressemble à aucun autre. C'est difficile à décrire.

Et Philip ne comprendrait jamais. Tout ce qu'il savait, en cet instant, c'est que Kelsey n'avait jamais autant ressemblé à Naomi. Et que cette constatation le terrifiait.

— Je conçois que cela te paraisse exotique, et par conséquent excitant, commenta-t-il d'une voix qui se voulait neutre.

— Oui, mais c'est également apaisant. (Prenant son courage à deux mains, elle ajouta :) Je songe à déménager.

— Tu vas t'installer définitivement aux Trois Saules ? s'exclama Philip avec un hoquet de surprise.

— Pas nécessairement. Je n'ai pas encore abordé le sujet avec Naomi, mais ce qui est sûr, c'est que j'envisage de vivre à la campagne désormais. J'aime apercevoir les arbres de ma fenêtre plutôt que la façade des immeubles. Mon travail me plaît beaucoup. J'aimerais continuer, voir si je peux grimper les échelons.

— Tu subis l'influence de Naomi, dit Philip d'une voix blanche. Je t'en prie, n'agis pas sur un coup de tête ! Tu n'es pas en mesure de comprendre cet univers en si peu de temps.

Bien que navrée de lui faire de la peine, Kelsey insista :

— En tout cas, je veux au moins essayer. C'est normal, non ?

— Je te demande juste de ne pas prendre une décision impulsive qui engagerait ton avenir. Le monde des courses, ce n'est pas seulement les galops au petit matin et la griserie de la victoire. Il y a aussi la tricherie, le vice, la cruauté.

Kelsey n'eut pas le temps de répondre. Un homme rondouillard s'approchait de leur table, un verre à la main. La jeune femme reconnut Bill Cunningham à sa bague en forme de fer à cheval avant même de lever les yeux sur lui.

— Mais c'est la belle Kelsey ! L'adorable fille de notre Naomi ! s'exclama-t-il, jovial, en s'arrêtant à leur hauteur.

Kelsey esquissa un sourire contraint.

— Bonjour, Bill. Papa, je te présente Bill Cunningham, qui est éleveur de chevaux. Bill, voici mon père, Philip Byden.

— Ma parole ! Ça fait des années ! s'écria Cunningham en tendant la main à Philip. Je ne crois pas vous avoir revu depuis le jour où vous m'avez chipé Naomi sous le nez. Vous êtes prof, c'est ça ?

— En effet, acquiesça Philip du ton glacial qu'il réservait d'ordinaire aux cancres les plus irrécupérables. Je suis professeur à l'université de Georgetown.

— Un vrai cerveau ! fit Cunningham en pressant l'épaule de Kelsey avec familiarité. Je vous félicite, votre fille est une beauté. C'est un plaisir de la voir à l'hippodrome. Au fait, j'ai appris que votre maman avait remporté le jackpot à Santa Anita aujourd'hui ?

— Oui. Orgueil a littéralement écrasé ses concurrents.

— Il en ira autrement pour le Derby, comptez sur moi ! répliqua Cunningham avec un rire suffisant. Eh, Phil, ne vous laissez pas embobiner par la gamine. Si vous sortez votre chéquier, c'est sur mon cheval qu'il faut parier. Allez, on m'attend au bar. À la revoyure !

Le silence retomba tandis que Bill s'éloignait. Kelsey feignit de s'intéresser à sa salade composée.

— C'est le genre d'individu avec qui tu souhaites t'associer ? demanda enfin Philip.

— Papa, on dirait grand-mère ! Cunningham est un crétin mais j'ai rencontré quantité d'abrutis tout aussi imbus d'eux-mêmes à l'université ou dans le monde de la pub. On ne peut pas leur échapper.

— Je me souviens de lui. Le bruit courait qu'il truquait les courses à une certaine époque.

— Soit. C'est peut-être un escroc en plus d'un crétin. Et alors ? Je n'ai pas l'intention de le fréquenter.

— Il gravite dans le cercle de connaissances de ta mère.

Kelsey soupira.

— Papa, fais-moi confiance ! J'ai besoin d'un but dans la vie. Et je l'ai peut-être trouvé.

— Promets-moi de prendre ton temps, de ne rien décider à la légère.

— D'accord. Mais Naomi n'est pour rien dans tout ça. Elle n'a rien exigé de moi. Même si elle t'a fait souffrir autrefois, il ne faut pas lui imputer toute la noirceur du monde. Au fait, tu ne m'as pas demandé de ses nouvelles.

— Je voulais d'abord recueillir tes impressions.

— Elle fait très jeune. Elle a une énergie incroyable ! Debout dès l'aube et sans cesse en activité…

— Ta mère a toujours vécu à cent à l'heure. Elle aimait les fêtes, les réceptions brillantes.

— Je te parle de son travail. Sa vie sociale est quasi inexistante, hormis les gens qu'elle côtoie à l'hippodrome. Depuis mon arrivée, elle n'a reçu personne. À dire vrai, après une journée de boulot, personne n'aurait la force de s'amuser la nuit durant. Naomi est souvent couchée avant 10 heures. Elle est toujours maîtresse d'elle-même, très pudique dans ses émotions, et très réservée.

— Naomi, réservée ? s'exclama Philip d'un air incrédule.

— J'ai cru comprendre que ça n'a pas toujours été le cas, mais je te jure que maintenant, elle est exactement telle que je te la dépeins.

— Quels sentiments éprouves-tu envers elle ?

— Je n'en sais rien. Je lui suis reconnaissante de ne pas brusquer les choses.

— Tu me surprends. La patience n'a jamais été son fort.

— Elle a changé, voilà tout. Je ne la comprends pas bien encore, mais je l'admire. Elle sait ce qu'elle veut et elle lutte pour l'obtenir.

— Et que veut-elle au juste ?

— Je n'en sais trop rien. Mais je peux t'affirmer qu'elle, elle le sait.

Du bar, Cunningham observait Kelsey et son père. Un joli tableau, empreint de classe et de dignité. *Des gens si bien élevés, si honorables*, songea-t-il avec un ricanement.

À son côté, Rich Slater émit un petit sifflement.

— Joli brin de fille ! Sa tête me dit quelque chose.

— C'est la fille de Naomi Chadwick. Elles se ressemblent comme deux gouttes d'eau.

Un éclair s'alluma aussitôt dans le regard de Rich.

— Naomi Chadwick... Voilà une femme qu'un homme n'oublie pas, murmura-t-il. Et aujourd'hui, mon fils est son voisin. Le monde est petit ! (Il but une gorgée de whisky, le meilleur de l'établissement puisque c'était Cunningham qui régalait.) Je me souviens maintenant, je l'ai aperçue à Longshot il y a une dizaine de jours. Roulée comme elle est, Gabriel doit l'avoir à l'œil.

— Il est déjà dans les meilleurs termes avec la mère. S'il joue la bonne carte, il pourrait bien abattre la clôture qui sépare les deux propriétés.

Une vague d'amertume submergea Cunningham à la pensée que c'était précisément grâce à une carte que Gabriel était désormais propriétaire de sa ferme.

De son côté, Rich étudiait Kelsey avec un regain d'intérêt. Ainsi, son fils s'intéressait à la fille de cette garce si distante ? Avec un peu de chance, il pourrait tirer profit de cette amourette.

— Revenons à notre affaire, dit soudain Cunningham en enfournant deux cacahuètes dans sa bouche. Je mise gros jeu, là-dedans. Il faut se montrer très prudent.

— Songe au bénéfice que tu vas en tirer, rétorqua Rich avec un sourire mielleux. D'ailleurs, je trouve que ça mérite bien un petit bonus. Et puis, je vais avoir des frais de voyage.

De la poche intérieure de sa veste, Cunningham sortit une enveloppe qu'il glissa sous le bar dans la main avide de son acolyte.

— Tu compteras plus tard, lui conseilla-t-il en jetant un coup d'œil furtif par-dessus son épaule.

— Inutile, je te fais confiance. C'est un plaisir de traiter avec toi, Billy. Allez, trinquons au bon vieux temps !

À midi, le lendemain, Kelsey prit sa première leçon de dressage sous la direction de Moïse. La placide jument qu'on lui avait confiée et qui en savait bien plus qu'elle sur la technique trottinait gentiment au bout de sa longe.

— Mets-la au galop. Change de sens. Plus ferme, la main, plus ferme ! On dirait que tu promènes un caniche ! disait Moïse, tout en songeant : *Cette fille a du talent. Elle veut apprendre, donc elle y arrivera.*

— Je sens que ça vient ! cria Kelsey.

— Tu parles ! C'est une crème, cette jument. Si je t'avais collé un yearling, tu serais déjà le nez dans la poussière.

— Alors donnez-moi un yearling ! riposta la jeune femme avec défi. Je parie que je me débrouillerai !

— C'est ça, rêve !

Tout en lançant ses instructions, il estimait les qualités de son élève : une main douce, une voix assurée, de bons réflexes. Après tout, pourquoi ne pas lui confier un yearling d'ici quelques semaines ? Si elle était toujours là...

Naomi, qui avait rejoint son entraîneur, appuya sa botte contre le bois de la barrière et s'enquit :

— Depuis combien de temps travaille-t-elle ?

— Une heure.

— Elles n'ont pas l'air fatigué, ni l'une ni l'autre.

— Elles ont l'énergie de la jeunesse.

Doucement, Naomi effleura le bras de son amant.

— Je te remercie de t'occuper de Kelsey, Moïse.

— Ça me plaît assez. Sauf que je la soupçonne de briguer mon poste.

Naomi se mit à rire, avant de se rendre compte qu'il plaisantait à peine.

— Tu crois vraiment qu'elle envisage d'en faire son métier ?

— Écoute, depuis que je la forme, j'ai l'impression que je suis un citron qu'elle presse, et elle une éponge qui absorbe le jus. Elle me bombarde de questions. Hier, j'ai commis l'erreur de lui prêter un bouquin traitant de génétique équine, et quand elle me l'a rendu ce matin elle m'a quasiment fait passer un examen sur les facteurs sanguins et les gènes dominants !

— Tu as été reçu ?

— De justesse.

Naomi éclata de rire. Puis, apercevant une haute silhouette masculine qui se dirigeait vers eux, elle s'étonna :

— Tiens, voilà Matt. Je ne savais pas que tu l'avais appelé.

— Je ne l'ai pas fait. Il a téléphoné pour dire qu'il était dans le coin et qu'il comptait passer pour jeter un coup d'œil à l'hématome de Serenity.

— Il fait du zèle, murmura Naomi en regardant Matt qui s'approchait, les yeux fixés sur Kelsey.

— Alors, Matt, quel est le verdict ? demanda Moïse.

— Elle va bien. Inutile de poser un emplâtre.

— C'est gentil de faire un détour rien que pour elle, commenta l'entraîneur en croisant le regard de Naomi.

— Oh, de toute façon, j'étais à Longshot, expliqua le vétérinaire. L'un des chevaux de Gabriel s'est blessé.

— C'est sérieux ? s'inquiéta Naomi.

— Ça aurait pu. J'ai dû faire une ponction, la plaie était pleine de pus. Dommage, elle devait courir à Hialeah demain.

— Vous parlez de Brelan d'As ? s'exclama Naomi avec compassion. Gabriel plaçait tous ses espoirs sur lui. Je lui passerai un coup de fil tout à l'heure pour le réconforter.

— Il était plutôt de mauvaise humeur ! convint Matt. (Puis, désignant Kelsey qui poursuivait l'entraînement, il ajouta avec admiration :) On dirait qu'elle a fait ça toute sa vie !

Comme Moïse faisait signe à la jeune femme de s'arrêter, celle-ci enroula la longe sur son bras avant de conduire la jument vers la barrière.

— Elle a vraiment bon caractère ! s'exclama-t-elle en caressant le chanfrein de l'animal. Mais je suis impatiente de me mesurer à un cheval plus ombrageux.

— Chaque chose en son temps, grommela Moïse. C'est ta première leçon, et d'après ce que j'ai vu, il y a du boulot.

— Il me sape toujours le moral ! s'indigna Kelsey en prenant sa mère à témoin. Mais il n'arrivera pas à me dégoûter. Bonjour, Matt. Que nous vaut l'honneur de votre visite ?

Rapidement, le vétérinaire la mit au courant de l'incident survenu à Longshot. Kelsey leva un sourcil intrigué.

— C'est bizarre, dit-elle. Brelan d'As allait très bien la dernière fois que je l'ai vu. Quand cela s'est-il produit ?

— Il y a trois ou quatre jours, à en juger par la blessure. C'est une entaille profonde, juste au-dessus du boulet.

— Comment est-ce arrivé ?

— Durant le transport, sans doute. Une écharde ou un clou qui dépassait. Je doute qu'il s'agisse d'un acte délibéré, mais on ne peut écarter cette hypothèse.

— Quelqu'un l'aurait volontairement blessé pour l'empêcher de courir ? s'écria Kelsey.

— C'est peu probable, insista Matt.

— Quel traitement avez-vous appliqué ?

Enchanté de l'attention de la jeune femme, Matt se lança dans la description des instruments et des produits utilisés.

— Qu'est-ce que je te disais ! souffla Moïse à Naomi. Bientôt, c'est elle qui nous indiquera comment soigner les chevaux.

— Plains-toi ! Tu reproches toujours aux employés leur manque d'initiative, répondit-elle sur le même ton.

Une voix hésitante s'éleva dans leur dos :

— Excusez-moi...

Le quatuor se tourna pour accueillir un mince jeune homme au visage ouvert, vêtu d'un simple jean et d'un sweat-shirt, mais dont les bottes, Naomi le nota aussitôt, avaient dû coûter trois cents dollars au bas mot.

À son côté, Kelsey poussa un cri de joie :

— Channing ! Qu'est-ce que tu fais là ? s'écria-t-elle avant de se jeter dans les bras de l'inconnu sous le regard envieux et déconfit de Matt Gunner.

— Je suis en route pour la Floride, et j'ai eu l'idée de passer te dire un petit bonjour, répondit le jeune homme. J'ai une semaine de vacances devant moi. Ma parole, Kelsey, tu es en pleine forme ! On dirait une publicité vivante pour la campagne !

Radieuse, Kelsey se tourna vers les trois autres.

— Je te présente ma mère, Naomi Chadwick, Moïse Whitetree, son entraîneur, et enfin Matt Gunner, qui est vétérinaire. Et voici Channing Osborne, mon demi-frère.

— Bienvenue aux Trois Saules, dit Naomi en tendant la main à Channing. Kelsey m'a beaucoup parlé de vous.

Avec amusement, elle vit le jeune homme se pencher pour lui faire un baisemain cérémonieux.

— Seulement de mes qualités, j'espère, répliqua-t-il. Vous avez une propriété magnifique, madame Byden.

— Merci. Si vous souhaitez la visiter, n'hésitez pas. J'espère que vous restez déjeuner ?

Un sourire illumina le visage de Channing.

— Volontiers, répondit-il. J'ai tout mon temps pour atteindre Lauderdale.

— Il y va tous les ans pour lorgner les filles en bikini ! intervint Kelsey. Il prétend que c'est pour réviser son cours d'anatomie. Channing est étudiant en médecine.

Son frère lui adressa une grimace.

— Je ne voudrais pas vous déranger...

— Pas du tout, assura Naomi, avant de se tourner vers le vétérinaire. Matt, vous vous joignez à nous ?

— Ce serait avec plaisir, malheureusement je suis attendu chez les Bartlett. L'un de leurs poulains a la colique.

— Ça doit être hypercool de soigner des animaux ! déclara impulsivement Channing. (Voyant Kelsey lui décocher un regard surpris, il renchérit :) Au moins, ils ne se lamentent pas à longueur de journée comme les humains !

— C'est vrai, reconnut Matt. D'un autre côté, les gens ne mordent pas et ne donnent pas de coups de pied, enfin la plupart du temps. Bon, je vous laisse. À bientôt, Naomi. Kelsey, j'ai été ravi de vous revoir.

— Je vous raccompagne, annonça Naomi. Kelsey, occupe-toi de Channing.

Comme le frère et la sœur remontaient vers la demeure bras dessus bras dessous, Kelsey s'étonna :

— J'ignorais que tu t'intéressais aux études vétérinaires ?

— Oh, j'ai dit ça comme ça ! répliqua Channing avec un haussement d'épaules embarrassé.

— Je me rappelle que plus jeune, tu soignais toujours les oiseaux qui s'étaient cognés dans la baie vitrée du salon. Et tu te souviens de ce vieux sac à puces que tu as ramené un jour à la maison parce qu'il boitait ?

— Ouais. Maman a failli tomber raide ! Elle l'a conduit tout droit à la fourrière.

— Elle craignait sans doute qu'il ne soit malade et contagieux.

— Elle avait surtout peur pour son précieux canapé en fleur de cuir ! Et puis, ce n'était qu'un vulgaire bâtard. Bah, de toute façon, elle n'aurait jamais toléré un animal chez elle.

Kelsey, perplexe, s'arrêta pour dévisager son frère.

— Tu veux vraiment devenir médecin, Channing ?

— Je ne me suis même pas posé la question. C'est une tradition, dans la famille. Les Osborne sont chirurgiens de père en fils.

— Mais visiblement, l'idée ne t'enchante pas plus que cela. Pourquoi n'en parles-tu pas à Candice ? Elle ne t'obligerait pas à faire médecine si elle savait que...

Il l'interrompit d'un rire amer.

— Kels, tu sais bien que c'est elle qui décide de tout à la maison ! Moi et le Prof, on se contente de filer doux.

— Tu t'es fâché avec elle, c'est ça ?
Channing explosa :
— Bon sang, elle m'a sucré ma pension mensuelle parce que je ne voulais pas réviser pendant les prochaines grandes vacances ! On m'a proposé un job d'été, je n'avais plus qu'à signer le contrat. Je désirais goûter à la vraie vie, oublier mes bouquins pendant quelques semaines, tu comprends. Mais ma mère y a mis un veto formel.
— Peut-être que si je discutais avec elle...
Channing secoua la tête.
— Merci, Kelsey, mais il ne vaut mieux pas. Elle ne t'a pas trop à la bonne, en ce moment. Depuis que tu vis ici, elle prétend que le Prof est complètement speedé. C'est la digne Milicent qui lui a fourré ces idées dans le crâne.
Kelsey poussa un soupir en se remettant à marcher.
— Je crois qu'on est embarqués sur la même galère, toi et moi. Écoute, tu es vraiment décidé à aller reluquer les nanas de Lauderdale ?
— Si tu me suggères de rentrer à la maison pour me faire pardonner...
— Pas du tout. Je te propose de passer tes vacances ici, aux Trois Saules. À mon avis, Naomi n'y verra aucun inconvénient.
— Tu joues les grandes sœurs ?
— Ouais. Ça te pose un problème ?
Channing se pencha pour déposer un baiser sur le front de la jeune femme.
— Non. Merci, Kelsey.

9

Le vieux Mick avait travaillé toute sa vie en tant que palefrenier, d'abord un peu partout en Virginie, puis chez Bill Cunningham, et enfin dans un petit élevage de Floride où, sur un coup de bluff, il s'était fait engager en tant qu'entraîneur. À une certaine époque, il avait même possédé un hongre, mais malheureusement, le cheval ne s'était jamais révélé à la hauteur de ses ambitions. Quelques années plus tard, il était revenu à Longshot en apprenant que le haras avait changé de mains. Depuis, il ne cessait de s'en féliciter, d'autant plus que Gabriel Slater avait la chance avec lui.

Son job lui convenait. Il était flatté que les plus jeunes employés s'effacent devant sa compétence, même si ces derniers, sans grande méchanceté, le surnommaient « le paon » dans son dos, parce qu'il se pavanait toujours coiffé d'une toque bleue, souvenir de la courte période durant laquelle il avait caressé le rêve d'être jockey. La bouille ridée de Mick était connue de Santa Anita à Pimlico, et il n'en demandait pas plus.

Aujourd'hui, assis sous une corniche en compagnie du vieux Boggs, il observait d'un œil approbateur la piste de l'hippodrome détrempée par le fin crachin qui tombait depuis le début de la matinée.

— Le terrain est lourd. Tant mieux. Quitte ou Double n'est jamais meilleur que sur une piste comme celle-là, marmonna-t-il en achevant de rouler sa cigarette.

À son côté, Boggs opina du chef en rallumant son mégot. L'entraînement était terminé, et on attendait maintenant les courses. Les jockeys s'étaient retirés dans la salle de musculation ou au sauna, afin de perdre une ultime livre de poids. Les entraîneurs et les propriétaires discutaient autour d'un bon café chaud. Tout était calme.

— C'est drôle de voir la fille de mamz'elle Naomi dans le coin, fit remarquer Mick sur le ton banal de la conversation. Elle est venue à Longshot à cheval il y a quelques semaines, et elle est repartie trempée comme une soupe. Pourtant, il pleuvait pas, ce jour-là.

— Ouais, ça m'est revenu aux oreilles, acquiesça Boggs en recrachant un nuage de fumée bleue.

— Je me rappelle, elle montait Justice. Elle se débrouille plutôt bien sur une selle.

— Normal, c'est la fille de sa mère.

Cinq minutes s'écoulèrent avant que Mick n'ajoute :

— Tiens, le même jour, j'ai vu un revenant. Le paternel du patron. Au début, je l'ai pas remis, jusqu'à ce que je voie ses yeux. M'sieur Slater, il avait pas l'air content de recevoir sa visite.

L'intérêt de Boggs s'éveilla.

— Rich Slater est venu à Longshot ?

— Je viens de te le dire. Il s'était mis sur son trente et un, on aurait dit un vendeur de bibles. J'ai pas entendu ce qu'ils se racontaient, mais le vieux, il regardait autour de lui d'un drôle d'air, comme s'il additionnait des chiffres dans sa tête. M'sieur Slater est reparti dans la maison, et le vieux s'est baladé un peu partout. Il a même discuté avec Jamison, sans doute pour lui tirer les vers du nez. Puis m'sieur Slater est revenu, il lui a donné un chèque et il lui a dit de déguerpir.

— Moi, j'ai jamais aimé ce type-là, commenta Boggs en hochant la tête. Il sentait toujours le whisky à cent mètres. Le jeune M. Slater, il touche pas à la bouteille.

— On dit que la pomme tombe pas loin de l'arbre, mais c'est pas vrai pour ces deux-là. M'sieur Slater, il a de la classe. Et il écoute quand on lui dit quelque chose. L'autre jour, y m'a demandé ce que j'pensais de la blessure de Brelan d'As.

— Bon cheval.

— Ouais. Je lui ai répondu que, pour moi, ça n'avait pas l'air d'un accident. Il a rien, dit, il m'a juste regardé et il m'a remercié bien poliment.

Sur ces mots, Mick se leva dans un craquement d'os et annonça :

— Allez, je vais jeter un coup d'œil à Double. Il a besoin de compagnie avant la course.

Ils se séparèrent, et Mick se dirigea vers les écuries. La pluie tambourinait sur le toit dans un crépitement régulier, étouffant le bruit que faisaient les chevaux. Il croisa un jeune palefrenier qui venait de fixer une couverture sur le dos d'une pouliche et l'entraînait au-dehors. Sans s'arrêter, Mick jaugea l'animal d'un œil expert. De l'allure, mais un peu basse de poitrail. Double n'avait rien à craindre de celle-là, songea Mick, qui était très fier de la puissance et de la beauté de son protégé.

Comme il s'arrêtait devant le box, le cheval sortit la tête pour recevoir une caresse.

— T'as de la chance, mon vieux, il pleut comme vache qui pisse... commença Mick.

Il se figea en apercevant Lipsky agenouillé près du pur-sang.

— Eh, qu'est-ce que tu fous ici, toi ?

D'un bond, Lipsky se releva.

— Je jetais juste un coup d'œil au canasson, histoire de voir si je pouvais parier quelques dollars sur lui, dit-il avec précipitation.

— Attends que m'sieur Slater te surprenne pas à rôder autour de son champion ! T'as intérêt à dégager vite fait !

— J'm'en vais, j'm'en vais... grommela Lipsky en se détournant.

Le mouvement intrigua Mick qui tendit le cou. Son œil vif surprit l'éclat métallique d'une lame. Ouvrant la porte d'un geste rapide, il referma ses doigts noueux sur le bras de Lipsky.

— Qu'est-ce que t'allais faire, salopard ? gronda-t-il. Tu voulais le blesser, hein ?

Pris sur le fait, Lipsky ne chercha même pas à nier. Une expression haineuse se peignit sur son visage, comme il répliquait :

— Slater ne mérite que ça ! Il m'a viré comme un malpropre !

— C'est toi qui l'as provoqué. Tu crois que je vais te laisser faire du mal à mes chevaux ? Je parie que c'est toi qui as blessé Brelan d'As, hein ?

— Je vois pas de quoi tu parles, protesta Lipsky. Écoute, je voulais me venger, mais c'était pas une bonne idée. Oublie ça. Regarde par toi-même, il a rien du tout, le bourrin.

— Pauvre minable, tu me dégoûtes ! Viens par là, on va voir ce que m'sieur Slater pense de tout ça.

Lipsky tenta de se dégager, mais Mick resserra sa prise. En dépit de son âge, il avait conservé une poigne de fer.

— Tu vas pas me dénoncer ! cria Lipsky, furieux.

— Tu parles ! Et si m'sieur Slater décide de te buter, j'irai cracher sur ta tombe.

— Je l'ai pas touché, son putain de cheval !

Les deux hommes commencèrent à lutter à côté de Double qui piaffait nerveusement. Comme Lipsky se rejetait en arrière, la lame du couteau rasa le flanc du cheval qui, sous le coup de la surprise et de la douleur, se cabra en hennissant.

Voyant que son adversaire était déterminé à lui résister, Mick se jeta sur lui, juste au moment où Lipsky tentait un mouvement vers la sortie. Les deux hommes se heurtèrent de plein fouet. Mick hoqueta, et son regard s'arrondit de stupeur tandis qu'il baissait les yeux sur son ventre où la lame s'était fichée jusqu'à la garde.

Aussi stupéfait que son adversaire, Lipsky considéra le sang qui jaillissait de la blessure.

— Seigneur Dieu, Mick... Je... je voulais pas... bégaya-t-il.

— Salopard ! articula Mick avant de s'effondrer face contre terre.

Terrifié par l'odeur du sang, le cheval se mit à ruer des quatre fers. Le sabot de son antérieur atteignit Mick à la base du crâne. Une douleur fulgurante traversa la tête du vieux palefrenier, puis il n'éprouva plus rien, même quand les sabots de l'animal épouvanté piétinèrent sans merci son corps disloqué.

Assis dans les tribunes entre Naomi et Kelsey, Channing dévorait un hot dog.

— C'est super ! déclara-t-il entre deux bouchées. Jamais je n'aurais imaginé que l'entraînement était aussi passionnant. J'ai eu l'impression d'assister à la répétition générale d'un spectacle de Broadway !

— Dommage que le temps soit si mauvais ! soupira Naomi.

— Je suis impatient de voir Orgueil courir.

— Ce ne sera plus long, maintenant. La parade va bientôt commencer, et les hommes doivent être en train de préparer les chevaux. Ça t'intéresse ?

— Bien sûr. Tout m'intéresse, ici. Je ne regrette vraiment pas la Floride ! Je vais avoir mille choses à raconter aux copains en rentrant.

Ils se levèrent et tout naturellement, Channing offrit son bras à ses deux compagnes pour les escorter vers l'escalier.

— À propos, qu'as-tu fait de la végétarienne ? s'enquit Kelsey.

— Végétalienne, corrigea Channing. Bah, elle m'a largué quand elle a compris que j'étais un incorrigible carnivore.

— Quel manque de subtilité ! lança Naomi avec humour.

— Tant pis pour elle, elle ne sait pas ce qu'elle perd. Je suis un garçon bourré de charme. N'est-ce pas, Kelsey ?

Mais sa sœur ne l'écoutait pas. Elle avait tourné la tête et fixait Gabriel Slater, qui s'entretenait avec son entraîneur devant la piste.

Tiens, tiens ! songea Channing en remarquant la lueur qui éclairait le regard de la jeune femme.

— Quelqu'un que tu connais ? demanda-t-il d'un ton détaché.

— Hein ? Oh, juste un voisin, répondit-elle en rajustant sa casquette sur son front.

Gabriel venait d'apercevoir le trio qui s'approchait. Ses yeux s'attardèrent d'abord sur Kelsey qui, avec ses cheveux mouillés, lui parut encore plus séduisante que d'ordinaire. Puis il se renfrogna en avisant le jeune homme qui la tenait par la taille. *Trop jeune pour être un rival dangereux*, décida-t-il aussitôt. Pourtant le garçon posait sur Kelsey un bras de propriétaire, et la façon dont il toisait Gabriel était une véritable mise en garde. Ce dernier en conclut qu'il s'agissait sans doute du demi-frère de Kelsey, ce que la jeune femme confirma en procédant aux présentations.

— Comment se porte la jument, Naomi ? Je n'ai pas eu le temps d'aller la voir.

— Elle est pleine, cette fois c'est sûr. Matt est passé aux Trois Saules hier, il nous a mis au courant pour Brelan d'As. Comment va-t-il ?

Gabriel se rembrunit.

— Il sera sur pied d'ici quelques semaines.

— C'est Quitte ou Double qui court aujourd'hui ? demanda Kelsey.

Gabriel lui pinça la joue, tant pour l'irriter que parce qu'il ne pouvait réfréner son envie de la toucher.

— Vous suivez la compétition de près, on dirait !

— C'est normal. Non que j'aie peur pour Orgueil : il est capable de battre n'importe lequel de ses concurrents !

— Vous voulez parier ? D'ailleurs, je vous rappelle que vous me devez toujours dix dollars.

— Alors... disons quitte ou double ?

— Cela s'impose ! acquiesça Gabriel en riant. Vous avez envie de jeter un coup d'œil au futur gagnant ?

— Merci, mais je suis allée faire un tour aux écuries tout à l'heure, et Orgueil se portait à merveille.

Souriant, Gabriel la prit par la main.

— Venez, enjoignit-il.

Comme ils s'éloignaient, Channing fronça les sourcils.

— Ça fait longtemps que ça dure, ce petit jeu ? demanda-t-il à Naomi.

— Quelque temps. Pourquoi, cela t'ennuie ?

— Kelsey a mal pris son divorce, elle est fragilisée en ce moment et je ne voudrais pas que quelqu'un en profite. Vous connaissez ce type ?

— Oh oui ! Mais je t'en parlerai plus tard. Si ça te rassure, nous pouvons toujours les accompagner.

— Bonne idée. Vous êtes cool, Naomi !

— Toi aussi, Channing.

Une dizaine de mètres devant Channing et Naomi, Kelsey et Gabriel bavardaient tout en se dirigeant à pas lents vers les écuries.

— Vous savez, j'espère vraiment qu'Orgueil va battre Double, déclara Kelsey. Mais je suis navrée pour Brelan d'As.

— Vous êtes tombée amoureuse, hein ?
— De qui ?
— Des chevaux.

Elle lui coula un regard en biais, tout en haussant légèrement les épaules. Délibérément, Gabriel ralentit l'allure, cherchant à prolonger cet instant d'intimité.

— Quand revenez-vous à Longshot ?
— Je suis très occupée. Moïse nous donne beaucoup de travail.
— Vous préférez que ce soit moi qui vienne vous voir ?
— Ce n'est ni le lieu ni l'heure pour en discuter, rétorqua Kelsey en jetant un coup d'œil par-dessus son épaule.
— Vous croyez que votre frère me sauterait à la gorge si je vous embrassais, là, tout de suite ?
— Non, mais moi je le ferais !
— Ne me tentez pas. Je veux vous voir, Kelsey. Ce soir.
— Je ne peux pas. Channing est venu me rendre visite et...
— Ce soir, répéta-t-il avec obstination. Si vous ne venez pas, c'est moi qui viendrai.

Kelsey lui jeta un regard indigné, mais comme ils pénétraient dans les écuries, elle ravala ses protestations. Ils s'arrêtèrent devant le box de Quitte ou Double et Gabriel ouvrit la porte.

— Alors, comment ça va, mon vieux ?

Il poussa soudain une exclamation en apercevant la traînée sanglante qui zébrait la robe du pur-sang. Avec un juron, il entra dans le box... et son regard tomba sur le corps prostré qui gisait dans la paille.

Aussitôt il fit volte-face pour barrer le chemin à Kelsey.

— N'entrez pas ! lui intima-t-il.
— Que se passe-t-il ? Oh, mais il saigne !

Comme Gabriel s'élançait vers le fond du box, elle découvrit à son tour le macabre spectacle.

— Mon Dieu ! souffla-t-elle en pâlissant.

Naomi et Channing les rejoignirent à cet instant.

— Vite, il y a un blessé ! s'écria Gabriel. Allez chercher du secours !

Naomi embrassa la scène du regard et réagit aussitôt :

— J'appelle une ambulance ! lança-t-elle avant de rebrousser chemin.

Channing alla entourer de ses bras sa sœur qui, choquée, semblait sur le point de s'évanouir.

— Je peux peut-être me rendre utile, hasarda-t-il à l'intention de Gabriel qui était penché sur le corps. Je ne suis pas encore médecin, mais...

— Inutile, coupa Gabriel d'une voix altérée : Il n'y a plus rien à faire.

Kelsey porta la main à sa bouche. Son regard, comme hypnotisé, ne quittait pas la forme ensanglantée gisant sur le sol, près de la casquette bleu vif mouchetée de taches écarlates.

Désignant le pur-sang qui piaffait nerveusement, sa robe baie secouée de frissons, Gabriel ordonna :

— Ne restez pas près du cheval, il pourrait vous blesser !

— Bon sang, il vient de tuer ce pauvre type ! murmura Channing, horrifié.

Gabriel, qui venait de retourner le cadavre, souleva la chemise souillée de sang du malheureux palefrenier, révélant la plaie béante qui perforait l'abdomen. L'air sombre, il se redressa et répliqua :

— Non, mais quelqu'un l'a fait. C'est un meurtre.

Debout devant l'entrée des écuries, Kelsey tournait entre ses doigts le gobelet de café que Channing venait de lui apporter. Indifférente à la pluie qui lui ruisselait dans les yeux, le regard vague, elle frissonnait autant de froid que de dégoût.

— Kelsey, je t'en prie, rentrons aux Trois Saules ! supplia le jeune homme pour la troisième fois. Ou au moins, allons au *club house* !

— Non, je préfère attendre ici.

Ce disant, elle tourna les yeux vers les écuries qui lui paraissaient maintenant lugubres, et qui depuis une heure se trouvaient envahies de policiers.

— Gabriel peut parfaitement se débrouiller seul ! protesta Channing. Si tu veux aider quelqu'un, va voir Naomi. Elle a vraiment l'air secoué !

Kelsey hésita une seconde avant de soupirer.

— Tu as raison.

Abandonnant son frère, elle se dirigea vers sa mère qui était assise un peu plus loin sur un tonneau.

— Tiens, dit-elle en lui tendant son café. Ça ne vaut pas un bon cognac, mais c'est toujours mieux que rien.

Naomi leva sur sa fille un regard reconnaissant.

— Merci, murmura-t-elle. Je n'arrive pas à le croire. Pauvre Mick !

— Tu le connaissais bien ?

— Il travaillait à Longshot depuis cinq ans. Lui et Boggs avaient l'habitude de jouer au gin-rummy une fois par semaine, en cancanant comme deux petites vieilles. Mick s'y connaissait en chevaux. Il était loyal et totalement inoffensif. Je ne comprends pas que quelqu'un ait pu attenter à sa vie.

— La police trouvera le coupable.

Naomi ne répondit pas. Depuis l'arrivée des policiers, ses vieilles terreurs se réveillaient et un goût amer lui emplissait la bouche. Elle avait beau se raisonner, se répéter qu'elle n'avait rien à voir avec toute cette histoire, que les flics n'étaient pas venus pour elle, elle ne parvenait pas à dominer la peur qui lui nouait les entrailles.

— Tu ferais mieux de rentrer, conseilla Kelsey en lui posant la main sur l'épaule.

D'un geste machinal, Naomi pressa les doigts de sa fille, avant de se rendre compte que c'était la première fois qu'elle s'autorisait une telle familiarité.

— Je suis désolée, Kelsey. C'est une expérience éprouvante pour toi.

— Pour nous tous.

— Pardonne-moi, mais j'ai du mal à réfléchir sainement...

— Alors, je vais le faire pour toi, décréta Kelsey d'une voix ferme. Channing va te raccompagner aux Trois Saules. Tu vas prendre un bon bain chaud et te reposer. Moi, je reste ici au cas où la police voudrait m'interroger.

Naomi ne résista même pas.

— D'accord, dit-elle en se levant. Mais je t'en prie, ne t'attarde pas.

Restée seule, Kelsey s'installa sur le tonneau que sa mère venait de libérer. L'attente ne dura guère. Bientôt, un policier en uniforme sortit de l'écurie et se dirigea vers elle.

— Madame Byden ? Kelsey Byden ?

— Oui, c'est moi.

— Le lieutenant Rossi aimerait vous parler. Suivez-moi.

Devant l'entrée du bâtiment, un inspecteur était en train de fixer les rubans jaune vif qui interdisaient à toute personne étrangère de franchir cette limite. À l'intérieur du box, les techniciens du laboratoire de criminologie prenaient les dernières photos. Dans le couloir, un brancard attendait le fourgon qui l'emporterait à la morgue.

Kelsey frissonna en apercevant, allongée sur le plateau de métal, une forme enveloppée dans une housse de plastique bleu...

Gabriel, qui discutait avec un homme au visage anguleux et au regard acéré, esquissa un geste de colère en la voyant s'approcher.

— Je vous ai dit qu'il était inutile de l'appeler! maugréa-t-il.

— Madame Byden, je vous remercie d'avoir attendu si longtemps, déclara le lieutenant Rossi en saluant la jeune femme.

— C'est normal. Je suis prête à coopérer.

— Bien. Commencez par me dire exactement ce qui s'est passé depuis ce matin.

— Nous sommes arrivés dès l'aube pour assister à l'entraînement. Vers midi, j'ai rejoint M. Slater qui discutait avec son entraîneur. Nous avons bavardé quelques minutes, ensuite nous avons gagné les écuries. Gabriel et moi sommes arrivés les premiers. Ma mère et mon demi-frère se trouvaient juste derrière nous.

— Votre mère ?

— Naomi Chadwick, la propriétaire des Trois Saules.

Rossi plissa les paupières. Le nom de Chadwick lui disait vaguement quelque chose, bien qu'il n'arrivât pas à placer un visage dessus.

Kelsey enchaîna :

— C'est Gabriel qui est entré le premier. Quand il a vu ce qui se passait, il a voulu m'empêcher d'entrer, puis il s'est précipité sur le pauvre Mick. C'est là que je l'ai vu à mon tour. Naomi est partie chercher du secours, et Channing nous a rejoints dans le box. Nous avons tous cru que c'était le cheval qui l'avait tué, jusqu'à ce que Gabriel retourne le corps.

— Avez-vous vu quelqu'un dans les écuries au moment où vous êtes entrés ?

— Des palefreniers, bien sûr. L'heure de la course approchait et il fallait préparer les chevaux.

— Vous connaissiez le défunt ?

— Non. Vous savez, je ne séjourne aux Trois Saules que depuis quelques semaines.

— Où vivez-vous habituellement ?

— Dans le Maryland.

— Donnez-moi l'adresse exacte. J'en aurai besoin pour les archives.

Tandis que Kelsey s'exécutait, il griffonna le renseignement sur son calepin, puis le fourra dans sa poche.

— Merci, madame Byden. À présent, j'aimerais interroger votre mère et votre demi-frère.

— Ils sont rentrés aux Trois Saules, répondit Kelsey. De toute façon, leur version des faits ne différera pas de la mienne.

— N'en soyez pas si sûre. Bien souvent, les gens ne retiennent pas les mêmes détails. Question de sensibilité. (Le lieutenant se tourna vers Gabriel.) On m'a dit que la dernière personne à avoir vu la victime vivante est un certain Boggs. Fait-il également partie de votre personnel ?

— Non, il travaille pour Naomi Chadwick.

— Il est dehors, intervint Kelsey. Je vais le prévenir que vous désirez le voir.

Elle s'empressa de quitter l'écurie, trop heureuse d'échapper aux questions et au regard perspicace du policier.

Assis dans la boue, la tête entre ses mains noueuses, le vieux palefrenier ne faisait rien pour cacher les sanglots qui lui déchiraient le corps. En le voyant si misérable, Kelsey sentit un sentiment de pitié l'envahir.

— Boggs, le lieutenant Rossi vous demande, dit-elle d'une voix douce. Je suis désolée, je sais que Mick était l'un de vos proches amis.

— On devait jouer aux cartes ce soir. Comme toujours après une course. Qui a fait ça, mamz'elle Kelsey ? Qui a fait ça au vieux Mick ?

— Je n'en sais rien, Boggs. Venez, je vous accompagne.

Elle glissa un bras autour de la taille du vieil employé et le soutint tandis qu'ils s'acheminaient vers les écuries.

— Il avait pas de famille, continuait Boggs. Juste une sœur, mais il l'avait pas vue depuis vingt ans. Il va falloir que je m'occupe de l'enterrement...

— Inutile, je m'en charge, dit Gabriel qui sortait du bâtiment. Vous me direz quel genre de cérémonie vous souhaitez, et je réglerai tous les détails.

— Merci, m'sieur Slater. Il aurait apprécié ça, approuva Boggs avant de pénétrer dans les écuries.

Gabriel prit le bras de Kelsey pour l'entraîner à l'écart.

— Le lieutenant Rossi m'a dit que vous étiez libre de partir. Venez, je vous ramène chez vous.

— Il faut que j'attende Boggs. Il est tout seul et...

— Moïse s'occupera de lui. Je ne veux pas que vous restiez ici une seconde de plus.

— Mais je suis aussi concernée que vous ! protesta-t-elle.

— Non. C'est mon box, mon cheval, et, bon sang, Mick était mon employé !

Kelsey fut tentée de le braver, mais elle se ravisa devant l'air résolu de Gabriel. En silence, elle le suivit jusqu'au parking. Ce n'est que lorsqu'il ouvrit la portière d'un geste brusque qu'elle lui saisit doucement le bras.

— Voyons Gabriel, c'est stupide de vous culpabiliser ainsi. Ce n'est pas votre faute si...

— La faute à qui, alors ? aboya-t-il. Mick essayait de protéger mon cheval !

— Vous ne savez pas ce qui s'est passé...

— Si, je le sais. Je le sens ! Et je vous jure bien que je découvrirai l'auteur de ce crime, quoi qu'il m'en coûte.

— La police...

— La police travaille selon ses propres méthodes. J'ai les miennes.

Le ton déterminé, qui sous-entendait bien des choses, laissa Kelsey sans voix. Et ce qu'elle lut dans le regard farouche de Gabriel la fit frémir.

10

La mort d'un homme ou d'un cheval ne pouvait interférer avec l'activité d'un élevage de pur-sang. Le lendemain matin, dès l'aube, la routine reprit. Dans les écuries des Trois Saules, on discutait peut-être du meurtre à mi-voix, mais le rythme ne faiblissait pas pour autant.

Les yeux creusés par le chagrin, Boggs n'était pas le dernier à s'acquitter de son devoir.

— Vous voulez peut-être seller Orgueil ; il est toujours content quand vous vous en chargez, proposa-t-il à Kelsey en lui tendant le harnais.

— D'accord. Vous venez avec moi ? Je sais comment m'y prendre, mais j'ai encore besoin de conseils.

Ce n'était qu'un prétexte pour distraire le vieil homme de ses sombres pensées, et ils le savaient tous les deux. Néanmoins Boggs emboîta le pas à la jeune femme. Le même crachin que la veille tombait du ciel maussade. Il était déjà 10 heures du matin, mais le brouillard persistait.

Dans les écuries, Kelsey s'arrêta une minute devant le box de Queenie pour tendre une carotte à la jument et la gratouiller derrière les oreilles.

— Je suis folle de ce cheval ! dit-elle avec un sourire d'excuse.

— Votre grand-père l'adorait. Il venait lui offrir du sucre chaque après-midi. Nous faisions semblant de ne rien voir.

— À quoi ressemblait-il ?

— C'était un homme juste et bon. Mais il avait son caractère, et il fallait pas l'enquiquiner. Si on faisait correctement son boulot, on était bien payé en temps voulu. Je l'ai vu veiller un cheval malade toute la nuit, et aussi virer un employé qui avait maltraité une bête.

Comme ils entraient dans le box d'Orgueil, Boggs remarqua que Kelsey avait déjà changé la litière et remplit l'abreuvoir d'eau claire. Cette tâche lui incombait d'ordinaire, mais depuis quelques jours il la partageait avec Kelsey.

— C'était un sacré bonhomme, à ce qu'on dirait, dit la jeune femme qui, armée d'une brosse, entreprit d'étriller la robe du cheval.

Boggs l'observa une bonne minute avant de déclarer :

— Vous savez vous y prendre, y a pas à dire.

— J'ai l'impression d'avoir fait ça toute ma vie. Orgueil est un peu agité ce matin, vous ne trouvez pas ?

— Il pense déjà à la course.

— On m'a dit qu'il avait bien couru hier, ajouta-t-elle en lâchant sa brosse pour s'emparer d'une curette à sabots. Enfin, après ce qui s'est passé, j'ai un peu honte de penser à la course.

— La vie continue, mam'zelle.

— Vous étiez amis depuis longtemps ?

— Environ quarante ans.

— Je n'ai jamais perdu quelqu'un qui me soit proche, confia Kelsey. J'imagine que c'est très dur. Je sais que si vous ressentez le besoin de prendre quelques jours de repos, Naomi n'y verra aucun inconvénient.

— Ma place est ici. Ce flic, je lui fais confiance. Il trouvera le coupable.

Kelsey se mit à essuyer délicatement les paupières du cheval à l'aide d'une éponge humide, heureuse de lire de la reconnaissance dans le regard de l'animal.

— Le lieutenant Rossi ? Il ne m'a pas fait bonne impression, je ne sais pas pourquoi.

— Parce qu'il est froid comme un glaçon. Mais il a l'œil, et le bon, croyez-moi !

Une image s'imprima dans le cerveau de Kelsey : le regard bleu de Gabriel dans lequel elle avait lu un farouche désir de vengeance. Un sentiment qu'elle comprenait parfaitement.

À cet instant, Channing passa la tête par la porte du box.

— Ah, te voilà ! s'exclama-t-il. Je te cherche partout.

— Tu n'es pas descendu prendre le petit déjeuner ?

— J'ai fait la grasse matinée, confessa-t-il sans vergogne. Et puis, mon horloge interne n'est pas habituée à manger dès 5 heures du matin. Écoute, Matt est passé, et je vais l'accompagner dans sa tournée. Je voulais te prévenir.

— Amuse-toi bien.

— Je serai de retour dans quelques heures. Oh, j'oubliais ! Moïse m'a dit qu'il t'attendait pour ton cours de dressage.

— C'est un vrai négrier ! s'écria Kelsey gaiement. J'irai le retrouver dès que j'en aurai terminé avec Orgueil.

Ayant pesé et mélangé de l'avoine, des noisettes, du son, puis ajouté à la ration journalière d'Orgueil une cuillerée à soupe de sel ainsi que des vitamines, Kelsey donna une granny-smith au cheval qui affectionnait particulièrement cette variété de pommes. Enfin, sur une dernière caresse, elle le laissa savourer son repas.

Moïse n'avait rien d'un sadique, mais lorsque la jeune femme rentra à la maison vers 3 heures de l'après-midi, tous les muscles de son corps lui faisaient mal. Elle était couverte de boue, et son estomac criait famine.

Après avoir brossé ses bottes, elle pénétra dans la cuisine et se dirigea droit vers le réfrigérateur. Puis, sans s'encombrer d'une assiette elle s'attaqua gaillardement à un plat de poulet frit.

Elle mastiquait avec entrain, debout devant le plan de travail, lorsque Gertie fit son entrée. La gouvernante ouvrit des yeux scandalisés.

— Mamz'elle Kelsey, c'est pas une manière de manger ! s'écria-t-elle en se précipitant vers le placard pour en retirer une assiette propre. Asseyez-vous à table, je vais vous préparer un vrai déjeuner.

La bouche pleine, Kelsey répondit :

— Inutile, je suis trop sale de toute façon. Et j'ai trop faim pour aller me laver d'abord. Gertie, j'ai pris des cours d'art culinaire, mais jamais je n'ai savouré un poulet aussi délicieux !

— C'est la recette de votre maman, expliqua Gertie, rose de contentement. Tenez, prenez ce verre de lait. Vous me faites penser à votre frère. On dirait qu'il n'a jamais mangé un plat familial de toute sa vie ! Ça fait plaisir de voir un jeune homme avec un si bel appétit.

— Est-ce que Naomi est dans les parages ? s'enquit Kelsey en léchant ses doigts pleins de sauce.

— Elle s'est absentée pour faire une course.

Ainsi il ne restait plus que la domestique et Kelsey dans la maison. C'était le moment propice pour poser quelques questions, décida Kelsey.

— Gertie, j'ai beaucoup pensé à cet homme, Alec Bradley...

La vieille femme se renfrogna sur-le-champ.

— C'est du passé, décréta-t-elle.

— Vous étiez absente, ce soir-là ? insista gentiment Kelsey.

La domestique ramassa un torchon et entreprit de frotter le plan de travail étincelant de propreté.

— Oui, répondit-elle de mauvaise grâce. Je m'en suis assez voulu pour ça, après ! J'étais au cinéma avec ma mère, pendant que mam'zelle Naomi était seule avec cet individu.

— Vous ne l'aimiez pas ?

— Pff ! (Avec un reniflement de mépris, Gertie fit claquer son torchon contre la gazinière.) Un sournois qui ne pensait qu'à l'argent et aux femmes !

— Alors pourquoi Naomi le fréquentait-elle ?

— Elle devait avoir ses raisons. Elle est plus têtue qu'une mule, parfois. Je crois qu'elle voulait tenir tête à votre papa. Et puis, elle était démoralisée par cette histoire de jument blessée qu'il avait fallu abattre. C'est à cette époque qu'elle a commencé à voir cet homme. (Amusée, Kelsey remarqua que Gertie se refusait à prononcer le nom d'Alec Bradley.) Oh, il était séduisant dans son genre, mais c'est bien tout ce qu'il avait pour lui ! maugréa la gouvernante. Je vais vous dire, mam'zelle Kelsey, le véritable crime, ça a été de mettre une gentille fille en prison pour quelque chose qu'elle avait été obligée de faire.

— C'était de la légitime défense ?

— Si elle l'a dit, c'est que c'est vrai, rétorqua Gertie avec une logique imparable. Mam'zelle Naomi ne ment jamais. Si j'avais été à la maison ce soir-là, rien ne serait arrivé. Cet homme n'aurait jamais porté la main sur elle. Et elle n'aurait pas eu besoin de se servir du revolver. (Gertie soupira tout en rinçant son torchon sous l'eau du robinet :) Ça m'a toujours rendue nerveuse de savoir qu'elle gardait cette arme dans sa chambre. Mais je suis heureuse qu'elle l'ait eue à portée de main ce soir-là. Un homme n'a pas le droit de s'imposer à une femme !

— Vous avez raison, murmura Kelsey.

Sur le ton de la confidence, Gertie ajouta :

— Vous savez, elle l'a toujours.

— Quoi ? Le revolver ?

— Ce n'est pas le même, j'imagine, mais il ressemble au premier, celui de son père. Selon la loi, elle n'a plus le droit de posséder une arme, mais elle s'en fiche. Elle dit que ça lui rappelle cette histoire, parce qu'il y a des choses qu'on ne doit jamais oublier. Mais vous savez, vous étiez le soleil de sa vie, et votre présence ici, aujourd'hui, ça efface bien des mauvais souvenirs.

Remarquant les larmes qui embuaient les yeux de la vieille domestique, Kelsey s'empressa d'assurer :

— Naomi a bien de la chance d'avoir quelqu'un comme vous pour la soutenir... et aussi pour lui préparer une cuisine aussi excellente !

Sa ruse réussit et Gertie, après s'être tamponné les yeux, esquissa un sourire.

— Vous avez encore faim ? demanda-t-elle en désignant l'assiette vide de la jeune femme.

— Non, merci.

Emportant son verre de lait, Kelsey quitta la cuisine. Dans le couloir, l'image que lui renvoya le miroir mural lui fit lever les yeux au ciel. Son visage était maculé de boue, ses cheveux en désordre, sa chemise souillée de sueur et de crottin.

— Un véritable épouvantail, murmura-t-elle au moment où la sonnette de la porte d'entrée retentissait.

Espérant que le visiteur ne s'offusquerait pas de son apparence négligée, elle alla ouvrir.

— Grand-mère ! Quelle... quelle surprise !

— Au nom du ciel, Kelsey, dans quel état es-tu ?

Cette entrée en matière n'étonna nullement Kelsey.

— Je travaillais aux écuries, expliqua-t-elle en apercevant dehors la Lincoln que le chauffeur avait garée devant le porche. Tu es en promenade ?

— Je suis venue te parler, décréta Milicent en franchissant le seuil avec la dignité d'une aristocrate française menée à la guillotine. Crois-moi, ce n'est pas par plaisir que je suis ici.

— Eh bien, passons au salon, proposa Kelsey, soulagée tout à coup que Naomi soit absente. Puis-je t'offrir un rafraîchissement ? Du thé, du café ?

— Je ne veux rien qui vienne de cette maison.

Les deux femmes s'installèrent dans la pièce voisine, et Milicent ne perdit pas une seconde pour attaquer :

— Regarde-toi, on dirait une fille de ferme.

— Je viens de rentrer et, comme tu l'as peut-être remarqué, il pleut.

— Ne sois pas frondeuse, ma petite-fille. Le pire, c'est que tu embarrasses ta famille en jouant à ce petit jeu ridicule.

— Grand-mère, nous avons discuté de tout ça. Je connais ton point de vue. Tu n'as tout de même pas fait tout ce chemin pour me répéter ce que tu m'as déjà dit ?

Abandonnant son verre de lait, la jeune femme se leva pour aller attiser les braises dans la cheminée. Tout à coup, la pièce lui paraissait glaciale.

— Rends-toi compte ! explosa soudain Milicent. J'ai lu ton nom dans le journal ce matin. À propos de cette histoire de meurtre !

— Ah bon ? Je n'ai pas eu le temps de lire la presse, sinon j'aurais appelé papa pour le rassurer. J'y ai été impliquée de façon totalement fortuite. La victime était employée à la ferme voisine.

— Justement, que faisais-tu sur un champ de courses, au milieu de ces gens aux mœurs douteuses ?

— Il se trouve que ces gens me plaisent ! riposta Kelsey en lançant un regard de défi à son aïeule.

— Voilà que tu deviens puérile. Tu me déçois. Je croyais que l'amour des tiens avait de l'importance à tes yeux.

— Je ne vois pas le rapport.

— Ton nom est lié à celui de cette femme qui, une fois de plus, trempe dans un horrible scandale. Tu dois bien saisir les implications de tout cela, Kelsey ! Pense à ton père...

— Grand-mère, un pauvre bougre a été assassiné, et par le plus grand des hasards, c'est moi qui ai découvert son cadavre. J'ai donné mon témoignage à la police, voilà tout. Je ne le connaissais même pas ! Quant à papa, il n'a rien à voir là-dedans.

Milicent secoua la tête avec obstination.

— Ce monde n'est pas le nôtre, Kelsey. Je t'avais prévenue. Maintenant, le pire est arrivé. Et comme ton père est trop faible pour réagir, c'est à moi que revient le devoir de te remettre dans le droit chemin. J'exige que tu fasses ta valise et que tu rentres sur-le-champ avec moi.

Une voix teintée d'amertume s'éleva alors du seuil de la porte :

— Décidément, rien ne change !

Naomi, très pâle, se tenait dans l'encadrement de la porte, vêtue d'un tailleur gris qui accentuait encore le côté vulnérable de sa mince silhouette. Mais lorsqu'elle pénétra dans la pièce, ce fut avec l'élégance et la détermination d'un pur-sang.

— Je me rappelle que vous avez prononcé des paroles similaires devant Philip, autrefois, ajouta-t-elle en regardant Milicent droit dans les yeux.

Le visage de la vieille dame se durcit.

— Je suis venue ici pour rencontrer ma petite-fille. Je ne tiens pas à discuter avec vous, répliqua-t-elle avec hauteur.

— Vous êtes chez moi, Milicent. Vous pouvez dire tout ce que vous voulez à Kelsey, mais n'essayez pas de m'intimider. L'époque où vous y réussissiez est révolue.

— On dirait que la prison ne vous a pas appris grand-chose.

Très calme, Naomi prit place sur une chaise. Perdant son sang-froid, Milicent poursuivit :

— Toujours égale à vous-même : calculatrice, rusée, immorale. Aujourd'hui, vous vous servez de la fille de Philip pour satisfaire vos propres ambitions.

— Kelsey est adulte, rétorqua Naomi. Vous vous trompez lourdement sur son compte si vous croyez qu'on peut la manipuler.

Kelsey intervint :

— Elle a raison. Et je vous interdis à toutes les deux de parler comme si je n'étais pas là. Je ne suis pas une marionnette ! Je suis venue ici de mon plein gré, et j'y resterai aussi longtemps qu'il me plaira.

Milicent s'empourpra violemment et se leva avec raideur. Son regard haineux se posa sur Naomi.

— Vous lui avez bourré le crâne ! siffla-t-elle entre ses dents. Vous avez fait appel à ses bons sentiments pour l'attirer dans vos griffes. Mais lui avez-vous parlé de vos amants, de votre penchant pour la boisson, de votre mariage raté ? Lui avez-vous dit qu'en tentant de briser la vie de mon fils, vous n'avez réussi qu'à briser la vôtre ?

— Ça suffit ! s'exclama Kelsey en reculant inconsciemment du côté de Naomi. Tout cela ne te concerne en rien, grand-mère. Je suis assez grande pour me forger ma propre opinion.

Milicent prit une profonde inspiration.

— Si tu t'obstines à demeurer ici, ma petite, tu vas m'obliger à prendre des mesures que je déplore au demeurant. Je n'aurai d'autre choix que de modifier mon testament et de bloquer la rente que tu reçois grâce à feu ton grand-père.

Le chagrin, plus que la surprise, transparut sur le visage de Kelsey.

— Tu penses vraiment que l'argent m'importe à ce point ? C'est toute l'estime que tu as pour moi ?

— Réfléchis bien, se borna à répondre Milicent en saisissant son sac à main.

C'est ce moment que choisit Channing pour faire une entrée intempestive dans le salon.

— Eh, Kelsey ! Tu ne devineras jamais... (Il s'immobilisa nez à nez avec son aïeule et, médusé, la considéra bouche bée avant d'articuler :) Grand-mère ?

Hors d'elle, Milicent fit volte-face vers Naomi.

— Ainsi, vous avez également jeté votre dévolu sur ce garçon que Philip considère comme son propre fils !

— Mais grand-mère... protesta Channing.

Elle le coupa d'une voix cinglante :

— Tais-toi, toi ! Vous avez payé une fois, Naomi, mais je puis vous assurer que ce ne sera pas la dernière si j'ai mon mot à dire !

Sur ces paroles vengeresses, la vieille dame quitta la pièce. Quelques secondes plus tard, le claquement de la porte d'entrée retentissait dans le hall.

— Eh bien, quelle pagaille ! souffla Channing en roulant des yeux d'un air comique.

— Tu l'as dit ! soupira Kelsey. Dis-moi, Channing, as-tu appelé Candice pour l'avertir que tu séjournais ici ?

— Eh bien... Je lui ai téléphoné pour lui dire que tout allait bien, que j'avais trouvé un toit. Je n'ai pas précisé l'endroit où je me trouvais. Tu comprends, je n'avais pas envie de tout compliquer. Mais maintenant, je crois que je ferais mieux de la mettre au courant avant que la situation ne dégénère.

Consternée, Kelsey regarda son frère s'esquiver. Puis elle se tourna vers Naomi.

— Tu veux boire quelque chose ?

— Pourquoi pas ? répondit Naomi en appuyant sa nuque contre le dossier de la chaise. J'ai besoin d'un petit remontant.

— Moi aussi. Désolée pour cette scène pénible, fit Kelsey en se dirigeant vers le bar d'où elle sortit une bouteille de whisky.

— Je suis ennuyée, mais pas pour ce que tu crois. Tu n'accordes peut-être pas beaucoup d'importance à l'argent, mais il s'agit de ton héritage. Je ne veux pas être responsable si Milicent s'arrange pour te couper les vivres.

Pensive, Kelsey tendit à sa mère un verre à demi plein.

— J'ignore si elle est effectivement capable de mettre sa menace à exécution, murmura-t-elle. Même si j'ai un peu d'argent de côté, je ne serais pas particulièrement heureuse qu'elle bloque mon capital. Mais du diable si je me laisse mener par le bout du nez pour quelques dollars ! Enfin, on verra bien. À la tienne ! conclut-elle en trinquant avec Naomi.

Celle-ci se mit à rire doucement. Fermant les yeux un instant, elle consentit à se détendre un peu.

— Eh bien, quelle journée ! fit-elle. N'empêche, j'ai été très fière de voir comment tu lui as tenu tête.

— Je te retourne le compliment. Quand je t'ai vue entrer, si calme, si déterminée...

— Milicent a toujours provoqué ce genre de réaction chez moi. Mais elle n'avait pas tout à fait tort, tu sais. J'ai commis de graves erreurs autrefois.

Poussée par une curiosité longtemps réfrénée, Kelsey demanda :

— Étais-tu amoureuse de papa quand tu l'as épousé ?

— Oh oui ! (L'espace d'un instant, le visage de Naomi s'adoucit.) Il était si timide, si élégant... Et si sexy !

— Papa, sexy ?

— Ces vestes de tweed, ce regard rêveur de poète, cette voix patiente qui récitait du Byron... Je l'adorais.

— Pourquoi as-tu cessé de l'aimer, alors ?

— Cela ne s'est pas produit du jour au lendemain. Je n'étais pas aussi pondérée, ni aussi généreuse que lui. Et nous avions des ambitions radicalement divergentes. Quand nous avons commencé à nous disputer, je n'ai pas eu l'intelligence de faire des compromis. J'ai voulu lui prouver que je n'avais pas besoin de lui, et j'ai agrandi le gouffre qui nous séparait déjà. Puis j'ai fui, et j'ai tout perdu : mon mari, toi, ma liberté. J'ai payé le prix fort pour cet excès de fierté.

Comme la sonnette de la porte retentissait de nouveau, Naomi s'arracha à ses réminiscences en esquissant une grimace.

— La journée n'est pas finie, on dirait.

— J'y vais, proposa Kelsey.

Pour la deuxième fois, le visiteur s'avéra indésirable.

— Lieutenant Rossi ?

— Désolé de vous déranger, madame Byden. J'ai quelques questions à vous poser, à vous et à votre mère.

— Vous avez des nouvelles ?

— L'enquête suit son cours.

Kelsey guida le policier dans le salon. L'œil exercé de ce dernier nota tout de suite le confort cossu de la pièce, les deux verres de whisky entamés et le verre de lait à moitié plein. Quand Naomi se leva à son entrée, il apprécia sa grâce et sa maîtrise.

— Désirez-vous un café, lieutenant Rossi ?

— Merci, je souhaite juste vous poser quelques questions.

— Bien sûr. En quoi puis-je vous aider ? s'enquit Naomi en se rasseyant.

— Vous connaissiez bien la victime, n'est-ce pas ?

— C'était une relation de travail, répondit Naomi, évasive.

— Mick travaillait à Longshot depuis cinq ans, c'est cela ?

— Environ.

— Il a aussi travaillé pour l'ancien propriétaire, Bill Cunningham ? Et il a été licencié il y a sept ans ?

— Autant que je me souvienne, Bill Cunningham a laissé partir Mick parce qu'il le trouvait trop vieux. À l'époque, mon entraîneur lui a proposé un emploi aux Trois Saules, mais il a préféré quitter la région.

— D'après mes renseignements, il a travaillé sur les champs de courses de Floride pendant deux ans.

— Je crois, oui.

— Lui connaissiez-vous des ennemis ?

— Des ennemis ? Tout le monde l'aimait ! Il représentait presque une institution dans le monde des courses : travailleur infatigable, fort caractère, grand cœur... Non, personne ne lui en voulait.

— Pourtant, quelqu'un l'a tué, objecta Rossi. Et le cheval a été blessé. Selon le rapport, la plaie s'étend sur une trentaine de centimètres. Et l'arme utilisée est la même que celle qui a causé la mort de la victime.

Kelsey intervint :

— Manifestement, quelqu'un a essayé de s'en prendre au cheval. Mick a surpris la personne et a tenté de la neutraliser. D'après Moïse, Quitte ou Double a très bon caractère, et il n'aurait jamais piétiné Mick s'il n'avait été fou de terreur.

Rossi parut méditer ces paroles quelques secondes. Puis il reprit :

— Le cheval de M. Slater était rival du vôtre, madame Chadwick, et finalement c'est vous qui avez gagné ?

— D'une encolure, oui.

— C'était prévisible, étant donné que votre plus sérieux concurrent n'a pas participé à la course. Cela fait plus de deux ans, je crois, que vos chevaux s'affrontent sur les hippodromes. Celui de M. Slater a plus d'une fois coiffé le vôtre au poteau.

— Quitte ou Double est un superbe coureur. Un vrai champion. Comme Orgueil de Virginie.

Rossi esquissa un sourire.

— Je ne connais pas grand-chose à l'univers des courses, admit-il, mais d'un point de vue de néophyte, il semblerait que vous ayez intérêt à... faire basculer la chance de votre côté.

D'un geste automatique, Kelsey posa la main sur l'épaule de sa mère et rétorqua :

— C'est une accusation sans fondement, lieutenant Rossi.

— Il ne s'agit pas d'une accusation, madame Byden, mais d'une simple remarque. Parfois, des chevaux sont délibérément blessés, drogués, ou même tués pour servir les intérêts de propriétaires peu scrupuleux, n'est-ce pas, madame Chadwick ?

— Il y a des criminels et des escrocs dans toutes les professions, se borna à répondre Naomi qui tentait de refouler son angoisse croissante.

— Les Trois Saules n'ont pas besoin de recourir à ce genre de méthodes ! affirma Kelsey avec irritation. De plus, je vous ai dit que ma mère ne m'avait pas quittée de toute la matinée. Des dizaines de témoins ont dû vous le confirmer.

— C'est vrai, reconnut Rossi. Madame Chadwick, admettez-vous qu'un éleveur ou un entraîneur désireux d'améliorer ses chances préférerait engager un homme de main pour s'acquitter d'une sale besogne plutôt que de s'en charger lui-même ?

— Cela me semble logique.

— Tu n'es pas obligée de répondre ! s'insurgea Kelsey, vibrante d'indignation.

— Je suis sûr que votre mère connaît ses droits, coupa Rossi d'un ton froid. Ainsi que la procédure d'enquête qui suit un meurtre.

Naomi eut un sourire ironique.

— Je sais également que ces fameux droits ne protègent pas toujours les innocents, lieutenant. Et je vous rappelle qu'Orgueil n'était pas le seul concurrent sérieux de Quitte ou Double ; que depuis cinquante ans que les Trois Saules fonctionnent, pas une seule fois nous n'avons été pris en infraction avec la loi. Mais une ex-condamnée attire toujours les soupçons sur elle, n'est-ce pas ?

Quelle femme ! songea Rossi tout en rempochant son calepin. Sans son expérience de vieux renard, il n'aurait peut-être pas perçu la peur qui habitait son hôtesse. Elle avait vraiment une étonnante maîtrise d'elle-même. Il lui faudrait prendre le temps d'étudier son cas d'un peu plus près...

— Merci de m'avoir accordé cet entretien, dit-il en se levant. Je vous laisse, maintenant. Inutile de me raccompagner.

Dès que la porte se fut refermée, Kelsey laissa libre cours à sa colère.

— C'est scandaleux ! Il t'a ni plus ni moins accusée d'avoir commandité un meurtre !

— Je m'y attendais. Et il n'est sans doute pas le seul à envisager une telle hypothèse. Après tout, j'ai déjà été déclarée coupable par un jury.

— Comment peux-tu rester aussi calme, bon sang !

— Je sais donner le change, c'est tout.

Avec lassitude, Naomi se leva. Elle avait besoin d'un comprimé d'aspirine et d'une bonne sieste réparatrice pour oublier tout ce qui venait de se produire. Mais, au moment où elle passait devant Kelsey, elle s'arrêta pour prendre dans sa paume le visage de la jeune femme.

— Tu ne me soupçonnes pas d'avoir trempé dans cette histoire, n'est-ce pas ?

— Non, répondit Kelsey sans l'ombre d'une hésitation.

— Merci, murmura Naomi, avant de conseiller : Va donc faire un tour à cheval. Ça te défoulera.

En dépit de l'exercice physique, Kelsey ne parvenait pas à se décharger de la fureur accumulée en elle. Sans s'en rendre compte, elle prit la direction de Longshot, mais une fois parvenue là-bas, elle sut avec certitude ce qu'elle allait faire.

Abandonnant sa monture aux bons soins d'un palefrenier, elle remonta vers la maison et entra sans même songer à frapper. Elle traversa le hall, puis, du salon, enfila un couloir qui donnait sur un petit escalier en colimaçon.

Indécise, elle s'immobilisa, s'avisant tout à coup que personne ne l'avait invitée à entrer. Rebroussant chemin, elle s'apprêtait à regagner le porche pour sonner quand un bruit de voix étouffé attira son attention. Guidée par le son, elle bifurqua dans un autre couloir.

Il faudrait que Gabriel dresse une carte des lieux. On n'a pas idée d'avoir une demeure aussi grande ! pesta-t-elle en s'approchant d'une porte entrebâillée.

Ce ne fut pas la voix de Gabriel, mais celle de Boggs, qu'elle distingua en premier.

— Il n'aurait pas voulu d'un service pompeux, m'sieur Slater. Pas de fleurs ni de grandes orgues. Un jour qu'on causait, il m'a dit qu'il préférait être incinéré pour que ses cendres soient répandues sur la piste de l'hippodrome. C'est bizarre, hein ?

— Si c'est ce qu'il désirait, nous le ferons.

— J'ai un peu d'argent de côté. Je sais pas ce que ça coûte, ce genre de chose, mais...

— Laissez-moi lui offrir cela, Boggs. Sans Mick, je ne sais pas si je serais assis à ce bureau aujourd'hui.

— Je sais que c'est pas une question d'argent, m'sieur Slater. Vous savez, Mick vous aimait beaucoup. À moi, il va me manquer.

— À moi aussi.

— Bon, je ferais mieux de rentrer, maintenant.

Boggs s'arrêta sur le seuil et rougit en reconnaissant Kelsey.

— Mam'zelle, marmonna-t-il en touchant le bord de sa casquette.

Honteuse d'être surprise en train d'écouter une conversation privée, Kelsey pénétra dans la pièce pour s'excuser. Gabriel était assis à un superbe bureau d'acajou, devant une baie vitrée arrondie qui laissait entrer à flots les rayons du soleil. Partout sur les murs couraient des étagères emplies de livres. Cette bibliothèque impressionnante conférait aux lieux une ambiance indéniablement masculine.

Gabriel avait la tête enfouie entre ses mains.

Instantanément, la honte de Kelsey se mua en compassion. Murmurant son nom, elle s'approcha et contourna le bureau. Ses bras entourèrent les robustes épaules de Gabriel avant que celui-ci n'ait le temps de relever la tête.

— J'ignorais que vous étiez si proche de lui. Je suis désolée, chuchota-t-elle à son oreille.

Gabriel n'avait pas éprouvé de chagrin depuis des années, depuis la mort de sa mère, en fait. Et l'intensité de sa peine le sidérait.

— Il s'est montré si bon avec moi ! Je devais avoir 14 ans la première fois où il m'a attrapé par mon col de chemise. Il s'est intéressé à moi, j'ignore pourquoi, et il a convaincu Jamie de m'embaucher. Il m'a tout appris. Bon sang, Kelsey, il avait 70 ans ! Il aurait dû mourir dans son lit, pas poignardé dans un box !

— Je sais, soupira-t-elle en s'écartant de lui. Gabriel, je suis venue vous prévenir que Rossi sort tout juste des Trois Saules.

— Eh bien, c'est un homme pressé ! Il a quitté Longshot il y a à peine une heure.

— Je crois qu'il soupçonne Naomi d'être impliquée dans l'affaire. Il faut... Il faut que je sache si vous partagez cet avis.

— Non, bien sûr. Mais Rossi a un autre suspect : moi. Car il se trouve que Quitte ou Double est assuré pour une petite fortune.

— Vous préféreriez vous tirer une balle dans le pied plutôt que de blesser un de vos chevaux !

— Votre confiance me flatte, mais c'est Rossi qu'il faut convaincre.

Il saisit la main de la jeune femme et l'attira sur ses genoux. Puis, enfouissant son nez dans la chevelure blonde, il inspira profondément, humant son parfum champêtre, mélange de pluie et de printemps.

Comme Kelsey esquissait un mouvement de recul, il supplia :

— Ne bougez pas, c'est exactement ce dont j'ai besoin. Sentir votre odeur, votre chaleur.

— Je n'ai pas l'habitude de me faire dorloter.

— Alors il va falloir apprendre, rétorqua-t-il en lui mordillant le lobe de l'oreille, ravi de la sentir tressaillir. Vous êtes venue dans l'unique but de me prévenir contre Rossi ?

— Oui.

Il soupira.

— Il va falloir que je trouve un moyen d'accélérer les choses. Vous me rendez fou, Kelsey. Je ne vais pas tenir longtemps comme ça.

— Vous vous sous-estimez ! ironisa-t-elle en nichant sa tête contre l'épaule de son compagnon. Laissez-moi du temps. Je ne joue pas avec vous, Gabriel.

— Dommage, parce que je gagne souvent.

11

— Tu es certain que tu ne veux pas la dernière cigarette du condamné ? plaisanta Kelsey en passant son bras autour de la taille de Channing. J'ai vraiment l'impression de t'envoyer au front !

Channing chaussa ses lunettes de soleil à monture rouge vif, puis saisit son casque sur la selle de sa Harley.

— Je me débrouillerai avec maman, assura-t-il. Et le Prof ne posera pas de problème.

— Mais grand-mère ?

— Tu sais, tant que je tiens la tête de ma promotion, ils ne peuvent pas me reprocher grand-chose.

— Et pour cet été ?

— Il va falloir que maman comprenne que désormais les études n'occuperont pas toute ma vie. En fait Naomi m'a offert un job pour les grandes vacances.

— Aux Trois Saules ? s'exclama Kelsey avec surprise.

— Oui. Tu imagines ça : Channing Osborne, garçon d'écurie ! L'idée me plaît assez. Et j'adore Naomi. Tu sais, avant de passer ici, je m'imaginais une femme dure et froide, un verre de whisky à la main et un ticket de PMU dans l'autre...

— L'influence de Milicent la Magnifique...

— Et aussi celle de maman. Ton séjour ici les contrarie autant que ton mariage avec Wade les réjouissait.

Channing enfourcha son engin avant de lancer un dernier regard à la maison, tableau charmant encadré d'un ruissellement de saules pleureurs, de jonquilles et de jacinthes.

— Quoi qu'il en soit, je n'ai jamais passé d'aussi bonnes vacances ! Et je reviendrai, affirma-t-il. On se reverra dans quelques mois.

Avant que Kelsey n'ait eu le temps d'objecter qu'elle ignorait si elle resterait aux Trois Saules, il démarra la moto et, sur un petit salut, s'éloigna dans l'allée.

Perdue dans ses pensées, Kelsey se dirigea à pas lents vers la demeure. Avait-elle l'intention de rester ? Le mois prévu s'était écoulé sans que la question de son départ soit abordée par elle ou Naomi. Et puis, personne ne l'attendait dans son petit appartement du Maryland. Si elle rentrait, elle devrait se mettre en quête d'un nouvel emploi. Elle passerait ses soirées en solitaire, ou, parfois, dînerait avec des amis qui la plaindraient pour son divorce avant de vouloir lui présenter à toute force un lointain cousin célibataire...

Cette perspective était plutôt décourageante.

Ici, dans cet univers qu'elle aimait déjà, elle avait du travail, un style de vie qui lui convenait, et des amis qui l'acceptaient pour ce qu'elle était vraiment.

Et puis, il y avait Gabriel.

Sans être sûre des sentiments qu'elle éprouvait pour lui, elle devait reconnaître qu'il la fascinait. Elle aimait son charme, son arrogance, ses manières imprévisibles, son humour corrosif. Le voir pleurer Mick aussi sincèrement l'avait émue. Le jour où ils avaient répandu les cendres du pauvre homme sur le champ de courses, Gabriel avait tenu la main de Kelsey emprisonnée dans la sienne, comme si, au fond de son cœur, il savait qu'elle comprenait ce rituel.

Pourtant il pouvait se montrer dur, égoïste, et assez insensible pour spolier un homme de sa demeure grâce à un tour de cartes.

Surtout, il existait entre lui et Kelsey une attirance magnétique, un désir presque animal, que la jeune femme n'avait ressenti pour aucun autre homme.

— Channing te manque déjà ? s'enquit Naomi du haut du perron.

— Non, je pensais... À rien, en fait. C'est gentil de ta part de lui avoir proposé un job pour cet été.

— Il est charmant, et, ce qui ne gâte rien, courageux à l'ouvrage. Et puis, cette maison est restée vide trop longtemps.

— J'ai l'impression qu'il a envie de devenir vétérinaire.

— Oui, il me l'a dit, acquiesça Naomi.

Kelsey ouvrit des yeux ronds, avant d'éclater de rire.

— Vraiment ? Il ne m'en a même pas parlé ! s'exclama-t-elle. J'ai toujours cru qu'il rêvait de devenir chirurgien, comme son père.

— Parfois, il est plus facile de confier ses petits secrets à une étrangère. Il t'aime et il t'admire, il a peur de te décevoir.

— Aucun risque ! (Kelsey soupira.) Pourquoi certains parents veulent-ils à toute force faire entrer leurs enfants dans un moule ?

— Pour préserver l'honneur de la famille. Un devoir terrifiant.

Kelsey tressaillit. N'était-ce pas pour cette raison qu'elle avait épousé Wade ? Combien de fois lui avait-on répété qu'il était le mari rêvé pour elle : issu d'un excellent milieu, promis à une brillante carrière, le parti idéal, en somme.

L'ai-je seulement aimé ? se demanda-t-elle, soudain atterrée.

La voix de Naomi la tira de ses sombres réflexions :

— J'ai l'intention de me rendre à Hialeah pour voir courir Orgueil de Virginie. Après ce qui s'est passé à Charles Town, je ne veux pas le quitter d'une semelle.

— Quand pars-tu ?

— Ce matin. Aimerais-tu venir avec moi ?

— En Floride ?
— Ce sera un beau spectacle, tu sais.
Prudente, Kelsey répondit :
— L'idée me tente.
— Bien. Et que dirais-tu de prendre le reste de la journée ?
— Pour quoi faire ? s'étonna Kelsey, qui en un mois n'avait pas vu sa mère prendre plus d'une heure de repos.
Le rire de Naomi s'éleva, clair, juvénile.
— À ton avis ? Du shopping, bien sûr ! À quoi bon voyager si ce n'est pour regarnir sa garde-robe ?
— Attends-moi, je vais chercher mon sac !

Dans sa chambre de motel minable située le long de la nationale, Lipsky vida son verre de gin avant de lever les yeux sur Rich Slater.
— Je vous le dis, m'sieur Slater, tôt ou tard, ils viendront me chercher.
— Sans doute. Tu as sacrément merdé. Qu'est-ce qui t'a pris ?
— Je voulais juste m'occuper du cheval ! geignit Lipsky en tendant la main vers sa cigarette qui se consumait dans le cendrier débordant de mégots.
— Je ne te l'avais pas demandé. Je voulais simplement que tu ouvres tes yeux et tes oreilles.
— Vous n'avez pas protesté quand je me suis chargé de l'autre canasson. Vous m'avez même donné une récompense !
— C'était du bon boulot, vite fait, bien fait. Mais cette fois, tu as perdu les pédales, Lipsky. Enfin, c'est du passé maintenant. Ce qui compte, c'est que le cheval de Gabriel ne courra pas avant une semaine ou deux.
Rich hocha la tête d'un air satisfait. Tout se déroulait conformément au plan : les chevaux blessés, et même le meurtre, imprévu au départ. De tels événe-

ments provoquaient les commérages et excitaient les journalistes. Il n'en demandait pas plus pour l'instant.

Grand seigneur, il sortit de sa poche son portefeuille bien mieux garni que d'ordinaire et, tirant un billet, il le posa sur la table.

— Je voulais pas tuer le vieux Mick, se lamenta Lipsky, partagé entre l'avidité et la honte.

— Ce n'est qu'un regrettable accident.

— J'ai jamais tué personne. J'ai bien suriné quelques gars, mais rien de grave, et ils l'avaient mérité.

L'expression stupéfaite de Mick, la douleur qu'il avait lue dans ses yeux le hantaient jour et nuit. Il revoyait le sang jaillir de la plaie, la casquette bleue rouler dans la paille...

— Oublie ça, lui enjoignit Rich en se servant un verre de gin.

— Les flics vont me trouver. Plein de gens m'ont vu tourner autour des écuries, ce jour-là.

— Et alors ? Tu examinais les chevaux, rien de plus normal. Tout le monde te connaît, là-bas. Sinon, les vigiles t'auraient empêché d'entrer.

— Ouais, et bientôt quelqu'un va se rappeler que je porte un couteau sur moi, que je me suis battu avec votre fils, et que depuis la mort de Mick j'ai disparu de la circulation !

— Logique. Aussi je te conseille d'aller te terrer quelque part en Floride, en Californie, ou peut-être même au Mexique, le temps que les choses se calment.

— Je veux pas vivre dans un pays étranger. Je suis américain ! répliqua Lipsky avec fierté.

— Ah, le patriotisme ! ironisa Rich en levant son verre. Tu es un homme plein de ressources, Fred, sinon, je ne t'aurais pas embauché. Mais étant donné les circonstances, il va falloir espacer nos rencontres.

— Ça vous coûtera plus que cent dollars, cette fois.

Le silence retomba dans la chambre. Rich demeura souriant, mais son regard prit un reflet glacé.

— Tu ne vas tout de même pas me faire chanter, hein, Fred ?

— Si je m'enfuis, j'aurai besoin d'argent ! répliqua Lipsky, en proie au désespoir. Et merde ! Vous aussi, vous trempez dans cette magouille ! C'est vous qui m'avez payé pour ce job, vous êtes responsable, autant que moi !

— Si tu vois les choses sous cet angle...

— C'est dix mille dollars. Avec ça, je me planque et je la ferme si jamais je me fais coincer. À ce tarif-là, c'est donné.

Rich soupira. Il avait craint que la situation ne dégénère de cette façon.

— Je comprends ta position, admit-il. Écoute, je vais passer un coup de fil et voir combien je peux réunir. Laisse-moi un moment, tu veux ?

— OK. Il faut que j'aille aux toilettes, de toute façon.

Lipsky se leva et, d'une démarche mal assurée, gagna la salle de bains. Mais une fois la porte de communication refermée, Rich ne chercha pas à décrocher le téléphone. Au lieu de cela, il sortit une petite fiole de son manteau.

C'était vraiment dommage, mais il ne pouvait prendre le risque de se faire dénoncer par Lipsky. Même s'il payait les dix mille dollars exigés, il y avait gros à parier que ce crétin mangerait le morceau dès que les flics l'auraient pincé. Ce qui était inévitable, conclut Rich en vidant le contenu de la fiole dans le verre de Lipsky.

— Tu peux venir, Fred. Tout est arrangé. J'aurai l'argent dès demain.

Lipsky réapparut. Avec soulagement, il se laissa tomber sur la chaise.

— C'est pas des conneries, hein, m'sieur Slater ?

— Pour qui me prends-tu ? On est de vieux amis, toi et moi. On se soutient dans l'adversité. Allez, à l'amitié ! lança Rich en levant son verre.

Les yeux humides de gratitude, Lipsky l'imita.

— Je savais que je pouvais compter sur vous, m'sieur Slater.

Le sourire de Rich s'élargit tandis qu'il regardait Lipsky engloutir le gin empoisonné.

Des palmiers, des bougainvillées en fleur, des auvents aux rayures pimpantes sous le soleil radieux, des hommes en costumes clairs et des femmes en robes décolletées... l'ambiance était des plus glamours. Mais Hialeah Park n'en restait pas moins un champ de courses.

Dans les écuries, les chevaux piaffaient, humant l'air avec la nervosité des athlètes avant la compétition. Nonobstant le climat très éloigné du frileux printemps de Virginie, on se serait cru à Charles Town.

À côté de Gabriel, Kelsey observait avec curiosité la foule huppée massée autour d'eux. Amusée, elle remarqua une blonde platine, juchée sur des talons aiguilles vertigineux qui, de sa main mal assurée aux longs ongles vernis, tenait la bride d'une pouliche.

Gabriel, qui avait suivi la direction de son regard, laissa échapper un ricanement.

— Comment peut-on dire qu'un cheval est stupide après avoir vu un tableau comme celui-là !

— Que voulez-vous dire ? demanda Kelsey.

— Qu'éprouve-t-elle, à votre avis ?

— La femme ou la pouliche ?

— La pouliche.

Kelsey regarda de nouveau l'animal que la blonde platine caressait en gloussant sottement.

— Elle a l'air plutôt gêné, répondit-elle.

— Exactement. Vous avez devant vous la dernière acquisition de Cunningham.

— La femme ou la pouliche ?
— Les deux.

Kelsey éclata de rire. Décidément, elle ne regrettait pas d'être venue.

— Je ne vous ai pas vu à l'entraînement, ce matin, s'étonna-t-elle.

— Je suis arrivé il y a juste une heure. Que pensez-vous de Hialeah ?

— C'est magnifique !

Impulsivement, elle prit Gabriel par le bras pour l'entraîner à sa suite.

— Venez, la deuxième course va commencer, et Orgueil court dans la troisième. Je veux souhaiter bonne chance à Reno. Je crois que je deviens superstitieuse ! acheva-t-elle dans un éclat de rire.

— Vous avez déjà placé vos paris ? s'enquit Gabriel.

— Oui. Orgueil dans la troisième, et Brelan d'As dans la cinquième. J'ai ma propre méthode, maintenant.

— Quelle est-elle ?

— J'écoute les vibrations de mon cœur, répondit Kelsey avec sérieux.

Gabriel esquissa une moue sceptique.

— C'est plutôt risqué.

— C'est ça qui est amusant !

— Vous avez diablement raison. Venez ici, je vais vous embrasser. Comme ça, le risque sera partagé, répliqua-t-il en attrapant la jeune femme par sa queue-de-cheval qui dépassait sous la casquette.

Ils étaient presque arrivés devant les écuries et une foule de gens les entourait. Kelsey eut juste le temps d'entendre un des palefreniers pouffer de rire, avant que la bouche de Gabriel ne s'empare de la sienne. Elle voulut le repousser, mais les lèvres fermes de Gabriel, leur goût épicé, leur tiédeur, provoquèrent en elle comme une décharge électrique. Oubliant toute retenue, elle répondit avec fougue au baiser et enfouit ses mains dans l'épaisse chevelure brune de son compagnon, s'abandonnant aux sensations qui l'emportaient jusqu'à ce que le monde extérieur s'abolisse entièrement dans son esprit.

Quand Gabriel la relâcha, une lueur espiègle dans ses yeux bleus, la jeune femme reprit brutalement conscience de la réalité sous les applaudissements des palefreniers hilares.

— Pourquoi avez-vous fait ça ? lui reprocha-t-elle, rougissante.

— Pour que tout le monde sache que vous êtes « chasse gardée ».

— Espèce de macho ! s'écria-t-elle, piquée au vif.

Gabriel s'esclaffa de bon cœur.

— Rassurez-vous, ce n'était pas ma motivation principale. Mais le résultat est le même. À tout à l'heure, chérie, ajouta-t-il en s'éloignant.

— Idiot ! lança Kelsey en tapant du pied.

Puis, drapée dans sa dignité, elle s'empressa d'aller rejoindre Naomi, qui, debout devant l'entrée du bâtiment, avait été témoin de toute la scène.

— Ce Slater est vraiment un sale type ! bougonna-t-elle en enfonçant les mains dans ses poches. Il a fait ça uniquement pour m'embarrasser !

— Je ne crois pas ! objecta Naomi en souriant. Tu ne sais pas très bien où tu en es, c'est ça ?

— Oui, admit Kelsey, boudeuse.

— Veux-tu que je parle à Gabriel ? Il n'appréciera pas, mais il m'aime assez pour me pardonner cette indiscrétion.

— Non, je peux me débrouiller toute seule.

S'apercevant que plusieurs employés la dévisageaient d'un air goguenard, Kelsey leur lança d'un ton brusque :

— Bon, allez, au boulot ! Le spectacle est terminé !

Naomi ne put s'empêcher de rire en voyant sa fille s'engouffrer à grandes enjambées dans les écuries.

Orgueil galopa magnifiquement dans la troisième course. Il jaillit des stalles telle une fusée et, dès le premier tournant, il disputait déjà la position de tête. Le début de la ligne droite le vit distancer son plus proche rival, et il arriva finalement avec trois bonnes longueurs d'avance, sous les acclamations du public.

Quand vint l'heure de la cinquième course, Gabriel, aussi nonchalant que d'ordinaire, rejoignit Kelsey dans la loge des accrédités.

— Reno a fait une course superbe, commenta-t-il.

— Lui et Orgueil forment une excellente équipe. La meilleure du circuit !

— On verra ça. Gardez l'œil sur Big Sheba, la pouliche de Cunningham. Et dites-moi ensuite vos impressions.

Intriguée, Kelsey observa les chevaux qu'on conduisait vers les stalles. La grande pouliche baie était visiblement nerveuse. Elle rua soudain de façon vicieuse et son sabot atteignit un palefrenier, l'envoyant rouler à terre.

Bientôt la cloche retentit. Les chevaux s'élancèrent et la pouliche de Cunningham prit la tête à longues foulées puissantes. Pourtant, comme le nota Kelsey derrière ses jumelles, elle ne tarda pas à suer énormément et à ahaner.

— Pourquoi la pousse-t-il autant ? s'étonna-t-elle en voyant le jockey utiliser sa cravache sans relâche.

— Il ne fait qu'obéir aux ordres.

À mi-course, la pouliche commença à faiblir, suffisamment pour que la distance qui la séparait de ses adversaires se réduise considérablement. Kelsey sentit ses yeux s'emplir de larmes. Big Sheba avait du courage, mais pas de souffle.

Sur la ligne droite, la pouliche tomba à une demi-longueur derrière Brelan d'As, puis à une longueur. Vaillante, elle poursuivit néanmoins son effort et conserva la deuxième position en franchissant la ligne d'arrivée.

— C'est scandaleux ! s'exclama Kelsey, outrée. Il devrait y avoir un règlement !

— Il y en a un, répliqua Gabriel. Mais rien n'interdit qu'un jockey pousse un cheval au-delà de ses limites. Le bruit court que Big Sheba fait de l'emphysème. Mais ce crétin de Cunningham s'en fiche comme de l'an quarante. Il veut tellement gagner le Derby qu'il la tuera sur place plutôt que de renoncer.

— C'est du sadisme !

— Il est ambitieux. Il veut la victoire.

— Comme nous tous, non ?

— Oui, mais il y a différents moyens d'y accéder.

Choquée, Kelsey tourna la tête vers la piste ensoleillée. Soudain, le champ de courses lui semblait bien moins romantique que tout à l'heure.

12

Le motel que tenait Jack Moser était un établissement correct. Pour un prix modique, on y proposait des chambres petites mais propres, un bon lit et toute une variété de chaînes câblées.

Depuis douze ans qu'il gérait l'établissement, Jack se targuait de connaître la nature humaine. Il devinait du premier coup d'œil le mari volage en escapade avec sa secrétaire, la femme battue venue trouver refuge après une bonne rouste, les ratés en déprime, les escrocs en quête d'un mauvais coup et les fuyards sur le qui-vive...

Il avait tout de suite rangé l'homme du bungalow 22 dans cette dernière catégorie à sa façon inquiète de voûter les épaules et de regarder sans cesse derrière lui. Mais comme celui-ci avait payé cash trois nuits d'avance, Jack se fichait éperdument du reste.

Le problème, c'est que le gars en question n'avait pas reparu, et que les trois nuits s'étaient écoulées. D'après Pétard Osseux – la femme de ménage –, le verrou était tiré de l'intérieur et la pancarte NE PAS DÉRANGER était affichée sur la porte.

Mais tant pis, le 22 allait recevoir de la visite, décida Jack en traversant le parking. Il paierait la prochaine nuitée ou prendrait ses cliques et ses claques. La maison ne faisait pas crédit.

Il frappa une première fois d'un poing autoritaire puis, ne recevant aucune réponse, il cria :

— Ouvrez, c'est le gérant !

Pétard Osseux – Dottie Malone de son vrai nom – passa la tête par la porte du 27 qu'elle était en train de nettoyer.

— Il doit être ivre mort, dit-elle d'un air entendu.

— T'occupe pas de ça, Dottie.

Jack frappa de nouveau avant d'insérer le passe dans la serrure. Dès qu'il entra, une odeur pestilentielle le prit à la gorge. Il aperçut le corps prostré, effondré en travers du lit, les yeux grands ouverts.

Une brusque nausée le submergea. Il n'eut conscience de la présence de Dottie dans son dos que lorsque celle-ci se mit à hurler de toute la force de ses poumons.

La police se trouvait déjà sur les lieux lorsque le lieutenant Rossi se gara devant le motel. C'était un pur hasard s'il avait fait le lien entre cet homicide banal et l'affaire dont il s'occupait. Une semaine plus tôt, l'un des employés de Longshot lui avait vaguement parlé d'une bagarre entre son patron et un palefrenier appelé Lipsky. Quand il avait entendu son collègue prononcer ce nom, Rossi avait aussitôt eu la puce à l'oreille.

Brandissant son insigne, il se fraya un chemin parmi les hommes en uniforme qui barraient l'accès du bungalow. Le corps était déjà enveloppé dans une housse, prêt à être embarqué pour la morgue. L'odeur des chairs en décomposition empuantissait l'atmosphère, mais Rossi y était accoutumé. Il balaya la chambre du regard, notant le lit défait, le sac bourré de vêtements abandonné dans un coin, la bouteille de gin aux trois quarts vide, l'unique verre et le cendrier plein de mégots de Lucky Strike.

Hochant la tête d'un air entendu, il alla rejoindre le médecin légiste, une petite femme énergique aux cheveux grisonnants, qui bouclait déjà sa sacoche.

— Tiens, Rossi ! Je croyais que c'était Newman qui était sur l'affaire ? s'étonna-t-elle.

— Il y a peut-être un lien avec celle dont je m'occupe actuellement. J'ai quelques questions à vous poser, Agnès.

— Ne me demandez pas la cause de la mort ! Tout ce que je peux vous dire pour le moment, c'est qu'elle est survenue il y a deux ou trois jours. Pas de blessure apparente, pas de trace de lutte.

— La cause de la mort ?

— Arrêt cardiaque.

Rossi ignora le sarcasme. Il réfléchissait. Un homme qui boit, seul, enfermé dans une chambre d'hôtel. Que ressent-il ? De la colère ? De la culpabilité ? De la peur ? Pourquoi louer une chambre minable pour se saouler à quarante kilomètres de chez lui ? Si Lipsky se cachait, il devait avoir une bonne raison.

— Il avait environ trois cents dollars dans son portefeuille, ainsi qu'une carte de crédit périmée, précisa encore le Dr Lorenzo. On a trouvé un exemplaire du *Daily Racing Form* dans son sac, vieux de quatre jours, et un couteau dans sa botte gauche.

— Quel genre de couteau ?

— Lame mince, bord tranchant, environ quinze centimètres de long.

Rossi sentit sa poitrine se gonfler. Il aurait parié sa prochaine paye que les techniciens du labo trouveraient sur la lame des résidus de sang, humain et équin.

— Qui a découvert le corps ? demanda-t-il encore.

— Le gérant, un certain Moser. Il doit être dans son bureau.

— J'aurai besoin du rapport d'autopsie de toute urgence.

— Dans deux jours.

— Demain, Lorenzo. Soyez sympa.

— Personne ne trouve les légistes sympas, rétorqua-t-elle en s'éloignant vers sa voiture.

— Eh !

Il la rejoignit et bloqua la portière au moment où Agnès Lorenzo s'apprêtait à la claquer.

— Vous vous souvenez de ce pauvre type que vous avez reçu la semaine dernière ? Gordon, Mick Gordon.

— Celui qui avait les intestins en charpie ? Oui, et alors ?

— Je crois que c'est le type du motel qui a fait le coup.

Lorenzo réfléchit quelques secondes.

— La blessure aurait pu être infligée par le couteau de Lipsky, admit-elle. D'accord, Rossi. Je vais bosser pour vous, mais je ne vous promets pas que tous les examens seront terminés demain.

— Merci.

Rossi tourna les talons pour se diriger vers le bureau de Jack Moser.

Gabriel apprit la mort de Lipsky dix minutes après être rentré de Floride. Les journalistes avaient trouvé une mine de renseignements en la personne de Dottie-Pétard Osseux. L'information s'était répandue dans le monde des courses comme une traînée de poudre, mais ce fut la femme de ménage de Gabriel qui lui apprit la nouvelle en lui apportant le journal, avant même qu'il ait eu le temps de jeter sa valise sur son lit.

Un quart d'heure plus tard, Rossi venait sonner à sa porte.

— Content de vous revoir, monsieur Slater.

— Lieutenant Rossi. Je parie que vous venez me parler de ça, dit Gabriel en tendant le journal qu'il avait emporté avec lui dans le salon ensoleillé.

— Gagné ! Fred Lipsky travaillait pour vous, n'est-ce pas ?

— Jusqu'à ce que je le vire, il y a environ un mois, parce qu'il levait le coude pendant les heures de boulot. Mais vous le savez déjà, j'imagine.

— Il n'a pas apprécié son renvoi, à ce qu'il paraît ?

— Non, il a même tiré son couteau contre moi. Je lui ai cassé la figure et j'ai cru que l'affaire en resterait là. Si j'avais su qu'il utiliserait de nouveau son arme contre un de mes employés, ou un de mes chevaux, je vous garantis que je ne l'aurais pas laissé partir comme ça !

— Il ne faut pas parler comme ça à un flic, monsieur Slater. La presse n'a pas encore confirmation du fait, mais moi, je peux vous dire que l'arme que nous avons trouvée sur Lipsky est bien celle qui a tué Mick Gordon. Nous avons également un mobile : la vengeance.

— L'affaire est donc classée ?

— J'aime que tout soit clair avant de classer une affaire, et celle-ci comporte encore de nombreuses zones d'ombre. Vous connaissiez bien Lipsky ?

— Pas intimement. Il travaillait déjà pour Cunningham quand j'ai repris la propriété. J'ai embauché tous les employés qui souhaitaient rester. Après tout, ce n'était pas leur faute si leur patron n'avait pas eu de chance au poker.

— Alors l'histoire est véridique ? fit Rossi avec un sourire. Inutile de vous préciser que ce genre de transaction est parfaitement illégale ?

— Inutile, en effet.

— J'aimerais discuter avec votre entraîneur et vos employés. À votre avis, Lipsky avait-il des tendances suicidaires ?

— Vous croyez qu'il s'est suicidé ? Mais pour quel motif ?

— Les remords, peut-être ?

— Allons donc ! Vous ne me ferez pas avaler ça !

— Cependant vous prétendez ne pas le connaître intimement.

— Non, mais je connais ce genre de types. Ils s'arrangent toujours pour rejeter leurs responsabilités sur autrui. Ils boivent, trichent et mentent comme des arracheurs de dents. Mais ils ne se suicident jamais.

— Votre théorie est intéressante. Lipsky a avalé un cocktail de gin et d'acépromazine qui lui a été fatal. Savez-vous ce que c'est ?

— Un tranquillisant très puissant, qu'on utilise généralement pour euthanasier les chevaux.

— Oui, c'est bien ce qu'on m'a dit. Moi je croyais qu'on les abattait d'une balle dans la tête.

— Plus maintenant. De toute façon, il est très rare qu'on abatte un cheval blessé de nos jours. La médecine vétérinaire a fait d'immenses progrès. Sans compter que même handicapé, un cheval peut toujours servir à la reproduction.

— Avez-vous de l'acépromazine chez vous ?

— Non, seuls les vétérinaires en possèdent. On n'euthanasie pas un cheval sur un coup de tête, lieutenant.

— Je comprends. C'est une sacrée perte sur le plan pécuniaire.

— On voit bien que vous n'avez jamais assisté à une telle scène ! lança Gabriel d'une voix glacée. Moi, j'ai perdu un cheval de cette façon. Il s'était effondré en pleine course. Le cœur avait flanché, et il n'y avait plus rien à faire. Le vétérinaire s'est isolé avec lui dans le box pour lui faire l'injection. C'était une belle petite pouliche, je l'avais appelée Dame de Carreau. Quand tout a été fini, son palefrenier attitré a pleuré comme un enfant. C'était Mick Gordon.

Au souvenir de la rage et de l'impuissance qui l'avaient envahi à cet instant, Gabriel serra les poings.

— Si quelqu'un a buté Lipsky de cette manière, je dirais qu'il ne le méritait même pas ! ajouta-t-il dans un grondement.

— Vous le soupçonniez d'avoir tué Mick ?

— Oui, répondit Gabriel sans éluder le regard du policier. Il avait disparu comme par enchantement, il possédait un couteau, et il était assez retors pour s'en prendre à mon cheval afin d'assouvir sa vengeance. J'avais des soupçons, mais pas de preuve. Maintenant, vous allez me demander si je l'ai tué ? La réponse est non. Mais si j'avais mis la main sur lui, je vous répondrais peut-être le contraire aujourd'hui.

Rossi se mit à rire.

— Votre franchise me plaît, monsieur Slater !
— Vraiment ?
— Oui, vraiment ! Certaines personnes éludent les questions, se dérobent, jouent sur les mots. Pas vous. Vous détestiez ce connard, et cela ne vous gêne pas d'avouer que vous lui auriez peut-être fait la peau si vous en aviez eu l'occasion. Et le pire, c'est que je vous crois.

Le policier marqua une pause avant d'enchaîner :

— Bien sûr, vous pourriez me mentir, et dans ce cas je ne tarderais pas à apprendre que vous avez fait un saut à ce motel. Mais franchement, j'en doute. Lipsky n'aurait eu qu'à jeter un coup d'œil par le judas pour vous voir et se barricader dans sa piaule. Non, si on l'a tué, c'est l'œuvre de quelqu'un qu'il connaissait et dont il ne se méfiait pas. Voyez-vous une objection à ce que j'aille discuter avec vos hommes ?

— Pas du tout.

Gabriel n'accompagna pas le policier. Fermant les yeux, il s'étira sur son siège et entreprit de détendre ses muscles fatigués.

Il attendit une heure avant de rejoindre les écuries. Là-bas, l'atmosphère était chargée d'excitation. Un meurtre, un suicide présumé, l'enquête de police... Tout cela venait bouleverser le quotidien tranquille du haras. Mais dès que Gabriel parut, les employés cessèrent leurs bavardages pour se remettre à l'ouvrage.

Devant le box de Quitte ou Double, il trouva Jamison en train de discuter avec Matt Gunner de l'état du cheval.

— L'inflammation se résorbe, annonça Matt. Changez le pansement une fois par jour, et continuez d'utiliser l'antiseptique que je vous ai donné.

— Il va se remettre ? s'enquit Jamison.

— Selon toute vraisemblance.

— Tout de même, quelle honte ! Un champion de sa classe !

— Une blessure de guerre qui grandira encore son prestige, intervint Gabriel en flattant le front du cheval. Cela n'affectera ni sa vitesse ni son ambition. Quand pourra-t-on le monter de nouveau ?

— Inutile de presser les choses, conseilla Matt. Mais ne vous inquiétez pas, il sera prêt pour le Derby du Kentucky. Si j'étais joueur, je miserais bien quelques dollars sur lui.

Gabriel se tourna vers Jamison.

— Rossi vous a parlé ?

— Ouais, acquiesça l'entraîneur en se rembrunissant. Il a posé des questions à tout le monde. Les gars sont tout énervés. Peterson dit que c'est un coup de la mafia, Kip que c'est à cause d'une fille. Lynette l'a traité de macho et ils se sont disputés.

— Personne ne songe à un suicide ?

En guise de réponse, Jamison émit un ricanement.

— Moi, ça ne me paraît pas illogique, objecta Matt. Lipsky savait où se procurer de l'acépromazine. Il savait qu'en fin de compte, la police mettrait la main sur lui et il était aux abois.

— J'aurais dû le virer depuis des mois, et rien ne serait arrivé, grommela Jamison. Mick serait toujours en vie.

— Inutile de ressasser le passé, lui enjoignit Gabriel. Toutefois l'affaire n'est pas terminée. Si Lipsky a été empoisonné, son assassin court toujours.

Comme il s'éloignait vers la sortie, Matt lui emboîta le pas.

— Je reviendrai voir Double dans quelques jours. Bon, je vous laisse, je vais faire un tour aux Trois Saules.

— Il y a un problème là-bas ? s'étonna Gabriel.

La légère rougeur qui envahit les joues du vétérinaire ne lui échappa pas.

— Non, c'est juste que...

— Elle est plaisante à regarder, hein ?

Matt s'empourpra de plus belle.

— Eh bien, regardez autant que vous voudrez, mais attention : défense de toucher ! prévint Gabriel en assenant une petite claque sur l'épaule du vétérinaire.

Ce dernier se mit à bredouiller de façon incompréhensible :

— Vous... Je... Je ne savais pas que... Je n'ai jamais...

— Dites bonjour à Kelsey de ma part, coupa Gabriel en ouvrant la portière de la fourgonnette que Matt utilisait pour se déplacer dans ses tournées.

— Bien sûr. Quoique tout compte fait... je vais peut-être rentrer. J'ai un tas de paperasse qui m'attend à la maison et...

Sans terminer sa phrase, il grimpa derrière le volant. Le sourire aux lèvres, Gabriel regarda le véhicule s'éloigner. Jamison, qui avait assisté de loin à la scène, s'approcha de son patron.

— Vous avez terrifié ce pauvre type, déclara-t-il en rigolant.

— Je lui évite juste quelques ennuis.

— La petite sait que vous terrorisez ses prétendants ?

— C'est une fine mouche ! répliqua Gabriel en songeant à la réaction de Kelsey, le jour où il l'avait embrassée en public.

— Ce sont celles-là qui causent le plus de soucis à un homme.

— Ce genre de soucis ne me fait pas peur. D'ailleurs, je crois que je vais aller faire un tour aux Trois Saules. J'ai besoin de me changer les idées.

Levant les yeux sur son entraîneur, Gabriel remarqua pour la première fois ses traits tirés et ses yeux creusés de cernes.

— Vous avez l'air épuisé, Jamie.

Depuis le meurtre de Mick, Jamison dormait mal et avait perdu tout appétit.

— Je gamberge, répondit-il avec un haussement d'épaules.

— Moi aussi, confessa Gabriel. Nous avons tous deux des torts, dans cette histoire. Si vous aviez viré Lipsky en temps voulu, et si je n'avais pas commis l'erreur de l'humilier en public, les choses auraient sans doute tourné différemment.

D'une voix sourde, Jamison avoua :

— Je vois Mick chaque fois que je ferme les yeux. (Avec un soupir, il ajouta :) Le Derby a lieu dans trois semaines et demie. Double doit être fin prêt, et c'est mon boulot de m'en assurer. Mais quand je le regarde, je pense à Mick qui était si fier de s'en occuper.

En silence, Gabriel tourna son regard vers les collines. *Ses* collines. À ses yeux, le Derby représentait bien plus qu'une simple course. C'était le Saint-Graal qu'il avait poursuivi toute sa vie. À présent, après cinq années d'effort, la victoire était à portée de main.

— Double doit arriver en superforme, Jamie. Si vous n'arrivez pas à le faire travailler, Duke s'en chargera.

— C'est mon boulot, répéta Jamison.

— Je veux que vous y mettiez tout votre cœur.

— Mon cœur et mon âme, bon Dieu ! Je vous le promets.

Sur ces mots, l'entraîneur se détourna et se dirigea vers l'écurie.

On ne tombe pas amoureuse d'un cheval, c'est ridicule, songeait Kelsey. Pourtant la raison n'avait rien à voir là-dedans. Le yearling aux jambes graciles qui trottait devant elle l'émerveillait. Avec sa tête fine, ses naseaux veloutés et ses grands yeux marron, il ressemblait en tout point aux autres poulains qui s'égaillaient dans la prairie. Néanmoins, sans se l'expliquer, elle avait tout de suite senti une étrange affinité s'établir entre elle et la fière créature.

L'animal venait de la désarçonner d'une brusque ruade. Sous le regard ironique de Moïse, elle se releva et brossa du plat de la main son jean plein de poussière.

— Alors, on ne tient pas en selle ? lança l'entraîneur.

Il admirait le style de la jeune femme, à la fois doux et volontaire et, plus important, il aimait la manière dont les chevaux réagissaient en sa présence. C'est à dessein qu'il lui avait confié ce poulain au tempérament particulièrement affirmé.

La lumière de l'aube, dorée, presque liquide, jetait des reflets chatoyants sur la robe acajou de l'animal. Kelsey se dit qu'elle n'avait jamais rien vu de plus beau de toute sa vie.

— Il est intelligent et courageux, voilà pourquoi on l'a appelé Honneur de Naomi, lui avait expliqué Moïse un peu plus tôt, tandis qu'un palefrenier sellait le poulain. Tu seras sa première cavalière. Mais ne va pas t'imaginer qu'il t'obéira au doigt et à l'œil. Il chérit sa liberté, et il est beaucoup plus fort que toi. Il va falloir que tu te montres plus maligne que lui. Et plus généreuse.

Sur un signe de Moïse, Kelsey s'approcha lentement du poulain. Lui murmurant des paroles apaisantes, elle réussit à s'emparer des rênes.

— Tu es beau comme un cœur, Honneur. Je suis très impatiente de te monter. Tu vas voir, nous allons nous entendre à merveille, toi et moi.

Réservant sa réponse, le poulain souffla par les naseaux.

— Doucement, chuchota Kelsey en appuyant sa botte sur l'étrier. Personne ne va te faire de mal. Bientôt, tu seras le roi des Trois Saules.

— Souviens-toi de mes conseils, dit Moïse.

— Je sais, je ne m'assieds pas tout de suite sur la selle, et je ne tire pas sur la bouche. Vous allez voir, je vais le mettre dans ma poche.

— Je ne demande qu'à voir.

Avec d'infinies précautions, Kelsey se hissa en selle. Le poulain hennit, contrarié de supporter ce poids supplémentaire. Tâchant d'oublier son appréhension pour suivre son instinct, la jeune femme se pencha sur l'encolure et passa sa main dans la crinière blonde. Honneur frémit, mais cette fois il ne fit rien pour tenter de se débarrasser de sa cavalière.

— Il m'aime bien, décréta Kelsey d'un ton triomphant.

— Il est en train de réfléchir à la meilleure manière de te faire vider les étriers, corrigea Moïse.

— Pas du tout, il est content d'avoir trouvé une amie.

— On verra ça. Allons, au travail.

La séance de dressage ne fut guère élaborée. Pour un premier débourrage, Kelsey se contenta de faire marcher sa monture au pas et de lui apprendre à répondre à la pression de ses genoux.

— Comment ça s'est passé ? s'enquit Naomi en rejoignant Moïse une demi-heure plus tard.

— Comme tu l'espérais. C'est une vraie Chadwick. Je pensais que tu assisterais à la leçon.

— J'étais trop nerveuse pour voir ça de mes propres yeux ! Cela fait cinq semaines que Kelsey est aux Trois Saules, et avec tout ce qui s'est passé j'ai tout le temps peur qu'elle fasse sa valise et qu'elle tire sa révérence.

— Tu n'es pas très observatrice. Kelsey n'a pas l'intention de partir.

La jeune femme, qui venait de sauter à bas de sa monture, s'empara des rênes et guida le poulain vers le couple. En voyant le cheval et sa cavalière, si beaux l'un et l'autre, Naomi ressentit une bouffée de fierté.

— Il est superbe, n'est-ce pas ? s'exclama Kelsey.
— Toi aussi ! renchérit Naomi.

Comme Moïse tendait une carotte à Honneur en guise de récompense, Kelsey s'insurgea :

— Et moi ? Je n'y ai pas droit ? (Elle croqua un bout du légume que l'entraîneur lui présentait en riant, et enchaîna :) Maintenant, je n'ai plus peur et j'y prends vraiment plaisir. Pourrai-je le monter demain ?

— Et après-demain, confirma Moïse. Il est sous ta responsabilité, désormais.

— Vraiment ? s'écria Kelsey, radieuse.

— Mais oui. Il faut bien que tu justifies ta paye.

— Quelle paye ?

— Depuis deux semaines, tu fais partie des salariés du haras. Tu recevras ton premier chèque vendredi soir.

Moïse eut la satisfaction de voir Kelsey demeurer bouche bée de surprise.

— Mais... c'est inutile, protesta-t-elle enfin.

— Tout travail mérite salaire, coupa l'entraîneur. Évidemment, tu commences au bas de l'échelle. C'est comme ça que ta mère a débuté, elle aussi. Hein, Naomi ?

Avec une grimace, celle-ci opina.

— Mon père s'assurait que je gagnais chaque dollar de ma paye, aussi maigre soit-elle. Il voulait que j'apprécie la propriété à sa juste valeur quand j'en hériterais. Et il avait raison.

— À combien s'élève mon salaire ? demanda soudain Kelsey.

— Environ deux cents dollars par semaine.

— Et quand serai-je augmentée ?

— Quand tu seras capable de monter Honneur à cru. Et crois-moi, c'est pas demain la veille ! répliqua Moïse du tac au tac.

Naomi éclata de rire. Gentiment, elle caressa le flanc du poulain.

— Il t'aime bien, on dirait.

— C'est ce que j'ai dit à Moïse.

La voix de Naomi prit une intonation sérieuse.

— Kelsey, j'ai raté vingt-trois de tes anniversaires. Vingt-trois Noëls. J'ai un énorme retard à combler. Alors, si tu veux bien, Honneur est à toi. Je te l'offre. (Comme Kelsey restait coite, elle ajouta :) Cela me ferait vraiment plaisir. Il n'est guère facile d'entretenir un cheval quand on habite un studio, mais Honneur pourra rester ici aussi longtemps que tu le souhaiteras. Moïse l'entraînera, mais il t'appartiendra. Si tu acceptes.

— Si j'accepte ? Avec joie ! Oh, merci, merci !

Déjà, Naomi avait tourné les talons et s'éloignait. Sans réfléchir, Kelsey lança les rênes à Moïse et courut derrière sa mère. Elle la retint par le bras puis, le plus naturellement du monde, elle l'embrassa sur les deux joues.

— Merci, répéta-t-elle avec émotion. C'est vraiment...

Les mots s'étranglèrent dans sa gorge quand Naomi l'étreignit soudain avec une force désespérée. L'espace d'un instant, sa façade réservée vola en éclats pour laisser entrevoir les trésors d'amour et de passion qui couvaient dans son cœur. Mais la seconde suivante, elle se reprit et s'écarta de sa fille.

— Désolée, murmura-t-elle. Je vais faire établir l'acte de propriété le plus vite possible. À tout à l'heure, j'ai du travail, acheva-t-elle avant de s'éloigner à grandes enjambées.

Envahie par des émotions contradictoires, Kelsey regarda sa mère remonter en direction de la maison. Elle aurait tant souhaité comprendre la femme qui lui avait donné le jour ! Mais il restait encore de nombreuses barrières à abattre.

Retournant auprès de Moïse, elle avoua avec impuissance :

— Je ne sais pas quoi faire.
— Tu te débrouilles très bien, rétorqua l'entraîneur en lui rendant les rênes d'Honneur. Maintenant, va bouchonner ton cheval.

13

Les jours passaient rapidement. Kelsey possédait maintenant son propre cheval ; elle avait noué une romance avec un homme aussi fascinant qu'irritant, et elle éprouvait une véritable curiosité à l'endroit de cette mère qu'elle commençait à aimer.

Cette affection sincère la prenait au dépourvu. En acceptant de séjourner aux Trois Saules, elle avait cru possible de cerner Naomi, de la respecter, mais pas de l'aimer. Or cette femme si étonnante semblait susciter les plus vives émotions autour d'elle.

Et puis, il y avait le haras. Comme l'avait prédit Naomi, Kelsey se passionnait pour cette activité trépidante qui s'intensifiait à mesure que la date du Derby approchait. Sans l'admettre, elle se représentait déjà Orgueil de Virginie l'encolure ceinte de la couronne de roses des vainqueurs. *Et dans quelques années, pourquoi pas Honneur ?* lui susurrait une petite voix intérieure.

Aujourd'hui, elle avait décidé de faire entrer le poulain dans une stalle de départ. Pour la première fois. Consciente qu'il s'agissait d'une étape décisive dans la vie d'un cheval de course, elle tentait de dissimuler sa nervosité à Gabriel qui l'observait, adossé contre la barrière.

— Je vous soupçonne de nourrir des ambitions démesurées pour ce poulain, fit-il remarquer au moment où la jeune femme se mettait en selle.

— Si vous l'aviez vu à l'entraînement ces jours-ci, vous comprendriez ! Où étiez-vous donc passé ?

— Je vous ai manqué ?

— Pas particulièrement, mentit Kelsey, qui avait contracté l'habitude humiliante de s'asseoir près du téléphone. Nous sommes très occupés en ce moment.

— Quitte ou Double a repris l'entraînement.

— C'est magnifique ! Je suis si contente !

— Vous le serez moins quand il aura gagné le Derby.

— J'ai l'intention de parier sur Orgueil, mais pourquoi ne pas miser quelques dollars sur Double ?

— Il courra bientôt à Keeneland. Jamie veut le tester avant le prix de Bluegrass.

— Vous y allez aussi ? s'enquit la jeune femme d'un ton détaché.

— Je ne quitte pas mon pur-sang. Ça vous dit de m'accompagner ? Une escapade en amoureux, ça vous ferait le plus grand bien.

Il s'était approché et avait saisi la main de Kelsey pour la porter à ses lèvres.

La voix rogue de Moïse s'éleva dans leur dos :

— Laisse cette fille tranquille, Slater ! Kelsey, tu fais ton boulot ou tu pactises avec l'ennemi ?

— L'un n'empêche pas l'autre ! répliqua la jeune femme en faisant tourner bride à Honneur.

Elle guida l'animal vers la stalle dressée en début de piste. Devant la cage métallique, le cheval s'arrêta net en renâclant.

— Oh non, mon joli ! murmura Kelsey. C'est toujours moi qui commande. Tu ne veux tout de même pas nous humilier en public ?

Une légère pression des genoux, et le poulain se glissa dans la stalle. Kelsey recommença la manœuvre plusieurs fois de suite, jusqu'à ce qu'Honneur semble tout à fait à l'aise.

Près de la barrière, Moïse et Gabriel l'observaient.

— Vous voulez dire, passer me prendre vers 8 heures, m'inviter dans un endroit intime où nous pourrons apprendre à nous connaître, puis me raccompagner vers minuit jusqu'au seuil de la maison, en tout bien tout honneur ? C'est cela ?

— Plus ou moins.

— Impossible, je dois me lever à 5 heures demain matin. À moins que nous n'allions à la séance de 7 heures et qu'ensuite, nous ne mangions une pizza sur le pouce.

Gabriel resta songeur. Ce n'était pas exactement le genre de soirée dont il rêvait. Mais manifestement, c'était ça ou rien.

— Je viendrai vers 6 heures, annonça-t-il avant d'embrasser la jeune femme presque distraitement.

Comme il se détournait, elle le héla :

— Eh, Slater ! C'est moi qui choisis le film ?

— Sans sous-titres, répliqua-t-il en se bornant à jeter un coup d'œil par-dessus son épaule.

— Pour un premier rendez-vous ? Pour quel genre de femme me prenez-vous donc ? s'exclama-t-elle en riant.

— Pour la mienne, rétorqua-t-il, et elle cessa brusquement de rire.

Une pizzeria emplie d'adolescents boutonneux n'avait rien de bien romantique. Et c'était exactement ce que souhaitait Kelsey. Elle avait décidé d'éviter les situations trop intimes afin de mieux cerner Gabriel Slater.

— C'est parfait, déclara-t-elle en prenant place à une table. J'avais presque oublié qu'il y avait une vie en dehors des champs de courses.

— Vous vous êtes immergée trop rapidement dans ce milieu.

— Quoi que je fasse, je fonce. C'est l'une de mes qualités, ou l'un de mes défauts, selon l'opinion des gens.

— Sur un cheval, elle ressemble plus que jamais à sa mère, fit remarquer Gabriel. Comment s'entendent-elles à présent ?

— Leur relation s'étoffe doucement. Naomi a franchi une étape en offrant ce poulain à Kelsey. (Tout de go, Moïse ajouta :) Écoutez, Slater, ce n'est pas mes oignons, mais vous ne devriez pas vous amuser avec cette fille.

— Parce que, selon vous, je m'amuse ? dit Gabriel sans trahir l'irritation que ces paroles venaient de faire naître en lui.

— Ne me faites pas le coup du mec insondable. Mes ancêtres maîtrisaient cet art quand les vôtres crapahutaient encore dans des cavernes. Je vous conseille juste de bien réfléchir. Les galipettes, c'est bien joli, mais on ne sait jamais comment ça finit. Kelsey est une fille bien.

Sur ces mots, Moïse s'éloigna en direction de la cavalière. Gabriel réprima un ricanement. Oui, Kelsey était une fille bien. Et bien peu de gens auraient dit la même chose de lui. En dépit de son passé de taulard et de joueur, de nombreuses femmes étaient toutes prêtes à lui tomber dans les bras. Pourtant, aucune ne l'intéressait, sauf Kelsey. Il la voulait, elle, et personne d'autre.

Il avait du travail à Longshot, néanmoins il patienta jusqu'à ce que la jeune femme descende de cheval et le rejoigne, les joues rosies par l'effort.

— Vous avez vu ? Il n'a plus peur du tout, maintenant.

— Je veux vous voir ce soir.

— Pardon ?

— J'aimerais passer la soirée avec vous. Faire une promenade, dîner au restaurant, voir un film. Ce qui vous plaira. Sortir, quoi ! Je viens de me rendre compte que jusqu'à présent, j'avais négligé ce rituel incontournable.

Pourquoi entreprendre quelque chose si l'on ne s'y donne pas à fond ? Si l'on suit ma méthode, soit on atteint la gloire de façon fulgurante, soit on se plante lamentablement. Pas de juste milieu.

Ils passèrent la commande, puis Gabriel demanda :

— Qu'avez-vous pensé du film ?

— Pas mal. En général, je préfère les films d'action. J'ai même écrit un scénario il y a quelques années, dans le cadre d'un cours d'écriture dramatique.

— Vous l'avez envoyé à une production ?

— Non. Je ne voulais pas devenir auteur.

— Quoi, alors ?

— Oh, une foule de choses m'intéressaient. Mes ambitions changeaient tout le temps suivant mon humeur et le bagout de mes professeurs. Je suis une éternelle étudiante.

— Normal, vous êtes la fille d'un prof d'université. Pour vous, la connaissance est sacrée, c'est ça ?

— Un peu. Je me figurais qu'en tâtant un peu de tout, je finirais par choisir une voie précise.

— Et maintenant ?

— J'ai choisi, décréta-t-elle d'une voix ferme. Ce n'est pas la première fois que je prétends cela, mais aujourd'hui, j'en suis persuadée. Je ne me suis jamais sentie aussi bien de toute ma vie. Et pourtant, je n'ai jamais travaillé aussi dur !

Elle demeura songeuse un instant avant de reprendre :

— Parlez-moi de vous. Avez-vous réalisé vos rêves ?

— Peut-être.

La serveuse arriva avec les pizzas commandées. Après un « Bon appétit ! » machinal, elle s'en retourna aux cuisines.

— Vous êtes heureux de posséder Longshot ? insista encore Kelsey.

— Oui. Écoutez, nous n'allons pas passer la soirée à discuter de ma vie...

— J'essaie de vous comprendre, Slater. Il n'est pas question que je devienne intime avec vous sans avoir cerné votre personnage. Ce n'est pas un ultimatum, juste un fait. Vous m'attirez et j'apprécie votre compagnie. Mais je ne vous connais pas.

— Je vais d'abord vous parler de vous, rétorqua-t-il. La fille unique d'un père dévoué. Issue d'un milieu social favorisé. Enfance protégée dans un quartier chic. Scolarité dans les établissements les plus réputés...

Kelsey fronça les sourcils. S'il essayait de l'agacer, il y réussissait parfaitement !

— Vous oubliez les leçons de piano, de natation et d'équitation, répliqua-t-elle froidement.

— Et pour couronner le tout, un beau mariage.

— Suivi d'un divorce pénible. Où voulez-vous en venir, Slater ?

— Vous n'avez aucune idée de l'endroit d'où je sors, Kelsey. Si je vous le décrivais, vous n'arriveriez même pas à l'imaginer. Moi je me couchais le ventre creux quand je n'avais pas réussi à chiper un peu de nourriture.

Prudente, Kelsey objecta :

— La pauvreté n'a rien de honteux.

— On voit bien que vous n'avez jamais été obligée d'emprunter ni de voler pour survivre ! La nuit, j'essayais de ne pas entendre les bruits de dispute dans la chambre de mes parents. Ou la voisine qui se prostituait de l'autre côté du mur.

— Où avez-vous grandi ?

— Nulle part. Chicago, Reno, Miami... En hiver, nous émigrions vers le sud, à cause du climat et des courses de chevaux. Mais quand on est fauché, tous les endroits se ressemblent. Mon père disait que nous déménagions, mais en réalité nous fuyions les chambres d'hôtel minables que nous étions dans l'incapacité de payer. Ma mère nettoyait des chiottes à longueur de journée pour que nous ne mourions pas de faim. Il prenait le plus gros de son salaire et allait le jouer aux cartes, ou sur les hippodromes.

Gabriel parlait sans émotion, d'un ton neutre. Seul son regard trahissait son amertume.

— Il trichait, plutôt bien d'ailleurs. Mais parfois il se faisait pincer, et plus d'une fois il a failli se faire casser les doigts. Ma mère le tirait d'affaire. Elle l'aimait. Beaucoup de femmes ont aimé Rich Slater. Il les humiliait, il les battait, pourtant elles venaient toujours le relancer, même avec un œil au beurre noir et une lèvre fendue. Ma mère aussi. Si j'essayais de la défendre, il me cognait également. Je n'ai jamais compris pourquoi elle restait avec lui.

— Vous auriez dû vous tourner vers les services sociaux ou la police.

Il l'enveloppa d'un regard désabusé. Avec son teint parfait, sa tenue impeccable, sa bonne éducation évidente, elle était si éloignée de l'univers qu'il décrivait !

— Il faut avoir du courage pour demander de l'aide. Ma mère gardait profil bas, elle n'exigeait jamais rien.

— Mais vous n'étiez qu'un enfant... Quelqu'un aurait dû intervenir ! protesta Kelsey.

— Je n'en aurais même pas éprouvé de reconnaissance. On m'a appris à cracher sur le passage d'un flic, à considérer les assistantes sociales comme des imbéciles de fonctionnaires qui n'avaient qu'une idée en tête : parquer les mômes dans des refuges sordides aux méthodes disciplinaires. Je manquais souvent l'école, car mon père s'en fichait et ma mère n'avait pas l'énergie nécessaire pour m'obliger à assister aux cours. J'ai grandi comme une herbe folle. Parfois, mon vieux m'emmenait avec lui dans ses virées. Au moins quand j'étais là, je gardais un peu d'argent pour le foyer, une fois qu'il était trop saoul pour s'en apercevoir.

— Vous n'avez pas pensé à vous enfuir ?

— Si, bien sûr. Mais j'avais peur qu'il ne batte ma mère à mort si je disparaissais. Finalement, elle s'est éteinte dans un hospice, après avoir contracté une pneumonie. J'ai attendu six mois, le temps de rassembler un petit pécule gagné aux cartes et sur les champs de courses, puis je me suis tiré. J'avais 13 ans. Mon père m'a rattrapé plusieurs fois ; évidemment, nous fréquentions les mêmes bas-fonds ! Il me frappait, mais la plupart du temps j'arrivais à l'acheter.

— Comment ça ?

— Si j'avais eu de la chance aux cartes, je lui refilais cent dollars pour qu'il aille les boire au bar voisin et qu'il me fiche la paix. Je me suis promis qu'un jour, j'aurais suffisamment d'argent pour que personne n'ose lever la main sur moi.

Une expression peinée sur les traits, Kelsey saisit la main de son compagnon.

— Je suis navrée, Gabriel.

Il comprit alors que ce n'était pas sa pitié qu'il recherchait. En réalité, il avait voulu la dégoûter, l'horrifier. Pour stopper cette course folle qui les entraînait tous deux vers un avenir inconnu.

— J'ai passé quelque temps en prison à cause d'une partie de poker qui a mal tourné.

Après cet aveu, Gabriel marqua une pause, attendant de voir la réaction de la jeune femme. Puis, comme celle-ci ne faisait aucun commentaire, il enchaîna :

— J'étais déjà un petit délinquant, mais là-bas j'ai côtoyé de vrais truands. Ils m'ont offert du boulot à ma sortie de taule. Moi, j'étais plus attiré par le jeu que par leurs magouilles. Travailler dans les haras était un bon moyen d'obtenir des tuyaux. Et puis, j'aimais les chevaux. Je ne buvais pas parce que cela me rappelait mon père. Et finalement, j'ai eu de la chance.

Se carrant contre le dossier de sa chaise, il alluma un cigare.

— Vous comprenez mieux, maintenant ?

Yeux mi-clos, Kelsey étudia avec attention le visage impassible de son vis-à-vis. Qui croyait-il berner ? S'imaginait-il vraiment qu'elle ne voyait pas la colère, la rancœur et la rage qui bouillonnaient en lui, même s'il adoptait le ton banal de la conversation ?

— Je comprends que vous n'avez pas envie que je vous comprenne, murmura-t-elle.

Gabriel feignit de s'intéresser au bout incandescent de son cigare. Il ne s'était pas attendu que cette confession déchaîne en lui tant de souvenirs et d'émotions.

— Vous avez raison, admit-il. Prenez-moi comme je suis, ou pas du tout.

Kelsey soupira.

— Nous sommes tous le produit de notre éducation, Gabriel. Je ne vais pas m'engager auprès de quelqu'un sur de simples apparences. J'ai déjà commis cette erreur une fois, je ne veux pas recommencer. Si vous me voulez, vous allez devoir accepter que je m'intéresse à votre véritable personnalité.

— On dirait bien un ultimatum !

— Cette fois, c'en est un, acquiesça-t-elle.

Il était presque une heure du matin quand Bill Cunningham, sa silhouette bedonnante enveloppée dans un peignoir en soie de Chine, alla répondre aux coups frappés à la porte d'entrée. Il se renfrogna dès qu'il eut jeté un coup d'œil à travers le judas. Heureusement que Maria, sa nouvelle maîtresse, dormait profondément à l'étage ! Il aimait penser que c'était ses performances sexuelles qui la faisaient dormir comme un loir, mais plus vraisemblablement elle devait subir l'effet des somnifères qu'elle gobait comme des bonbons.

— Je t'ai dit de ne jamais venir ici ! siffla-t-il en ouvrant la porte.

Machinalement, il passa la main sur son front dégarni en songeant qu'une fois le Derby passé, il se paierait des implants.

— Allons, Billy, personne ne m'a vu, rétorqua Rich Slater.

Il avait bu, cela se devinait à l'éclat caractéristique de ses prunelles bleues.

— J'avais envie de bavarder avec un vieux pote, reprit Rich en refermant le battant derrière lui. Tu m'offres un verre ?

D'un regard circulaire, il embrassa le hall d'entrée au luxe ostentatoire. Billy avait plutôt bien rebondi. Sans doute pourrait-il lui soutirer quelques billets supplémentaires.

— Tu es dingue ? s'exclama Cunningham. Les flics sont venus ici, figure-toi ! Ils m'ont posé un tas de questions parce qu'un abruti de palefrenier leur a dit que j'avais embauché Lipsky quand ton fils l'a viré.

— C'était une erreur, je t'avais prévenu. Où caches-tu tes bouteilles, Billy ? J'ai soif.

— Pas question que tu te saoules chez moi.

Le regard de Rich se durcit.

— Bill, on ne parle pas à un associé sur ce ton. Surtout que j'ai une proposition à te faire.

— Nous avons déjà conclu un marché, objecta Cunningham en s'humectant nerveusement les lèvres.

— Je veux justement en discuter. Autour d'un verre amical.

Cunningham capitula :

— OK, OK, mais ne t'attarde pas et ne fais pas de bruit. Il y a une fille, là-haut.

Sur la pointe des pieds, il guida son visiteur jusque dans le salon décoré dans des tons or et bleu roi.

— Veinard ! ricana Slater en lui donnant un petit coup de coude dans les côtes. Elle n'a pas amené une copine, par hasard ? De ce côté-là aussi, je suis plutôt en manque.

— Chut ! Je ne veux pas qu'elle te voie ici. Elle est bien roulée, mais c'est pas une lumière.

— Ce sont les meilleures ! approuva Rich en se laissant tomber dans un fauteuil tapissé de velours doré. Tu sais vivre, toi ! Je l'ai toujours dit.

À regret, Cunningham emplit deux verres de son whisky 12 ans d'âge. De la confiture à un cochon. Mais il cherchait à impressionner Slater.

— Je suis assez content de la manière dont j'ai expédié Lipsky, déclara Rich en s'emparant du verre que Cunningham lui tendait. Plutôt efficace, non ? Le plus marrant, c'est qu'il est mort comme un canasson au bout du rouleau.

— Parlons-en, de Lipsky ! Bon sang, il n'a jamais été question de buter des mecs ! Le vieux Mick était considéré comme un saint sur les champs de courses.

— Une complication imprévue, commenta Rich, qui avait déjà sifflé son verre et tendait la main vers la bouteille. Et puis, Lipsky a payé. Mais justement, ça change la situation. Il va falloir allonger, Billy. Dix mille de plus.

Cunningham sursauta et renversa un peu de whisky sur le tapis.

— En quel honneur ? s'exclama-t-il d'une voix de fausset. Je ne t'ai jamais prié de lui régler son compte. Tu as fait ça tout seul, Rich !

— Pour protéger tes intérêts, corrigea Rich. Si les flics avaient mis la main sur Lipsky, il m'aurait dénoncé en cinq minutes. Et toi aussi, par la même occasion. Dans ces conditions, dix mille dollars ne me paraissent pas exagérés.

Cunningham déglutit avec peine. C'était un pur miracle si Big Sheba lui avait rapporté autant d'argent à Hialeah. Mais ce miracle avait un prix.

— Tu pourrais aussi bien me demander dix millions ! répliqua-t-il. Je suis criblé de dettes.

— Pas de problème, je peux attendre jusqu'au Derby de mai, dit Slater, qui s'était attendu à cette objection.

Que représentent quelques semaines pour deux vieux amis comme nous ? À part ça, j'ai une idée, Billy. Une petite entorse à nos projets, qui nous profitera à tous deux. Tu veux gagner le pactole au Derby, et moi aussi. Mais je veux aussi donner une petite leçon à mon fiston.

— Je me fiche de tes problèmes familiaux ! La mort de Lipsky nous a déjà suffisamment mis dans la merde !

— Justement, je peux tout arranger. Seulement, comme je te l'ai dit, il faut apporter une légère modification à notre plan.

Méfiant, Cunningham s'enquit :

— De quoi s'agit-il ?

— Je vais te le dire. Et je crois que tu vas apprécier mon sens de l'humour.

Après le départ de Rich, Cunningham se glissa dans son lit en tremblant. Il n'était pas un criminel assoiffé de sang. Ce n'était pas sa faute si deux hommes étaient morts. C'était juste la malchance, comme l'avait dit Rich.

Il était sans doute fou de s'être acoquiné avec cet ivrogne, mais il était pris à la gorge par ses créanciers. Et puis, jusqu'ici, la tournure des événements avait si bien servi ses desseins qu'il y voyait comme un signe du destin. Le plan imaginé par Rich n'était pas idiot...

Avait-il le choix, de toute façon ? S'il ne remportait pas la victoire au Derby, il perdrait sa maison, ses meubles, son écurie. Il n'y aurait plus de whisky 12 ans d'âge, plus de Marla, plus de frime...

Big Sheba était son dernier atout. Il avait investi sur cette pouliche tout l'argent qu'il avait réussi à économiser et à emprunter. Et voilà qu'elle faisait de l'emphysème !

S'il gagnait le Derby, il pourrait l'utiliser pour la reproduction et vivre de la vente des poulains.

Mais pour ça, il fallait d'abord truquer la course. Après tout, ça avait déjà marché une fois, il y avait vingt ans, et il s'en était tiré sans dommage. Alors pourquoi pas deux ?

Recherchant la chaleur, il se lova contre Maria et se laissa bercer par ses ronflements.

14

Au volant de sa voiture, tandis qu'elle roulait vers le Maryland, Kelsey eut tout le temps de réfléchir. Elle savait qu'elle allait au-devant de querelles, à moins que les choses n'aient bien changé en quelques semaines. D'autant plus que Candice avait sûrement prévenu Milicent de la venue de Kelsey.

Mais après tout, mieux valait les affronter tous ensemble. Tant pis si elle les choquait, les décevait, les indignait, si en contrepartie elle devait trouver le bonheur.

Lorsqu'elle se gara devant la demeure familiale, son père, vêtu d'un vieux gilet, était en train de jardiner. Une bouffée d'affection gonfla le cœur de Kelsey. Elle jaillit de sa voiture pour serrer son père dans ses bras.

— J'adore cette maison, confia-t-elle en nichant sa tête contre l'épaule de Philip. Je viens de comprendre quelle chance j'avais eue de grandir dans un tel endroit.

Il la considéra avec inquiétude.

— Est-ce que tout va bien, Kelsey ?

— Mais oui.

— Je me suis fait beaucoup de souci pour toi. Ce meurtre... Enfin, tu es là maintenant, c'est tout ce qui compte. Viens, rentrons par la porte de derrière. Si Candice me surprend avec mes bottes pleines de terre sur le parquet, elle va m'étrangler.

Kelsey passa le bras autour de la taille de son père. Comme ils contournaient la maison, elle demanda :

— Grand-mère est là ?

— Oui, Candice l'a invitée quand elle a su que tu venais. Elles sont à l'intérieur, en train d'organiser le traditionnel bal de charité qui a lieu au printemps. Mais en réalité, je crois que leur principal souci est de te trouver un cavalier ! chuchota-t-il d'un air complice.

Kelsey tressaillit.

— Le bal de charité, répéta-t-elle. C'est en mai, n'est-ce pas ?

— Oui, le premier samedi du mois.

— Je ne pourrai pas m'y rendre. Je serai dans le Kentucky, ce jour-là.

Ils venaient de pénétrer dans la cuisine et Philip, qui se lavait les mains sous le robinet, suspendit son geste.

— Mais tu n'as jamais manqué ce bal depuis tes 16 ans ! s'étonna-t-il.

— Il faut bien une première fois. Désolée, j'ai d'autres projets. D'ailleurs, je suis venue pour t'en parler.

Philip s'essuya les mains en hochant la tête, avant d'entraîner sa fille vers le salon où se trouvaient déjà Candice et Milicent. Ces dames papotaient autour d'une tasse de thé servie dans de la porcelaine de Dresde. Sur la table se trouvait un plateau d'argent plein de petits-fours. Malgré elle, Kelsey ne put s'empêcher de comparer cette collation raffinée à la tasse de café qu'elle avalait d'un trait dans la cuisine des Trois Saules.

En voyant entrer sa belle-fille, Candice se leva avec un grand sourire pour l'embrasser sur les deux joues. Kelsey huma son parfum, *L'Air du temps*, ainsi que celui plus entêtant de Milicent, toujours fidèle à Chanel. Des odeurs que Kelsey avait presque oubliées tant elle s'était accoutumée à celle du crottin...

— Bonjour, Candice. Cette nouvelle coiffure te va bien. Bonjour, grand-mère.

Elle échangea un baiser plutôt froid avec son aïeule qui la jaugea d'un œil attentif.

— Tu as pris du poids, fit remarquer cette dernière. Cela te va bien, mais n'exagère pas. Tu as une ossature délicate.

— Oh, c'est du muscle ! affirma Kelsey en gonflant son biceps, juste pour le plaisir d'irriter sa grand-mère. C'est à force de transporter du fumier et du foin. (Souriante, elle se tourna vers Candice.) Je prendrais bien une tasse de thé.

— Bien sûr, ma chérie.

Milicent attendit que Kelsey se fut assise sur le canapé pour expliquer :

— Candice et moi, nous discutions du prochain bal de charité. Cette année, nous faisons partie du comité d'organisation. Nous avons tout naturellement pensé te confier la décoration florale de la salle des fêtes.

Kelsey prit une profonde inspiration.

— Désolée, grand-mère, mais je ne pourrai pas assister à cette réception.

Candice, qui versait du thé dans la tasse de Kelsey, partit d'un rire léger.

— Tu n'y penses pas, ma chérie ! Tout le monde s'attend à t'y voir. Je conçois que cela te gêne un peu étant donné que Wade sera présent avec sa fiancée, mais justement, Milicent et moi étions en train de chercher des solutions à ce petit problème...

— Vraiment ?

— Oui, poursuivit Candice avec enthousiasme, tout en tendant à la jeune femme une assiette de sandwichs au concombre. Channing a été très gentil de t'escorter l'année dernière, mais cela ne doit pas devenir une habitude. Et puis, les gens jaseront moins si tu as un cavalier attitré. Il se trouve que le fils des

Miller est de retour dans la région. Tu te souviens de Parker, n'est-ce pas ? Il est chirurgien-dentiste et bénéficie d'une excellente réputation. Qui plus est, il est célibataire.

Bonne famille, bon milieu, bons diplômes... *Un clone de Wade Monroe, en somme*, songea Kelsey.

— Bref, j'en ai déjà discuté avec les Miller, et tout est arrangé. Parker t'escortera au bal de charité, conclut Candice.

Luttant contre la colère qui montait en elle, Kelsey répliqua :

— Désolée, Candice, mais c'est inutile. Je pars cette semaine pour le Kentucky et je ne reviendrai que le lundi suivant le bal.

Milicent reposa brusquement sa tasse dans sa soucoupe.

— Que diable vas-tu faire dans le Kentucky ? s'exclama-t-elle d'une voix sèche.

— Assister au Derby.

— C'est inconcevable ! Les Byden sont les membres fondateurs de l'association caritative de Georgetown. Nous avons toujours assisté au bal annuel !

— Les temps changent, rétorqua Kelsey d'une voix qu'elle essayait de garder désinvolte. J'ai un travail, des responsabilités. Je ne vais pas sacrifier tout ça pour une valse dans un *country club*. De plus, je n'ai pas besoin d'un cavalier. Je sors déjà avec quelqu'un.

La surprise se peignit sur tous les visages. Candice fut la première à reprendre ses esprits pour esquisser un sourire contraint.

— Oh, mais... c'est magnifique, ma chérie. Dans ce cas, rien ne t'empêche d'amener ton ami au bal.

— Je ne crois pas qu'il s'y sentirait très à son aise.

— C'est un garçon d'écurie, j'imagine ! ironisa Milicent.

— Non, un joueur ! répliqua Kelsey du tac au tac.

Avec raideur, Milicent se leva.

— Elle est comme sa mère ! Je t'avais prévenu, Philip ! jeta-t-elle à son fils. Mais tu t'obstines à répéter les mêmes erreurs !

Elle sortit d'un air digne, tandis que Candice se précipitait à sa suite. Kelsey tourna vers son père un visage contrit.

— Ce n'était pas très diplomate de ma part, admit-elle.
— Ta franchise a toujours pris le pas sur le reste.
— Tu es déçu ?

Avec un soupir, Philip s'approcha de la porte-fenêtre.

— Pas vraiment. Tu as des atomes crochus avec ta mère, ce qui n'a rien d'étonnant. Vous vous ressemblez tellement, et pas seulement sur le plan physique ! D'un côté, j'ai envie de te dire que tu commets une erreur, que tu ne fais pas partie de cet univers ; et de l'autre, je suis obligé de reconnaître que tu sembles parfaitement épanouie dans ta nouvelle vie.

— J'ai l'impression d'avoir enfin trouvé un but dans l'existence, papa ! Pour la première fois, je me tiens à quelque chose. Ce n'est pas une passade, je t'assure. Je sais m'y prendre avec les chevaux. J'ai découvert que j'aimais le monde des courses. Je ne veux plus retourner vivre dans mon appartement, m'enfermer dans un bureau, passer mes week-ends au club. J'ai la sensation de...

— Prendre ton envol, c'est ça ?
— Oui. Jusqu'à présent, je n'avais pas compris à quel point ma vie m'ennuyait...

La voix fâchée de Candice, qui revenait au salon, l'interrompit :

— Peut-être, mais tu n'étais pas obligée de te montrer grossière pour autant ! Ton père, ta grand-mère et moi, nous essayons simplement de t'aider à traverser une période difficile.

— Mais je vais très bien !
— Alors, pense un peu aux autres ! À ton père d'abord, et ensuite aux gens qui voient tout cela de l'extérieur.

— J'attache une grande importance aux sentiments de papa, mais désolée, ceux des étrangers me laissent totalement froide. (Après un court silence, Kelsey prit un ton conciliant :) Écoute, Candice, je ne veux surtout pas créer le moindre problème entre vous, mais...

— Pourtant tu as encouragé Channing à me tromper !

— C'est vrai, je l'ai incité à rester aux Trois Saules pour les vacances de printemps.

— Voilà ! Et maintenant, il veut retourner y travailler cet été. Cette femme t'a peut-être ensorcelée, Kelsey, mais je n'admettrai pas qu'elle pervertisse mon fils !

Sidérée par cette attaque virulente, Kelsey écarquilla les yeux.

— Comment oses-tu dire une chose pareille ? s'exclama-t-elle. Tu ne l'as jamais rencontrée ! Si Naomi a accepté d'accueillir Channing sous son toit, c'est pour me faire plaisir, pas pour le corrompre. Et elle lui a proposé du travail parce qu'il s'est tout de suite passionné pour la vie du haras.

— Je ne permettrai pas que mon fils s'acoquine avec des joueurs et des criminels !

Kelsey esquissa un geste impuissant.

— Eh bien, c'est entre toi et Channing, murmura-t-elle.

— Je sais. Je n'ai pas de conseils à te donner. De toute façon, tu n'en feras qu'à ta tête, comme d'habitude.

Aussi surpris que blessé par la dispute, Philip s'interposa :

— Candice, nous nous égarons. Ce n'est qu'un bal, après tout.

Mais Candice était trop gênée et furieuse après la scène qui avait provoqué le départ de Milicent. À ses yeux, cette dernière n'était pas seulement une belle-mère, mais une amie et une alliée.

— Navrée, Philip, j'estime que j'ai mon mot à dire. C'est beaucoup plus qu'un bal. C'est une question de loyauté et de décence. Cette situation ne peut plus durer. Kelsey, tu ne comprends donc pas le chagrin que tu infliges à ton père en lui préférant Naomi ?

La jeune femme pivota vers Philip qui se tenait toujours près de la fenêtre.

— Tu ne vas tout de même pas me demander de choisir entre vous deux, papa ?

— Tout ce que je souhaite, c'est ton bonheur, ma petite fille.

— Mais visiblement, c'est au prix du tien ! Écoute, la dernière chose que je souhaite au monde est de te faire souffrir.

— Nous en sommes tous persuadés, intervint Candice. Le problème, c'est que tu fonces tête baissée sans te préoccuper des conséquences de tes caprices. Et une fois ton but atteint, tu l'oublies dans la seconde pour convoiter autre chose.

Cette analyse froidement énoncée fit bondir Kelsey.

— Par conséquent, je suis insensible et superficielle ! s'exclama-t-elle, la voix frémissante de colère.

— Ce n'est pas ce que Candice veut dire, protesta Philip. Tu es volontaire et têtue, ce sont des qualités aussi bien que des défauts.

Candice s'adoucit légèrement.

— Nous nous faisons du souci pour toi, Kelsey. Il y a tout de même eu un meurtre, puis ce suicide bizarre. Les gens jasent...

— Deux hommes sont morts. Qu'y puis-je ? De tels actes de violence sont hélas banals. Cela ne veut pas dire que le monde des courses soit peuplé de débauchés et d'assassins. C'est un monde où l'on travaille dur, mais où les résultats obtenus sont gratifiants. Bon sang, qu'est-ce que vous vous imaginez ? Que je me saoule de champagne jusqu'à l'aube en me faisant tripoter par des play-boys ?

À cette seconde, Philip comprit qu'il avait perdu. Il avait l'impression de voir Naomi en train de défendre ses idées, ses projets, ses passions, autant de choses auxquelles il n'avait jamais rien compris.

Une dernière fois, Candice tenta de calmer le jeu.

— Nous ne condamnons pas la profession tout entière. Toutefois il est normal que nous émettions des réserves sur tes fréquentations. Tu as dit toi-même que tu fréquentais un joueur.

Kelsey soupira.

— Oui, c'était pour défier grand-mère. En fait, c'est un éleveur. De toute façon, cela ne change rien à mes positions. Autant que vous le sachiez tout de suite, je compte résilier le bail de mon appartement et demeurer aux Trois Saules, du moins pour l'instant.

Candice s'approcha de son mari et, dans un geste de soutien, lui posa la main sur l'épaule.

— Quelles qu'en soient les conséquences ? dit-elle.

— Je ferai de mon mieux pour que tout se passe bien. Je sais que vous refuserez d'aller me voir là-bas, aussi viendrai-je le plus souvent possible. Il n'est pas question de rompre les ponts. Je ne veux pas vous perdre, ni l'un ni l'autre.

Ce disant, la jeune femme saisit son sac. Philip franchit la distance qui les séparait pour la serrer dans ses bras.

— Tu sais bien que tu seras toujours chez toi ici, murmura-t-il.

Mais Candice conserva un silence circonspect.

Le voyage de retour parut très long à Kelsey, partagée entre les larmes et la fureur. Mais ce fut le chagrin qui l'emporta lorsqu'elle atteignit enfin Les Trois Saules.

Craignant de croiser Naomi, elle contourna la maison pour se réfugier dans le patio. Elle n'allait tout de même pas discuter avec sa mère des propos injurieux tenus sur son compte ! Mieux valait s'isoler jusqu'à ce que la tempête s'apaise...

Assise sur les marches qui menaient à la terrasse, la jeune femme fixait d'un œil morne les cornouillers et les ancolies précoces quand Gabriel fit son apparition.

— Je vous cherchais, déclara-t-il en s'asseyant à côté d'elle.

— Je vous croyais en voyage.

— Je ne pars pas avant ce soir, finalement.

Il avait eu envie de la revoir, une raison suffisante pour bouleverser ses plans. D'une main ferme, il releva le menton de la jeune femme et plongea son regard dans le sien. Elle avait pleuré, constata-t-il avec un curieux pincement au cœur.

— Que se passe-t-il ?

— C'est difficile d'assumer certaines critiques. Surtout lorsqu'elles sont vraies.

— Qui a été méchant avec vous, ma belle ? Je vais lui casser la figure.

— Je ne suis pas très gentille moi-même ! répliqua-t-elle avec un rire sans joie. Cela m'a toujours ulcérée quand on me traitait d'enfant gâtée et obtuse, alors que je pensais sincèrement suivre ma route.

D'un mouvement nerveux, elle se leva et esquissa quelques pas sur le chemin de briques qui menait vers le jardin.

— Quand Wade prétendait que j'étais intolérante, froide et égocentrique, je me disais que c'était pour justifier sa liaison adultère. Je n'étais pas assez empressée au lit, alors il avait trouvé quelqu'un capable de satisfaire ses besoins. Je ne m'intéressais pas assez à sa carrière, alors que cette femme le soutenait. Et c'est vrai, au bout du compte, je ne me suis pas posé de questions : il avait trahi ses vœux, donc notre mariage était terminé. Point à la ligne. (Se tournant pour lancer un regard bravache à Gabriel, elle enchaîna :) Pour moi, il y a le bien et le mal ; la vérité et les mensonges ; la loi et le crime. Tenez, prenez la ceinture de sécurité par exemple. Avant, je l'oubliais tout le temps. Puis, quand le port est devenu obligatoire, je l'ai mise automatiquement.

— Et c'est pour ça que vous vous mettez dans un tel état ?

— C'était stupide de ne pas la mettre avant la loi ! Simple question de bon sens. Moi, je peux ignorer le bon sens, mais pas la loi. Enfin si... parfois je fais des excès de vitesse, admit-elle. Mais chaque fois, j'ai un bon prétexte. Pourquoi n'ai-je pas essayé de pardonner à Wade ? Parce qu'il a manqué à sa parole. Cela m'a suffi.

— Vous ne regrettez tout de même pas d'avoir largué ce salaud ?

— Non... si... Je ne sais plus !

Gabriel se gratta pensivement le menton avant de déclarer :

— On dirait que vous avez eu une rude matinée. Où étiez-vous ?

— J'ai été voir mon père, avoua Kelsey en refoulant de toutes ses forces les larmes qui menaçaient à nouveau de déborder. Je voulais lui annoncer de vive voix que je quittais mon appartement pour emménager aux Trois Saules.

— Et il s'est mis en colère ?

— Pas vraiment. C'est l'homme le plus gentil du monde. Mais je lui ai fait de la peine. Cela me désole, pourtant je suis incapable de plier, de me soumettre à la volonté d'autrui.

Les larmes coulaient à présent sur ses joues. Gabriel se leva pour enlacer la jeune femme.

— Vas-y, laisse-toi aller. J'adore consoler les jolies filles, dit-il d'un ton doucement moqueur.

— C'est idiot ! renifla-t-elle. Tout a commencé avec ce stupide bal, le Derby et le chirurgien-dentiste !

— C'est intéressant. Peux-tu m'expliciter tout ça ?

Comme elle cherchait vainement un mouchoir, Gabriel lui tendit obligeamment son bandana dans lequel elle se moucha bruyamment.

— C'est la tradition familiale. Tout le monde s'attend que je m'y conforme. Surtout ma grand-mère, qui a une très haute opinion des Byden. Elle est furieuse de me savoir aux Trois Saules et... (Avec un pauvre sourire, Kelsey ajouta :) Elle m'a, selon la meilleure tradition gothique, rayée de son testament !

— Très bien, tu vas emménager chez moi et devenir une femme entretenue. Ça lui fera les pieds.

— Seigneur, si je faisais ça, je serais carrément rayée de la bible familiale !

Gabriel soupira.

— Bon, j'attendrai. Mais que disais-tu à propos du bal, du Derby et du chirurgien-dentiste ?

— On dirait le titre d'une mauvaise pièce de théâtre, soupira la jeune femme. En fait, ma belle-mère et ma grand-mère comptaient sur moi pour le bal de charité qui a lieu chaque année au printemps. Elles m'avaient même trouvé un cavalier, puisque je ne suis sortie avec personne depuis le divorce...

— Vraiment ? coupa Gabriel, surpris.

— Cela me semblait prématuré. Et puis, le sexe n'a jamais eu une très grande importance dans ma vie.

— Heureusement que tu m'as rencontré !

— Tais-toi, j'essaie de t'expliquer. Le chirurgien-dentiste répond à tous les critères de sélection de ma grand-mère. Et soit dit en passant, pas toi.

— C'est la chose la plus gentille que tu m'aies jamais dite. Allons chez moi pour fêter ça !

Riant doucement, Kelsey posa la tête sur l'épaule de son compagnon.

— Enfin bref, j'ai dû leur annoncer que leur prince charmant ne m'intéressait pas du tout, et que je ne serais pas là pour le bal. Il a lieu le premier samedi de mai, tu sais.

— Oh, le jour du Derby. Maintenant, je commence à comprendre.

— Au début, nous avons eu une discussion polie et civilisée, puis ma grand-mère m'a énervée. Alors... je lui ai lancé à la figure que je fréquentais un joueur.

— Tu as l'esprit pervers. Ça me plaît !

— Tu es bien le seul ! Ma grand-mère a fait une sortie fracassante, Candice était hors d'elle, et mon père consterné. Ma belle-mère m'a jeté ses quatre vérités : selon elle, mon séjour aux Trois Saules perturbe toute la famille. Et comme je suis trop rigide pour accepter un compromis...

— Parfois, il est impossible d'en trouver.

— Pas chez les gens bien.

Perplexe, Gabriel fixait les géraniums plantés dans le patio. Évidemment, de tels conflits familiaux lui étaient complètement étrangers.

— Pourquoi serais-tu la seule à faire des compromis ? dit-il enfin. Si je comprends bien, tes parents sont aussi intransigeants que toi.

Kelsey se tourna lentement vers lui, et son expression mélancolique se modifia.

— Je n'avais pas vu les choses sous cet angle, reconnut-elle avec étonnement.

— Bien sûr ! Tu es tellement égoïste et intolérante que tu as automatiquement rejeté la faute sur toi ! Eux, ils peuvent bien te culpabiliser, faire pression sur toi, menacer de te déshériter, mais c'est toi la vilaine.

D'aussi loin que Kelsey s'en souvînt, personne n'avait jamais pris sa défense contre les siens. Certainement pas Wade, en tout cas.

— Je fonce tête baissée, sans penser aux conséquences, objecta-t-elle en reprenant inconsciemment les termes de Candice.

— Franchement, quelle différence cela ferait-il si tu allais danser avec le dentiste ?

— Aucune, admit-elle à voix basse. Cela ne ferait que retarder la querelle suivante.

— Restes-tu aux Trois Saules dans l'unique but de les contrarier ?

— Bien sûr que non ! Oh, Gabriel, je sais que tout cela doit te paraître stupide. Ce galimatias sur les traditions et la bienséance...

— Je pense juste que tu t'es suffisamment autoflagellée comme ça. Comment te sens-tu maintenant ?

— Beaucoup mieux. Je suis heureuse que tu aies retardé ton départ, Slater.

— Tu es en train de bouleverser mon programme, Kelsey. Je commence à penser à toi avant même d'ouvrir les yeux le matin. À mon avis, un homme est le plus vulnérable quand il est ivre, quand il fait l'amour, et à l'instant précis où il se réveille. Je ne bois pas, et faire l'amour avec une autre femme que toi ne m'intéresse pas. Mais tu m'as piégé, au moment précis où j'avais baissé ma garde.

Kelsey avait déjà entendu des hommes éperdus d'amour lui réciter des poèmes enflammés. Mais aucun ne l'avait émue comme Gabriel en ce moment. Elle leva les yeux sur lui et resta comme hypnotisée, avant de s'entendre avouer :

— J'ai peur de toi.

— Parfait, comme ça on est à égalité.

Il prit le visage de la jeune femme entre ses paumes, puis passa lentement les doigts dans ses cheveux blonds, souhaitant que cet instant reste gravé dans leurs mémoires à jamais : le chant des oiseaux, les fleurs printanières, les rayons du soleil couchant... Puis le contact tiède et sensuel de sa bouche contre la sienne, et le plaisir si doux qui en découlait.

— Ce que j'éprouve en ce moment même me terrifie, chuchota-t-il en appuyant son front contre celui de Kelsey. Et cela empire quand je me rends compte que je n'ai qu'une envie : recommencer.

— Moi aussi. Dans ces conditions, il est sans doute préférable que tu t'absentes quelques jours. Nous devons réfléchir.

— Personnellement, j'ai dépassé ce stade.

À regret, elle se dégagea de son étreinte.

— Bonne chance à Keeneland, Slater. Et merci de m'avoir réconfortée. J'en avais besoin. J'ai besoin de toi.

15

Naomi était d'autant plus ravie que Kelsey accompagne l'équipe dans le Kentucky que, jusqu'au dernier moment, elle s'était refusée à croire la partie gagnée. Elle protesta seulement quand sa fille insista pour payer ses propres frais. Elle rumina sa contrariété en préparant ses valises, puis durant le vol, et ce n'est que lorsque Kelsey la rejoignit dans sa suite d'hôtel qu'elle explosa finalement :

— C'est absurde ! Tu es ici en tant qu'employée des Trois Saules. Ce sont des frais professionnels !

— Je suis ici parce que j'en ai envie, corrigea Kelsey. Je ne manquerais le Derby pour rien au monde. Et en ce qui concerne mon boulot, je sais que je ne suis pas indispensable. Moïse n'a pas réellement besoin de moi.

— Mais moi, si ! Tu ne comprends donc pas ce que ta présence *volontaire* signifie pour moi ? Que tu souhaites, après cette longue séparation, partager avec moi ces instants d'exaltation me comble de joie, bien plus qu'une douzaine de victoires au Derby ! Et tu ne me permets même pas de régler ta note d'hôtel !

Déconcertée, Kelsey regardait sa mère arpenter nerveusement le salon. Elle ne l'avait jamais vue si énervée.

— Cela ne me semblait pas correct... commença-t-elle.

— Pas correct ? répéta Naomi en pivotant sur elle-même. Parce que je ne cadre pas avec l'image que tu te fais d'une mère traditionnelle ? Parce que j'étais enfermée dans une cellule à l'époque où j'aurais dû t'apprendre à nouer tes lacets ?

— Ce n'est pas ce que...

— Je ne te demande pas de me pardonner. Ni d'oublier. Tu n'es pas obligée de m'aimer, ni même de me considérer comme ta mère. Mais je croyais que tu commençais à te sentir chez toi aux Trois Saules.

Comment ai-je déclenché cette tempête rien qu'en sortant ma carte de crédit ? se demanda Kelsey avec effarement.

— C'est vrai, affirma-t-elle. Simplement, je ne vois pas en quoi cela m'autorise à profiter de toi.

Luttant visiblement pour se dominer, Naomi s'assit avec brusquerie.

— Si tu ne veux pas que je te paie le voyage, accepte au moins de te faire rembourser par le haras. Ta venue aux Trois Saules est déjà susceptible de te faire perdre ton héritage !

— Alors tu veux te décharger de ta culpabilité ?

Comme Naomi la foudroyait du regard, Kelsey leva une main apaisante.

— D'accord, concéda-t-elle. Je n'avais pas saisi que c'était si important pour toi. Dans ces conditions, tu peux régler les frais. (Avec un demi-sourire, elle ajouta :) Je me suis toujours demandé d'où me venait mon fichu caractère. Papa est si placide ! Et toi, tu parais toujours si maîtresse de toi-même. Te découvrir sous un nouveau jour vaut bien une bataille perdue.

Naomi consentit à se détendre un peu.

— Je suis contente d'avoir élucidé pour toi ce petit mystère. En tout cas, gagnée ou perdue, une bataille me donne toujours faim. Tu veux manger quelque chose ?

Kelsey choisit une pomme dans la corbeille de fruits que Naomi avait commandée. Puis, comme cette dernière leur servait un verre de vin, elle déclara :

— Tu sais, je te considère vraiment comme ma mère. Je ne serais pas ici s'il en allait autrement.

D'un mouvement rapide, Naomi se pencha pour déposer un baiser sur la joue de sa fille.

— Aux femmes des Trois Saules ! dit-elle en levant son verre pour l'entrechoquer contre celui de Kelsey.

Les quelques jours qui les séparaient du Prix de Bluegrass passèrent comme l'éclair. Kelsey rencontra une foule de gens. Chaque matin, elle se levait dès l'aube pour surveiller l'entraînement, comparant avec inquiétude le travail d'Orgueil à celui des autres chevaux. Elle hantait les écuries, s'entretenait avec les jockeys, les entraîneurs, et harcelait Boggs pour obtenir des tuyaux. Et quand elle ne pouvait mettre la main sur ce dernier, elle se rabattait sur Reno pour s'enquérir de sa stratégie.

— Eh, qui va monter ce cheval, vous ou moi ? lui lança un jour le jockey, goguenard.

— Vous, mais...

— Mais vous préféreriez tenir les rênes en mains, c'est cela ?

Kelsey esquissa une petite moue.

— Peut-être, reconnut-elle. Je crois que je suis gagnée par la passion.

— Elle vous dévore, vous voulez dire !

Le Kentucky avait son champion local : Pleine Lune, un pur-sang élevé dans la région qui, contre toute attente, avait remporté le Derby de Floride, devançant d'une courte tête Orgueil et Double. La presse enthousiaste ne parlait que de ce rouan à la beauté ensorcelante.

Big Sheba, la pouliche de Cunningham, avait également ses supporters. On n'était pas obligé d'admirer l'homme pour admirer la bête. Elle avait du courage et jaillissait des stalles telle une bombe, mais le son rauque de sa respiration après l'effort glaçait Kelsey.

D'autres chevaux montraient également des qualités indéniables, parmi lesquels Quitte ou Double. Mais Kelsey comptait miser sur Orgueil. Par simple loyauté d'abord, et ensuite parce que sous l'égide de Moïse, elle commençait à avoir l'œil.

Le jour du Prix de Bluegrass, l'impatience la gagna de voir sa confiance récompensée.

— Orgueil a l'air en pleine forme, ce matin ! s'écria-t-elle pendant la parade.

— La piste lui convient, reconnut Naomi. Le favori reste Pleine Lune, mais Fortissimo pourrait créer la surprise. Et n'oublions pas Big Sheba.

Voyant Kelsey scruter anxieusement la piste, elle ajouta avec amusement :

— Eh, respire ! Dans quelques minutes, tout sera fini !

Gabriel se glissa entre les deux femmes pour les embrasser.

— J'ai juste le temps de souhaiter bonne chance à mes voisines préférées, dit-il. Nous sommes tous cotés à sept contre cinq. Le gagnant paie le restaurant, ça vous va ?

— Et le perdant le champagne ! renchérit Naomi.

— Regardez ! coupa Kelsey, comme les chevaux étaient dirigés vers les stalles de départ.

Caché parmi la foule massée dans les gradins, Rich épiait son fils. Sacré Gabriel, il savait toujours s'entourer de jolies femmes ! *Comme son vieux père*, songea Rich en tapotant le popotin de la blondasse qu'il avait emmenée avec lui.

— Garde l'œil sur le numéro trois, lui conseilla-t-il. Je m'intéresse de très près à ce cheval.

Au tintement de la cloche, les chevaux jaillirent de leurs stalles. Paupières plissées derrière ses lunettes opaques, Rich surveilla la progression du favori qui prenait la tête. Fortissimo le suivait à la corde. Le restant du peloton n'était encore qu'une masse mouvante multicolore.

Au premier tournant, Big Sheba se hissa en troisième position. Mais déjà Orgueil de Virginie la rattrapait, mètre après mètre. Un sourire étira les lèvres de Rich quand il vit Quitte ou Double raser la corde pour remonter en flèche dans la ligne droite. Durant quelques secondes, les trois chevaux galopèrent flanc à flanc, leurs longues foulées presque à l'unisson. Puis Orgueil se détacha. Un nez, une encolure, une demi-longueur... Et la ligne d'arrivée fut franchie. Gagnant : Orgueil ; placés, dans l'ordre : Quitte ou Double et Big Sheba.

Rich renversa la tête en arrière en éclatant de rire.
— On a gagné, chérie !

Kelsey avait encore la main sur la bouche. Durant les toutes dernières secondes, elle avait même failli se cacher les yeux.
— Il a réussi ! Il a gagné ! s'exclama-t-elle enfin, déchaînée. Cela préfigure sa victoire au Derby, j'en suis sûre !

Dans un éclat de rire, elle se jeta au cou de Naomi. Indifférente aux journalistes qui se précipitaient déjà dans leur direction, celle-ci pressa sa fille contre son cœur.

Puis Kelsey se tourna vers Gabriel. Pour quelqu'un qui venait de perdre d'une demi-longueur, il semblait très satisfait.
— Double a fait une course magnifique ! s'extasia-t-elle.
— Oui, mais pas autant qu'Orgueil. Pour cette fois. On se voit ce soir, conclut-il en tirant sur la natte de Kelsey.

L'euphorie de la victoire ne devait détourner personne du travail. Le soir même, l'équipe quitta Keeneland pour s'installer à Churchill Downs. La même activité reprit. Seulement, cette fois, c'était le Derby. L'entraînement n'était plus une affaire privée : la presse avait envahi les lieux, ainsi que la télévision. Tous les journalistes cherchaient à faire la meilleure interview, ou la photo idéale.

Choyés comme des princes, les chevaux ressemblaient à de magnifiques Pégases fendant les airs. On en oubliait que ces créatures d'une demi-tonne étaient nées pour fouler la terre.

Le lendemain de leur arrivée, Kelsey se rendit à l'hippodrome juste à temps pour voir les rayons du soleil transformer la gelée de l'aube en perles de rosée scintillantes.

— Déjà debout ? s'étonna Gabriel en lui enlaçant la taille.

— Je prends une photo mentale.

— Tu es bien matinale pour quelqu'un qui ne s'est pas couché avant 4 heures du matin.

— Personne n'arrive à dormir.

En guise de réponse, Gabriel désigna du menton un jeune lad qui somnolait, adossé contre une barrière. Riant, Kelsey aspira une profonde bouffée d'air frais.

— Tu es superbe, lui murmura Gabriel.

— Où trouves-tu l'énergie de flirter au milieu de toute cette agitation ? L'entraînement, les conférences de presse, les réceptions...

— J'ai gagné cinq mille dollars hier soir.

— Qui a été assez stupide pour jouer contre toi ?

— Moïse, répondit Gabriel en souriant.

— Avec les dix pour cent perçus sur le Prix du Bluegrass, il peut se le permettre.

— Arrête ta frime, chérie !

Kelsey s'apprêtait à riposter quand elle nota que l'attention de Gabriel s'était portée vers les écuries où rôdaient déjà une foule de curieux. La mine brusquement assombrie, paupières plissées, il fixait un point précis dans le dos de la jeune femme.

— Que se passe-t-il ? s'inquiéta-t-elle en se retournant.

— Rien, rien... Tout va bien.

L'espace d'un instant, Gabriel avait cru reconnaître son père à sa démarche particulière et à son costume clair, si déplacé parmi les jeans et les tee-shirts. Mais Rich Slater n'avait aucune raison de se trouver dans les parages...

— Tu viens prendre ton petit déjeuner avec moi ? proposa-t-il en s'arrachant à ses réflexions.

Il oublia vite l'incident en retrouvant, dans le milieu de la matinée, son entraîneur et son jockey avec qui il discuta stratégie et régime.

— Nous avons la corde ! C'est un signe de Dieu ! annonça Kelsey avant de mordre à belles dents dans une pomme.

Boggs, qui était en train de polir le cuir d'une selle, répondit :

— De là-haut, Il regarde sans doute le Derby. Peut-être bien qu'il a son favori, Lui aussi. Moi, je crois que je vais miser quelques dollars sur Orgueil.

— Je croyais que vous ne pariiez jamais ?

— Pas depuis avril 1973, c'est vrai.

Il lança un regard à la jeune femme pour voir si elle réagissait. 1973 était l'année où Naomi avait tué Alec Bradley. Comme il ne notait aucune lueur particulière dans les yeux de Kelsey, il poursuivit :

— J'étais à Keeneland. Je m'occupais d'Étoile Polaire, qui courait pour Les Trois Saules. Une belle petite pouliche. Je l'aimais plus que j'ai jamais aimé une femme ! Elle a dû me monter à la caboche, parce que j'ai misé toute ma paye du mois sur elle. Elle est sortie des stalles comme un boulet de canon, et au premier tournant le cheval qui était devant elle a trébuché. Étoile l'a heurté de plein fouet. J'ai tout de suite vu qu'elle ne pourrait plus jamais courir. L'antérieur gauche était brisé, il y avait plus rien à faire que de l'abattre. C'est votre maman qui a appuyé elle-même sur la détente. Elle pleurait, mais elle avait pas le choix. (Il soupira.) Depuis, j'ai jamais plus parié un seul dollar sur un de nos chevaux. J'ai trop peur d'attirer le mauvais sort.

— Ne vous inquiétez pas. Il n'arrivera rien de tel à Orgueil.

Boggs se remit à briquer sa selle.

— C'est curieux, murmura-t-il, mais aujourd'hui, j'ai croisé quelqu'un que je n'avais pas revu depuis longtemps, et que j'ai connu en 1973 justement. Le père de m'sieur Slater.

— Vous avez vu le père de Gabriel ?

— J'en suis pas sûr. Mes yeux ne sont plus ce qu'ils étaient. Il était à Keeneland lui aussi, le jour où Étoile s'est effondrée. Il avait dû parier sur elle, parce qu'il a fait un raffut de tous les diables, comme si mam'zelle Naomi était responsable du fait qu'elle avait perdu la course. Évidemment, il était saoul. Du coup, les commissaires ont exigé de contrôler le cheval pour voir s'il n'avait pas été dopé.

— Qu'ont-ils trouvé ?

— Rien du tout. Les Chadwick mangent pas de ce pain-là. Mais on a découvert que le cheval qui avait trébuché devant Étoile avait bouffé des amphétamines.

— À qui appartenait-il ?

— À Bill Cunningham, répondit Boggs en crachant sur le sol, pour bien montrer ce qu'il pensait de cet individu. Ça n'a étonné personne, mais on a procédé à une enquête, et finalement c'est le jockey qui avait fait le coup. Benny Morales, il s'appelait. Un bon professionnel. Il a écrit une lettre dans laquelle il avouait tout, puis il s'est pendu dans la sellerie de Cunningham.

— Quelle horreur !

— Vous savez mam'zelle, le monde des courses est pas toujours très propre. Après, Rich Slater s'est figuré que les Chadwick avaient payé Benny pour qu'il dope son cheval. Comme ça, même s'il avait gagné, il aurait été disqualifié. C'est rien que des conneries, mais ces types-là, il faut toujours qu'ils accusent les autres. En fait, tout le monde a perdu ce jour-là. En tout cas, si c'est bien lui que j'ai vu dans le coin, je vous conseille de garder vos distances. C'est pas une fréquentation, cet homme-là.

Rich Slater n'avait aucune intention de croiser les gens des Trois Saules. Il était à Churchill Downs en tant que spectateur, et il tenait, absolument à être aux premières loges, même si la prudence aurait voulu qu'il fût à cent lieues de là.

La chance était avec lui. Il avait une épaisse liasse de billets dans son portefeuille, et une femme empressée dans son lit. Le Prix de Bluegrass lui avait permis de se renflouer. Et le meilleur était encore à venir, se réjouit-il, très fier de sa propre intelligence. En assouvissant une vieille vengeance et en frappant son fils ingrat, il ferait d'une pierre deux coups. Tout cela en s'emplissant les poches. Que demander de plus ?

Sans compter qu'il ne prenait pas beaucoup de risques. Il s'était juste contenté de placer les bons instruments dans les bonnes mains.

Aujourd'hui, cette garce de Chadwick allait enfin payer.

Se souvenait-elle de lui ? L'idée qu'une femme pût oublier Rich Slater le piquait dans son orgueil. Lui se souvenait parfaitement d'elle : une mijaurée qui se pavanait sur les champs de courses et aguichait les hommes dans des jeans moulants. Il l'avait désirée intensément, dès le premier regard. Il avait voulu la mater, effacer ce sourire enjôleur de ses lèvres, soulever ses jupes affriolantes, lui montrer ce qu'était un vrai mâle.

Mais lorsqu'il avait tenté de l'approcher, elle s'était moquée de lui avec un tel mépris qu'il avait eu envie d'écraser son poing sur ce minois délicat, de briser son nez aristocratique, ses dents brillantes comme des perles...

C'est peut-être bien ce qui se serait produit si ce métèque à moitié juif n'était pas intervenu.

— Un problème, mademoiselle Naomi ?

— Non, non, Moïse. Juste un fâcheux. Comment va notre poulain ?

Elle s'était éloignée pour aller roucouler dans l'oreille du cheval, et Rich n'avait plus eu qu'à rentrer dans sa chambre d'hôtel minable pour défouler sa hargne sur la figure émaciée de sa femme. Mais jamais il n'avait oublié l'humiliation cuisante que lui avait infligée Naomi.

Il avait bien ri le jour où cette salope avait perdu sa précieuse pouliche. Personne n'aurait pu prévoir que le cheval de Benny Morales heurterait celui des Chadwick. Mais par la suite, Rich s'était servi des événements contre Naomi.

Plus tard, elle avait payé encore plus cher. Et ce n'était pas fini.

Quittant le lit où dormait la blondasse, il se dirigea vers le bar à alcools de sa chambre d'hôtel pour se servir un verre. Puis, se tournant vers la psyché, il inspecta son reflet. Pas mal pour un type de son âge. Occultant sa bedaine naissante, il se vit avec le corps dur et musclé de ses 30 ans, celui qu'il avait légué à son fils. Son fils qui l'avait viré de chez lui comme on vire un chien galeux...

Comme toujours, Gabriel se croyait plus malin que tout le monde. Mais il ne perdait rien pour attendre. Dans quelques jours, les atouts changeraient de mains.

Le matin du Derby, Kelsey arriva sur l'hippodrome à 6 heures, comme les jockeys et les palefreniers. Les nerfs vrillés par l'attente, elle assista aux préparatifs puis, vers midi, grignota du poulet-frites en compagnie de Boggs et des autres employés.

— Qu'est-ce que tu fous là ? lui demanda Moïse en surgissant à son côté pour chiper une frite dans sa barquette. Tu n'es pas avec Naomi ?

— Non, elle donne une conférence de presse. Ces journalistes sont de vraies sangsues !

— Comment va-t-elle ?

— Elle est survoltée, mais elle le cache bien. Normal, plus on a de chances de gagner, plus on est nerveux, j'imagine. Vous avez vu Gabriel ?

— Il doit être en train de harceler Jamison.

— J'ai eu tant à faire hier que je l'ai à peine entr'aperçu. Je ne savais pas trop comment lui dire, mais Boggs pense avoir vu son père il y a quelques jours.

Moïse sursauta.

— Quand ?

— Euh... jeudi matin, je crois. Enfin, il n'était pas sûr.

— Ce type est une ordure ! cracha Moïse avec une virulence qui surprit Kelsey. Certaines personnes aiment foutre la merde autour d'elles, et Rich Slater en fait partie. Je ne veux pas qu'il s'approche des chevaux !

— Les vigiles ne laisseront entrer personne sans autorisation, objecta Kelsey. Et puis, que pourrait-il faire ?

Moïse soupira.

— Rien. Je crois que je suis sur les nerfs, moi aussi. Slater me rappelle de mauvais souvenirs.

— Boggs m'a parlé de la course de Keeneland. Celle où Étoile Polaire s'est brisé l'antérieur.

— Slater a essayé de coincer Naomi, mais c'est sur le jockey de Cunningham que tout est retombé. Benny

Morales faisait un retour en force, cette année-là. Auparavant, il courait pour Les Trois Saules. Un jour à l'entraînement, il a fait une mauvaise chute et s'est fracturé la jambe. Il a mis plus d'un an à se rééduquer. Le père de Naomi lui a proposé un job d'entraîneur, mais Benny voulait prouver qu'il était capable de remonter sur un cheval et de gagner une course. Il bouffait des tonnes d'antalgiques, et suivait un régime d'enfer pour perdre du poids. Peu de gens souhaitaient l'engager en tant que jockey, alors Cunningham l'a eu pour pas cher. Je me suis toujours demandé si Benny avait dopé son cheval parce qu'il avait besoin d'argent, ou simplement pour vaincre la pouliche des Chadwick. Quoi qu'il en soit, tout s'est mal terminé.

Moïse goba une dernière frite avant de se redresser.

— Bon, assez bavardé. Nous avons une course à gagner. Au boulot !

Il n'y avait pas de seconde chance au Derby. Dans sa vie, un cheval ne participait qu'une fois à cette course prestigieuse.

À 17 heures passées de quelques minutes, les chevaux prirent place dans le paddock. Dans la salle de pesage, les jockeys firent la queue devant la balance. Puis, quelques instants plus tard, vêtus de leurs casaques flamboyantes, ils rejoignirent leurs montures.

L'attente était sur le point de prendre fin.

Dans les tribunes, la foule frémissait d'impatience. Le tableau d'affichage des cotes était allumé, et devant les guichets s'allongeaient les files d'attente.

— Ne cherche pas à prendre la tête tout de suite, dit Moïse à Reno. Laisse Pleine Lune mener jusqu'au premier tournant. Orgueil court bien dans le peloton. Et parle-lui, tout le temps. Il donnera tout son cœur si tu le lui demandes.

Reno acquiesça avec un sourire qui se voulait confiant. La sueur formait déjà de larges auréoles sur sa casaque.

— Messieurs, en selle !

À ces paroles du juge, Moïse claqua l'épaule de Reno avant de l'aider à se hisser en selle.

À quelques mètres de là, Naomi, très élégante dans son tailleur rouge agrémenté d'un simple rang de perles, pressa l'épaule de Kelsey.

— Prête ? lui demanda-t-elle.

— Oui.

— Moi aussi !

Les deux femmes commencèrent à s'éloigner en direction de la tribune, puis Naomi s'exclama :

— Attends-moi une seconde !

Pouffant, elle se précipita vers Moïse pour lui nouer les bras autour du cou et l'embrasser à pleine bouche.

Partagé entre la fierté et l'embarras, l'entraîneur s'empourpra et la repoussa en grommelant :

— Qu'est-ce qui te prend, bon Dieu ?

— Tu crains pour ta réputation ? se moqua-t-elle, ravie de le voir rougir de plus belle.

Riant toujours, elle rejoignit Kelsey.

— Voilà, il n'y a plus d'ambiguïté dans nos relations, maintenant ! Cela fait des années que nous nous chamaillons à ce sujet, Moïse et moi.

D'un mouvement gracieux, Naomi rejeta ses cheveux blonds en arrière. Aujourd'hui, elle se sentait jeune, libre et incroyablement heureuse.

— Pourquoi ne l'épouses-tu pas ? demanda Kelsey.

— Parce qu'il ne me l'a jamais demandé. Orgueil de mâle... (Elle désigna Gabriel qui venait à leur rencontre.) Tiens, à propos de mâles... voilà l'un des plus beaux spécimens qu'il m'ait été donné de voir.

— Ce que je préfère, ce sont ses yeux et sa bouche, chuchota Kelsey. Et aussi ses pommettes.

— Ses fesses ne sont pas mal non plus, renchérit Naomi sur le même ton.

Elles éclatèrent de rire au moment où Gabriel parvenait à leur hauteur.

— Mesdames, puis-je connaître la raison de cette hilarité ?

La mère et la fille échangèrent un regard complice avant de répliquer d'une même voix :

— Non !

Puis, bras dessus, bras dessous, elles se dirigèrent vers la piste.

Dans les gradins, au milieu de femmes enchapeautées et d'hommes en vestes de soie, Rich Slater sirotait son troisième *mint julep*. Les places que lui avait dénichées Cunningham n'étaient pas les meilleures, mais grâce à la paire de jumelles qu'il s'était achetée, il put épier Gabriel et les deux Chadwick qui prenaient place dans leur loge.

Sur la piste, des poneys aux crinières entrelacées de fleurs venaient de faire leur entrée sous les applaudissements de la foule. Tout était en place, les chevaux, les jockeys, les juges, les commissaires.

Enfin le signal du départ fut donné, et un cri fusa des tribunes :

— Ils sont partis !

Comme les chevaux s'élançaient, Kelsey sentit son cœur bondir dans sa poitrine. Les jumelles collées au front, elle vit Pleine Lune s'échapper, talonnée par Big Sheba. Puis elle repéra Orgueil et Double au sein du peloton. Les deux rivaux galopaient flanc à flanc, comme mus par la même volonté farouche de vaincre. Galvanisés par leurs jockeys respectifs, ils rejoignirent les deux chevaux de tête dans le second tournant. Puis, imperceptiblement, Orgueil de Virginie se détacha.

— Il remonte ! Il remonte ! s'entendit hurler Kelsey qui sentit à peine les doigts de Naomi lui broyer le bras.

À présent, la course se jouait entre Orgueil et Double, qui avaient deux bonnes longueurs d'avance sur Pleine Lune, leur plus proche concurrent. Reno, couché sur l'encolure de sa monture, laissa filer les rênes entre ses mains et, d'une foulée puissante, Orgueil creusa encore l'écart.

Puis, au beau milieu de la ligne droite, alors qu'Orgueil s'envolait vers la victoire, ses jambes se dérobèrent soudain sous lui. Il s'écroula sur la piste, boule de muscles et de tendons lancée à pleine vitesse. Reno vida les étriers. Éjecté par-dessus l'encolure, il alla rouler comme une pierre sur l'herbe qui bordait la piste.

Big Sheba fit une embardée pour éviter de justesse la collision tandis que, derrière, le peloton se scindait en deux dans une confusion complète. Dépassé en trombe par ses rivaux, Orgueil de Virginie fit une ultime tentative pour se relever, avant de s'affaler sur ses jambes brisées.

Quitte ou Double franchit la ligne d'arrivée au bout de deux minutes, trois secondes et sept dixièmes de course, deux longueurs devant Big Sheba.

Sur la piste, les palefreniers couraient déjà vers le pur-sang agonisant.

16

En recevant son trophée et sa couronne de roses, Gabriel ne ressentit aucune joie. Et quand le jockey, indifférent aux flashs des appareils photo qui crépitaient, se pencha pour recevoir son propre bouquet, il arborait une mine lugubre.

Lorsque Gabriel s'approcha afin de le féliciter, il bégaya :

— Oh, m'sieur Slater... Et Reno ? Et Orgueil ?

— Je ne sais pas encore. Repose-toi, maintenant. Toi et Double, vous avez fait une bonne course.

À Jamison qui se tenait non loin d'eux, il demanda :

— Vous étiez plus près, Jamie. Que s'est-il passé ?

— Le cœur a flanché, Gabriel. Sinon, je ne sais pas qui, de lui ou de Double, l'aurait emporté.

— Ça n'a plus d'importance, maintenant.

Gabriel lui tapota l'épaule. Même si la victoire avait un goût amer, elle ne se refusait pas.

Les vigiles gardaient la presse et les curieux à distance. Kelsey distinguait leurs voix fébriles par-delà la cloison des écuries, mais un gouffre semblait séparer le monde extérieur du box où l'on n'entendait que les sanglots étouffés de sa mère.

Réfugiée dans les bras de Moïse qui la berçait gentiment, Naomi laissait libre cours à son chagrin. Assis dans un coin, le visage ruisselant de larmes,

Boggs serrait contre lui la selle d'Orgueil en secouant la tête.

— J'aurais pas dû parier. J'aurais pas dû parier, répétait-il inlassablement.

Agenouillée auprès du grand cheval brun inerte, Kelsey passa doucement la main sur la gorge où la vie s'était arrêtée de pulser. Comme ses doigts accrochaient une motte de terre séchée, une immense colère naquit en elle. En cet instant, Orgueil aurait dû être douché et étrillé ! Il aurait dû recevoir en récompense une pomme dont il était si friand ! Au lieu de cela il gisait, crotté, sur la paille de son box. Mort.

Après une dernière caresse, la jeune femme s'obligea à se lever. Elle ramassa les œillères boueuses et les tendit à Boggs qui, sans un mot, s'en saisit. Puis elle se tourna vers Moïse.

— Raccompagnez-la à l'hôtel, Moïse. Il ne faut pas qu'elle reste ici.

— Il y a beaucoup à faire, objecta l'entraîneur avec un soupir.

— Je me charge du plus pressé. Le reste attendra.

Se baissant, elle pressa doucement la frêle épaule de sa mère et murmura :

— Va avec Moïse, maman. Je t'en prie.

Seul Moïse se rendit compte qu'elle avait employé le mot « maman » pour la première fois. Anéantie par la douleur, Naomi se redressa pour jeter un regard éploré au pur-sang.

— Il n'avait que 3 ans, souffla-t-elle. On dirait que je peux pas retenir ceux que j'aime plus longtemps...

— Ne dis pas cela ! coupa Kelsey. Il y a plein de gens dehors. Tu dois te reprendre.

— Oui, je sais.

Soutenue par Moïse, Naomi sortit du box. Boggs rassembla le harnachement d'Orgueil et s'en alla à son tour, sans doute pour ranger le matériel dans le van. Restée seule, Kelsey s'adossa contre la cloison de bois.

Elle savait que, toute sa vie, elle se souviendrait de cette journée : l'excitation durant la course, le choc qui avait suivi la chute, le hurlement d'horreur de la foule qui s'était transformé en un silence de mort, et enfin la confusion qui avait régné sur la piste, tandis qu'on portait secours au cheval et à son cavalier...

Chaque fois qu'elle fermait les yeux, Kelsey revoyait la scène au ralenti, dans ses moindres détails. Et son cœur s'arrêtait dans sa poitrine.

Quand Gabriel fit irruption dans le box, son regard plein d'espoir se ternit aussitôt.

— Ils ont dû l'abattre, c'est cela ? dit-il à voix basse.

— Non. Il était déjà mort.

Il s'empressa d'aller prendre la jeune femme dans ses bras et, accablée, elle enfouit le visage contre son torse puissant.

— Je suis désolé, Kelsey. Comment va Reno ?

— Il est à l'hôpital. D'après les infirmiers, ce n'est pas grave, mais nous attendons la confirmation des médecins. (Avec un soupir, Kelsey se redressa et essuya les larmes qui lui marbraient les joues.) Il faut que j'y aille, j'ai un tas de choses à régler.

— Tu vas rentrer avec moi.

— Impossible, Gabriel. Moïse a raccompagné Naomi à l'hôtel. Il faut bien que quelqu'un reste. D'ailleurs, Boggs et le reste de l'équipe sont avec moi.

Se reculant, Gabriel hocha la tête.

— D'accord. Si tu as besoin de quoi que ce soit, Jamie sera dans le coin.

— Merci.

Un cauchemar. Kelsey avait l'impression de vivre un cauchemar.

Lorsqu'elle regagna l'hôtel vers minuit, elle tremblait des pieds à la tête, ravagée par l'émotion. Elle savait que les officiels avaient déjà parlé à Moïse et à sa mère, et que par conséquent ces derniers étaient donc au courant de la terrible nouvelle.

La mort d'Orgueil n'était pas le résultat d'un malheureux accident, fruit du hasard ou de la déveine. C'était un acte criminel.

Quelqu'un lui avait injecté une dose létale d'amphétamines, qui avait provoqué l'arrêt cardiaque au moment où le pur-sang donnait son effort maximal.

Kelsey imaginait sans peine ce qui allait se passer à présent. On procéderait à une enquête. Chaque personne appartenant à l'écurie des Trois Saules devrait affronter les questions, les doutes, les soupçons. On les accuserait d'avoir voulu doper Orgueil.

Devant la porte de la suite de Naomi, la jeune femme hésita. Naomi avait déjà Moïse pour la réconforter. Que pouvait-elle faire de plus ?

Elle se détourna et alla frapper à la porte de Gabriel.

Il ne dormait pas. Lui aussi était au courant des derniers revirements de l'affaire.

— Viens t'asseoir, lui dit-il aussitôt en la voyant tituber d'épuisement.

— Non merci. Si je m'assieds, j'ai peur de ne plus pouvoir me relever. Gabriel, quelqu'un l'a tué ! Quelqu'un l'a délibérément empoisonné pour remporter la course !

Gabriel se dirigea vers le bar et entreprit de déboucher une bouteille d'eau minérale.

— Et Quitte ou Double a gagné, dit-il d'une voix neutre.

— Oui, je sais... je ne t'ai pas encore félicité...

Elle s'interrompit brusquement, les yeux arrondis par la stupeur, comprenant brusquement ce que la remarque de Gabriel sous-entendait.

— Tu crois que je te soupçonne ? s'exclama-t-elle.

— Ce serait logique, non ?

— Bon Dieu, si tu me crois capable de ça, tu es vraiment le dernier des cons !

— C'est accessoire, non ? La vérité, c'est que ton cheval est mort, et que le mien vient tout juste de me rapporter un million de dollars. C'est un mobile suffisant.

D'un geste brusque, Kelsey écarta le verre qu'il lui tendait.

— Les faits et la logique, c'est tout ce que tu vois ! s'emporta-t-elle. Mais tu oublies un petit détail dans cette histoire : les protagonistes.

— J'ai déjà mauvaise réputation...

Elle l'interrompit :

— Je vais te dire une bonne chose, Slater ! Tu joues peut-être les durs et les cow-boys, mais avec les chevaux, tu es un vrai marshmallow ! Tu les adores ! Tu t'imagines que personne ne sait que tu as essayé d'acheter Big Sheba pour empêcher Cunningham de la maltraiter ? Tu crois que tes employés ne parlent pas ? Qu'ils ne racontent pas que tu joues avec tes poulains comme avec des chiots ? Que tu es capable de veiller un cheval malade toute la nuit s'il le faut ? Vraiment tu es un imbécile ! Si tu as l'intention de te lamenter sur toi-même au lieu de me consoler, je m'en vais sur l'heure !

Il la rattrapa par le bras au moment où elle tournait les talons.

— Hé, attends ! Ça y est, tu t'es bien défoulée ? J'en ai assez pris pour mon grade ? Alors assieds-toi, maintenant.

À contrecœur, Kelsey l'accompagna sur le canapé.

— Je m'inquiète pour Naomi, avoua-t-elle.

— Elle se remettra.

— J'ai été si choquée d'apprendre qu'on avait drogué Orgueil ! Même si les enquêteurs trouvent le coupable, quelle différence cela fera-t-il ? Il est mort ! Oh, je voudrais que celui qui a fait ça crève dans d'atroces souffrances ! cria-t-elle soudain avec rage.

— Et Reno ? demanda doucement Gabriel.

— Il s'est brisé la clavicule. C'est douloureux, mais il sera sur pied d'ici quelques semaines.

Gabriel détourna la tête.

— Si j'avais su que je gagnerais le Derby dans ces conditions, murmura-t-il avec amertume.

— Je suis heureuse que tu aies gagné ! protesta Kelsey. C'est la seule bonne nouvelle de la journée. D'ailleurs regarde ! ajouta-t-elle en sortant deux tickets de sa poche. Tu vois, j'ai misé la même somme sur les deux chevaux.

Gabriel lui lança un regard ému, comme si elle venait de lui faire la plus belle des déclarations d'amour. Un long moment, il dévisagea Kelsey, si pâle dans son tailleur bleu marine. Puis, saisissant une mèche de cheveux échappée de l'épaisse tresse couleur de blé mûr, il fit glisser ses lèvres dans le cou de la jeune femme.

En dépit de l'étincelle de désir qui s'allumait au creux de son ventre, Kelsey s'écarta. Elle était fatiguée, harassée même. Elle avait passé des heures à répondre aux questions des journalistes, puis à essayer de les éviter.

— Il est tard, dit-elle en se levant. Je vais aller voir Naomi.

— Moïse est avec elle, objecta Gabriel en se levant à son tour.

— Oui, mais... La journée a été longue.

— Très longue. Et riche en émotions. Je peux les lire sur ton visage : le chagrin, l'angoisse... et le désir.

Comme il lui tendait les bras, elle battit de nouveau en retraite. Le mur arrêta sa fuite.

— Je ne suis pas très bonne à ce jeu-là, Gabriel. Tu devrais le savoir.

— Quel jeu ?

— Le jeu de la séduction. Et puis... le moment n'est pas vraiment bien choisi.

— Alors dis-moi que tu n'as pas envie de moi, Kelsey. Je veux entendre ces mots sortir de ta bouche.

— C'est ce que j'essaie de faire...
— Tu as peur ?
Lentement, Kelsey secoua la tête. Une flamme victorieuse s'alluma dans les prunelles bleues de Gabriel.
— Alors jouons ! s'écria-t-il d'une voix vibrante de passion.

Ses bras se refermèrent autour de la taille menue de la jeune femme. Quand ses lèvres s'écrasèrent sur les siennes, Kelsey oublia toute prudence. Plus rien ne comptait que cette bouche tiède qui fouillait la sienne, buvait son souffle, aspirait sa volonté. Les mains de Gabriel couraient sur son corps frémissant, déclenchant en elle une tempête d'émotions paroxystiques. Elle poussa une exclamation étouffée quand il la plaqua contre le mur et tira brutalement sur sa veste pour lui dégager les épaules. La violence du geste la choqua, ainsi que sa propre réaction, tout aussi primaire. Elle se mit à déboutonner fébrilement la chemise de Gabriel, impatiente de sentir sa peau sous ses doigts. Gourmande, elle posa ses lèvres sur le torse couvert d'une épaisse toison noire. Elle ne voulait pas de mots doux ni de tendres caresses ; elle voulait juste assouvir le désir brut qui l'embrasait tout entière telle une lave incandescente.

Le souffle court ; Gabriel écarta les pans froissés de la chemise, révélant une poitrine blanche et ronde. Ses lèvres happèrent un sein palpitant, et le gémissement animal qui échappa à Kelsey lui fit perdre le peu de raison qu'il conservait encore. Soudain il n'était plus qu'un être primitif en qui se déchaînaient les pulsions les plus sauvages. Saisissant les poignets de Kelsey, il les ramena au-dessus de sa tête. De sa main libre, il déchira la chemise de soie, arrachant les fragiles boutons dorés, puis s'attaqua à la jupe qui tomba bientôt à terre. Ses doigts s'immiscèrent sous la dentelle délicate du slip, et il vit le regard de Kelsey se voiler tandis qu'il explorait le temple secret de sa féminité.

Elle cria et se cabra comme une pouliche sous cette caresse intime, brutale. Haletante, elle s'arc-bouta contre son compagnon et lui enfonça ses ongles dans le dos pendant qu'il dénouait hâtivement sa ceinture.

Dès qu'il se fut libéré, il la souleva par les hanches pour la pénétrer profondément. Puis il reprit sa bouche, la dévorant de baisers avides, tandis que le plaisir montait pour exploser finalement dans un raz de marée qui leur arracha le même cri éperdu.

Kelsey laissa retomber sa tête sur l'épaule de Gabriel. L'incroyable énergie qui, un instant plus tôt, faisait vibrer son corps, semblait s'être volatilisée quand l'extase les avait surpris. Elle se sentait engourdie, envahie d'une langueur cotonneuse, et si Gabriel ne l'avait maintenue contre le mur, elle se serait sans doute effondrée sur le sol.

— Qui a gagné ? réussit-elle à articuler.

Il rit doucement et répondit :

— Ex aequo.

Kelsey prenait tout juste conscience qu'elle venait de faire l'amour debout contre un mur, et que ce qui restait de ses vêtements était éparpillé à ses pieds.

— J'ai l'impression d'avoir été emportée par un ouragan, murmura-t-elle.

— Parfait, dit Gabriel en la soulevant dans ses bras pour l'emporter vers la chambre.

— Je veux dire... même pendant mon mariage... Wade et moi, nous... Oh, ne fais pas attention !

— Non, continue je t'en prie : j'adore les comparaisons, surtout quand elles sont à mon avantage.

— C'est la seule que je puisse établir. Avant et après Wade, il n'y a eu personne.

Gabriel plissa les yeux en s'immobilisant devant le lit.

— Ton ex n'était pas seulement un salaud, c'était aussi un crétin, déclara-t-il en lâchant soudain la jeune femme qui alla rebondir sur le matelas.

Kelsey se troubla sous le regard brûlant dont il l'enveloppa. Tant bien que mal, elle ramena sur sa poitrine les pans déchirés de sa chemise.

— Il va falloir que tu me prêtes un peignoir si je veux regagner ma chambre, fit-elle remarquer.

D'un bond, il la rejoignit au lit et s'étendit à côté d'elle.

— Tu es beaucoup plus sexy comme ça, rétorqua-t-il. Mais cette fois, je crois que je vais te déshabiller entièrement.

Dans un sursaut, Kelsey échappa aux bras qui se tendaient vers elle.

— Cette fois ? Tu n'as pas l'intention de recommencer, tout de même ?

Rapide, Gabriel la ceintura avant de la plaquer sous lui.

— Tu veux parier ? lança-t-il avec malice.

Gabriel fut le premier à s'éveiller lorsque la lumière de l'aube filtra à travers le rideau de la chambre. À son côté, Kelsey dormait profondément. D'un geste empli de tendresse, il remonta le drap sur son corps dénudé sans quitter des yeux son visage serein qui, dans l'abandon du sommeil, revêtait une douceur presque enfantine. La seconde suivante, il était tombé éperdument amoureux.

Cette sensation inconnue le déconcerta, et il se glissa hors du lit, comme pour se mettre à l'abri. Jusqu'alors, il avait connu maintes femmes qu'il avait désirées passionnément, sans pour autant éprouver des sentiments profonds. Le désir et l'amour étaient deux émotions bien distinctes.

Avec Kelsey, il en allait tout autrement. Il se surprenait à envisager l'avenir avec elle, et paradoxalement cette idée le terrifiait. Peut-être aussi parce qu'il ne concevait pas qu'une femme comme elle, si droite, si bien élevée, issue d'un milieu tellement bourgeois, accepte de partager la vie d'un homme tel que lui.

Qu'allait-il se passer maintenant ?

Pour chasser ces pensées de son cerveau, il prit une douche, puis s'habilla en un tournemain. Dans la chambre, Kelsey dormait toujours. Alors, sans la moindre vergogne, il ramassa le sac que la jeune femme avait abandonné la veille dans le salon et en examina le contenu. Il y trouva un porte-monnaie, un paquet de Kleenex, un agenda relié de cuir et, à son grand amusement, une curette à sabots. D'une petite trousse en plastique, il sortit un tube de rouge à lèvres, une minuscule fiole de parfum qu'il huma avec délices et... la clé de sa chambre d'hôtel.

Ayant empoché ce dernier objet, il se glissa dans le couloir sur la pointe des pieds.

Moïse vint lui ouvrir dès qu'il frappa à la porte de la suite de Naomi. Les traits tirés par la nuit blanche qu'il venait de passer, l'entraîneur serra la main de Gabriel.

— Je n'ai pas encore eu l'occasion de te féliciter. Double a fait une course magnifique.

— J'aurais préféré gagner dans d'autres circonstances.

— C'est dur pour nous tous, surtout depuis que nous savons ce qui s'est réellement passé.

— Des nouvelles ?

— Pas pour le moment. Il va y avoir une enquête, et bien sûr nous en mènerons une de notre côté.

— Si je peux vous aider d'une manière ou d'une autre...

— Je sais, Gabriel. Merci.

Leur conversation fut interrompue par l'arrivée de Naomi qui sortait de la salle de bains. Vêtue d'un tailleur violine qui aurait pu passer pour un vêtement de deuil, elle arborait, en dépit des cernes qui lui ombraient le visage, une expression des plus déterminées. Comme l'avait prédit Gabriel, elle avait surmonté l'épreuve.

Apercevant son ami, elle alla le serrer dans ses bras.

— Je suis contente que tu sois venu, Gabriel. Tu sais, et nous savons tous, que tu seras le premier soupçonné d'avoir falsifié la course. Il faut que nous demeurions unis dans la tempête.

— Cela n'empêchera pas les gens de jaser.

— Il faudra bien faire avec. Écoute, j'ai l'intention de convoquer les journalistes pour une conférence de presse ce matin. J'aimerais que tu y assistes.

— Pas de problème, se borna-t-il à répondre.

— Avec le Preakness Stakes de Pimlico qui approche, les mauvaises langues vont se déchaîner. Il ne faut pas te laisser déstabiliser. Pense à la Triple Couronne !

— Ne t'inquiète pas ; si les ragots m'atteignaient, je me serais suicidé depuis longtemps !

Satisfaite, Naomi hocha la tête.

— Je vais laisser Kelsey dormir une heure ou deux avant de l'appeler, déclara-t-elle. Elle a eu une rude journée hier.

— Et une nuit agitée.

— Que veux-tu dire ?

Enfonçant les mains dans ses poches, Gabriel refoula la ridicule appréhension qui s'emparait de lui.

— Elle a passé la nuit avec moi, expliqua-t-il. Pour le moment, elle dort. Je vais aller chercher ses affaires dans sa chambre, puis je veillerai à ce qu'elle prenne un solide petit déjeuner.

Silencieuse, Naomi leva sur lui un regard énigmatique. Enfin un sourire – le premier depuis une douzaine d'heures – vint éclairer son visage las.

— Je suis contente que tu l'aies soutenue dans cette épreuve.

— J'ai bien l'intention de continuer, même quand tout cela sera terminé.

Naomi leva un sourcil étonné, tandis que son sourire s'accentuait.

— Es-tu en train de parler mariage, Gabriel ? Allez, tu ferais mieux de partir avant que je ne te pose d'autres questions encore plus embarrassantes. Débrouille-toi pour que Kelsey soit prête vers 11 heures. Ensuite, nous irons tous à l'hippodrome pour la conférence de presse. (Comme il tournait les talons, elle lui lança :) Oh, Gabriel ! Prends-lui son tailleur poussin et les escarpins assortis. Ça lui fera du bien de porter des couleurs gaies.

Réveillée en sursaut, Kelsey se rendit compte avec fureur qu'elle était seule, coincée dans la suite de Gabriel, sans même un vêtement décent à se mettre sur le dos. Non seulement il ne l'avait pas réveillée comme elle le lui avait demandé, mais il était parti sans un mot d'explication !

Sa colère atteignit son comble quand elle découvrit qu'il avait emporté sa clé.

Elle alla prendre une douche glacée qui n'apaisa pas sa rancœur puis, enveloppée dans le peignoir de l'hôtel et les cheveux dissimulés sous une serviette-éponge, elle se mit à arpenter rageusement la pièce.

L'idée lui vint d'appeler Naomi à la rescousse, mais elle y renonça finalement, incapable de trouver une explication justifiant sa présence dans la chambre de Gabriel à une heure aussi matinale.

Entendant la porte s'ouvrir dans son dos, elle fit volte-face et vociféra :

— Bon sang, où étais-tu passé ? J'aimerais que tu m'expliques...

Elle s'interrompit, aussi déconcertée que le jeune garçon d'étage qui lui faisait face, un plateau à la main.

— Désolé, mademoiselle, bredouilla celui-ci, mais le monsieur a dit que je devais monter le petit déjeuner sans faire de bruit parce que vous dormiez encore.

— Oh ? Très bien, répondit Kelsey en se drapant dans sa dignité. Et... où est le monsieur en question ?

— Je n'en sais rien, mademoiselle. Préférez-vous que je revienne plus tard ?

— Non, non ! s'empressa de dire Kelsey, qui lorgnait déjà vers la cafetière. Déposez tout ça sur la table, je vous prie.

Tandis qu'il s'exécutait, Kelsey se demanda si elle devait ramasser ses vêtements épars sur le sol, ou feindre de ne pas les voir. Optant pour cette dernière solution, elle prit le portefeuille de cuir posé sur le guéridon, paya l'addition et gratifia le serveur d'un pourboire mirobolant qui, l'espérait-elle, ferait bondir Gabriel.

— Merci, mademoiselle ! Et bon appétit.

Kelsey buvait sa deuxième tasse de café quand Gabriel fit son apparition. S'empressant de déglutir, elle aboya :

— Où as-tu mis ma clé, espèce de salaud ?

— Ici, répondit-il en sortant l'objet de sa poche.

Sans se démonter devant la mine furibonde de la jeune femme, il drapa le tailleur qu'il tenait sur le dossier d'une chaise avant de déposer un sac par terre.

— J'espère n'avoir rien oublié. Trousse de maquillage, brosse à dents, sous-vêtements... J'imagine que le petit string jaune va avec le tailleur ?

Hors d'elle, Kelsey lui arracha le slip des mains.

— Tu as fouillé dans mes affaires ! clama-t-elle avec indignation.

— Il fallait bien que je te ramène de quoi t'habiller. Le tailleur, c'est une idée de ta mère. Mais je peux aller en chercher un autre, s'il ne te convient pas.

— Ma... mère ? Tu as été la voir ? s'écria Kelsey en se pétrifiant sur place.

— Oui. Elle va mieux, elle remonte la pente. Elle va organiser une conférence de presse à midi, et nous sommes convenus de nous retrouver à 11 heures. Le café est buvable ?

— Elle sait que j'ai passé la nuit ici ?

Gabriel alla soulever le couvercle d'un plat d'argent pour découvrir des œufs brouillés au bacon.

— Je le lui ai dit. Pourquoi, cela te pose un problème ?

— Non, mais... Oh, je ne sais plus où j'en suis, j'ai la tête qui tourne ! se plaignit-elle en portant la main à son front.

— Mange un peu, ça ira mieux après.

Comme elle s'asseyait, résignée, il se pencha pour lui prendre fermement les mains et ajouta :

— Nous sommes tous soudés dans ce merdier. Pigé ?

Kelsey baissa les yeux sur les doigts fermes qui lui communiquaient une force étrangement rassurante. Sa colère s'était évanouie comme par enchantement.

— Ouais, pigé ! répondit-elle en plongeant son regard dans celui de Gabriel.

17

— Il a jamais été question de tuer le cheval ! s'écria Cunningham en essuyant son visage ruisselant de sueur.

Ces temps-ci, il transpirait tout le temps. Devant les appareils photo des journalistes, dans les soirées mondaines, et au lit la nuit, quand, les yeux rivés au plafond, il revivait inlassablement la dernière ligne droite du Derby.

OK, il désirait s'assurer la victoire. Mais il s'était largement satisfait de la deuxième place. Pourtant le prix à payer était devenu faramineux.

— Tu m'as bien dit de régler tous les détails, non ? répliqua Rich Slater, qui sirotait un bourbon hors d'âge tout en admirant la vue de sa luxueuse suite d'hôtel. Et tu as obtenu ce que tu voulais, hein ? Ta pouliche est arrivée deuxième au Derby. Plus personne ne te traitera d'imbécile, maintenant. On ne ricanera plus derrière ton dos.

— Orgueil de Virginie devait juste être disqualifié !

— De quoi te plains-tu ? On gagne sur tous les tableaux. Les Chadwick ont perdu, on les soupçonne d'avoir voulu truquer la course, ainsi que mon connard de fils. Tu ne vas tout de même pas la ramener avec tes scrupules ! Sois franc, Billy. Tu es bien content de rendre la monnaie de sa pièce à Gabriel, non ? À moins que tu aies déjà oublié qu'il t'a piqué ton haras il y a cinq ans ?

— Non, je n'ai pas oublié, mais...

— Big Sheba n'avait aucune chance de gagner le Derby. Au mieux, avec Les Trois Saules et Longshot dans la course, elle pouvait arriver troisième, plus vraisemblablement quatrième ou cinquième. Mais c'était pas suffisant.

Slater saisit une amande dans la coupe de fruits secs qu'il avait commandée et poursuivit :

— Tu avais besoin d'un coup de main, et je te l'ai donné. Cette petite Sheba est vaillante. Elle te donnera de beaux champions. Tu n'as plus qu'à la faire pouliner et à en tirer un maximum de pognon. Point final.

— Si la vérité éclatait, je serais ruiné, Slater.

— Et comment pourrait-elle éclater ? Tu crois que je vais aller le crier sur les toits ? Tu n'as rien dit à la gonzesse que tu balades en ce moment, au moins ?

Cunningham s'essuya la bouche d'un revers de main.

— Non, répondit-il. Mais les gens posent des questions. Et les journalistes sont sur mon dos.

— Et alors ? fit Rich d'un ton léger. Tu n'as qu'à prendre l'air désolé et te faire un peu de publicité gratuite. Dire que tu connais bien Naomi Chadwick et Gabriel Slater, et que tu ne comprends pas comment ils ont pu tomber aussi bas.

Cunningham se pencha en avant.

— Comment as-tu fait, Slater ?

— Ah, ça, c'est mon petit secret ! De toute façon, moins tu en sauras, mieux ce sera. Contente-toi de cette deuxième place inespérée.

— Le Preakness a lieu dans deux semaines.

Rich fronça les sourcils.

— C'est dangereux de la faire courir de nouveau.

D'un coup, Cunningham oublia sa peur et ses remords, les deux hommes qui avaient été assassinés et la vision du pur-sang s'écroulant dans la poussière.

— Il suffirait juste qu'elle arrive troisième, souligna-t-il.

— Tu es trop gourmand, Billy. Le Preakness compte pour la Triple Couronne. On ne peut pas se permettre une nouvelle magouille, sinon les officiels commenceront à s'intéresser à ton cas, et peut-être remonteront-ils jusqu'à moi. Et dans ce cas... eh bien, nous ne serions plus amis.

— Il y a un paquet de fric en jeu.

— Tu veux de l'argent ? Parie sur le cheval de Gabriel. À mon avis, il a toutes ses chances.

Ce n'était pas la peine d'argumenter, surtout quand Rich buvait autant. Cunningham soupira.

— Bon, que dois-je faire, maintenant ?

— Tu rayes Big Sheba de Pimlico, sous n'importe quel prétexte. Raconte qu'elle s'est blessée à l'entraînement et que tu ne veux prendre aucun risque. Prends l'air déçu et colle-la au pré jusqu'à lui avoir trouvé un amoureux.

— Tu as raison, admit Cunningham à contrecœur. Il ne faut pas tenter le diable. Avec un peu de bol, elle sera pleine au printemps prochain. Je pourrais peut-être même demander à ton fils de la faire saillir par son champion ? ajouta-t-il, son visage s'éclairant soudain à cette idée.

— Voilà, je retrouve mon vieux Billy ! dit Rich en assenant une claque sur le genou de son acolyte. Tu vas bientôt rouler sur l'or, mon vieux ! Et tout ça grâce à moi. Au fait, j'ai pensé à un petit bonus...

Cunningham sursauta.

— On a passé un accord, Slater ! Je garde ma part.

— Pas de problème de ce côté-là. Mais regarde les choses en face. Le Derby vient de te rapporter trois ou quatre cent mille dollars, pas vrai ? Et Sheba va assurer tes vieux jours. Tandis que moi...

— Je t'ai payé !

— Oui, mais j'ai eu de gros frais. Tu vois, je suis dans la position d'un sous-traitant. Tous mes faits et gestes ramènent à toi, ne l'oublie pas. Nous avons deux macchabées et un cheval mort sur les bras, et le lien entre eux et toi, c'est moi. Ne t'inquiète pas, je sais tenir ma langue. Mais ça vaut bien cent mille de plus.

Cunningham manqua s'étouffer.

— Cent mille... Bon Dieu, Slater, tu me fais marrer ! Tu sais ce que ça coûte, l'entretien d'un champion ? Les saillies ? Les demandes de pedigree ?

Rich qui avait gardé la main sur le genou de Cunningham, accentua la pression de ses doigts. Son visage se durcit.

— Ne chipote pas, Billy ! Cent mille dollars, et rien de plus. Tu as ma parole. Je te donne une semaine pour me les dégoter. Tu n'as qu'à te débrouiller pour falsifier tes comptes. Je les veux la veille du Preakness, en liquide.

Il se redressa, satisfait de voir que Cunningham ne pipait mot. Avec un petit rire, il ajouta :

— Tu comprends, il faut bien que j'aie de quoi parier sur le pur-sang de mon fiston. Les liens de famille, c'est sacré.

Kelsey avait la migraine.

La tête posée contre le volant de sa voiture qu'elle venait de garer devant le porche des Trois Saules, elle revivait le voyage pénible qu'elle venait d'effectuer à Georgetown. Quand elle avait pris le volant ce matin-là, elle se doutait bien qu'elle allait au-devant de difficultés. Toutefois, elle ne s'attendait tout de même pas que les choses prennent une telle ampleur.

Milicent avait mis sa menace à exécution. Dans l'incapacité de modifier le testament de son défunt époux, elle s'était résolue à changer le sien. Ayant réuni le conseil de famille, elle s'en était expliquée en termes mélodramatiques, telle une douairière du siècle dernier. Pour résumer la situation, elle ne considérait plus Kelsey comme sa petite-fille.

Choqué, Philip était entré dans une colère épouvantable, qui s'était traduite chez lui par un affrontement froid et cinglant avec sa mère. Quant à Candice, elle avait préféré se tenir à l'écart de la discussion, tout en sous-entendant que Kelsey était entièrement responsable de tout cela.

Avec un gémissement de douleur, la jeune femme coupa le contact. La peine qu'elle éprouvait, plus forte que la douleur physique qui lui martelait les tempes, la prenait au dépourvu. Bien que ne s'étant jamais réellement entendue avec sa grand-mère, elle ne s'attendait pas à une réaction aussi drastique de sa part.

Avec lassitude, elle s'extirpa de l'habitacle dans l'intention d'aller avaler deux cachets d'aspirine. Mais comme elle se dirigeait vers le perron, une musique s'éleva du côté de la maison, attirant son attention. Guidée par le rythme syncopé des Stones, elle s'approcha du patio.

Une bâche de tissu éclaboussée de peinture avait été jetée sur la terrasse dallée. La musique bruyante provenait d'un poste de radio posé près d'un chevalet. Les cheveux noués en une queue-de-cheval, vêtue d'une large chemise d'homme qui lui tombait sur les genoux, Naomi, armée d'un pinceau, se battait avec la toile.

Elle aurait tout aussi bien pu brandir une épée, songea Kelsey en découvrant l'explosion de formes et de couleurs née de l'imagination de sa mère, dont le profil, dur et fermé, semblait ciselé dans la pierre.

La bataille engagée paraissait si intime que la jeune femme faillit rebrousser chemin. Mais Naomi tourna soudain la tête et ses yeux, étincelants de colère, se posèrent sur sa fille.

D'un geste automatique, elle baissa le volume de la radio.

— Désolée, je ne voulais pas te déranger, s'excusa Kelsey.

Naomi parut se détendre un peu, comme si la fureur qui l'animait s'émoussait dès qu'elle détournait son regard de la toile.

— Ce n'est pas grave, assura-t-elle en posant son pinceau. Je faisais juste une petite crise de nerfs, mais je suis défoulée, maintenant. Que se passe-t-il ? Tu n'as pas l'air dans ton assiette.

— Ça se voit tant que ça ?

Naomi condescendit à sourire.

— Tu as un visage très expressif. Alors, comment était cette petite réunion ?

— Catastrophique. J'ai provoqué une scission au sein de la famille, et à plusieurs niveaux ! Papa est furieux contre grand-mère, et comme Candice la soutient, ils sont aussi en froid. C'est un désastre !

— Ils t'en veulent toujours parce que tu séjournes ici ?

— Non, simplement parce que je suis moi-même ! Grand-mère m'a rayée de son testament. À ses yeux, je n'existe plus.

Naomi posa la main sur le bras de sa fille.

— Oh, Kelsey ! Je suis désolée.

— Ça te surprend ?

La compassion de Naomi se mua brusquement en rancune.

— Bien sûr que non ! Cela ressemble tout à fait à Milicent ! (Se reprenant, elle ajouta :) Je suis navrée d'être la cause de tout cela, Kelsey.

— Tu n'as rien à voir là-dedans ! protesta la jeune femme. Il est grand temps que tout le monde comprenne que je suis capable de penser et d'agir par moi-même ! Je ne suis pas venue ici pour les contrarier ni pour te faire plaisir, mais parce que cela me tenait à cœur. J'attache beaucoup d'importance à ma famille, mais tu comptes tout autant à mes yeux.

— Merci.

Cette réponse laconique décupla la fureur de Kelsey qui dut faire appel à toute sa volonté pour ne pas donner un coup de pied dans le pot de géraniums posé devant elle.

— Ce n'est pas une question de gratitude ! s'emporta-t-elle. Tu es ma mère, tes sentiments ne me sont pas indifférents. J'admire la façon dont tu vis et je t'aime. Et je ne vais certainement pas prétendre que tu n'existes pas pour faire plaisir à Milicent !

Naomi inspira profondément afin de maîtriser l'émotion qui la submergeait.

— Tu n'imagines pas l'effet que ça me fait de t'entendre dire ça. Je t'aime tant, Kelsey !

Instantanément, la colère de Kelsey retomba.

— Je sais, murmura-t-elle.

— Quand je t'ai écrit, j'ignorais tout de la femme que tu étais devenue. Tout l'amour enfoui en moi s'adressait à la petite fille que j'avais perdue. Puis tu es venue à moi, tu m'as donné une seconde chance, et j'ai appris à te connaître. Je suis si fière de toi, Kelsey ! Tellement que, si tu décidais de partir demain, je me sentirais quand même terriblement privilégiée d'avoir une fille aussi formidable.

— Il n'est pas question que je parte !

Impulsivement, Kelsey ouvrit les bras et se blottit contre sa mère. Fermant les yeux, Naomi savoura cette étreinte dont elle avait tant rêvé.

— J'aimerais trouver un moyen de me racheter, d'apaiser la colère de Milicent, murmura-t-elle.

— Inutile. Ça ne te concerne pas, répliqua Kelsey en se redressant. Je suis si ulcérée qu'elle me croie intéressée par son argent ! Et qu'elle s'en serve pour tenter de contrôler ma vie !

— Milicent a toujours voulu tout diriger.

— Papa était bouleversé ! Il s'est mis à hurler, lui qui n'élève jamais la voix devant elle...

— Oh si ! Il l'a déjà fait, objecta Naomi avec un petit sourire satisfait. Il y a des années, bien sûr.

Quoi qu'il en soit, je suis heureuse qu'il ait pris ta défense.

— C'était horrible de les voir se disputer comme des chiffonniers ! Grand-mère est si intransigeante, si bornée ! Elle m'a lancé des choses odieuses à la figure ! Que tu avais sûrement drogué Orgueil pour gagner le Derby ; que rien ne t'arrêtait, et que si tu avais déjà tué un homme...

Atterrée par les mots qui venaient de franchir ses lèvres sous le coup de la colère, Kelsey s'interrompit.

— ... je pouvais fort bien en avoir assassiné un deuxième, c'est cela ? acheva Naomi.

— Désolée, je n'aurais jamais dû te répéter ça, marmonna Kelsey, honteuse.

— Aucune importance. Milicent ne doit pas être la seule à le penser. C'est en partie pour ça que j'étais en train de défouler ma hargne. Selon la rumeur qui circule, j'aurais organisé la mort d'Orgueil pour toucher la prime d'assurance.

Kelsey demeura bouche bée. Puis ses poings se serrèrent.

— C'est monstrueux ! Ceux qui te connaissent savent bien que tu en es incapable ! se récria-t-elle.

— Malheureusement, c'est une pratique qui existe. Bah, ne t'en fais pas, les ragots s'éteindront d'eux-mêmes. D'autant plus que la logique plaidera en ma faveur : même si Orgueil était assuré, il avait beaucoup plus de valeur vivant. Toutefois cette affaire réveille de vieux souvenirs, chez les gens comme chez moi.

Naomi ramassa son pinceau et, avec des gestes plus calmes, se remit à travailler.

— La peinture était ma thérapie en prison, confia-t-elle. Un moyen vital de canaliser mes émotions : la colère, le chagrin, et surtout, la peur.

— Raconte-moi.

Durant un moment, Naomi continua de peindre en silence. Depuis longtemps, elle attendait cette question. Enfin, d'une voix neutre, elle répondit :

— On vous confisque vos vêtements, ainsi que tous vos objets personnels. On vous prend votre liberté, vos droits, vos espoirs. Il ne reste plus que la routine, les repas à heures fixes, la promenade obligatoire. Vos sentiments et vos désirs n'ont plus aucune importance. Au bout d'un moment, on s'habitue. On oublie ce que c'était que d'aller au restaurant, ou de se réveiller en pleine nuit pour faire un raid dans le frigo. De toute façon, si on pense au monde extérieur, on devient fou. Les montagnes, les fleurs, les saisons, tout cela ne vous appartient plus. On n'est plus qu'un matricule.

Naomi changea de pinceau et commença à peindre, puisant son inspiration dans l'énergie qui bouillonnait en elle.

— Tu devais te sentir horriblement seule, souffla Kelsey.

— C'est la pire des punitions, avec le manque d'intimité.

— Tu recevais des visites ?

— Oui, de mon père et de Moïse. Rien n'aurait pu les en dissuader. Et puis, j'avais tellement envie de leur parler, même si c'était une torture de les voir partir chaque fois ! J'ai vu les années s'inscrire sur le visage de mon père. C'était ça, mon calendrier : les rides qui apparaissaient au fil du temps. (Avec un soupir inconscient, elle poursuivit :) Quand je suis sortie, j'ai eu d'énormes difficultés à me réadapter. Je ne savais plus comment me comporter en public. Aux Trois Saules, tout avait changé, du papier du salon aux cornouillers que j'avais plantés moi-même et qui étaient devenus adultes. Au début, je n'ai pas osé m'approcher des chevaux, jusqu'à ce que Moïse me traîne de force aux écuries. Là encore, le temps s'était écoulé sans moi. Le poulain que j'avais aidé à naître était désormais un fier étalon. Je ne connaissais pas la plupart des employés. Tout me déroutait, me terrifiait. Alors je me suis cloîtrée dans ma chambre. Je dormais la porte ouverte et la lumière allumée. Puis, petit à petit, je me suis sentie mieux. J'ai réappris à conduire. La première fois que j'ai pris le volant seule, j'ai été droit à ton école. J'ai compris que tu avais appris à vivre sans moi et, de mon côté, j'ai essayé de redémarrer de zéro.

Un silence pesant retomba sur le patio. Naomi posa son pinceau et se recula pour contempler son œuvre.

— C'est terminé ! annonça-t-elle.

Le tableau était peut-être terminé, mais les émotions qui accompagnaient les souvenirs de Naomi étaient toujours bien vivaces. Et pour Kelsey, l'histoire était loin d'être classée. Un homme avait été tué, une femme avait payé. Mais elle voulait voir les pièces du puzzle s'assembler.

Elle fut tout de même très surprise de trouver le nom de Charles Rooney dans l'annuaire. Le détective privé dont le témoignage avait pesé si lourd dans le procès de Naomi possédait désormais une agence à Alexandria. L'annonce discrète dans les pages jaunes indiquait qu'il était spécialisé dans les divorces litigieux. Discrétion assurée, et premier rendez-vous gratuit.

Comme Gertie faisait irruption dans la cuisine, la jeune femme s'empressa de refermer l'annuaire qu'elle consultait.

— Vous m'avez fait peur ! s'exclama-t-elle.

— Désolée, c'est encore ce policier, dit Gertie, la mine soucieuse. Il veut vous poser des questions.

— Très bien, je vais le recevoir. Naomi est aux écuries, inutile de la déranger.

— Voulez-vous que je prépare du café ?

— Non, pas la peine de le retenir plus longtemps que nécessaire.

Rossi se leva dès que Kelsey franchit le seuil du salon. Sans réserve, il admira la silhouette de la jeune femme, aussi belle dans son jean délavé que dans l'élégant tailleur qu'elle portait le jour de la conférence de presse retransmise à la télévision.

— Merci de me recevoir, madame Byden.

— Je n'ai pas beaucoup de temps à vous consacrer, lieutenant. J'espère que vous avez de bonnes nouvelles.

— Hélas, non.

Au grand dépit de Rossi, les enquêteurs n'avaient trouvé aucune empreinte dans la chambre de Lipsky, aucun témoin, et pas le moindre indice concluant.

— Je vous adresse toute ma sympathie pour la perte de votre cheval au Derby, ajouta-t-il. Je ne suis pas grand amateur de chevaux, mais même les flics suivent cette manifestation à la télé. C'était terrible.

— Oui, ma mère est bouleversée.

— À la conférence de presse, elle avait pourtant l'air très calme.

— Vous vous attendiez qu'elle s'effondre en public ?

— Non, mais le fait que Gabriel Slater soit présent m'a intrigué, je l'avoue.

— Nous sommes voisins et amis. Gabriel est également éleveur. Nous lui avons demandé de montrer son soutien, et il a accepté.

— Pardonnez-moi, madame Byden, mais d'après ce que j'ai entendu dire, vous et M. Slater êtes plus que de simples amis...

Kelsey releva fièrement la tête.

— En quoi cela vous concerne-t-il, lieutenant ?

— En rien, c'était une simple remarque. En revanche, j'aimerais que vous éclaircissiez pour moi quelques petits détails sur le déroulement du Derby.

— Je croyais que les chevaux ne vous intéressaient pas ?

— Tous les meurtres m'intéressent, même ceux des chevaux. Surtout s'ils sont liés à une affaire dont je m'occupe.

— Vous pensez que ce qui est arrivé à Orgueil a quelque chose à voir avec le meurtre du vieux Mick ? Pourtant Lipsky est mort.

— Précisément. D'après ce qu'on m'a dit, ce n'est pas facile de s'introduire dans les écuries avant une course.

— Vous avez raison. Les mesures de sécurité sont draconiennes. Mais Lipsky en avait après le cheval de Gabriel, pas après le nôtre. (La jeune femme fronça soudain les sourcils.) Lieutenant, je croyais que la mort de Lipsky était considérée comme un suicide. Vous pensez qu'il s'agit d'un meurtre ?

— Pour le moment, rien ne permet de l'affirmer. Quels sont les gens qui avaient accès aux chevaux ?

— Eh bien, moi, ma mère, Moïse, Reno, les officiels qui vérifient l'identité des chevaux et, bien entendu, les palefreniers.

— Savez-vous à quel moment la drogue a été administrée ?

— C'est difficile à déterminer, admit Kelsey, qui avait encore du mal à évoquer le drame sans frémir. On a retrouvé de la digitaline et de l'épinéphrine dans le sang d'Orgueil. En plein effort, le taux d'adrénaline est monté en flèche et le cœur a flanché.

C'était exactement ce qu'expliquait le rapport d'autopsie que Rossi avait lu auparavant.

— Comment se fait-il que le jockey ne se soit aperçu de rien ?

Kelsey serra les dents. Elle ne supporterait pas qu'on adresse le moindre reproche à Reno après tout ce qu'il avait enduré et ce qu'il endurait encore.

— Orgueil était plutôt nerveux, mais ça n'avait rien d'inhabituel. Vous n'avez qu'à visionner la cassette vidéo de la course pour vous rendre compte qu'il a mis tout son courage dans cette épreuve et que c'est cela qui l'a tué. Reno a eu de la chance de s'en sortir vivant.

Rossi, qui avait regardé l'enregistrement une bonne dizaine de fois, à vitesse normale, au ralenti, et en faisant de multiples arrêts sur image, acquiesça.

— J'en conviens. S'il avait atterri sur la piste au lieu d'être balancé sur le côté, les autres chevaux l'auraient piétiné.

— Il ne sera pas sur pied avant un mois, au mieux.

Rossi rangea son petit calepin.

— Merci, madame Byden. Je vais procéder à des vérifications sur les personnes que vous avez mentionnées.

— Je préférerais que vous n'interrogiez pas ma mère, à moins que cela ne s'avère absolument nécessaire.

— Elle est pourtant directement concernée.

Kelsey réprima un geste d'agacement.

— Vous me comprenez parfaitement, lieutenant. Ma mère a un lourd passé, et je suis sûre que vous vous êtes renseigné à son sujet. Elle est restée traumatisée, et un interrogatoire policier ne pourrait que la bouleverser à l'heure où elle pleure encore Orgueil.

Rossi hocha lentement la tête.

— Vous avez parfaitement répondu à mes questions, madame Byden. Dans ce cas, je ne vois pas l'intérêt de déranger votre mère... pour l'instant.

Kelsey raccompagna le policier vers la porte d'entrée.

— Lieutenant, vous n'étiez pas impliqué dans le procès de ma mère, n'est-ce pas ?

— Non. J'étais encore à l'école de police, à l'époque.

— Qui donc était chargé de l'enquête ?

— Sûrement le capitaine Tipton. Il est à la retraite, maintenant, mais j'ai servi sous ses ordres au début de ma carrière. Un excellent flic.

— Je n'en doute pas. Merci lieutenant.

Lorsque Rossi regagna sa voiture, les dernières paroles de la jeune femme trottaient dans son esprit. Manifestement, Kelsey Byden s'intéressait au passé.

Elle avait certainement quelque chose en tête, et cela lui donnait une idée. Il serait peut-être bien avisé, lui aussi, d'entreprendre certaines recherches. Qui sait ce qu'il découvrirait en déterrant de vieux souvenirs ?

18

— C'est bizarre, j'ai l'impression que les seuls endroits où nous partageons un peu d'intimité sont les hôtels !

Kelsey rit doucement en examinant le bouquet de roses que Gabriel venait de voler pour elle dans la salle de réception de l'établissement.

— Nous sommes débordés, répliqua-t-elle, comme ils se dirigeaient vers l'ascenseur. Toutes ces soirées, ces conférences. Tu n'arrêtes pas de donner des interviews.

— Il y en aura encore plus demain.

— J'aime cette belle assurance ! Double s'est vu attribuer le box n° 7, tu es superstitieux, Slater ?

— Évidemment !

Il pénétra dans l'ascenseur et attira vivement la jeune femme contre lui. Sa bouche fondit sur la sienne au moment où les portes se refermaient.

— Le bouton d'étage ! marmonna Kelsey tout en glissant ses mains sous la chemise de Gabriel.

Sans interrompre leur baiser, il tâtonna sur le panneau de commande et la cabine s'éleva dans un léger chuintement.

— Je croyais que je n'arriverais jamais à me retrouver seul avec toi. Deux semaines, c'est long !

— Je sais. À moi aussi, cela m'a paru interminable !

Elle s'abandonna dans ses bras tandis qu'il lui mordillait l'oreille. Puis les portes s'ouvrirent et elle se rejeta en arrière, avant de rajuster l'épaulette de sa robe de soirée. Heureusement, le couloir était désert.

— Ta chambre ou la mienne ? demanda Gabriel.

C'était aussi simple que ça. Depuis qu'ils avaient quitté le Kentucky, tous deux attendaient ce moment avec la même impatience.

— La mienne, décida-t-elle. Cette fois, c'est toi qui te réveilleras demain matin sans rien à te mettre sur le dos.

— Tu as donc l'intention de déchirer sauvagement mes vêtements ?

Kelsey inséra sa carte dans la serrure magnétique et le voyant lumineux passa du rouge au vert. Au moment où elle poussait la porte, la sonnerie du téléphone retentit. Elle se précipita pour répondre :

— Kelsey Byden... Wade ? Comment sais-tu que je suis ici ?

Lentement, elle ôta ses boucles d'oreilles et les posa sur le guéridon.

— Je vois. Je ne savais pas que tu avais gardé le contact avec Candice. Bien sûr, c'est pratique... Oui, je fais de l'ironie.

Elle lança un regard furieux à Gabriel qui, sans un mot, se dirigea vers le bar pour ouvrir une bouteille de chardonnay.

— Wade, tu n'appelles tout de même pas à minuit moins le quart pour bavarder ?... Je n'ai pas l'intention de discuter de ma mère avec toi. Alors si...

L'air malheureux, elle accepta le verre que Gabriel lui tendait. La conversation se prolongeait.

— Tu veux ma bénédiction, c'est ça ? Mais qu'est-ce que tu crois ?... Est-ce que la future mariée sait que tu as l'habitude d'emmener tes associées en voyage d'affaires ?... Oui, je sais, je suis rancunière ! Et toi, tu n'es qu'un immonde salopard ! Comment oses-tu m'appeler la veille de ton mariage pour soulager ta conscience ?... Non, je ne te pardonne pas, et je refuse de partager la responsabilité de notre divorce... Exactement, je suis aussi bornée qu'avant mais maintenant au moins, je ne souhaite plus que tu meures dans d'atroces souffrances. J'espère simplement que tu te feras écrabouiller par le premier camion qui passera. Si tu veux l'absolution, va trouver un prêtre !

Ayant déversé tout son fiel, Kelsey raccrocha d'une main rageuse avant d'abandonner sur le guéridon en verre auquel elle n'avait pas touché.

La voix de Gabriel résonna dans le silence.

— Eh bien, toi au moins, tu ne mâches pas tes mots. Est-ce qu'il t'appelle souvent ?

— Tous les deux-trois mois, répondit-elle en envoyant balader ses escarpins à l'autre bout de la pièce. Il s'étonne que nous ne puissions demeurer amis. Incroyable, non ? Ce salaud m'a trompée, et il voudrait que je discute tranquillement au téléphone avec lui ! (Hors d'elle, elle se mit à arpenter la pièce tel un lion en cage.) Il se marie demain, et comme il voulait m'annoncer la nouvelle lui-même, il a appelé Candice pour savoir où me joindre. Tu comprends, ils fréquentent le même club. Comme si son mariage m'intéressait ! Mais il peut bien épouser toutes les pétasses de la terre, je m'en fiche complètement ! tempêta-t-elle en cherchant des yeux un objet fragile qu'elle pourrait briser par terre.

— On ne dirait pas, objecta calmement Gabriel.

— Je suis énervée parce que je trouve insupportable qu'il me téléphone comme ça, à l'improviste, pour m'adresser des reproches, en plus ! Chaque fois, cela me rappelle notre petit couple parfait, la lune de miel idyllique aux Caraïbes, le pavillon de Georgetown, et j'ai envie de mordre car je réalise tout à coup que je ne l'ai jamais aimé ! (Sa voix se fêla et elle porta son poing à son front.) Comment ai-je pu l'épouser alors que je ne ressentais pas pour lui une fraction de ce que j'éprouve pour toi ? lança-t-elle encore d'un ton désespéré.

Les yeux de Gabriel étincelèrent. Il s'approcha d'elle.

— Fais attention, Kelsey. Je ne triche pas, mais ça ne veut pas dire que je joue fair-play. Je me fiche que tu sois sous le coup de la colère. Si tu en dis trop, je m'en souviendrai.

Sans l'écouter, elle se laissa tomber sur le canapé.

— Tu sais pourquoi je l'ai épousé ? Parce que cela contentait tout le monde. Notre mariage coulait de source. Pourtant il était voué à l'échec. Avec toi, c'est tellement différent ! Je me sens bien, je suis moi-même...

— Tout le monde te dira que je ne suis pas un type pour toi, fit remarquer Gabriel en crispant involontairement les doigts autour de son verre.

— Ça m'est égal.

— Je n'appartiens à aucun club, et je ne t'emmènerai jamais danser aux bals de charité.

— Je ne te le demande pas !

— Si j'en éprouve l'envie, demain, je peux très bien miser jusqu'à mon dernier sou à la roulette.

Renversée contre le dossier du canapé, Kelsey daigna sourire. Elle l'imaginait très bien en train de faire ça !

— Je crois qu'en ce qui nous concerne, les jeux sont déjà faits, Slater.

Sous l'effet de l'émotion qui l'envahissait, Gabriel saisit le bras de la jeune femme et l'obligea à se lever.

— Tu ne sais même pas ce que tu ressens pour moi, gronda-t-il.

— Je sais que je te désire. Plus que je n'ai jamais désiré quelqu'un dans ma vie.

— De toute façon, il est trop tard !

Dans un élan passionné, il la souleva et la porta vers la chambre. Un doux vertige saisit Kelsey, car cette fois, elle savait à quoi s'attendre. Cette danse des corps fébriles qui allaient l'un vers l'autre, se redécouvraient sans cesse, le désir qui montait, montait, pour devenir souffrance intolérable. Puis l'assouvissement, éblouissant... Et elle se délectait de savoir qu'il éprouvait la même avidité gourmande qui les poussait à s'unir, à ne plus former qu'un seul être.

Haletants, ils tombèrent sur le lit et luttèrent avec les boutons, les agrafes, jusqu'à ce que leurs vêtements gisent sur le sol. Les mains de Gabriel couraient sur les seins ronds, la taille étroite, les hanches épanouies. Dans la pénombre, tel un aveugle, il reconnaissait chaque courbe, chaque muscle, heureux et encore incrédule de sentir la jeune femme vibrer de la même impatience.

Kelsey se redressa soudain, souple comme une liane, pour le chevaucher et l'emprisonner dans sa chaleur féminine. Leurs mains se joignirent, doigts étroitement enlacés, tandis qu'ils s'élevaient vers l'extase.

La dernière pensée de Gabriel fut qu'il était effectivement trop tard, bien trop tard pour eux deux.

L'aube se leva, lugubre, sur le champ de courses couronné d'un ciel de plomb. De temps en temps, un nuage crevait et une averse crépitait sur la piste que les employés venaient de labourer.

La pluie ne décourageait ni la foule ni les journalistes. Quand le départ de la première course fut donné, les gradins étaient pleins de parapluies multicolores qui semblaient flotter comme des ballons dans la grisaille. À l'intérieur du *club house*, les plus frileux buvaient de la bière, le regard rivé aux écrans de télévision.

Renonçant à porter le tailleur de lin qu'elle avait prévu pour l'occasion, Kelsey avait enfilé un jean et des bottes de caoutchouc, ce qui lui donna l'excuse de s'attarder dans le box de Haute Mer, le cheval qui courait ce jour-là pour Les Trois Saules.

Rien de tel qu'un jour de pluie pour vous aider à réfléchir, songeait-elle. Six mois plus tôt, elle ignorait encore l'existence de Naomi et n'avait qu'une vague connaissance du monde dont elle faisait désormais partie. Emportée dans la tourmente d'un mariage raté, elle s'était reportée sans grande conviction sur son travail. Rien ne la satisfaisait vraiment, ni ses cours à l'université ni les rares voyages qu'elle entreprenait. À l'époque, elle se plaisait à penser qu'une telle dispersion était stimulante pour l'esprit. En réalité, elle ne faisait que meubler la vacuité terrifiante de son existence.

Était-ce différent aujourd'hui, cette soudaine passion pour l'univers des courses, cet engouement pour une mère sortie de nulle part et cette foucade pour un quasi-inconnu ? Allait-elle se lasser, comme le prédisait sa famille, et s'en aller de nouveau, aigrie, désenchantée ?

Ces doutes la torturaient sans relâche. Elle aurait dû faire confiance aux sentiments qui fleurissaient en elle, savourer la tendresse croissante qui l'unissait à sa mère et le bonheur radieux qui l'emplissait chaque fois que Gabriel refermait ses bras sur elle, accepter sans arrière-pensée le fait qu'elle eût trouvé une place bien méritée aux Trois Saules. Pourtant elle avait conscience de jouer avec les sentiments d'autrui, et son honnêteté foncière se rebellait à l'idée de trahir ceux qui l'aimaient.

Je dois vivre ma vie, un point c'est tout, s'admonesta-t-elle in petto.

Mais pour regarder l'avenir en face, il lui fallait éclaircir les zones sombres du passé. Elle ne dérivait plus, à présent. Elle avait un but, et des questions qui exigeaient des réponses. Et pour s'attaquer logiquement au problème, elle se promit d'aller trouver Charles Rooney le lundi suivant.

La pluie avait cessé lorsque les chevaux furent conduits au paddock. Puis le soleil filtra à travers les nuages, et les gouttières se mirent à chanter, transformant le sol en boue collante.

Kelsey jeta un coup d'œil à Boggs qui achevait de seller Haute Mer. Depuis la mort d'Orgueil, le vieux palefrenier semblait plus maigre, plus chétif, comme si les années l'avaient subitement rattrapé.

— Nous avons des chances ? s'enquit-elle d'un ton dégagé.

— Aux dernières nouvelles, il cotait à cinq contre un. C'est un bon cheval, il peut créer la surprise.

Mais ce n'est pas Orgueil, acheva Kelsey mentalement, avant de caresser les naseaux veloutés du poulain.

— Fais de ton mieux, mon garçon. On ne t'en demande pas plus, lui murmura-t-elle.

— Tu ne lui demandes pas de gagner ? s'étonna Naomi qui venait de les rejoindre.

Kelsey se retourna et aperçut Reno, debout derrière sa mère. Le jockey, encore un peu pâle, avait le bras gauche en écharpe.

— J'espérais bien vous voir aujourd'hui, lui dit Kelsey en lui tendant la main. Quand revenez-vous travailler avec nous ?

Il grimaça en détournant les yeux.

— Je ne sais pas si j'en aurai le courage, répondit-il d'une voix lasse. Toute ma vie, j'ai rêvé de gagner le Derby. Et maintenant, c'est fini.

— Il y a toujours un autre derby, voyons.

Mais il secoua la tête et, claudiquant un peu, s'éloigna en direction des gradins. Kelsey échangea un regard navré avec sa mère. Puis son expression se modifia comme elle voyait se profiler dans le dos de cette dernière la silhouette râblée du lieutenant Rossi.

— Sale temps, hein ? fit remarquer le flic après avoir salué à la ronde.

— Ça se dégageait jusqu'à maintenant, rétorqua Kelsey.

Cette pique fit sourire le policier. Désireuse de l'éloigner de Naomi, Kelsey se dirigea vers la piste et, comme elle l'espérait, Rossi lui emboîta le pas.

273

— Que faites-vous ici, lieutenant ?

— Je rôde dans le coin dans l'espoir d'obtenir quelques tuyaux.

— Vous perdez votre temps. On voit à cent mètres que vous êtes flic. Mais j'imagine que vous n'êtes pas venu à Pimlico pour parler des chevaux ?

— Vous avez tort. Ils sont au cœur de l'affaire qui m'occupe. J'ai effectué ma petite enquête et j'ai appris qu'il existait de nombreuses façons de tuer un cheval, dont certaines ne sont pas très ragoûtantes.

— Je sais, répondit brièvement Kelsey, à qui Matt Gunner avait expliqué quelques méthodes révoltantes utilisées par certaines personnes dénuées de scrupules.

Rossi enchaîna :

— Celui qui a injecté la substance mortelle à votre cheval a dû le faire au nez et à la barbe des vigiles. On ne prend pas un risque aussi énorme sans avoir de bonnes raisons. Qui, selon vous, souhaite nuire à votre mère et la discréditer publiquement ?

— Je n'en ai aucune...

Kelsey laissa sa phrase en suspens. La remarque de Rossi sous-entendait que, de coupable présumée, Naomi était devenue une victime à ses yeux.

— Vous pensez qu'à travers Orgueil, c'est elle qu'on visait ? s'étonna-t-elle enfin.

— C'est une piste à explorer. Le cheval était assuré, mais Les Trois Saules n'ont pas de problèmes financiers, et à long terme le pur-sang aurait rapporté beaucoup d'argent. Or votre mère semble être une femme d'affaires avisée. Reste Slater...

— Il n'a rien à voir là-dedans ! s'emporta Kelsey.

— Votre réponse est instinctive. Il faut toujours considérer les personnes à qui profite un crime, madame Byden. Personne ne peut nier que Gabriel Slater a gagné le cocotier, ce jour-là. La question que je me pose est la suivante : le jeu en valait-il la chandelle pour lui ? De toute façon, il avait de bonnes chances de remporter la victoire. Alors pourquoi piper les dés, sachant que les soupçons se porteraient immanquablement sur lui ? Sans compter que de nombreuses personnes avaient tout autant intérêt à ce qu'il gagne : son entraîneur, son jockey et aussi tous ceux qui ont misé sur Quitte ou Double.

Kelsey émit un rire bref.

— Voilà qui ne réduit pas vraiment le champ d'investigation ! se moqua-t-elle.

— Plus que vous ne le croyez. Enfin, dans l'hypothèse où tout cela serait lié à mes deux homicides, en qui Lipsky avait-il suffisamment confiance au point de laisser cette personne l'approcher alors qu'il était en fuite ? Un collègue ? Un employeur ?

Kelsey s'arrêta net pour poser un regard dur sur le policier.

— Pourquoi me racontez-vous tout cela ?

— Vous êtes nouvelle dans ce milieu. Vous vous trouvez donc dans la position d'un observateur, et vous auriez pu remarquer un détail qui aurait échappé à un habitué. Et puis, vous êtes impliquée. Je me suis laissé dire que votre relation avec votre mère ne faisait pas que des heureux...

Kelsey réprima un mouvement de colère. Ainsi il avait fouiné dans sa vie privée ! Elle aurait dû s'en douter.

— Cette affaire de famille n'a rien à voir avec le meurtre, objecta-t-elle.

— Les statistiques indiquent pourtant que nombre d'entre elles se concluent par des drames. Quoi qu'il en soit, je vous demande juste d'ouvrir l'œil. Cela peut s'avérer utile si vous désirez laver votre mère et votre amant de tout soupçon.

Il prit congé en souhaitant bonne chance à Kelsey, qui s'empressa de rejoindre Naomi qui discutait avec Gabriel.

— Je commençais à me demander où tu étais, lui dit sa mère. Le départ va bientôt être donné. Allons-y.

Ils gagnèrent les tribunes quelques secondes avant que le coup de feu retentisse. Dès le départ, Double prit la tête, comme s'il savait inconsciemment qu'il avait quelque chose à prouver. Au premier tournant, il menait d'une demi-longueur devant Pleine Lune, le rouan du Kentucky, et Fortissimo, le champion de l'Arkansas.

Une fois de plus, Kelsey se laissa griser par la course, sans sentir le brouillard humide qui transperçait ses vêtements. Elle s'entendit crier lorsque Haute Mer jaillit du peloton et commença à remonter le long de la corde dans une progression fulgurante. Mais Double augmenta encore son avance dans la ligne droite et, sous les applaudissements de la foule déchaînée, franchit la ligne d'arrivée deux longueurs devant Haute Mer. Fortissimo termina troisième.

— Il a réussi ! Il a réussi ! hurla Kelsey en trépignant de joie. Personne ne croyait en lui, et il y est arrivé ! (Radieuse, elle se tourna vers Gabriel.) Félicitations ! Quel temps a-t-il fait ?

Sans attendre la réponse, elle lui arracha des mains le chronomètre. Une minute cinquante-sept secondes et sept dixièmes.

Kelsey rit de nouveau, sans souci de la pluie qui ruisselait maintenant sur son visage.

— Gabriel Slater, tu viens juste de gagner le deuxième joyau de la Triple Couronne ! Que va-t-il se passer maintenant ?

— Je vais à Belmont. (Il souleva la jeune femme dans ses bras et l'embrassa, avant de corriger :) *Nous* allons à Belmont.

Dans le *club house*, Rich Slater fixait sur l'écran de télé l'image de son fils et de Kelsey enlacés. Un beau couple, vraiment. Aussi beau que celui qu'il aurait formé avec Naomi si celle-ci ne l'avait pas repoussé avec dédain.

Mais pour l'heure, il n'avait que des raisons de se réjouir. Il avait misé sur Quitte ou Double dix mille des cent mille dollars donnés par Cunningham, et le profit réalisé le satisfaisait pleinement.

Pour l'instant.

Kelsey déboucha une bouteille de champagne. Elle avait déjà bu plusieurs coupes un peu auparavant, dans la suite de sa mère, mais il était encore tôt, et elle pouvait bien fêter la victoire de Gabriel maintenant qu'elle se trouvait en compagnie de ce dernier.

— Si tu n'y vois pas d'inconvénient, je vais terminer cette bouteille et finir passablement ivre, déclara-t-elle à Gabriel qui l'observait du canapé.

Celui-ci, qui rêvait d'une longue douche chaude à deux, se résigna à attendre, d'autant plus aisément que l'alcool, s'imaginait-il, ôterait sans doute à Kelsey ses dernières inhibitions.

— Je ne bois jamais, mais cela ne veut pas dire que je ne prenne pas plaisir à te regarder t'enivrer, répliqua-t-il.

— Tu sais, je n'ai jamais vraiment été saoule. Grise, oui, mais je me suis toujours arrêtée à temps. L'éducation, je suppose. Si on perd tout contrôle en public, les gens jasent. Et les Byden n'apprécient pas d'être en butte aux commérages, conclut-elle avant de boire une longue gorgée de liquide pétillant et doré.

— Qu'apprécient-ils, alors ?

— Le respect, et surtout la discrétion. Et merde ! Ce soir, je m'en fiche ! Nous avons gagné ! C'est génial, non ?

Gabriel sourit en la voyant brandir la bouteille de dom pérignon.

— Tout le monde était si déprimé avant, poursuivit-elle. J'ai vu Reno et il m'a fait pitié.

Elle but une autre gorgée, soupira. La tête lui tournait un peu, mais la sensation n'était pas déplaisante. Son verre à la main, elle se mit à virevolter.

— Ne t'arrête pas, murmura Gabriel, aussi fasciné par l'ondulation de ses hanches et de ses bras déliés que par les mèches d'or pâle qui tourbillonnaient autour de son visage.

— Tu vois, mes leçons de maintien m'ont servi à quelque chose ! pouffa-t-elle en s'exécutant. J'ai appris la discipline mentale et physique. Tu pourrais casser des briques sur mon corps sans que je bronche !

— Je suis sûr qu'il y a des tas de choses plus intéressantes à faire avec.

Elle s'esclaffa derechef.

— Nous parlions de la course, lui rappela-t-elle. J'espère que l'arrivée placée de Haute Mer aura remonté le moral à Reno. Même le vieux Boggs était tout content. Le pauvre, il s'en veut terriblement d'avoir parié sur Orgueil, bien que cela n'ait rien à voir avec sa mort. C'est bizarre, les gens essaient toujours de relier les événements entre eux. Comme Rossi...

— Rossi ?

— Mmoui.

Distraitement, la jeune femme entreprit de déboutonner sa chemise. L'alcool lui donnait chaud.

— Il était à l'hippodrome, cet après-midi, expliqua-t-elle. Nous avons discuté cinq minutes. Selon lui, quelqu'un chercherait à salir la réputation de Naomi. Cela me semble un peu farfelu...

Gabriel sentit son cœur s'accélérer en apercevant le doux renflement d'un sein dans l'entrebâillement de la chemise. Mais les paroles de Kelsey avaient éveillé sa curiosité.

— Il ne la soupçonne plus ?

— Oh, on ne sait jamais ce qu'il pense vraiment. À mon avis, il dit n'importe quoi pour essayer de soutirer des renseignements à ses interlocuteurs. Mais toi, il t'a toujours à l'œil, Slater ! ajouta-t-elle avec un sourire espiègle.

— Je m'en doute. Continue, il reste encore quelques boutons, chérie.

— Je n'ai jamais fait de strip-tease devant un homme.

— Commence avec moi.

Elle rit avant de dégrafer lentement la ceinture de son jean et de la faire tourbillonner à bout de bras.

— Sa présence m'a irritée, avoua-t-elle en revenant à Rossi. Cela m'a rappelé le Derby et tout ce qui s'est passé : l'entraînement dans la brume, les odeurs, le bruit, Boggs qui croyait avoir vu ton père...

Gabriel sursauta, avec l'impression que son sang s'était figé dans ses veines.

— Quoi ? Qu'est-ce que tu as dit à propos de mon père ?

— Boggs pensait l'avoir entr'aperçu à Churchill Downs. Il y voyait un signe de mauvais augure. Mais il devait se tromper. Si ton père avait été là, il te l'aurait dit, non ?

Gabriel se leva d'un bond et confisqua le verre de la jeune femme.

— Quand l'a-t-il vu ?

— Jeudi, je crois. Mais sa vue n'est pas très bonne, et il n'en était pas certain. Pourquoi ?

— Pour rien. Enfin... je ne sais pas. C'est peut-être très important, au contraire, murmura Gabriel, songeur tout à coup.

Kelsey lui caressa le visage.

— Oublions le passé, chuchota-t-elle. Moi, c'est le présent qui m'intéresse.

Il parut s'arracher à ses pensées au prix d'un effort, et, relevant le menton de la jeune femme, il plongea son regard dans le sien.

— Chérie, tu vas avoir une sacrée gueule de bois demain matin, fit-il remarquer.

Elle haussa les épaules, lui passa les bras autour du cou puis, d'un bond, se pendit à lui en lui nouant les jambes autour de la taille.
— Autant que ça en vaille la peine, souffla-t-elle en enfouissant son visage dans son cou.

19

Kelsey n'avertit pas Gabriel de son intention de rencontrer Charles Rooney. Sa démarche était si personnelle qu'elle ne pouvait se résoudre à l'y associer.

De toute façon, il n'avait guère de temps à lui consacrer depuis qu'il avait remporté les deux victoires comptant dans la Triple Couronne, à savoir le Derby et le Preakness Stakes. Les journalistes le réclamaient, et surtout il devait superviser les trois semaines d'entraînement qui le séparaient du prix de Belmont. Kelsey ne voulait pas le distraire de ce but qui comptait énormément à ses yeux, non pour l'argent ou le prestige, mais pour la revanche sur la vie que représentait cet accomplissement hors du commun.

De son côté, Kelsey était de plus en plus obnubilée par le passé. Plus elle connaissait Naomi, et plus elle avait du mal à se convaincre que sa mère ait froidement exécuté un homme. Bien sûr, c'était elle qui avait appuyé sur la détente, elle l'avait avoué, sans compter que le meurtre avait eu un témoin oculaire. Toutefois, Kelsey sentait qu'elle ne se satisferait pas de cette version tant qu'elle n'aurait pas rencontré Charles Rooney. Il fallait que tout s'ordonne dans son esprit, qu'une fois pour toutes, elle accepte la femme qu'était devenue Naomi et qu'elle cesse de fantasmer sur celle qu'elle était naguère.

En dépit de la circulation dense sur l'autoroute, elle apprécia le voyage jusqu'à Alexandria et se laissa griser par la musique de Chopin qui emplissait l'habitacle. En prenant rendez-vous, elle s'était présentée à la secrétaire sous le nom de Kelsey Monroe, une petite entorse à ses principes d'honnêteté. De même, afin de justifier son absence, elle avait prétexté devoir faire quelques courses urgentes. Et déjà, elle s'en voulait de ces petits mensonges pratiques qu'auparavant elle méprisait.

Bien que ne connaissant pas bien Alexandria, elle trouva facilement l'immeuble qu'elle cherchait. Après s'être garée dans le parking souterrain, elle attendit quelques instants, le temps de calmer sa nervosité. Puis l'ascenseur l'emporta jusqu'au cinquième étage, dans un hall à l'ambiance feutrée.

À en juger par la taille des locaux, l'agence de Rooney était importante. L'atmosphère qui y régnait n'avait rien à voir avec celle évoquée dans les films noirs ou les feuilletons télévisés. Une douce musique d'ambiance charmait l'oreille. Derrière des baies vitrées, des gens travaillaient sur leurs ordinateurs ou discutaient au téléphone. Il ne fallait certainement pas s'attendre à trouver une bouteille de whisky sur le bureau, songea Kelsey en s'avançant vers la réception décorée de grandes jardinières.

La secrétaire releva le nez de son écran pour l'accueillir d'un sourire chaleureux.

— Puis-je vous aider ?
— J'ai rendez-vous avec M. Rooney.
— Vous êtes Mme Monroe ? Asseyez-vous, je vous prie, je vais aller voir si M. Rooney peut vous recevoir.

Kelsey prit place dans la petite salle d'attente et feignit de s'absorber dans la lecture d'un magazine. Dix minutes s'écoulèrent, laps suffisant pour qu'elle soit assaillie par les remords. De quel droit fouillait-elle dans le passé de Naomi, en utilisant un faux nom de surcroît ? Elle n'avait rien à faire ici. Il était encore temps d'informer la secrétaire qu'elle avait changé d'avis et que...

Non ! se dit-elle soudain avec détermination. *Je suis la fille de Naomi Chadwick, j'ai le droit de savoir !*

À cet instant, la secrétaire reparut pour la prier de la suivre. Elle longea un couloir percé de plusieurs portes et, quelques secondes plus tard, introduisit Kelsey dans une grande pièce meublée avec simplicité. À l'entrée de la jeune femme, Charles Rooney se leva du bureau. Légèrement bedonnant, le front dégarni, il avait une figure ronde et des épaules étroites. Sa voix amicale mettait tout de suite à l'aise.

— Désolé de vous avoir fait attendre, madame Monroe. Désirez-vous du café ?

— Non, merci.

Kelsey s'assit et le regarda se servir une tasse. L'homme semblait si ordinaire dans ce cadre banal ! Et pourtant, il avait eu une influence déterminante sur plusieurs vies humaines...

— Il s'agit d'un problème de garde d'enfant, c'est bien cela ? dit enfin Rooney. Vous êtes divorcée, je présume ?

— Oui.

— Et qui a le droit de garde, pour le moment ? Kelsey prit une profonde inspiration. Le temps des mensonges était révolu.

— En réalité, c'est moi l'enfant, monsieur Rooney. Monroe était mon nom d'épouse, et je ne l'utilise plus actuellement. En réalité, je m'appelle Byden. Kelsey Byden.

Rooney, qui remuait sa cuillère dans sa tasse, suspendit son geste. Ses paupières s'étrécirent soudain.

— Je vois, dit-il enfin. Bien entendu, je me souviens de votre nom et de l'affaire. Vous ressemblez beaucoup à votre mère, j'aurais dû deviner d'emblée votre identité.

— C'est vrai que vous l'avez surveillée de près.

Le ton légèrement condescendant n'échappa pas au détective qui esquissa un fin sourire.

— Cela fait partie de mon travail, rétorqua-t-il.

— C'est mon père qui vous a engagé à l'époque, n'est-ce pas ?

— Madame Byden... Kelsey... Les affaires de divorce sont rarement plaisantes. Par chance, vous étiez trop jeune pour être impliquée dans les aspects les plus pénibles de celle-ci. J'ai été engagé, en effet, afin de rassembler des informations sur le mode de vie de votre mère, et de renforcer ainsi la position de votre père devant le juge.

— Et qu'avez-vous découvert de si terrible ?

— Pardonnez-moi, je suis tenu au secret professionnel.

Kelsey s'impatienta.

— Allons, monsieur Rooney, la plupart de ces informations se trouvent déjà dans les archives publiques. Et après toutes ces années, il y a prescription. J'ai besoin de savoir et de comprendre.

Rooney, qui étudiait le visage de la jeune femme, se demandait encore comment il avait pu voir ces traits délicats et ce regard gris si caractéristique sans se rendre compte immédiatement qu'il avait devant lui la fille de Naomi Chadwick.

— Je comprends, répondit-il. Malheureusement, je ne vois pas ce que je peux vous dire de plus.

— Vous avez suivi ma mère. Vous avez pris des photos d'elle, vous avez rédigé un rapport, vous la connaissiez, et vous connaissiez également Alec Bradley.

— Je n'ai jamais échangé un mot avec eux ! objecta le détective.

Nullement désarçonnée, Kelsey insista :

— Vous les avez vus lors de diverses réceptions, et surtout la nuit du meurtre. Vous vous étiez d'ailleurs introduit dans la propriété privée de façon illicite.

Rooney n'avait rien oublié de ces détails.

— Sans doute, admit-il. Toutefois, avec la technologie dont nous disposons aujourd'hui, j'aurais pu effectuer mon travail sans me mettre dans l'illégalité.

— J'imagine que vous vous devez de rester objectif. Cependant on ne traque pas quelqu'un jour et nuit sans se forger une opinion. Vous vous rappelez certainement ma mère ?

— Une femme superbe, commenta-t-il. Pleine de vie et d'énergie. Qui a perdu la tête dans un malheureux accès de jalousie.

— Vos photos ont prouvé de manière accablante qu'elle était l'auteur du meurtre.

Gêné, il baissa les yeux sur son café. Une foule de souvenirs affluaient à sa mémoire. La fenêtre éclairée, l'appareil photo qui cognait contre sa poitrine...

— Disons que je me trouvais au bon endroit au bon moment, se borna-t-il à répliquer.

— Ma mère a plaidé la légitime défense. Selon elle, Alec Bradley avait l'intention de la violer.

— Je sais, mais le jury n'a pas suivi cette thèse.

Kelsey s'anima soudain.

— Pourtant vous étiez là ! Vous avez bien vu s'il semblait menaçant, si elle avait peur de lui ?

— J'ai vu votre mère le faire entrer dans la maison. Ils ont bu un verre, puis ils se sont disputés, et ils sont montés à l'étage.

— Elle est montée, et il l'a suivie, corrigea Kelsey.

— Oui, autant que je me souvienne. J'ai deviné qu'ils allaient dans la chambre, et j'ai grimpé dans un arbre pour braquer mon téléobjectif par la fenêtre. La dispute a repris. Puis votre mère s'est penchée en me tournant le dos. Quand elle a fait volte-face, elle brandissait un pistolet. Je distinguais parfaitement leurs deux silhouettes dans l'encadrement de la fenêtre. Bradley a levé les mains en reculant, et elle a tiré.

Kelsey sentit un frisson la parcourir.

— Et après ? demanda-t-elle d'une voix rauque.

— Après... J'ai paniqué. J'étais jeune, vous savez, je n'avais pas autant d'expérience que maintenant. Je suis retourné dans ma voiture et j'ai attendu jusqu'à entendre la sirène de la police.

— Que ma mère a appelée elle-même. Pourquoi donc ne l'avez-vous pas fait ?

— Je sais, c'était stupide de ma part, et cela aurait pu me coûter ma licence. Finalement, j'ai été trouver les flics pour leur apporter ma pellicule et faire ma déposition. (Serrant inconsciemment les poings, il ajouta :) J'ai fait mon boulot, quoi !

— Et tout ce que vous avez vu, c'est une femme superbe, pleine de vie et d'énergie, qui a perdu la tête et tué un homme ?

— J'aimerais vous dire le contraire, mais quelle importance à présent ? Votre mère a purgé sa peine. Tout cela est terminé.

Kelsey se leva.

— Pas pour moi, affirma-t-elle d'un ton résolu. Je veux reprendre toute l'affaire depuis le début, remonter vingt-trois ans en arrière. Et pour ce faire, j'aimerais vous engager.

Le détective se raidit imperceptiblement.

— Kelsey, je vous en prie, ne remuez pas toute cette boue. Cela ne résoudra rien et servira juste à réveiller de vieilles blessures. Croyez-vous que votre mère vous remerciera de lui faire revivre tout cela ?

— Peut-être pas. Mais tant pis. Je compte tout analyser, étape par étape. Voulez-vous m'aider ?

Il leva les yeux sur elle, mais c'était une autre femme qu'il voyait. Une femme au visage similaire, aux cheveux blond très clair, assise dans une salle de tribunal bondée. Les traits impassibles, mais le regard désespéré.

— Non, répondit-il enfin. Je vous supplie de réfléchir encore aux conséquences d'une telle démarche...

— J'y ai déjà réfléchi, monsieur Rooney. Et j'en reviens toujours à la même conclusion : ma mère a dit la vérité, et j'ai la ferme intention de le prouver, avec ou sans vous. Merci de m'avoir reçue.

Sur ces mots, Kelsey se leva et quitta la pièce.

Kelsey s'arrêta ensuite à l'université de Georgetown. La longue attente dans le bureau de son père l'aida à se calmer. C'était si apaisant d'être entourée de ces vieux livres à l'odeur envoûtante ! Dans ce monde paisible où la connaissance était le but essentiel, chaque question avait sa réponse.

Philip entra enfin dans la pièce, essuyant ses doigts couverts de craie.

— Kelsey, quelle bonne surprise ! Tu es là depuis longtemps ?

— Aucune importance. Je voulais te parler.

— Tu as de la chance, je suis libre durant l'heure qui vient. Si tu peux attendre jusqu'à ce soir, je t'invite à dîner, d'accord ?

— Non, pas ce soir, papa. J'ai encore un rendez-vous à honorer. Il faut que nous discutions.

— Si c'est ta grand-mère qui t'inquiète, je te promets de...

— Non, c'est sans importance.

— Comment peux-tu dire cela ! coupa Philip, avant de se radoucir. Ta grand-mère est une femme admirable et pleine de bonne volonté, mais quand il s'agit de la famille, elle a des œillères.

— Tu n'es pas obligé de lui chercher des excuses. Nous ne nous sommes jamais vraiment entendues, elle et moi. Cette fois, il faudra pourtant bien qu'elle accepte de me voir diriger ma vie à ma guise.

Pensif, Philip ôta ses lunettes et entreprit d'en nettoyer les verres.

— Cela me contrarie de vous savoir fâchées, murmura-t-il. Si nous allions la trouver, toi et moi, peut-être que...

— Non ! trancha Kelsey.

— Elle n'est plus toute jeune...

— Désolée, papa, je ne céderai pas. Elle m'en a toujours voulu d'être la fille de Naomi. J'espère seulement qu'elle n'oubliera pas que je suis aussi ta fille.

— Elle t'aime de tout son cœur, Kelsey. Simplement, elle se dresse contre les circonstances qui...

— C'est moi, le véritable motif de cette discorde, l'enfant que deux adultes se sont disputé.

— C'est ridicule de te culpabiliser de la sorte !

— Je ne me culpabilise pas, mais dans un certain sens, c'est moi la responsable. Sauf qu'à l'époque, je n'en avais pas conscience. Voilà pourquoi je suis ici aujourd'hui. Il faut que tu m'expliques ce qui s'est réellement passé.

Avec lassitude, Philip massa son front.

— Nous en avons déjà parlé, objecta-t-il.

— Tu m'as vaguement décrit la situation. Tu es tombé amoureux d'une femme et, en dépit de l'opposition de tes parents, tu l'as épousée. Vous avez eu un enfant puis votre couple s'est désagrégé. Je sais tout cela. Mais tu éprouvais des sentiments sincères pour Naomi. Si tu en es arrivé à la traîner en justice, à engager un détective pour la suivre, tu devais avoir une bonne raison. Je veux savoir laquelle.

Il répondit simplement :

— Je ne voulais pas te perdre. Et j'étais persuadé que le monde dans lequel évoluait ta mère ne serait pas bénéfique à ton épanouissement d'enfant.

Il soupira derechef. S'était-il trompé à l'époque ? Combien de fois s'était-il posé cette question obsédante, même après que les événements avaient confirmé ses pires craintes !

— Ta grand-mère et moi, nous en avons longuement discuté, poursuivit-il. Elle était violemment opposée à ce que Naomi obtienne la garde et finalement, je me suis rangé à son avis. Je n'ai pas pris cette décision de gaieté de cœur, crois-moi. Mais je ne supportais pas l'idée de devenir l'un de ces pères qui ne voient leur enfant que durant le week-end. Je ne voulais pas que tu appelles « papa » le prochain amant de Naomi.

— Elle menait donc une vie si dissolue ?

— Elle a surtout cherché à me provoquer, je m'en rends compte à présent. Ses avocats ont dû lui conseiller de rester discrète, alors évidemment, elle a fait tout le contraire. Elle a multiplié les mondanités, s'est affichée avec des hommes, bref, a fait n'importe quoi pour prêter le flanc aux commérages. L'idée d'engager un détective privé me répugnait, mais mes avocats me le conseillaient instamment. J'ai cédé.

— Ce n'est donc pas toi qui as engagé Rooney ? s'étonna Kelsey.

— Non, je... Comment se fait-il que tu connaisses son nom ? s'écria Philip en sursautant.

— Je sors tout droit de son bureau.

D'un geste impulsif, Philip saisit le bras de sa fille.

— Kelsey, pourquoi fais-tu tout cela ? Qu'espères-tu y gagner ?

— Des réponses. Crois-tu vraiment que Naomi ait assassiné Alec Bradley ?

— Il n'y a pas le moindre doute qu'elle...

— ... qu'elle l'ait tué, acheva Kelsey en martelant chaque syllabe. Mais qu'elle l'ait assassiné ? La femme que tu as connue, que tu as aimée, était-elle capable d'assassiner un homme de sang-froid ?

Philip marqua une hésitation.

— Je n'en sais rien, avoua-t-il enfin. Et de tout mon cœur, j'aimerais pouvoir te répondre.

Kelsey termina sa journée en allant voir les avocats de sa mère. Elle ne glana que peu de renseignements, se heurtant au sacro-saint secret professionnel derrière lequel se retranchaient les hommes de loi. Elle quitta leurs bureaux luxueux, rongée par la frustration, et plus déterminée que jamais.

Il y avait toujours une solution à un problème donné. Pour résoudre l'équation, il fallait juste trouver la bonne formule et s'armer de patience. Dommage qu'elle ait toujours été meilleure en philo et en littérature qu'en mathématiques...

Trop fatiguée pour trouver le courage d'affronter Naomi et de lui mentir à propos de la journée qui venait de s'écouler, elle se rendit directement à Longshot.

Elle se dirigea vers le perron, mais au lieu de frapper, s'assit simplement sur les marches de pierre pour admirer le coucher de soleil et respirer à pleins poumons l'air embaumé du parfum des fleurs.

C'est dans cette position que la trouva Gabriel quelques instants plus tard. En silence, il s'assit près de la jeune femme qui, d'un mouvement très naturel, se blottit contre son épaule.

— J'ai entendu ta voiture, expliqua-t-il. Qu'est-ce qui ne va pas ?

Elle comprit alors qu'elle pouvait lui parler à cœur ouvert, qu'il n'existait pas un seul sujet au monde qu'elle ne pût aborder avec lui.

— J'ai entrepris quelque chose aujourd'hui, annonça-t-elle, et je sais que maintenant plus rien ne m'arrêtera, même si tout le monde me conseille de laisser tomber. (Se redressant pour plonger son regard dans celui de Gabriel, elle demanda :) Tu crois que ma mère a assassiné Bradley ?

La réponse fusa, catégorique :

— Non.

— Tu n'as pas l'ombre d'un doute ?

— Tu m'as posé une question, je t'ai répondu, c'est tout. L'important, c'est ce que tu crois toi.

Déprimée, Kelsey laissa tomber sa tête entre ses mains.

— Tu es capable de répondre, alors que tu ne la connaissais même pas à l'époque !

— J'ai appris à lire sur les visages, à décoder les gestes, les intonations. Tous les joueurs professionnels maîtrisent cet art. Naomi a peut-être appuyé sur la détente, mais elle n'a pas commis un meurtre.

Fermant les yeux, Kelsey s'appuya de nouveau contre son compagnon.

— C'est aussi ce que je crois, murmura-t-elle. Voilà pourquoi j'ai été voir le détective qui a témoigné contre elle, lors du procès.

— Et il ne t'est pas venu à l'esprit de me demander de t'accompagner ? répliqua-t-il d'une voix soudain coupante.

— Je ne voulais pas t'impliquer là-dedans contre ton gré. De toute façon, je n'ai pas appris grand-chose. J'ai proposé à Rooney de reprendre l'affaire avec moi, mais il a refusé.

— Que cherches-tu à savoir ?

— Tout. Ma mère n'est qu'un des éléments de cette histoire. Le personnage de Bradley m'intrigue. Quel genre d'homme était-il ? D'où venait-il ? Quel but poursuivait-il ? Comment en est-il arrivé à essayer de violer ma mère ?

— Pourquoi ne pas poser la question directement à Naomi ?

— Je préférerais l'éviter. Elle se renfermerait dans sa coquille, et je ne veux pas prendre ce risque au stade où en sont nos relations.

— Que comptes-tu faire, alors ?

Kelsey releva la tête.

— Rossi m'a donné le nom du flic qui s'est occupé de l'enquête. Je vais aller le trouver.

— Quand ?

— Maintenant. Il habite à Reston, je me suis renseignée.

Gabriel saisit la main de la jeune femme dans la sienne et se leva.

— Je viens avec toi, décréta-t-il d'un ton sans réplique.
Kelsey lui adressa un sourire radieux.
— D'accord ! dit-elle.

20

Tipton claqua amicalement la paume ouverte de Rossi.

— Eh bien, ça fait un bail ! Que devenez-vous ? Avez-vous pris du galon ?

— Pas encore, capitaine, mais j'y travaille.

— Bien ; asseyez-vous et buvons une bière, dit Tipton en prenant place dans le rocking-chair installé sous la véranda, près d'une petite glacière contenant un pack de Bud.

Rossi accepta une canette.

— Comment va votre femme ? s'enquit Tipton.

— Laquelle ?

— C'est vrai, j'oubliais ! Vous avez divorcé deux fois. Ça fait presque partie du métier. Moi, j'ai eu plus de chance.

— Comment se porte Mme Tipton ?

— Comme un charme ! répondit Tipton, une lueur affectueuse dans le regard. Deux semaines après mon départ en retraite, elle s'est trouvé un boulot, soi-disant pour s'occuper, maintenant que les gosses sont grands. En réalité, si nous passions nos journées ensemble, elle deviendrait folle et m'assommerait sans doute avec le premier objet venu ! Alors je bricole dans mon atelier pendant qu'elle vend des chaussures au centre commercial.

Rossi hocha la tête en souriant.

— En tout cas, vous avez l'air en forme, fit-il remarquer.

Tipton avait pris du poids, mais cela lui allait plutôt bien. Avec son bleu de travail et sa casquette qui dissimulait à demi ses cheveux poivre et sel, il offrait l'image d'un homme détendu et serein.

— Beaucoup de gens refusent de partir en retraite, reprit Tipton. Ça les fait vieillir. Moi, j'adore ça. Et puis, j'ai trois petits-enfants, maintenant. Ma femme et moi, on envisage de faire une croisière cet automne. Bref, je suis content de mon sort. Bon, expliquez-moi ce qui me vaut l'honneur de votre visite ?

— Vous êtes très loin de tout ça, mais peut-être avez-vous lu dans la presse un article au sujet de l'affaire dont je m'occupe ?

— Oh, je jette parfois un coup d'œil aux gros titres, prétendit Tipton qui, chaque matin, dévorait avidement la rubrique des faits divers.

— Vous vous souvenez du palefrenier qui a été tué à Charles Town, en mars dernier ?

— Poignardé, puis piétiné par un cheval. L'affaire est classée, non ? Le coupable était un autre employé qui s'est suicidé par la suite, un certain Lipsky ?

— L'affaire n'est toujours pas classée. Lipsky n'a laissé aucun message, comme le font la plupart des personnes qui attentent à leurs jours. De plus, il n'avait aucune tendance suicidaire. Et la méthode employée était plutôt bizarre.

Aussi précisément que possible, il relata les événements, du licenciement de Lipsky jusqu'à sa mort.

— On nous l'a décrit comme un type violent et impulsif, qui avait déjà eu quelques petits ennuis avec la police : agressions diverses, coups et blessures, ce genre de choses...

— Un type qui aurait pris la tangente, en cas de pépin, mais qui ne se serait certainement pas servi un cocktail de gin et de poison, conclut Tipton, pensif. En revanche, il aurait très bien pu s'en procurer.

— Lui, ou quelqu'un d'autre. Il en avait après Slater, puisque celui-ci venait de le virer. À mon avis, il a voulu se venger sur le canasson, et le vieux Mick l'a surpris en pleine action. Lipsky a paniqué et s'est retrouvé avec un cadavre sur les bras.

— Plausible, admit Tipton.

— Ce qui me chiffonne, c'est qu'il soit resté dans le coin après ça. Au lieu de prendre la poudre d'escampette pour le Mexique, il s'est terré dans une chambre de motel, à une heure de route de Charles Town. Curieux, non ?

— À moins qu'il n'ait attendu les ordres de quelqu'un.

— Et que ce quelqu'un lui ait servi un petit cocktail détonant. Un détail vient corroborer cette hypothèse : on n'a pas trouvé d'empreintes sur la bouteille de gin. Elles avaient été effacées.

Tipton esquissa un sourire. Toute sa vie, il avait traqué ces minuscules erreurs qui finissaient toujours par perdre un criminel.

— Vous êtes donc en présence de deux meurtres, déduisit-il. Sur qui portent vos soupçons ? Ce Slater, le propriétaire du cheval ? Il a pu commanditer la mort du canasson pour empocher la prime d'assurance, avant de zigouiller tranquillement Lipsky. Ça s'est déjà vu.

— Et cette histoire de licenciement ne serait qu'une mise en scène destinée à détourner les soupçons. Sauf que le cheval devait courir le Derby et que Slater n'avait aucun intérêt à le perdre. Toutefois je le surveille de près. Il a déjà eu maille à partir avec les flics du temps de sa jeunesse, et il a même passé quelques mois en taule.

— Pour quel motif ?

— Jeu prohibé. C'était il y a longtemps. Quelques semaines plus tôt, il échouait en maison de redressement. Depuis, il se tient à carreau, pour autant qu'on le sache. Il a de qui tenir. Son père a été arrêté plusieurs fois, pour fraude, recel, grivèlerie... Un escroc à la petite semaine.

— Jolie famille ! Bon, si nous écartons Slater, qui aurait pu engager Lipsky pour buter ou blesser le cheval ?

— Peut-être quelqu'un qui voulait s'assurer la première place au Derby ? C'est là que l'affaire se complique. Vous avez suivi la course à la télé ?

— Pour moi, il n'y a qu'un seul sport : le baseball ! répliqua Tipton en frôlant sa casquette. Mais j'ai entendu parler d'un cheval qui s'est effondré après une overdose d'amphétamines.

— Et c'est Slater qui a remporté la course.

— Où cela nous mène-t-il ?

— Je n'en sais trop rien, mais sans doute vingt ans en arrière. Voilà pourquoi je suis venu vous voir, capitaine. Pouvez-vous me parler de Naomi Chadwick ?

Tipton termina sa bière avant d'écraser la canette sous sa chaussure.

— C'est la deuxième fois que j'entends ce nom aujourd'hui, déclara-t-il. Sa fille m'a passé un coup de fil ce matin. Et si j'en crois ce qu'elle m'a dit... (d'un rapide coup d'œil, Tipton consulta sa montre) ... elle ne devrait pas tarder à arriver.

— Tu es nerveuse, fit observer Gabriel en détournant un instant son regard de la route.

— On le serait à moins ! rétorqua Kelsey. C'est Tipton qui a arrêté ma mère, et je vais lui demander de m'aider à prouver qu'il a commis une erreur. Et puis, je n'ai pas la conscience tranquille. J'ai menti à Naomi, je fais tout ça dans son dos, et cela me tracasse. Surtout que je ne suis pas certaine du bien-fondé de ma démarche. Tous ces mensonges pour m'assurer que je ne descends pas d'une meurtrière !

— C'est ça, le fond du problème ?

— En partie. L'hérédité est une chose effrayante. (Voyant Gabriel tiquer, elle tenta de se rattraper :) Enfin, ce n'est pas le seul élément déterminant du caractère. Il y a aussi l'éducation, l'environnement familial...

Comprenant qu'elle ne faisait que s'enfoncer, elle s'interrompit brusquement.

— Je perds sur toute la ligne, murmura Gabriel.

— Mais ça n'a rien à voir avec toi. Oh, j'ignore pourquoi je fais tout cela !

Gabriel soupira. Il avait été fou de croire que ce moment ne viendrait jamais. Alors autant mettre cartes sur table sans attendre.

— Faisons une mise au point, Kelsey. Tu doutes de toi à cause de ta famille. Et tu doutes de moi à cause de la mienne.

— Ce n'est pas vrai ! se récria-t-elle. Je n'aurais jamais fait l'amour avec toi si je ne te faisais pas confiance.

— Oh si ! C'est facile d'occulter la logique dans le feu de la passion. Et au lit, nous nous entendons plutôt bien, hein ? Mais tôt ou tard, il faut affronter la réalité. Le sang qui coule dans mes veines est pollué, et tu ne pourras rien y changer. On n'efface jamais ses origines. On peut s'amender, se payer de beaux costumes, mais elles sont toujours là, sous le vernis. J'ai vu des choses et commis des actes qui t'auraient horrifiée. Je voulais le haras de Cunningham, et j'ai trouvé le moyen de l'obtenir. Toi, je te désirais, et j'aurais fait n'importe quoi pour t'avoir.

Kelsey se renfonça dans son siège.

— Je vois, dit-elle. C'est juste une histoire de fesses, alors ?

— Non, et pourtant je donnerais tout pour que ce soit le cas.

Kelsey ferma les yeux.

— Arrête-toi, ordonna-t-elle.

Comme il continuait à rouler, elle pivota vers lui et s'écria :

— Arrête cette fichue voiture, Slater !

Dans un crissement de gravier, il immobilisa le véhicule sur le bas-côté de la route.

— Si tu crois que je vais te laisser rentrer à pied, tu te trompes ! gronda-t-il. Je t'interdis de descendre de cette voiture !

— Cesse de me donner des ordres, je ne suis plus une enfant !

Excédé, il l'agrippa par le revers de sa veste.

— Ne me pousse pas à bout, Kelsey ! Tu savais à quoi t'en tenir sur mon compte. Je ne t'ai rien caché de mon passé. Il est trop tard pour faire marche arrière maintenant, je t'avais prévenue !

Kelsey réagit avec une égale violence.

— Si tu te comportes en Cro-Magnon, il me semble peu approprié de te dire que je suis amoureuse de toi !

Gabriel laissa retomber ses mains. L'espace d'un instant, il eut l'impression que tous ses muscles étaient paralysés. Kelsey le fixait d'un regard étincelant de colère, mais il était déjà au tapis.

— Ne joue pas avec le feu, dit-il enfin d'une voix rauque. Tu ne sais pas ce que tu éprouves pour moi. Tu ne te connais même pas !

— J'en ai assez des gens qui prétendent savoir mieux que moi ce que je pense ou ce que je ressens ! cria Kelsey, hors d'elle. Je me connais très bien, au contraire, et bien qu'en ce moment j'aie envie de te tuer, je sais que je t'aime ! Maintenant, démarre et finissons-en !

Mais Gabriel n'aurait même pas été capable de conduire un vélo.

— Donne-moi une minute.

— D'accord, prends ton temps ! fit Kelsey en croisant les bras. Ça me permettra d'inventer plusieurs moyens de te faire souffrir !

— Viens ici.

Comme il tendait les bras vers elle, elle le bloqua du coude.

— Ne me touche pas !

— Je croyais qu'il fallait prendre la femme qu'on aime dans ses bras pour lui déclarer sa flamme ?

Kelsey ne se laissa pas décontenancer.

— Ça fait longtemps que tu as découvert ça ? ironisa-t-elle.

— Un moment. Je croyais que ça allait passer, comme une mauvaise grippe.

Furieuse, elle lui assena un coup de poing en pleine poitrine. Bien que secoué, il lui saisit les poignets et l'immobilisa.

— Lâche-moi ! fulmina-t-elle en se débattant en vain.

— Tu as l'intention de me frapper encore ?

— C'est probable. Une grippe, tu dis ?

— Oui, mais j'avais oublié un détail à propos des virus. Ils ne quittent jamais le corps. Ils restent tapis dans un coin, prêts à attaquer au moment où l'on est le plus vulnérable. J'essaie de m'habituer au mien, ajouta-t-il en retournant la main de la jeune femme pour lui embrasser le creux de la paume.

— Et comment ça va maintenant ? s'enquit-elle froidement.

— Mieux.

Il posa son front contre celui de Kelsey et ils restèrent ainsi un long moment. Enfin Gabriel murmura :

— Je parie qu'on ne t'a jamais fait une déclaration d'amour comme celle-là. Dans une voiture en plus !

— Aucune importance, c'est la plus belle que j'ai reçue, chuchota Kelsey.

Et comme il s'emparait de ses lèvres, elle lui noua les bras autour du cou.

La première chose que se dit Tipton quand le jeune couple sortit de la voiture fut que ces deux-là étaient plus que de simples amis. L'homme avait juste la main posée sur l'épaule de sa compagne, mais cela suffit pour que l'ancien policier mesure leur degré d'intimité.

Puis il nota que la jeune femme était presque le sosie de Naomi Chadwick, mis à part quelques légères différences : la bouche plus douce, plus généreuse, les pommettes légèrement moins saillantes, la démarche plus fluide. Heureusement qu'elle l'avait prévenu de sa visite, car si elle avait débarqué à l'improviste dans son jardin, il aurait eu un sacré choc !

Avec un sourire un tantinet forcé, Kelsey leva les yeux sur les deux hommes qui se tenaient sous la véranda.

— Bonsoir, lieutenant Rossi, je ne m'attendais pas à vous trouver ici.

— Le monde est petit, hein ?

Irritée, Kelsey se tourna vers Tipton.

— Merci de me recevoir, capitaine. Je vous présente Gabriel Slater, un ami, et aussi notre voisin aux Trois Saules.

— J'ai entendu parler de vous, monsieur Slater, déclara Tipton. Félicitations pour vos deux victoires au Derby et au Preakness Stakes. Moi, je suis plutôt féru de base-ball, voyez-vous.

Gabriel saisit la perche.

— Cette année, je parierais sur les Birds. Ils ont des lanceurs extraordinaires, et leur défense est si serrée qu'un moustique n'y passerait pas.

— C'est bien vrai ! s'exclama Tipton, ravi, en se claquant le genou. Vous les avez vus écraser les Jays hier soir ? Fichus Canadiens !

Souriant, Gabriel sortit deux cigares de sa poche et en offrit un à Tipton.

— Allons, cette jeune personne n'est pas venue pour discuter base-ball, reprit ce dernier en désignant

Kelsey. Vous vous intéressez au meurtre de Bradley, c'est cela ?

— Pouvez-vous me parler de lui ? demanda Kelsey.

— Il avait 32 ans à l'époque et était divorcé d'une femme de quinze ans son aînée. Ce type tirait toujours le diable par la queue. Son ex-femme lui avait versé un joli dédommagement, mais ça n'a pas fait long feu, d'autant plus qu'il jouait gros aux courses.

— Que faisait-il dans la vie ?

— C'était un play-boy professionnel qui tournait autour des femmes riches et mariées. Elles lui faisaient des cadeaux, lui donnaient de l'argent, et si elles ne se montraient pas assez généreuses il les faisait chanter en les menaçant de tout révéler à leur mari. De mon temps, on appelait ça un gigolo. Aujourd'hui, je ne sais pas.

— Un fumier, répondit aimablement Gabriel.

Tipton hocha la tête d'un air approbateur. Ce Slater avait du goût, tant pour les femmes que pour les cigares.

— Ce qui est curieux, c'est qu'il descendait d'une famille aisée, reprit-il. Mais ça ne l'empêchait pas d'escroquer ces pauvres femmes.

— En ce cas, je ne vois pas pourquoi il s'intéressait à ma mère, objecta Kelsey. Elle était séparée de mon père, et il n'avait aucun moyen de faire pression sur elle.

— Vous oubliez que votre mère était au beau milieu d'une procédure juridique. Si elle voulait obtenir la garde de son enfant, elle avait tout intérêt à éviter les commérages.

— Pourtant elle le voyait publiquement.

— Oui, elle ne se cachait pas en sa compagnie, mais au procès, elle a soutenu qu'ils n'étaient pas amants. Évidemment, personne ne l'a crue et le jury a pensé qu'elle l'avait tué par jalousie.

— Ma mère prétend qu'il l'a agressée ce soir-là.

— Il n'y avait pas de traces de lutte dans la chambre. Sa chemise de nuit était déchirée et elle avait quelques ecchymoses, mais elle aurait très bien pu s'infliger cela toute seule, une fois le meurtre commis.

— Dans ce cas, elle aurait également pu renverser quelques tables et briser des objets afin de simuler une bagarre.

Intelligente, la petite ! songea Tipton avec admiration.

— J'ai eu la même idée, admit-il, et je l'ai soumise à votre mère. Savez-vous ce qu'elle m'a répondu ? « Peut-être que je n'y ai pas pensé ! » Agressive, avec ça ! Enfin, c'est le genre de réponses qu'elle a fournies jusqu'à ce que ses avocats lui disent de la fermer. La deuxième fois, c'était dans la salle d'interrogatoire du poste de police. Elle fumait cigarette sur cigarette. Ce jour-là, elle m'a dit qu'elle regrettait de ne pas y avoir pensé, parce que du coup, quelqu'un l'aurait peut-être crue. Et le pire, madame Byden, c'est que moi, je la croyais.

Kelsey sursauta.

— Vous la croyiez ? Et cependant vous l'avez envoyée en prison !

— Que voulez-vous, toutes les preuves étaient contre elle ! Et elle n'était pas très coopérative. J'ai passé des nuits blanches à chercher des indices qui auraient pu la blanchir. Mais je n'ai rien trouvé, rien du tout. J'ai fait mon boulot, madame Byden. Je l'ai arrêtée et j'ai témoigné lors du procès.

— Et ça ne vous a pas gêné d'envoyer une innocente en prison ?

— Qui a dit qu'elle était innocente ? J'ai dit que je ne la *croyais* pas coupable. Ce n'est pas pareil, madame Byden.

— Eh bien, tout ça m'a rappelé de vieux souvenirs ! dit Tipton en regardant la Jaguar de Gabriel s'éloigner dans l'allée. Des yeux gris comme ça, on n'en voit pas tous les jours. Je crois bien que la fille est aussi têtue que la mère.

— Naomi Chadwick vous a séduit, on dirait ? fit remarquer Rossi.

— C'était une femme superbe. Peut-être que c'est pour ça que j'étais enclin à la croire ? Bah, je n'en sais rien.

— Quelle opinion aviez-vous de Charles Rooney ?

— Le privé ? Un mec très en vue, qui s'occupait surtout d'affaires de divorce. A priori, il ne trempait dans aucune magouille.

— Il a quand même attendu trois jours avant de signaler à la police qu'il avait assisté au meurtre !

— Ouais. Selon ses dires, il a cédé à la panique. Cela m'a toujours paru un peu bizarre de la part d'un type exerçant une telle profession. Mais il s'en est tenu à sa version et je me suis appuyé sur son témoignage. Il y avait sa pellicule, son rapport et les avocats des Byden pour le couvrir.

Songeur, Rossi se gratta le menton.

— En effectuant des recherches sur Naomi Chadwick, je suis tombé sur une vieille histoire de dopage. C'était il y a vingt-trois ans. Le cheval en question a provoqué la chute d'un autre qui appartenait aux Chadwick. Il a fallu l'abattre. Et voilà qu'aujourd'hui, un événement similaire survient au Derby. Plutôt curieux, non ?

— Jusqu'où allez-vous fouiller comme ça, Rossi ?

— Jusqu'où il faudra. Savez-vous comment s'est terminée cette histoire de dopage ? Le jockey a avoué par lettre avoir donné des amphétamines à son cheval, puis il s'est pendu dans la sellerie du propriétaire. C'était peu avant la mort de Bradley. Ce qui nous donne donc une course truquée, un suicide et un meurtre. Aujourd'hui nous avons un meurtre, une

mort bizarre maquillée en suicide et une course truquée. On dirait bien que l'histoire se répète.
— Et vous voudriez que je vous aide à relier le présent au passé, c'est bien cela ?
— À moins, bien sûr, que vous ne soyez trop pris par votre bricolage...

Un lent sourire étira les lèvres de Tipton.
— Je devrais pouvoir trouver le temps, murmura-t-il.

21

Dans la lumière rosée du matin, Moïse regardait les juments mener leurs poulains à l'abreuvoir. Comme d'habitude, Big Bess avait pris la tête, sa queue claquant au vent avec arrogance. Puis venait Carmen, suivie de Romance, et ainsi de suite jusqu'à la timide Sunny.

Les poulains folâtraient, se mordillaient, inconscients du fait que, dans quelques semaines, ils seraient séparés de leur mère pour aller à la rencontre de leur destin. Certains seraient débourrés aux Trois Saules, d'autres vendus aux enchères, d'autres encore deviendraient trotteurs. Et l'un d'entre eux se métamorphoserait peut-être un jour en champion.

Peut-être le petit bai à l'étoile frontale qui relevait crânement la tête, supputait Moïse. Naomi l'avait baptisé Fanfaron. Il en avait les gènes, le temps dirait s'il en possédait aussi la vaillance.

— Ils sont beaux, n'est-ce pas ? fit la voix de Kelsey derrière lui. C'est dur d'imaginer que d'ici un an, ils seront prêts à être montés.

Sans quitter les chevaux des yeux, il répliqua :

— Tiens ! Tu as enfin daigné venir travailler ?

— Désolée, je suis en retard.

— Un quart d'heure aujourd'hui, et toute la journée d'hier.

— J'avais des choses à faire.

Pivotant vers elle d'un air courroucé, il aboya :

— Des choses ! Une seule chose compte ici, et ce sont les chevaux !

Comme il s'éloignait déjà vers les écuries, Kelsey se lança à sa poursuite, penaude.

— Je sais que je n'aurais pas dû, Moïse. Mais je ne pouvais vraiment pas...

— Écoute, ma petite, on n'est pas là pour s'amuser. On bosse, tous les jours, parce que sinon, quelqu'un d'autre doit se coltiner le boulot. Tu devais entraîner Honneur hier. Où étais-tu fourrée ?

Kelsey se mordit les lèvres.

— J'avais des choses... personnelles à régler.

— Dorénavant, tu te verniras les ongles durant tes heures de loisir ! J'ai horreur qu'on me fasse perdre mon temps ! Maintenant, prends un balai et va décrotter les box !

— Mais... il faut que je fasse travailler Honneur !

— Elle est déjà à la longe. Tu pourras toujours la doucher quand elle aura fini.

Moïse s'engouffra dans son bureau – croisant au passage Naomi qui sortait de la pièce – et claqua la porte derrière lui. Kelsey demeura immobile, le visage empourpré de colère. Autour d'elle, les employés qui avaient assisté à la scène baissèrent aussitôt le nez sur leurs pelles et leurs fourches, non sans avoir échangé quelques coups d'œil narquois.

Se secouant enfin, Kelsey prit sa mère à témoin.

— Non mais, tu as vu comment il me traite ? s'indigna-t-elle.

Naomi sourit sans se départir de son calme.

— Si Moïse t'a engueulée, c'est que tu le méritais. Et puis, il ne t'aurait pas parlé de cette manière s'il ne te considérait pas comme un membre à part entière de l'équipe.

— Il aurait pu le faire en privé ! M'accuser de me vernir les ongles ! Bon sang, regarde mes mains, elles sont toutes calleuses ! Tout ça parce que j'ai pris ma journée hier !

— Rien ne t'oblige à t'investir autant dans le travail quotidien du haras. Si tu préfères lever le pied...

— Tu crois que c'est un passe-temps pour moi ?

— Non, mais...

— Mais tu n'as pas confiance en moi, c'est ça ? Jusqu'ici, j'ai toujours été versatile, pourquoi changerais-je ? Eh bien, je vais te le dire, pourquoi. Parce que tout est différent, maintenant !

Tournant les talons, la jeune femme se dirigea à grands pas vers les écuries. La voyant s'emparer rageusement d'une fourche et disparaître dans le bâtiment, Naomi soupira. En dépit de ses principes, elle se décida à intervenir. Inutile de laisser les choses s'envenimer.

Retournant dans le bureau, elle trouva Moïse en communication téléphonique avec l'agent de Reno.

— Non, je ne l'engage pas pour Belmont ! C'est Corelli qui a monté Haute Mer au Preakness, et il mérite de continuer. Ouais, c'est définitif !

Il raccrocha au nez de son interlocuteur et grommela :

— Ce type est dingue ! Reno sort à peine de l'hôpital !

— Je suis d'accord avec toi, convint Naomi en s'asseyant sur le coin du bureau. De toute façon, René sait qu'il n'est pas prêt. (Posant doucement sa main sur celle de Moïse, elle ajouta :) Tu ne crois pas que tu as été un peu rude avec Kelsey tout à l'heure ?

Moïse se renfrogna.

— Qui parle, la mère ou la propriétaire du haras ? rétorqua-t-il d'un ton rogue.

— Moi, tout simplement. Écoute, il faut lui pardonner ces petites incartades. N'oublie pas qu'elle a dû s'adapter très vite à une situation nouvelle. Et je sais que quelque chose la trouble en ce moment. Jusqu'à présent, tu semblais très satisfait de ses progrès.

— C'est vrai, mais hier, elle a poussé le bouchon trop loin. Je ne peux pas faire de favoritisme.

— Non, bien sûr. Mais je te connais, Moïse. D'ordinaire, pour un banal écart de conduite, tu n'engueules pas les gens en public.

— Peut-être. Mais Kelsey est une enfant gâtée. Il faut qu'elle comprenne que le travail prime avant tout, ici. Et puis... je suis un peu sur les nerfs, en ce moment.

— J'avais remarqué, murmura Naomi en accentuant la pression de sa main. C'est à cause d'Orgueil, n'est-ce pas ?

Moïse hocha la tête et avoua :

— Oui, il me manque tellement ! Je n'arrête pas de m'adresser des reproches. J'étais si obsédé par la victoire que j'ai manqué de vigilance. Et voilà le résultat.

— Tu as le droit d'être malheureux, Moïse, pas de te culpabiliser.

— C'était mon cheval. Sur le papier, il t'appartenait peut-être, pourtant je le considérais comme le mien. Et je l'ai perdu. Je ne cesse de revivre cette fichue journée, et j'en arrive toujours à la conclusion que tout a dû se passer sous mon nez. Je n'étais pas au bon endroit au bon moment.

Naomi se redressa pour enfoncer ses poings dans les poches de son jean. Il n'y avait qu'un moyen, elle le savait, pour secouer Moïse du marasme où il se trouvait.

— D'accord, Whitetree, c'est ta faute. Tu étais responsable de ce cheval. Je te paye pour entraîner mes bêtes, pour les connaître, les comprendre, les guider de la naissance jusqu'à la mort. Et aussi pour superviser le travail des employés. Mais d'après ce que tu me dis, je t'ai aussi embauché pour prédire l'avenir. Comme c'est le cas, je ne sais pas si je dois te virer ou te donner une augmentation.

— Naomi, je suis très sérieux...

— Moi aussi ! Écoute, Moïse, je veux savoir qui a fait ça à Orgueil, et je veux que cette personne paye.

Mais je ne peux pas me permettre de te voir, toi que j'aime et dont je dépends, perdre courage. Nous avons moins de onze mois avant le premier samedi de mai.

Moïse exhala un long soupir.

— Ouais. Je crois que je devrais aller faire des excuses à ta fille.

— Laisse tomber. Elle s'en remettra.

— Ses yeux lançaient des éclairs, tout à l'heure. Quand elle est en colère, c'est ton portrait craché ! (Il soupira derechef.) Tu sais, Naomi, je n'ai que deux regrets dans la vie. Ne pas avoir effectué de pèlerinage à Jérusalem, et ne pas t'avoir fait d'enfant.

Naomi contourna le bureau pour poser ses mains sur les épaules noueuses de son amant.

— Les regrets ne servent à rien, affirma-t-elle. Il est bien rare qu'on ait une deuxième chance dans la vie.

La même pensée traversait le cerveau de Rich Slater. La vie vous offrait rarement l'occasion de vous refaire. Et pourtant, il y était parvenu !

Je suis un petit veinard, songea-t-il en abandonnant son formulaire de tiercé pour commander un autre bourbon au barman.

Comme il sortait de sa poche un cigare à cinq dollars l'unité, la flamme d'un briquet s'alluma sous son nez comme par magie. Il aspira une bouffée, puis sourit aimablement à son fils.

— Comme au bon vieux temps ! s'exclama-t-il, avant d'ajouter à l'intention du barman : La même chose pour mon fiston !

— Un café noir, rectifia Gabriel.

Rich protesta.

— Pour une fois, prends une boisson d'homme ! C'est moi qui régale.

Gabriel secoua la tête, tout en jaugeant son père d'un œil attentif. Un manteau de cachemire avait remplacé sa gabardine de drap usé. La chevalière en or qui étincelait à son petit doigt était visiblement neuve, de même que la montre Cartier qui ornait son poignet. Quant à ses mocassins au cuir avachi, ils avaient laissé la place à des chaussures italiennes en croco qui, si elles n'étaient pas du meilleur goût, étaient un signe extérieur de richesse manifeste.

— Je croyais que tu avais des problèmes avec des types de Chicago ?

— Oh, ça s'est arrangé, ne t'inquiète pas pour moi. Tout le monde sait que le vieux Slater honore ses dettes.

— Je croyais que tu t'étais fait prendre en train de tricher.

Rich fronça les sourcils en fouillant dans sa mémoire défaillante. Que diable avait-il raconté à Gabriel ? Bah, aucune importance.

— C'était juste une petite divergence d'opinion, se hâta-t-il d'expliquer. Tout est réglé, à présent. (Se tournant vers l'écran de télé fixé au mur, il s'exclama :) Ah, voilà ma course ! J'ai misé sur le numéro trois gagnant...

Gabriel releva les yeux juste à temps pour voir les stalles de départ s'ouvrir.

— J'ai appris que tu traînais de nouveau sur les hippodromes, fit-il remarquer.

— Vas-y, mon gars, tiens bien la corde ! Hein, tu disais ?

— Quelqu'un t'a vu à Churchill Downs le jour du Derby.

Sans quitter l'écran des yeux, Rich tentait de deviner le piège que Gabriel était en train de lui tendre. La victoire sur le fil de son favori lui permit de gagner du temps.

— Regarde-moi ça ! Ah, j'ai l'œil, pas vrai ? Je savais bien que ce canasson tiendrait la distance. Patron, remettez-moi ça !

— Que faisais-tu dans le Kentucky ? insista Gabriel.

— Le Kentucky ? Je n'y ai pas remis les pieds depuis cinq ou six ans.

— Quelqu'un t'a vu, le jeudi avant la course.

Rich demeura parfaitement impassible.

— Cette personne doit se tromper, fiston. Mais peut-être confond-elle avec le Preakness de Pimlico ? J'ai été y faire un tour, et tu sais quoi, j'ai parié sur ton cheval ! Il ne m'a pas déçu, l'enfant de salaud ! Du coup, je crois que je vais faire un saut à Belmont la semaine prochaine. Attention, cette fois tu cours pour la Triple Couronne ! Il faudra fêter ça, si tu décroches le pompon.

— Il y a eu un drame, le jour du Derby.

— Oui, je sais. J'étais dans ma chambre d'hôtel, j'ai suivi ça à la télé. Quelle pitié de voir un si beau cheval finir comme ça ! Enfin, ça t'a plutôt arrangé, non ?

— Ce n'était pas un accident. Quelqu'un a tué ce cheval.

Tirant sur son cigare, Rich souffla un nuage de fumée bleue.

— Ouais, j'en ai entendu parler. Sale affaire, mais ça arrive. Oh, pas autant qu'avant ! Dans le temps, il n'y avait pas tous ces contrôles, c'était plus facile de doper un cheval. Et puis, il y avait plein de petits trucs pour titiller la chance. On les connaissait par cœur, moi et ton grand-père. Il m'a tout appris. Dommage que tu ne l'aies pas connu...

— Oui, dommage qu'il ait reçu une balle en pleine tête pour une petite divergence d'opinions.

— Parfois, tricher fait partie du jeu, objecta Rich. C'est une question de talent et d'opportunité. Mais toi, tu n'as jamais voulu comprendre.

Gabriel se pencha pour regarder son père droit dans les yeux.

— Tu vois, ce que tu me dis, ça éveille un vieux souvenir en moi. J'étais tout gosse, à l'époque. Tu m'avais emmené à Keeneland. Il ne faisait pas très chaud ce jour-là, et pourtant tu suais comme un bœuf.

Je m'en souviens très bien, parce que pendant la course, une pouliche s'est écroulée.

Rich se tourna de nouveau vers l'écran de télé, tandis qu'une sueur froide lui parcourait le dos.

— Ça arrive, marmonna-t-il. Je ne vois pas le rapport.

— Ce cheval appartenait également aux Chadwick.

— Vrai ? Eh bien, cela prouve que certains sont poursuivis par la poisse.

Frappant le bar du plat de la main, Rich ajouta à l'intention du barman :

— Alors, ça vient, oui ? Je suis à sec, moi !

Inexorable, Gabriel poursuivit :

— À la suite de ça, un jockey s'est pendu. Autant que je me rappelle, nous n'avons pas traîné dans le coin après cet épisode. Le plus curieux, c'est que notre chambre d'hôtel était déjà payée. Tout à coup, tu t'es mis à rouler sur l'or. Ça n'a pas duré longtemps, bien sûr.

— J'avais dû miser sur le bon bourrin, voilà tout.

— Oui, et aujourd'hui, comme par hasard, tu es plein aux as, alors qu'il y a quelques semaines, tu venais me mendier du fric. Étrange coïncidence, non ?

Rich s'énerva.

— Qu'est-ce que tu cherches à me dire, Gabriel ?

— Simplement que j'espère pour toi que je ne vais pas découvrir que tu te trouvais dans le Kentucky ce jeudi-là. Sinon, tu pourrais le regretter !

— Tu me menaces ?

— Exactement.

Dominant à grand-peine la colère et la peur qui s'emparaient de lui, Rich saisit le verre que le barman venait de déposer sur le comptoir.

— Tu ferais mieux de t'occuper de ta prochaine course, et de cette belle petite pouliche blonde, gronda-t-il en plissant les paupières.

La main de Gabriel vola et accrocha la cravate en soie que Rich portait autour du cou. Inquiet, le barman s'approcha et demanda :

— Qu'est-ce qui se passe ici ?

— Juste une petite discussion de famille, répondit Rich, avant de chuchoter à Gabriel : C'est un morceau de premier choix que tu t'es trouvé là, fiston. Fine, nerveuse, tout en jambes. Je parie qu'elle a le sang chaud ! Tu devrais peut-être la présenter à ton vieux père ?

Gabriel dut faire appel à toute sa volonté pour ne pas écraser son poing sur la figure de cet homme qui lui répugnait, mais qui n'en était pas moins son père.

— Je t'interdis de l'approcher, dit-il d'une voix sourde.

— Sinon ?

— Sinon je te tue.

— Allons, tu sais parfaitement que tu n'as pas les tripes pour faire ça ! Mais on va conclure un marché, toi et moi. Tu ne te mêles pas de mes affaires, et je reste en dehors des tiennes. Sinon je serai obligé d'avoir une bonne discussion avec ta charmante copine. À mon avis, on aurait beaucoup de choses à se dire, tous les deux !

Rich se mit à lisser la cravate que Gabriel venait de relâcher. Ce dernier sortit une pièce de sa poche et la posa sur le comptoir, à côté du café auquel il n'avait pas touché.

— Ne t'avise pas de l'approcher, lança-t-il avant de s'éloigner à grands pas.

Rich adressa un sourire au barman qui le surveillait d'un œil nerveux.

— Ah, les gosses ! soupira-t-il. Ils n'apprennent jamais le respect. Il faut le leur inculquer à la dure.

La nuit tombait quand Kelsey sortit de l'écurie. Depuis dix heures, elle charriait du fumier et de la paille, frottait le ciment et polissait des harnais. Tout son corps lui faisait mal, et elle ne pensait plus qu'à se glisser dans un bon bain chaud.

— Une bière ? lui proposa Moïse qui était assis sur un tonneau, deux canettes à la main.

Il l'attendait, de toute évidence.

— Non merci, répondit-elle de son ton le plus froid.

— Kelsey !

À contrecœur, elle accepta la canette qu'il s'obstinait à lui tendre. Elle aurait préféré un litre d'eau fraîche, mais le breuvage amer effaça au moins le goût de poussière et de sueur qu'elle avait dans la bouche depuis des heures.

Moïse fronça les sourcils en apercevant une meurtrissure bleuâtre sur le bras de la jeune femme.

— Tu t'es fait mordre ?

— Oui, et alors ?

Cette animosité à peine contenue amena un sourire sur les lèvres du métis.

— Je te préviens, tu n'arriveras pas à me faire la tête très longtemps. Je suis trop charmant, quand je m'en donne la peine.

— Question de point de vue.

Il se renfrogna et maugréa :

— D'habitude ça marche avec ta mère. Écoute, tu as exagéré, et je ne te l'ai pas envoyé dire. Mais ça n'empêche pas que depuis que tu es ici, tu fais du bon boulot.

— Vraiment ?

— Oui. Tu apprends vite, tu corriges tes erreurs, mais tu as encore besoin qu'on te serre la vis. Tu as une sacrée caboche, mais ici, entre les chevaux et ta mère, on a l'habitude.

— Ma mère ?

— Elle est aussi têtue qu'une bourrique quand ça lui prend ! Oh, elle ne se met plus en colère aussi souvent qu'avant, et parfois je le regrette. La prison l'a changée. Elle s'est endurcie, retranchée derrière une armure. Elle n'avait pas le choix. Tout ça pour te dire que, si je t'ai engueulée tout à l'heure, c'est plus à cause d'elle qu'à cause du boulot.

— Je ne comprends pas.

— Je vais me montrer plus clair : si tu décides de tout plaquer maintenant, ça la brisera. Elle m'arracherait les yeux si elle m'entendait dire ça, mais tant pis, ça m'est égal. Naomi est la personne qui compte le plus à mes yeux. Je ne veux pas qu'elle souffre de nouveau.

— Je n'ai pas l'intention de partir, ni de lui faire du mal. Pourquoi ne me faites-vous pas confiance ?

— Je ferai toujours confiance à quelqu'un qui est capable de purger un cheval sans partir en courant pour vomir tripes et boyaux. C'était juste une mise au point. Allez, à demain matin.

L'entraîneur sauta à bas de son tonneau et, sur un geste de la main, s'éloigna en direction de son bureau.

Une heure plus tard, Kelsey somnolait dans son bain parfumé lorsque la porte de la salle de bains s'ouvrit sur une haute silhouette masculine.

— Gabriel ? Qu'est-ce que tu fais là ?

— Gertie m'a dit que je te trouverais ici, répondit-il en s'immobilisant, poings sur les hanches, pour mieux profiter du spectacle. Je voulais te ramener à Longshot avec moi, mais on dirait que tu n'es pas habillée pour une petite balade.

— Il se trouve que j'ai l'habitude de me baigner nue.

— Ce n'est pas moi qui m'en plaindrais. Tu veux que je te frotte le dos ?

— Je peux me débrouiller toute seule, rétorqua-t-elle, résistant à l'envie de croiser les bras sur sa poitrine. Va plutôt m'attendre en bas.

Il fit semblant de réfléchir puis, secouant la tête, entreprit de déboutonner sa chemise.

— Qu'est-ce que tu fabriques ? s'écria Kelsey, alarmée.

— Je viens avec toi.

— Certainement pas ! Qu'est-ce qui te prend ? Enfin, nous sommes chez ma mère !

— Elle n'est pas là, objecta Gabriel en apparaissant torse nu.

— La question n'est pas là. Remets cette chemise, Slater ! Gertie est en bas.

— Il va falloir qu'elle y reste, parce qu'il n'y a pas de place pour trois dans cette baignoire.

Ce disant, il s'assit pour ôter tranquillement ses bottes.

— Je ne plaisante pas, Gabriel ! Ce n'est pas convenable...

— J'ai besoin de toi, Kelsey.

La protestation de la jeune femme mourut sur ses lèvres. Pour la première fois, elle remarqua les traits tirés de Gabriel et les cernes noirs qui lui creusaient les yeux.

— Tire au moins le verrou, bougonna-t-elle.

— C'est fait.

Le jean alla rejoindre la chemise sur le sol, et Gabriel se glissa dans l'eau derrière Kelsey. Ses bras vinrent lui encercler la taille, puis il enfouit son visage dans ses cheveux mouillés. Avec délices, il respira le parfum qui se dégageait de son corps, jusqu'à ce que la fureur qui bouillonnait en lui depuis sa confrontation avec son père s'évacue un peu.

Il avait besoin d'oublier, juste une heure.

— Qu'est-ce qui ne va pas, Gabriel ?

— Chut ! Je veux juste te toucher, murmura-t-il en frôlant de ses mains les seins de la jeune femme.

Il se mit à la caresser si doucement, si tendrement, qu'elle sentit son cœur fondre. Les paumes de Gabriel glissaient dans son dos, le long de ses hanches, sur son ventre. Quand elle sentit ses doigts s'immiscer au plus profond d'elle-même, elle se prit à trembler de désir. Bercée par le clapotis de l'eau, elle s'abandonna alors au bien-être qui l'envahissait, savourant les frissons de plaisir qui la parcouraient et la montée du désir qui lui faisait oublier toute raison.

22

Quitte ou Double ne gagnerait pas à Belmont, décida Rich en prenant une bouteille de scotch dans le bar de Cunningham. Après tout, il ne fallait jamais miser tous ses espoirs sur un même cheval, ni sur une même femme. Il avait essayé d'apprendre ça à Gabriel, mais ce petit fils de pute n'avait jamais rien compris.

Cette fois, il en supporterait les conséquences. Il n'y aurait pas de Triple Couronne cette année pour Gabriel. Rich y veillerait.

S'installant dans l'ottomane de Cunningham, il posa ses nouvelles chaussures Gucci sur le velours doré. Ce soir, il se sentait le seigneur du château. Une belle demeure à la campagne, quelques jolis bolides dans le garage, une femme docile dans son lit... Voilà la vie qui lui convenait ! Et il aurait tout cela. Une fois les ultimes détails réglés, il s'envolerait pour Las Vegas, où on le connaissait bien. Oui, le vieux Richie Slater avait ses entrées dans tous les casinos. Il les avait déjà arpentés, une fille à chaque bras, des plaques plein les poches. Et il recommencerait. Après, il s'achèterait une maison, peut-être dans le Nevada pour ne pas être trop loin des tables de jeu ; un de ces trucs élégants avec des cactus et des palmiers, et une piscine au milieu du jardin...

Un instant, Rich resta perdu dans ses rêves, imaginant la roulette qui s'arrêterait toujours sur son numéro et les as qui tomberaient comme par miracle d'entre ses mains.

— Qu'est-ce que tu fous là ?

Rougeaud et essoufflé, Cunningham venait de faire son apparition sur le seuil du salon. Sa voix, qu'il avait voulue autoritaire, n'avait produit qu'un son geignard et craintif.

Rich l'accueillit avec un large sourire.

— Tu as fini de discuter avec tes associés ? Alors, il paraît que tu vas faire pouliner Sheba pour un bon million de dollars ? C'est du tout cuit, mon vieux Billy !

— Mêle-toi de tes oignons.

Cunningham redressa soudain les épaules. L'étalon était choisi, le contrat presque signé, tout marchait comme sur des roulettes. Avec les profits qui se profilaient à l'horizon, il allait se racheter une conduite. Et rien, il se le promettait bien, ne viendrait entraver sa route vers la fortune.

— Tu as reçu ton fric, Slater. Toi et moi, on n'a plus rien à se dire.

— C'est pas très gentil, ce que tu me dis là.

— Comment es-tu entré, d'abord ? s'enquit Cunningham avec méfiance.

— Ta petite copine a été beaucoup plus accueillante que toi. Elle sortait faire des courses quand j'ai sonné à la porte.

— Marla est ma femme, répondit Cunningham avec toute la dignité dont il était capable.

Rich éclata de rire.

— Sans blague ? Tu t'es laissé passer la corde au cou ? Tout ça pour une paire de gros nibards ? Félicitations, mon vieux ! Tu es encore plus con que je ne le croyais !

En son for intérieur, Cunningham remercia le ciel que Marla soit sortie. Il devenait de plus en plus urgent de couper les ponts avec cet ivrogne aussi vénal que dangereux. Rich n'était pas le genre de relation qu'il avait l'intention de cultiver à l'avenir.

— Fiche-moi le camp, Slater. On est quitte, toi et moi. C'est stupide de risquer qu'on nous voie ensemble.

— Ne t'affole pas, personne ne m'a vu, répliqua Rich en se baissant pour remplir de nouveau son verre. Et je ne suis pas ici pour te taper du fric.

Cunningham se détendit un peu et demanda :

— Pour quoi, alors ?

— Je suis venu te demander une dernière faveur. Tu ne peux pas me refuser ça ! Après, promis, tu n'entendras plus jamais parler de moi !

— Il n'est pas question que je trempe dans une de tes magouilles.

— Tu es bien scrupuleux pour quelqu'un qui a commandité deux meurtres.

Cunningham blêmit.

— Hein ? Qu'est-ce que tu racontes ? Je n'ai jamais...

— Tu n'as pas le choix, Billy. Il faut que tu m'aides. Je veux régler son compte au canasson de mon fils. Et pour ça, j'ai besoin de toi.

— Tu es dingue ! s'exclama Cunningham en essuyant la sueur qui lui perlait au front. Complètement dingue ! Va-t'en d'ici !

Mais il était pris au piège, il le savait, tout comme Rich, dont le sourire carnassier s'accentua.

— Assieds-toi, mon petit Billy. Et parlons un peu de tout ça...

Les valises de Kelsey étaient prêtes et rangées à côté de celles de Gabriel près de la porte de la chambre. Ils devaient partir pour New York à 7 heures du matin précises. *Dans six heures*, songea la jeune femme en se blottissant contre son compagnon.

Elle s'étonnait toujours de le trouver à côté d'elle, si chaud, si solide. Elle aimait son corps musclé et infatigable, et son visage aux traits anguleux qui la bouleversait chaque fois qu'il la regardait. Et elle respectait ce qui se cachait sous cette carapace de survie : la gentillesse, le courage, la force de caractère qui lui avaient permis de prendre sa destinée en main et de sortir de la misère.

Dans l'écurie se trouvait un cheval qui possédait la même vaillance. Ensemble, lui et Gabriel inscriraient bientôt leurs noms dans l'histoire.

— C'est inutile, murmura-t-elle en frottant son nez contre le cou de Gabriel.

— Mmm ? grogna-t-il en l'enlaçant d'un geste automatique.

— Je n'arrive pas à dormir, je suis trop nerveuse.

Il ouvrit un œil, esquissa un demi-sourire.

— Dans ce cas, occupe-toi de moi.

— Ce n'est pas ce que j'avais en tête. Non que la proposition me déplaise. Je te la rappellerai à mon retour.

Il tenta de la rattraper, mais déjà elle se glissait hors du lit.

— Où vas-tu ?

— J'ai envie de marcher un peu et de voir Double, dit-elle en enfilant rapidement un jean.

— Kelsey, il est une heure du matin !

— Je sais, répliqua-t-elle en passant la tête dans l'encolure de son tee-shirt. Dans un peu plus de huit heures, nous serons à Belmont. Qui pourrait dormir en sachant ça ?

— Je t'accompagne.

— Inutile, je ne serai pas longue.

— Ça ne fait rien...

— D'accord. Rattrape-moi, alors !

Elle venait de sauter dans ses bottes. Riant, elle se précipita vers la porte et dévala les escaliers.

C'était une nuit de juin idéale, tiède, avec un ciel constellé d'étoiles et juste un souffle de brise. Kelsey perçut le ululement lointain d'une chouette tandis qu'elle s'enivrait du parfum des roses montant des jardins. Le clair de lune illuminait les dépendances d'une aura magique. On eût dit le décor d'un conte de fées. Son conte de fées à elle. Et comme toutes les histoires merveilleuses, il regorgeait de drames, d'orphelins, de princes ensorcelés, de trahisons, de sacrifices et d'amours perdues...

Pourtant le bien triomphait toujours, Kelsey avait confiance. Dans sa quête de vérité, elle trouverait le bonheur.

Elle était déterminée à revoir le capitaine Tipton, ainsi que Charles Rooney ; à parler à Gertie, à Moïse, à Naomi, et à tous ceux qui avaient joué un rôle, fut-il insignifiant, dans les événements qui avaient conduit Alec Bradley à la mort.

Mais pour l'heure, seul le prix de Belmont comptait. En souriant, Kelsey leva son visage vers le ciel endiamanté. Dans quelques jours, elle verrait Gabriel et son superbe champion accepter le dernier joyau de la Triple Couronne.

Comme une ombre furtive traversait le sentier, elle sursauta en portant la main à sa poitrine. Mais ce n'était qu'un chat, sans doute à la poursuite d'un mulot.

La porte de l'écurie s'ouvrit dans un grincement et les odeurs rassurantes du cuir et du crottin chatouillèrent les narines de la jeune femme. Refusant d'allumer la lumière de crainte de déranger les chevaux, elle se dirigea à tâtons dans le noir et trouva une lampe torche. Le faisceau orangé balaya les stalles tandis qu'elle s'avançait dans l'allée de ciment.

Kelsey redoubla de précaution en apercevant le lit de camp dressé devant le box de Double. Inutile de réveiller le palefrenier de faction cette nuit-là. Elle allait juste jeter un coup d'œil au cheval, puis s'en retournerait comme elle était venue, sur la pointe des pieds.

S'approchant, elle découvrit alors que la couche était vide. Inquiète, elle braqua la lampe vers le box.

Mais Double était là, bien éveillé, et la regardait avec amitié.

— Ton pote est parti fumer une petite clope, c'est ça ? murmura-t-elle en tendant la main vers la porte.

Elle se figea en constatant que le verrou n'était pas tiré, et que le battant était déjà entrouvert. Ce n'était pas normal ; il se passait quelque chose...

Interloquée, elle pénétra dans le box.

Une douleur fulgurante explosa dans son crâne. Elle entendit le hennissement affolé de Double, avant de perdre totalement conscience.

Tandis qu'une silhouette s'esquivait rapidement, le cheval se cabra, ses sabots redoutables battant l'air au-dessus du corps inerte de la jeune femme.

À mi-chemin entre les écuries et la maison, Gabriel marchait, une tasse dans chaque main. Après s'être levé, il avait fait un tour par la cuisine, songeant qu'une bonne tisane leur ferait du bien.

Il sourit en se remémorant le subterfuge utilisé pour convaincre Kelsey de venir dormir chez lui : avant la course, il avait besoin de soutien moral. Ça avait marché. Néanmoins, à l'avenir, il comptait bien la persuader d'emménager à Longshot pour de bon. Après... on verrait bien. Conduire à l'autel une femme qui sortait tout juste d'un divorce était une affaire délicate qui exigeait du doigté et de la réflexion...

Le plus surprenant, c'est que cette idée lui était venue naturellement. Auparavant, il n'avait jamais été attiré par la perspective de fonder un foyer. Après une enfance comme la sienne, cela semblait absurde, voire dangereux. Mais auprès de Kelsey, ses craintes s'envolaient. Il voulait construire l'avenir avec elle, créer des liens solides qui ne se désagrégeraient pas avec le temps. Bref, une famille...

Son regard courut sur les écuries, les dépendances, la carrière, derrière lesquelles se découpait la silhouette vallonnée des collines. Ensemble, ils partageraient tout cela, songea-t-il avec un soupir de bonheur. Ils développeraient l'écurie de courses et enterreraient le passé une bonne fois pour toutes.

Un hennissement frénétique s'éleva soudain des écuries, faisant vibrer l'air. Gabriel ne mit qu'une demi-seconde à réagir. Il s'élança, sans souci des tasses qui allèrent se fracasser sur le gravier. Puis, ayant atteint le bâtiment, il ouvrit la porte à la volée et alluma la lumière.

Kelsey gisait dans le box de Double, face contre terre. Au fond de la stalle, le cheval piétinait sa litière. L'irruption de Gabriel accentua encore sa terreur et il se dressa sur ses postérieurs.

Rapide comme l'éclair, Gabriel se précipita vers la jeune femme inanimée, lui faisant un rempart de son corps. Comme il tentait de la soulever, un sabot l'atteignit à l'épaule. À peine conscient de la douleur, il emporta Kelsey pour la déposer sur le lit de camp, notant avec angoisse la pâleur de son visage et la flaccidité de ses membres. Puis, d'une main tremblante, il tâta sa carotide.

— Bébé, je t'en prie...

Il perçut une faible pulsation sous ses doigts et, partagé entre la peur et le soulagement, enfouit son visage dans les cheveux épars de la jeune femme tout en murmurant des paroles sans suite.

— Gabriel ? Que s'est-il passé, mon Dieu !

La voix de Jamison le fit sursauter. Il releva la tête et vit l'entraîneur pénétrer dans le box afin de calmer le pur-sang.

— Doucement, mon gars, doucement !

S'étant enfin emparé du licou, il se tourna vers Gabriel.

— Où est Kip ? Il est supposé surveiller ce box !

— Je n'en sais rien. Mais j'aurai deux mots à lui dire ! gronda Gabriel.

Avec d'infinies précautions, il tâta les membres de Kelsey, à la recherche d'une éventuelle fracture. Puis, à la base du crâne, il repéra une bosse qui avait déjà la taille d'un œuf de pigeon. Ses doigts s'y attardèrent.

— Appelez un médecin, Jamie. Et aussi les flics.

— C'est grave ? s'enquit Jamison qui caressait toujours le cheval frémissant.

— Je n'en sais rien. Dépêchez-vous, bon Dieu !

À cet instant, Kelsey bougea. Un gémissement s'échappa de ses lèvres livides.

— Gabriel...

Elle ouvrit les yeux et les referma aussitôt, assaillie par une brusque nausée.

— Doucement, reste tranquille, lui intima Gabriel.

Kelsey se concentra quelques secondes sur sa respiration avant d'ouvrir de nouveau les yeux avec prudence. Elle aperçut le visage de Gabriel penché sur elle, une lueur anxieuse dans le regard. Puis la mémoire lui revint.

— Double ! Il y a quelqu'un dans le box de Double...

— Je sais, tout va bien, dit Gabriel d'une voix apaisante. Je vais t'emmener à la maison, et on va te soigner.

— Il y avait... quelqu'un, s'obstina-t-elle d'une voix hachée. Le palefrenier... était parti, la porte... ouverte. Je n'ai pas vu qui c'était. Est-ce qu'il a fait du mal à Double ?

— Non, ne t'inquiète pas.

Jamie sortit du box et referma le battant derrière lui.

— Je vais téléphoner, annonça-t-il.

Comme il s'éloignait déjà, Gabriel le héla :

— Demandez le lieutenant Rossi. Et appelez aussi Matt Gunner. Je veux qu'il vienne vérifier l'état du cheval.

Jamison parti, il souleva Kelsey aussi doucement que possible.

— Je vais bien, je t'assure, murmura-t-elle d'une voix éteinte. J'ai juste mal à la tête.

— Tais-toi et repose-toi.

Tandis qu'il remontait vers la maison, il sentit qu'il écrasait sous ses talons de petits tessons, vestiges des deux tasses de porcelaine. Dents serrées, il pesta contre lui-même. S'il ne s'était pas attardé dans la cuisine tout à l'heure, il serait intervenu à temps pour empêcher l'agression dont Kelsey avait été victime...

— Tu es sûr que Double va bien ? insista Kelsey.

— Vas-tu cesser de te tracasser au sujet de ce satané bourrin ? S'il t'avait blessée, je l'aurais tué !

— Mais...

— La ferme, bon sang ! explosa-t-il, les traits déformés par la fureur.

D'un violent coup de pied, il ouvrit la porte d'entrée. Kelsey se crispa dans ses bras en esquissant une grimace de douleur. Le bruit résonnait encore dans sa tête lorsque Gabriel la déposa sur le canapé du salon.

— Bon sang, quand je pense que tu aurais pu te faire piétiner ! Si j'attrape le salaud qui t'a fait ça, je jure que je l'étripe de mes propres mains !

Fou de rage, il se redressa pour frapper le mur de son poing fermé. Kelsey tressaillit.

— Arrête de faire du bruit, s'il te plaît, implora-t-elle.

Il se calma aussitôt.

— Désolé. Mais pense que, durant une seconde, je t'ai crue morte ! Attends, je vais aller te chercher de la glace...

— Non, ne me laisse pas.

Elle l'attira contre elle et se blottit dans ses bras. Puis, paupières fermées, elle tenta de rassembler ses souvenirs.

— Il devait se tenir derrière moi, réfléchit-elle. C'était stupide de ma part de me précipiter comme ça sans réfléchir. Mais quand j'ai vu la porte entrebâillée, j'ai eu tellement peur qu'il soit arrivé quelque chose à Double...

— Chut ! Ne pense plus à tout ça. Tu es saine et sauve, c'est tout ce qui compte. Tu sais, je n'aurais pas pu supporter de te perdre.

Kelsey saisit la main de son compagnon et pressa ses lèvres sur les phalanges égratignées. Ils demeurèrent silencieux, étroitement enlacés, jusqu'à ce que le lieutenant Rossi se présente à la porte d'entrée.

Une heure plus tard, Gabriel ressortait des écuries au côté du policier.

— Vous avez une faille dans votre système de sécurité, monsieur Slater.

— J'en suis conscient, grommela Gabriel.

Une faille assez grosse pour que quelqu'un puisse se glisser subrepticement dans le bâtiment alors que le vigile allait faire sa ronde extérieure.

— La personne qui s'est introduite ici connaissait vos installations, fit encore remarquer Rossi.

— Vous avez déjà une liste de tous mes employés. Faites-en bon usage.

— J'en ai bien l'intention. Vous avez pris de nouvelles dispositions pour protéger les lieux ?

— J'ai posté deux hommes de faction devant le box de Double. J'aurais bien monté la garde moi-même, mais je ne veux pas laisser Kelsey toute seule.

— Oui, c'est bien normal. Mais on dirait qu'elle s'en tire plutôt mieux que votre malheureux palefrenier.

On avait découvert Kip proprement assommé dans le box voisin de celui de Double. Prévenu par téléphone, Gabriel savait que le palefrenier avait repris conscience dans l'ambulance qui l'amenait à l'hôpital et que les radios avaient décelé un traumatisme crânien.

— Ses jours ne sont pas en danger, mais il a été secoué. Il restera en observation quarante-huit heures.

Kelsey a la tête plus dure que lui. Elle a catégoriquement refusé d'aller à l'hôpital !

— Vous avez mal ? s'enquit Rossi en le voyant se frotter inconsciemment l'épaule.

— Pardon ? Oh, ce n'est rien. J'ai reçu un coup de sabot en portant secours à Kelsey. Si je n'étais pas intervenu à temps... (Il frémit, parcouru par un frisson de peur rétrospective. Puis, s'arrachant à ses pensées morbides, il ajouta :) Vous avez fait une enquête sur mon compte, n'est-ce pas, lieutenant ?

— La routine.

— Dans ce cas, vous vous êtes sûrement renseigné sur mon père ?

— Pourquoi me dites-vous cela ?

— Il est en ville depuis plusieurs semaines, annonça Gabriel d'une voix neutre. Je l'ai viré de chez moi en lui signant un chèque, mais il devait espérer davantage. De plus, il connaît parfaitement le monde des courses.

Rossi lui retourna un regard sceptique.

— Vous croyez que votre père essaierait de vous nuire à ce point ?

— Il me déteste, répondit simplement Gabriel. Je l'ai pisté jusqu'à Laurel l'autre jour, parce que quelqu'un croyait l'avoir reconnu à Churchill Downs, peu avant le Derby. Il m'a menti. Et visiblement, il a rempli son portefeuille depuis la dernière fois où je l'ai vu. Je pense que vous feriez bien de vérifier ses faits et gestes au cours des dernières semaines.

D'un geste machinal, Gabriel chercha dans sa poche un cigare qu'il n'avait pas. Spontanément, Rossi lui offrit une cigarette avant d'acquiescer.

— Je suivrai votre conseil.

— Merci, lieutenant. Rich Slater est tricheur dans l'âme. De plus, il connaissait Lipsky. Je ne sais pas où tout cela nous mènera, mais je me souviens que la dernière fois que mon père a mené grand train, c'était après la mort d'un cheval qui appartenait aux Chadwick...

— À Keeneland, au printemps 1973 ?

Gabriel jeta un coup d'œil étonné à Rossi.

— Exactement ! murmura-t-il. On dirait bien que vous vous intéressez au passé, vous aussi.

— Ce qui m'étonne, c'est que vous ne m'ayez pas parlé de tout cela avant.

Gabriel se rembrunit.

— Avant, mon père n'avait pas menacé de s'attaquer à Kelsey. Je vous préviens, lieutenant, vous feriez mieux de le trouver avant moi. Sinon, je ne réponds pas de mes actes.

Kelsey entendit Gabriel monter l'escalier. Aussitôt elle se dressa dans le lit.

— Comment va Double ? lança-t-elle au moment où Gabriel pénétrait dans la chambre.

— Matt vient de l'examiner. Tout va bien.

La jeune femme retomba sur son oreiller avec un soupir de soulagement.

— Dieu merci ! souffla-t-elle. Tu ne sauras jamais tout ce que j'ai imaginé en attendant ton retour...

— Tu es censée te reposer, objecta-t-il en s'asseyant sur le lit, avant d'observer : Tu as les yeux cernés, mais cela ne parvient quand même pas à t'enlaidir.

Souriant, Kelsey tapota le matelas à côté d'elle.

— Viens te coucher. Il nous reste quelques heures de sommeil avant le départ.

Il secoua la tête.

— Il n'est pas question que tu m'accompagnes, Kelsey ! Tu n'es pas en état de voyager. Et puis, je serai plus tranquille si je te sais en sécurité aux Trois Saules. Rossi pourra faire surveiller la propriété par ses flics.

Doucement, Kelsey lui prit le visage entre les mains.

— Tu sais très bien que je ne te laisserai pas partir seul, chuchota-t-elle. Alors inutile de parlementer.

— Écoute...

— Nous pourrions en discuter tout le restant de la nuit que cela ne me ferait pas changer d'avis.

— Tu ne penses qu'à toi ! s'emporta Gabriel en commençant à se dévêtir. Tu ne veux pas rater la course, et tu te fiches éperdument que moi, je sois incapable de me concentrer dessus ou d'y prendre plaisir.

Kelsey lui sourit avec malice.

— Bien trouvé ! commenta-t-elle. Généralement ça marche quand on fait appel à mes bons sentiments. Mais pas cette fois, Gabriel. De toute façon, tu t'inquiéteras quoi qu'il advienne. Mais je serai auprès de toi.

— Tu es plus bornée qu'une mule !

— Tu n'auras pas plus de succès avec les insultes, je te préviens tout de suite ! Je pourrais riposter en te traitant de connard paternaliste, mais comme je suis une dame, je me retiendrai.

Elle s'interrompit en avisant l'ecchymose violette qui marbrait l'omoplate de Gabriel et poussa une exclamation :

— Qu'est-ce que c'est que ça ?

— Hein ? Oh, j'ai pris un coup, voilà tout.

— Tu l'as montrée au médecin ?

— Non, je n'y ai pas pensé.

— C'est malin ! Tu joues les héros, ou quoi ?

— C'est toi qui me dis ça ? s'insurgea-t-il en se glissant sous les couvertures. Tu ne manques pas de culot !

— Imbécile !

— Je t'aime.

Il attira la jeune femme contre lui et elle se pelotonna dans ses bras.

— Il faudrait mettre de la pommade, objecta-t-elle en étouffant un bâillement.

— Plus tard. Pour l'instant, j'ai juste envie de te serrer contre moi.

— Ne compte pas quitter la chambre à la sauvette demain matin. Je t'entendrai et je te ferai la tête toute la journée. Je viens avec toi à New York, Slater.

— Je sais. Dors.

23

Depuis quarante-huit heures qu'elle se trouvait à New York, Kelsey tournait en rond comme un fauve en cage. Tout le monde, de Gabriel au plus insignifiant des garçons d'écurie, semblait s'être donné le mot pour l'évincer du travail de préparation. Sa seule victoire consistait à avoir effectué le voyage envers et contre tout.

Désœuvrée, elle décida qu'elle n'avait plus qu'à s'octroyer quelques jours de vacances sous peine de devenir folle. Elle prit donc l'habitude de nager régulièrement dans la piscine de l'hôtel et d'entretenir sa forme dans la salle de musculation de l'établissement.

Cette activité physique, toute saine qu'elle fût, ne suffisait pourtant pas à remplir ses journées. Heureusement, Gabriel décida un beau soir de donner une réception la veille de la course, dans la salle de bal de l'hôtel. Avant qu'il ait le temps de comprendre ce qui lui arrivait, Kelsey prit la direction des opérations avec l'efficacité d'une organisatrice rompue aux mondanités. Elle orchestra la soirée dans ses moindres détails, de la décoration florale au menu, en passant par la liste des invités. Vaguement sollicité pour donner son avis, Gabriel préféra vite se défiler en lui laissant carte blanche.

Enchantée, Kelsey passa des heures à discuter avec le directeur de l'hôtel, le concierge, le traiteur, et même le pompier. Et puisque Gabriel ne lui avait pas donné de limite de frais, autant voir les choses en grand !

— J'aurais été plus malin de te coller une fourche entre les mains ! se lamenta Gabriel, le matin du grand soir, tandis que Kelsey examinait une dernière fois le menu.

— Arrête de gémir ! Après tout, c'était ton idée d'inviter tous ces gens.

— Elle me semblait bonne au départ. Je m'imaginais un buffet, un petit orchestre, un bar... Je ne m'attendais pas que cela prenne les proportions d'une superproduction hollywoodienne ! Combien de bouteilles de champagne as-tu commandées ? ajouta-t-il en apercevant un chiffre effarant sur la liste.

— De toute façon, ce n'est pas toi qui le boiras. Contente-toi d'enfiler ton smoking à 8 heures et laisse-moi tranquille. Tiens, va donc voir tes journalistes !

— J'en ai marre des journalistes.

— Tu es jaloux parce que c'est Double qui fait la couverture de *Sports Illustrated*, et pas toi.

— Peuh ! Moi, je fais la une de *People* ! lui rappela-t-il en passant derrière elle pour l'embrasser dans le cou.

— Arrête, Slater ! J'ai rendez-vous dans quinze minutes chez le coiffeur.

— Tes cheveux sont très bien comme ça !

— Garde tes distances, je n'ai pas une minute de libre de toute la journée. C'est peut-être une simple réception pour toi, mais moi je me suis complètement investie dans cet événement.

Comme il cherchait à l'enlacer, elle se leva d'un bond et courut se réfugier derrière le bureau.

— Viens ici. J'ai quelque chose pour toi.

— Oh, je t'en prie ! répliqua-t-elle en levant les yeux au ciel.

— Tu as l'esprit mal tourné. C'est un cadeau.

333

Il sortit de sa poche un petit écrin de velours. En dépit du frisson de plaisir qui la parcourut, Kelsey lui lança un regard suspicieux.

— Qu'est-ce que c'est ?

— Ouvre, tu vas voir. Je comptais te le donner après la course, et puis, finalement, j'ai pensé que ça nous porterait chance si tu le mettais avant.

Attirée, Kelsey consentit à s'approcher. Elle se dressa sur la pointe des pieds et déposa un baiser sur les lèvres de Gabriel.

— Merci.

— Tu ne sais même pas ce que c'est !

— Merci d'y avoir pensé, en tout cas.

Elle retint son souffle en découvrant une broche en argent sertie de rubis, représentant un magnifique étalon en plein galop dont l'œil de diamant étincelait.

— C'est superbe... magnifique, balbutia-t-elle. Comme toi.

— Non, c'était ma réplique ! protesta-t-il en riant. Et sa bouche se referma sur la sienne.

Évidemment, elle était en retard !

Kelsey fit irruption dans le salon de coiffure en marmonnant quelques excuses. Après un passage éclair au shampooing, elle subit patiemment la pose des bigoudis avant d'abandonner ses mains calleuses à une manucure qui ne fit rien pour dissimuler sa consternation.

— Et si nous essayions des faux ongles ? suggéra celle-ci au bout d'un moment.

— Inutile, je les casserais. Contentez-vous de les limer et de mettre un vernis clair dessus.

— Du rouge serait plus sophistiqué.

— Justement. Je dois passer aux écuries cet après-midi, et je ne tiens pas à ce que les gars se fichent de moi.

— Comme vous voudrez, soupira la manucure en plongeant la main de sa cliente dans une coupelle emplie d'eau tiède.

La femme qui se trouvait assise à côté de Kelsey tourna la tête et se pencha vers elle en souriant.

— C'est Kelsey, n'est-ce pas ? Je suis Janet Gardner, d'Overlook Farm, dans le Kentucky.

Kelsey, qui avait reconnu sa voisine dès son entrée à ses cheveux roux flamboyants, lui rendit son sourire.

— J'ai eu du mal à vous reconnaître sous ce masque, dit Mme Gardner en faisant allusion à l'épaisse pâte verte que l'esthéticienne avait tartinée sur le visage de Kelsey.

— Oh, ça ? C'est une crème relaxante. Il paraît que j'ai l'air un peu fatigué.

— Qui ne l'est pas ici ? Mon Hank et moi, nous allons faire une cure de sommeil en rentrant.

Kelsey se souvint du mari de Mme Gardner, un homme filiforme avec qui elle avait dansé la veille et qui avait voulu à toute force lui apprendre le tango.

— Vous saluerez votre mari de ma part. C'est un merveilleux danseur.

— Oui, acquiesça Janet en se rengorgeant. Toutes les femmes veulent danser avec lui ! Il prétend que je l'ai épousé à cause de ses pieds.

À la demande de la manucure, Janet ôta de son doigt une émeraude assez lourde pour servir de presse-papiers.

— J'ai aperçu votre mère à l'hippodrome, ajouta-t-elle.

— Vous la connaissez ?

— Depuis des années. Nous nous fréquentions déjà quand elle vous amenait sur les champs de courses, alors que vous n'étiez pas plus haute que trois pommes.

— Vraiment ? fit Kelsey avec surprise.

— Naomi était si fière de vous ! Bien sûr, vous ne vous en souvenez pas. À l'époque, j'ai également croisé votre père une ou deux fois. Le pauvre, il avait l'air complètement perdu, au milieu de tous ces chevaux ! Il est bibliothécaire, c'est bien cela ?

— Il dirige la section de littérature à l'université de Georgetown, corrigea Kelsey en se raidissant imperceptiblement.

— Ah oui ! Je savais que cela avait quelque chose à voir avec les livres. Naomi l'adorait. Quel dommage que leur couple n'ait pas tenu ! Malheureusement, ce genre d'histoires arrivent tout le temps. Hank et moi, nous avons eu plus de chance. Cela fera bientôt vingt-huit ans que nous sommes mariés.

— Félicitations, murmura Kelsey qui, ne sachant comment échapper à ce bavardage futile, s'enquit poliment : Vous avez des enfants ?

— Trois ! annonça fièrement Janet. Deux garçons et une fille. DeeDee est mariée maintenant, et elle a deux petites filles. Mon benjamin n'a que 20 ans, il étudie l'ingénierie structurale. J'ignore totalement de quoi il s'agit.

Janet Gardner babilla de la sorte jusqu'à ce que Kelsey se laisse bercer par le son flûté de sa voix.

— La relation entre une mère et une fille est toujours un peu spéciale, affirmait Janet. Vous-même, après toutes ces années de séparation, vous semblez si complice avec Naomi ! À dire vrai, les gens avaient presque oublié qu'elle avait une fille.

Janet leva sa main pour contempler ses ongles que la manucure venait de recouvrir d'un vernis violet. Puis, sur un hochement de tête approbateur, elle poursuivit d'un ton confidentiel :

— J'espère que vous ne vous fâcherez pas si je vous dis que tout le monde l'a soutenue lors du procès qui l'a opposée à votre papa. Cela semblait si odieux de séparer une femme de son enfant ! Enfin, ça n'a pas changé grand-chose par la suite. Elle s'est acharnée à donner une mauvaise image d'elle. L'époque était à la libération des mœurs, mais tout de même, elle n'aurait jamais dû se commettre avec un individu comme Alec Bradley...

L'intérêt de Kelsey s'éveilla aussitôt.

— Vous le connaissiez ?

— Bien entendu. Un grand brun, avec un sourire à tomber par terre. Et très conscient de ses atouts physiques, croyez-moi ! Il m'a même fait des avances, mais Hank y a mis le holà, précisa Janet avec un petit gloussement. J'ai quand même été flattée, en dépit de sa mauvaise réputation.

— Parlez-moi de lui.

— Eh bien, il n'était plus reçu dans sa propre famille, des gens très bien qui avaient connu des revers de fortune. Voyez-vous, Alec avait un penchant pour des femmes mûres, et tout le monde savait que sa première épouse lui avait versé une forte somme afin de divorcer tout en sauvant les apparences. Mais cela ne l'a pas empêché de continuer à tourner autour des femmes mariées.

— C'était donc un gigolo ?

Janet eut un petit rire gêné.

— Il y avait beaucoup de femmes seules, célibataires ou divorcées, qui n'hésitaient pas à le rétribuer pour le plaisir de parader à son bras lors d'une soirée. Toutefois, ce n'est pas le genre de relation qu'il avait avec Naomi. Votre mère avait tous les hommes à ses pieds, elle n'avait pas besoin de recourir à ce type de... transactions. Non, Alec semblait épris d'elle, ce qui ne l'empêchait pas de courtiser d'autres femmes. Mais Naomi n'est pas du genre à partager. Elle le lui a fait savoir, et sans mâcher ses mots.

— Comment connaissez-vous tous ces détails ?

Janet rougit un peu, comme si elle se rendait compte qu'elle s'était aventurée sur un terrain délicat. Mais Kelsey insista :

— Étiez-vous présente lors de cette soirée où ils se sont disputés en public ?

— Eh bien, oui. Hank et moi, nous étions de passage en Virginie pour un voyage d'affaires, et nous avons été invités au *country club*. Alec Bradley escortait votre mère. Tout le monde les a entendus échanger de vifs propos. Finalement, Naomi lui a jeté le contenu de sa coupe de champagne à la figure en lui disant que tout était terminé entre eux. Puis elle est partie.

Dépitée, Kelsey piqua du nez. Les propos de Janet venaient corroborer la thèse selon laquelle Naomi avait agi sous le coup de la jalousie. Ce n'était pas ce qu'elle avait espéré entendre.

Avec un sourire compatissant, Janet tapota le bras de sa voisine.

— J'aimais beaucoup votre mère, Kelsey, et j'éprouve toujours une vive affection pour elle. Croyez-moi, cet homme ne lui arrivait pas à la cheville. Je crois que son vrai crime est de ne pas s'en être aperçue avant qu'il ne soit trop tard.

Durant le reste de l'après-midi, Kelsey eut du mal à oublier cette conversation. Désespérément, elle cherchait un détail qui eût pu retourner la situation. Et finalement, une idée germa dans son cerveau. Si, contrairement à ce que prétendait Janet, Naomi avait engagé Bradley en tant que chevalier servant à seule fin de provoquer son mari ? Dans ce cas, le mobile avancé par le jury – la jalousie – ne tenait plus !

Toutefois, cela ne prouvait pas que Bradley ait tenté de la violer. Et on en revenait toujours aux fameuses photos de Charles Rooney et à son témoignage accablant !

Il a dû se tromper ! songeait Kelsey avec conviction. *Naomi a dit la vérité, j'en suis persuadée !*

Plus que jamais, elle se promettait de retourner voir le détective. Mais pour l'heure, elle avait d'autres chats à fouetter. La réception devait commencer à 8 heures.

Une fois prête, Kelsey laissa un mot sur l'oreiller à l'intention de Gabriel, dans lequel elle lui demandait de la rejoindre au rez-de-chaussée. Parvenue dans la salle de bal, elle jeta autour d'elle un regard satisfait.

Tout était parfait ! Les lustres de cristal étincelaient, les nappes immaculées formaient un joli contraste avec les bouquets de roses rouges disposés dans de grands vases, et les serveurs alignés devant le buffet attendaient l'inspection du traiteur. Des banderoles rouge et blanc égayaient la salle aux couleurs de Longshot.

Kelsey avait eu une idée de génie : elle avait fait installer des tables de jeu en retrait de la piste de danse. Tous les gains seraient bien sûr reversés à des œuvres caritatives. Il avait fallu batailler ferme pour obtenir les autorisations légales, mais ce soir les dés rouleraient, les roulettes tournoieraient et les cartes danseraient sur les tapis verts.

Dans une telle ambiance, Gabriel ne pouvait qu'apprécier la soirée.

Tandis que l'orchestre entonnait une mélodie en sourdine, la jeune femme le vit s'approcher, superbe dans son smoking bleu nuit.

— Quelle élégance ! le complimenta-t-elle en riant.

— Tu es magnifique, répondit-il d'une voix grave, tout en l'enveloppant d'un regard admiratif.

Kelsey portait un fourreau de soie blanche pailletée d'argent qui épousait sa silhouette de la poitrine aux chevilles. La broche que Gabriel lui avait offerte scintillait sur son cœur. Ses cheveux dorés étaient relevés en un chignon d'où s'échappait une cascade de boucles.

— Vraiment magnifique, répéta-t-il en jouant avec les pendants de rubis et de diamants qui se balançaient dans le cou de la jeune femme.

— Ce sont tes couleurs. Alors, que penses-tu du résultat ?

Gabriel embrassa la salle d'un regard étonné.

— Je reste sans voix, déclara-t-il enfin. On dirait un vrai casino. Comment t'es-tu débrouillée avec les autorités ?

— Je sais me montrer très persuasive. Tous les gains seront reversés au centre d'accueil pour l'enfance maltraitée.
— Tu me sidères !
— Je t'aime, répondit-elle simplement.

La soirée s'avéra follement divertissante. Quelques heures plus tard, une fois le buffet pillé et le parquet ciré envahi de couples tourbillonnants, Kelsey put étudier la technique de Gabriel au black-jack.
Elle croyait connaître la règle : le croupier distribuait un nombre de cartes donné aux joueurs qui devaient se rapprocher le plus possible du vingt-et-un. Si on dépassait ce total, on avait perdu. C'était une question de chance et de logique, pourtant, elle ne parvenait pas à comprendre comment Gabriel pouvait parfois gagner en prenant des risques inconsidérés et, la fois suivante, en se contentant d'un minable quinze.
— Ce ne sont que des nombres, chérie.
— Mais il est impossible que tu mémorises toutes les combinaisons !
Avec un sourire, il ajouta un quatre à son dix-sept, avant de pousser une pile de jetons devant la jeune femme.
— À ton tour, dit-il en se levant.
Elle se glissa à sa place juste au moment où Naomi s'installait à côté d'elle.
— Je viens de perdre aux dés, annonça cette dernière. Je me donne encore dix minutes avant d'entraîner Moïse sur la piste de danse. Cette réception fera date, Kelsey. Je suis fauchée.
— Console-toi, c'est pour la bonne cause, répliqua Kelsey en contemplant d'un air dubitatif son huit et son cinq.
Elle prit une carte, la retourna et s'exclama :
— Un huit ! J'ai gagné !

Riant, elle ramassait ses jetons quand elle surprit le regard perplexe de Naomi posé sur elle.

— Gagner fait tout de même plaisir ! se justifia-t-elle, avant d'ordonner à Gabriel qui était resté debout derrière elle : Allez, va danser avec ma mère pendant que je gaspille tout ton argent.

— Comment refuser une telle offre ? plaisanta Gabriel en saisissant la main de Naomi et en l'entraînant à sa suite.

Ils évoluèrent en silence sur la piste, puis Gabriel badina :

— Tu es éblouissante, ce soir.

— Comment peux-tu le savoir, tu n'as d'yeux que pour Kelsey !

— Tu es inquiète, murmura Gabriel en scrutant plus attentivement le visage de sa cavalière.

Ce n'était pas une question, mais une affirmation. Avec un soupir, Naomi avoua :

— Oui, mais pas à cause de votre relation. Je n'arrive pas à oublier ce qui s'est passé chez toi, l'autre soir. Je pense que Kelsey devrait rester aux Trois Saules, ou mieux, rentrer chez son père jusqu'à ce que tout soit terminé.

— Même si elle accepte, ce dont je doute, nous ignorons totalement combien de temps il faudra pour résoudre cette affaire.

— Je ne supporterais pas qu'il lui arrive quelque chose, Gabriel ! Et puis... l'agression dont elle a été victime ne fera que conforter Milicent dans son idée que le monde des courses est un univers sordide et dégradant.

— Tu te préoccupes vraiment de l'opinion de Milicent Byden ?

— Non ! se récria Naomi avec véhémence. Mais je ne veux pas lui donner raison. Et je ne la laisserai pas salir mon honneur une nouvelle fois. Je veux que tout cela se termine. Pour Kelsey, pour toi, et pour moi.

— Espérons qu'il y aura un heureux dénouement après la course.
— Oui, espérons...
Mais l'expression soucieuse de Naomi trahissait son angoisse.

Lorsque Kelsey s'éveilla le lendemain matin, la chambre était froide et sombre. Elle s'étira sous les draps, se remémorant la soirée de la veille, les lumières, les couleurs, la musique, le cliquettement des dés sur le tapis vert. Elle avait perdu la moitié des gains de Gabriel aux cartes. Il les avait doublés aux dés.

Quand enfin ils s'étaient retrouvés seuls, il l'avait déposée sur le lit, et ses mains habiles avaient joué de son corps comme d'un instrument de musique, éveillant en elle des sensations encore plus grisantes.

Paupières closes, elle tendit le bras pour caresser Gabriel... et découvrit qu'elle se trouvait seule. Encore à moitié endormie, elle se leva, enfila un peignoir et pénétra dans le salon où la luminosité l'éblouit. Naomi était assise sur le canapé, en train de boire une tasse de café.

— Quelle heure est-il ? demanda Kelsey en étouffant un bâillement.
— Un peu plus de dix heures. Tu arrives juste à temps, le petit déjeuner vient d'être servi.
— Où est Gabriel ?
— À l'hippodrome, depuis l'aube.

Bien réveillée cette fois, Kelsey planta ses poings sur ses hanches.

— Le salaud ! Il m'avait promis de me réveiller !
— Il a prétendu que tu l'avais menacé de mort quand il a essayé de te tirer du lit.
— Hein ? C'est archifaux !
— Écoute, il voulait sans doute que tu te reposes...
— J'ai horreur quand il se comporte de façon aussi paternaliste ! ronchonna Kelsey en prenant place sur

le canapé. Au fait, tu n'es pas à l'hippodrome ? Il y a une course ce matin.

— Elle n'est pas essentielle pour nous. J'espère simplement que Haute Mer tiendra ses promesses. Nous avons un avantage, puisque Fortissimo s'est désisté.

— Comment ça ? Que s'est-il passé ?

— Oh, il s'est blessé à l'entraînement. Une banale entorse. J'ai oublié de te le dire.

Boudeuse, Kelsey se servit une part d'œufs au bacon.

— Décidément, tout le monde me laisse sur la touche ! bougonna-t-elle.

— Désolée, chérie. Mais tu dois comprendre que nous nous inquiétons tous pour toi. Quand je pense à ce qui aurait pu t'arriver... OK, OK, n'en parlons plus ! Mange plutôt, sinon Gabriel sera fâché après moi.

— Il se prend pour mon père !

— Non, il t'aime.

— Je sais.

— Il est même fou amoureux de toi.

— Vraiment ?

— Fais semblant de l'ignorer ! répliqua Naomi avec un rire gai. C'est aussi excitant qu'effrayant, n'est-ce pas ?

— Oui. Je sais bien que ce n'est pas prudent de s'engager dans une telle relation après un divorce, mais...

— Kelsey, tu es séparée de ton mari depuis deux ans !

— Je sais, mais cela n'empêche pas que je me pose des questions.

Kelsey hésita une seconde avant de demander :

— Quand tu t'es séparée de papa, est-ce que tu l'aimais encore ?

Naomi sentit son cœur se serrer.

— Oui, admit-elle. Et j'ai mis du temps à m'en remettre. Mais j'étais très en colère, contre lui, contre moi-même et, par fierté, j'ai caché combien j'étais malheureuse.

— C'est pour ça que tu t'es mise à beaucoup sortir ?

— Oui, en partie. Déchaîner les commérages m'amusait. Et je voulais faire souffrir Philip, lui faire passer des nuits blanches, tandis que je me repaissais de ma liberté nouvelle. J'étais assez vaniteuse pour croire qu'il me reviendrait en acceptant mes conditions. Tout ce que j'ai obtenu, c'est qu'il s'est encore éloigné de moi, jusqu'à ce que je m'aperçoive qu'il était trop tard, que ce qui m'importait le plus au monde m'était désormais inaccessible.

Kelsey n'hésita qu'une demi-seconde avant de poser la question qui lui tenait le plus à cœur :

— C'est pour récupérer papa que tu t'es servie d'Alec Bradley ?

— Il représentait l'ultime défi. Un homme qui avait autant d'éducation que Philip, mais une réputation détestable.

— Est-ce que tu l'as... engagé ? murmura Kelsey, le souffle court.

— Engagé ?

— Oui, j'ai entendu dire qu'il... qu'il monnayait ses faveurs.

Contre toute attente, Naomi partit d'un grand éclat de rire.

— Seigneur, quelle idée ! s'écria-t-elle. Je n'avais pas besoin d'un gigolo !

Kelsey se sentit rougir.

— Pardonne-moi, je ne voulais pas dire cela, se hâta-t-elle de préciser. Je pensais à une relation platonique.

— Non, Kelsey, je ne l'ai pas engagé. Bien que je lui aie prêté un peu d'argent une fois ou deux, car il était toujours fauché. C'est peut-être encore de la vanité de ma part, mais autant que je m'en souvienne, il était amoureux de moi. Je ne cherchais pas à l'éviter, d'ailleurs. Il était très séduisant, et j'avais besoin d'attentions masculines. Je savais qu'il passait son temps à escroquer les femmes crédules, mais cela pimentait encore notre relation. Qu'un homme de cet acabit fasse des pieds et des mains pour me séduire me flattait. À la fin, il a tout simplement refusé d'admettre qu'il ne m'intéressait pas. Pour se venger, il a cherché à m'humilier. Mais je n'ai jamais vraiment compris pourquoi il semblait si désespéré cette nuit-là. Il n'y avait pas de désir dans ses yeux. Seulement une froide détermination. J'aurais pu contrôler son désir, le manipuler, mais là... Voilà pourquoi j'ai pris peur. Tu connais la suite.

Kelsey déglutit avec peine. Naomi posa sa main sur celle de sa fille.

— C'est du passé, tout ça, déclara-t-elle d'un ton ferme. Aujourd'hui, il nous faut nous tourner vers l'avenir.

24

Reno portait un costume gris ardoise et une cravate bordeaux. Ses bottes italiennes brillaient comme des miroirs. La sirène longiligne pendue à son bras était légèrement plus grande que lui et gardait son visage artistiquement maquillé tourné vers les photographes.

Reno avait conscience d'offrir une image aussi classique que pathétique : le petit bonhomme qui tente de prouver sa virilité en s'affichant avec une superbe créature. Néanmoins il s'en fichait éperdument. En cet instant, il avait besoin de prouver sa virilité, sa valeur.

Car aujourd'hui, il ne portait pas la casaque.

Il sourit d'un air fanfaron aux journalistes, mais sous ses airs bravaches, il n'était qu'un paquet de nerfs et de désespoir. Son regard se porta sur les jockeys qui se dirigeaient vers le paddock. Sur leurs visages concentrés, il lut la détermination, l'ambition, et devina les exhortations mentales qu'ils s'adressaient. Un seul gagnerait, mais les autres auraient la possibilité de démontrer leurs mérites. Certains poursuivraient brillamment leur carrière et s'enrichiraient ; d'autres grossiraient, chuteraient, traîneraient leurs guêtres d'hippodrome en hippodrome, harcelant leur agent, avant de devenir peut-être simples palefreniers ou entraîneurs adjoints dans un obscur petit élevage.

Pour l'heure, ils demeuraient des guerriers, leurs corps tendus prêts pour l'effort, le regard farouche. Et Reno les enviait terriblement.

Plus que tout, il redoutait de ne plus jamais connaître ces instants d'ivresse qui précèdent la course.

Voyant Naomi s'approcher de lui, il s'obligea à arborer un sourire confiant.

— Vous avez l'air en forme, Reno, dit-elle en pressant son bras valide.

— Je préférerais porter vos couleurs, mademoiselle Naomi.

— Bientôt, lui promit-elle d'une voix confiante.

Kelsey les rejoignit.

— Ah, Reno ! Je voulais justement vous voir ! Auriez-vous le temps de jeter un coup d'œil à mon yearling dans les semaines qui viennent ? J'aimerais connaître l'avis d'un professionnel.

— Bien sûr, répondit Reno en sentant son estomac se contracter douloureusement. J'ai tout mon temps, maintenant. Excusez-moi, je vais aller dire bonjour à Joey.

Il s'éloigna à la hâte et, perplexe, Kelsey se tourna vers sa mère.

— Ai-je commis un impair ?

— Je n'en sais rien, répondit distraitement Naomi, qui avait les yeux fixés sur Moïse. Reno doit être nerveux, comme tout le monde.

— Oui, sans doute. Je vais souhaiter bonne chance à Gabriel. Rejoins-moi dans la loge.

Dans le paddock, Gabriel serra la main de son jockey.

— Faites-moi entrer dans l'histoire, Joey !

— Comptez sur moi, m'sieur Slater !

Jamison ajouta :

— Retiens-le, surtout. Je ne veux pas qu'il prenne la tête avant la ligne droite. Nous ne cherchons pas à établir un record, nous cherchons à gagner la course.

— Moi et Double, on va vous offrir les deux, assura Joey, avant de saluer Reno qui venait de les rejoindre.

Assieds-toi au premier rang, mon vieux ! Et prends une coupe de champagne en attendant.

Reno salua Gabriel d'un hochement de tête.

— Je vous souhaite bonne chance, monsieur Slater. Votre cheval est un vrai crack. J'aimerais avoir la chance de le monter un de ces jours.

— Nous en reparlerons quand vous serez totalement remis.

— J'ai gagné le Belmont pour vous il y a deux ans, vous vous rappelez ? C'était mon jour. Mais les gens oublient. Ils oublient toutes les courses et toutes les victoires. Ils ne se souviennent que du Derby.

Sa main moite se posa sur l'encolure du pur-sang.

— Vous, vous avez gagné le Derby. Quoi qu'il advienne à Belmont, les gens n'oublieront pas, ajouta-t-il.

La voix du juge retentit :

— Messieurs, en selle !

Reno tourna les talons et s'éloigna à la hâte, sous le regard curieux de Kelsey qui s'approchait.

— Qu'est-ce qu'il a ? s'étonna-t-elle.

— Bah, les jockeys ont leurs humeurs ! commenta Jamison en aidant Joey à se mettre en selle.

Kelsey se tourna vers Gabriel.

— Je te souhaite bonne chance, même si tu ne m'as pas réveillée ce matin en dépit de ta promesse.

— Il aurait fallu une grue pour te tirer du lit !

Il n'expliqua pas qu'il s'était levé très tôt afin de voir si son père se trouvait dans les parages. Il n'avait vu aucune trace de sa présence et maintenant, il se sentait plus détendu. D'un œil appréciatif, il observa Kelsey qui portait une large capeline de paille blanche et une courte robe rouge sur laquelle brillait la broche.

— Tu portes encore mes couleurs, observa-t-il.

— Ce sont les seules qui en vaillent la peine. Tu n'as pas peur ?

— Ça ne changerait absolument rien.

— Va dire ça à mon estomac ! plaisanta-t-elle. Je commence à croire que je m'investis plus que toi dans cette course.

— Oh que non !

Il garda la main de Kelsey dans la sienne tandis que les chevaux étaient menés vers les stalles de départ. Le ciel d'été était d'un bleu limpide, la pelouse ovale d'un vert tendre. Lorsque les portes métalliques se refermèrent, la foule massée dans les tribunes se leva d'un seul mouvement.

Le souffle court, Kelsey contempla Gabriel. Tous ses efforts, ses déceptions et ses triomphes passés aboutissaient à cette unique course, à cet unique cheval. Elle aurait donné cher pour savoir ce qu'il éprouvait en cet instant même.

De son côté, Gabriel se remémorait la nuit où Double était né. Il se souvenait de la neige qui tourbillonnait en bourrasques, du vent qui hurlait, de la jument qui peinait, de l'attente interminable... Puis cette gracieuse petite créature avait atterri sur la paille souillée du box. Quitte ou Double était né, à l'aube d'un destin qui l'avait amené à Belmont Park, Long Island.

— J'aime ce cheval.

Il ne se rendit compte qu'il avait parlé tout haut que lorsque Kelsey lui pressa le bras en répondant :

— Je sais.

Les portes s'ouvrirent dans un cliquettement, et les spectateurs poussèrent une longue clameur. Double jaillit de la stalle et, pour une raison inconnue, fit un violent écart qui manqua désarçonner son cavalier. Celui-ci lutta pour conserver son équilibre, et quand il reprit son assiette, le cheval était bon dernier du peloton.

Ces quelques secondes suffirent pour que les instructions de Jamison deviennent inutiles. Le seul but de Joey était maintenant de remettre Double dans la course.

L'espace d'un instant, il hésita entre se frayer un chemin dans le peloton ou le contourner. Puis, tacitement, l'homme et l'animal prirent la décision d'un commun accord, en s'écartant d'un mouvement téméraire.

Comme s'il devinait ce qu'il lui restait à faire, Double fonça, la bride sur le cou. La distance qui le séparait du cheval de tête se réduisit à une allure phénoménale. Médusés par cette prouesse, les spectateurs retinrent leur souffle.

Dans la loge, Gabriel ne quittait pas ses jumelles. Il avait presque oublié la course en soi, tant l'admiration le submergeait. Jamais il n'avait vu plus beau spectacle que ce cheval lancé au triple galop qui était en train de dépasser tous ses adversaires. Quel que soit le résultat final, il n'oublierait jamais cette remontée extraordinaire.

Bientôt Double et Fortissimo se détachèrent, flanc contre flanc, et la foule rugit, frénétique. Mais au milieu de ce tohu-bohu, Gabriel ne perçut que la voix de Kelsey qui chuchotait des encouragements. Il lui sembla alors qu'ils étaient seuls au monde, main dans la main, leurs yeux rivés sur le même cheval.

Au deuxième tournant, Double devança Fortissimo d'une demi-longueur. Ce dernier flancha et se fit rattraper par Pleine Lune, qui accélérait soudain la cadence. Mais il était trop tard, Quitte ou Double s'envolait vers la victoire. Sous les vivats de la foule déchaînée, il franchit la ligne d'arrivée, remportant le prix de Belmont et offrant à Gabriel le troisième joyau de la Triple Couronne.

Dans sa chambre, quelques centaines de kilomètres plus loin, Rich Slater regardait son poste de télé. Par mesure de prudence, il n'avait pas été à New York. Étant donné la façon dont les événements allaient tourner, cela aurait relevé de la folie.

Un sourire fielleux s'inscrivit sur ses traits tandis que la caméra se braquait sur le cheval victorieux et son propriétaire radieux.

— Réjouis-toi, fiston ! Tu vas tomber de haut !

Se carrant contre le dossier de son fauteuil, il attendit le chaos. Comme après chaque course, le cheval allait être examiné par les services vétérinaires. Un échantillon sanguin serait prélevé. Alors Gabriel cesserait de plastronner devant les caméras.

Le sourire de Rich s'accentua. Ce serait encore plus jouissif de voir le cheval disqualifié après avoir remporté la course. Finalement, il ne regrettait pas le contretemps provoqué par cette garce blonde. Si elle n'avait pas débarqué dans les écuries de Longshot au beau milieu de la nuit, Quitte ou Double n'aurait jamais couru le prix de Belmont. Et Rich aurait été spolié d'un plaisir délectable. Celui d'entendre un commissaire annoncer que le champion de son fils était disqualifié pour dopage.

Gabriel serait hué, méprisé. Mieux, il se sentirait accablé par cet ultime revers de la fatalité. Une fatalité que Rich avait légèrement aidée...

Avec jubilation, Rich vida son verre de bourbon. Il n'eut que quelques minutes à attendre. Enfin le tableau d'affichage apparut sur l'écran.

— Le rouge est mis ! murmura-t-il, savourant déjà sa victoire.

Les chiffres digitaux s'inscrivaient sur le tableau : 9, 5, 2.

Rich se pétrifia, tandis que son cerveau peinait à enregistrer l'information. Il fixa sur l'écran le cheval et son cavalier qui recevaient la couronne de roses, puis Gabriel, un bras possessif passé autour des épaules de Kelsey, congratula son jockey.

Le verre, balancé à travers la pièce, heurta de plein fouet l'écran qui se brisa. Rich jaillit du fauteuil et, perdant toute emprise sur lui-même, se mit à donner des coups de poing dans le mur. Puis, saisissant la bouteille de bourbon, il porta le goulot à ses lèvres et but avidement jusqu'à ce que sa rage retombe enfin.

Hébété, il se laissa tomber dans le fauteuil. Un long moment passa, durant lequel la colère l'envahit de nouveau. Mais c'était un sentiment différent de la fureur spontanée qui avait explosé en lui à la seconde où il avait compris son échec. La haine qui le gonflait était froide, implacable, calculatrice.

On ne pouvait se fier à personne ? Très bien. Dorénavant, il allait prendre les choses en main.

Après l'euphorie de la victoire, la routine reprit à Longshot, de même qu'aux Trois Saules. Déterminée à faire d'Honneur un champion, Kelsey reprit l'entraînement avec assiduité. Néanmoins, elle n'en oubliait pas pour autant ses promesses. Charles Rooney avait beau ne pas la rappeler, elle comptait bien le mettre au pied du mur. Elle envisageait également de retourner voir le capitaine Tipton, et si nécessaire son père, afin que ce dernier lui permette de voir le passé sous un jour nouveau.

Car l'image de sa mère qui se formait maintenant était celle d'une femme qui avait aimé son mari. Elle avait commis des erreurs, certes, par fierté autant que par entêtement. Toutefois il manquait toujours une pièce au puzzle pour que celui-ci s'assemble enfin et dessine le portrait d'une meurtrière.

— Eh, Kels !

La jeune femme, qui douchait son yearling après la séance de dressage quotidien, se tourna pour se trouver face à Channing.

— Je n'ai pas encore trouvé cinq minutes pour te dire combien j'étais heureuse que tu sois là, lui dit-elle.

— Je suis arrivé il y a quelques heures à peine, et j'ai déjà le dos en compote ! se plaignit-il en essuyant ses mains sur sa chemise souillée de sueur. Moïse m'a mis tellement vite au boulot que j'ai l'impression de n'avoir jamais quitté Les Trois Saules.

Doucement, Kelsey entreprit d'essuyer les yeux de son cheval à l'aide d'une éponge.

— Je ne pensais pas te voir ici aussi tôt, commenta-t-elle. Nous ne sommes qu'à la mi-juin. Comment a réagi Candice ?

— Inévitablement, nous nous sommes querellés.

— J'en suis désolée.

— Non, il était indispensable de crever l'abcès. Elle souhaitait que je perpétue la tradition familiale en devenant chirurgien, et jusqu'ici je n'avais jamais osé lui avouer que j'avais d'autres ambitions.

— Tu as changé d'avis ?

— Je veux être vétérinaire. Cette fois, c'est décidé.

Riant, Kelsey se redressa pour embrasser son frère sur les deux joues.

— Ne t'en fais pas, Candice s'en remettra. Elle t'aime, et au fond, elle veut avant tout que tu sois heureux.

— Je l'espère. C'était horrible, cette dispute ! Et je crois que j'aurais abandonné la partie si le Prof n'avait pas pris ma défense.

— Papa t'a soutenu ?

— Et comment ! Il a argumenté, sans relâche, en démontant point par point les objections de maman, et sans jamais lui concéder un pouce de terrain. Elle qui fait toujours la pluie et le beau temps à la maison, je crois qu'elle n'en est toujours pas revenue !

Pensive, Kelsey se remit à panser son cheval.

— J'espère qu'ils ne sont pas fâchés, murmura-t-elle.

Channing admit :

— Leurs rapports sont un peu conflictuels, mais maintenant que je suis parti, ils auront tout le temps de se réconcilier. D'ailleurs, c'est surtout à toi que maman en veut. Mais ne t'inquiète pas, elle n'est pas rancunière, et elle finira bien par se calmer. Simplement, son sens de l'ordre a été bouleversé, et elle va mettre quelque temps à s'y habituer.

Kelsey adressa un signe à Reno qui s'avançait dans leur direction.

— Bonjour, Reno. Vous vous souvenez de mon frère Channing ?

— Bien sûr.

— Comment va votre épaule ?

— Ça guérit doucement. Je pense pouvoir monter dans quelques semaines. On m'a proposé de faire le circuit européen la saison prochaine.

— J'ai entendu Moïse en parler. Il compte y envoyer Haute Mer.

Channing intervint :

— Je vous laisse discuter. Si Moïse me surprend en train de flemmarder, il me sucrera mon salaire. À bientôt, Reno.

Comme son frère s'éloignait, Kelsey désigna fièrement le yearling au jockey.

— Je vous présente Honneur de Naomi. Qu'en pensez-vous ?

Reno s'approcha du poulain pour inspecter ses jambes fines, son poitrail, et enfin sa bouche.

— Jolie bête ! déclara-t-il enfin. Vous lui avez déjà fait subir l'épreuve des starting-gates ?

— Oui, et il a bien réagi. Il est gentil, mais attention, il a son caractère ! Moïse pense le faire courir l'année prochaine. Êtes-vous intéressé ?

Reno sentit un mélange de joie et de désespoir l'envahir.

— Vous désirez me le confier ? dit-il, incrédule. Mais pourquoi ?

— D'abord parce que je vous ai déjà vu à l'œuvre. Pour vous, un cheval n'est pas un instrument, mais un véritable partenaire. Vous assistez aux entraînements, vous venez souvent aux écuries... (Elle hésita une seconde avant d'ajouter :) Et puis, je sais combien vous aimiez Orgueil. Cela se voyait au premier coup d'œil. C'est aussi pour cette raison que je vous ai choisi en tant que cavalier.

Il détourna le regard, luttant contre une subite envie de pleurer. Chaque mot prononcé par Kelsey était comme une dague empoisonnée qui s'enfonçait dans son cœur.

— Oui, j'aimais ce cheval, avoua-t-il d'un ton amer. Et il s'est arraché le cœur pour moi.

— Personne ne songe à vous en vouloir, Reno. Le coupable, c'est ce criminel qui lui a injecté un produit mortel. Tôt ou tard, la police le coincera. Mais vous, vous avez juste essayé de mener Orgueil à la victoire. Vous avez fait votre devoir.

Il laissa échapper un soupir et, reculant d'un pas, considéra de nouveau le poulain.

— Alors, que dites-vous de ma proposition ? s'enquit Kelsey avec entrain.

Reno la regarda droit dans les yeux. Puis, lentement, il secoua la tête.

— Désolé, mademoiselle Kelsey. Mais je crois que je ne mérite pas cet honneur, répondit-il d'une voix tremblante, avant de tourner les talons et de s'éloigner sous le regard stupéfait de la jeune femme.

25

Un verre de vin à la main, Kelsey se pelotonna sur le canapé. C'était une belle soirée d'été. Les portes et les fenêtres ouvertes laissaient entrer la brise parfumée. Pourtant, la jeune femme était encore hantée par le visage torturé de Reno.

— Pourquoi a-t-il finalement refusé mon offre ? Il avait eu l'air si heureux quand je lui ai demandé de s'occuper d'Honneur.

— Il traverse une mauvaise passe et il doute de lui. Ça ira mieux d'ici quelque temps, assura Gabriel qui, étendu sur le sofa à côté de Kelsey, soufflait des ronds de fumée en l'air, la mine distraite.

Non qu'il soit indifférent aux déboires de Reno, simplement, il était épuisé par la semaine qui venait de s'écouler et sa cohorte de meetings, de conférences et de coups de téléphone.

— Tu sais, ce n'est pas par pur altruisme que je lui ai fait cette proposition. Je veux le meilleur jockey pour mon poulain. Mais Reno prétend qu'il ne mérite pas cet honneur. Je crois qu'il s'en veut terriblement de ne pas avoir remarqué que quelque chose clochait au Derby. Il était vraiment attaché à Orgueil. Peut-être que Naomi pourrait l'inciter à suivre une thérapie ?

Comme Gabriel ne répondait pas, elle lui jeta un coup d'œil et s'aperçut qu'il avait les yeux fermés.

— Eh, tu m'écoutes ?

— Désolé, marmonna-t-il en ouvrant un œil.

— Non, c'est moi qui le suis, soupira-t-elle en se penchant pour lui masser les pieds. Tu es harassé et voilà que je t'inflige une leçon de psychologie. Raconte-moi plutôt ta journée. Tu as négocié les saillies de Double ?

— Non. J'ai rejeté toutes les offres, aussi mirobolantes soient-elles.

— Pourquoi ?

— Je ne veux pas le partager, c'est tout.

— Et moi qui pensais faire main basse sur tes millions !

— Tu peux avoir la moitié de Double, si tu veux.

Kelsey secoua la tête en riant.

— Je ne pense pas pouvoir me l'offrir.

— En effet, tu n'es peut-être pas prête à accepter les conditions, murmura Gabriel, énigmatique.

— Quelles sont-elles ?

— Il n'y en a qu'une : épouse-moi.

Reno se rendit tout d'abord aux écuries de Longshot. Personne ne songea à l'empêcher d'entrer. Les vigiles, les palefreniers, tout le monde le connaissait là-bas. Il prétendit simplement qu'il avait rendez-vous avec Jamison.

En réalité, il avait besoin de voir les chevaux, de sentir leur odeur, de les toucher. Il avait envisagé en effet d'aller trouver Jamison afin de décharger tout ce qu'il avait sur le cœur. Mais à quoi bon ? Cela ne changerait rien.

Ces dernières semaines, il avait lutté contre la culpabilité qui le rongeait. En vain. C'est lui qui avait pris la seringue, qui avait injecté ce poison dans le corps musclé d'Orgueil. La façon dont cet instrument mortel était venu entre ses mains n'avait plus la moindre importance à présent. Il avait assassiné un animal qu'il aimait et, ce faisant, il s'était détruit lui-même.

Tel père, tel fils, songea-t-il en enfouissant son visage dans l'encolure d'une jument et en laissant ses larmes couler librement. Une histoire de sang, d'hérédité... voilà le prétexte fallacieux qu'il s'était donné pour venger un père qu'il n'avait jamais connu.

Mais la vérité, c'est qu'il était aussi faible que Benny Morales. Et que, comme lui, il était maudit.

Il ne restait plus qu'une chose à faire pour que le cercle soit bouclé.

Comme dans un rêve, Reno quitta les écuries et gagna la sellerie qui avait autrefois appartenu à Cunningham.

Dix secondes s'écoulèrent avant que Kelsey ne recouvre l'usage de la parole. La proposition que venait de lui faire Gabriel était typique d'un homme tel que lui : un défi lancé à la face du destin, au mépris des risques encourus.

— Si je t'épouse, je posséderai la moitié de Double ? murmura-t-elle.

Gabriel, qui avait espéré une autre réaction, acquiesça néanmoins.

— Oui. Ainsi que la moitié de Longshot et de tout ce qui va avec.

— Et une moitié de toi, Slater ?

Irrité, il se leva.

— Je ne suis pas ton ex-mari, Kelsey. Si nous nous lançons dans cette aventure, nous devons nous accepter l'un l'autre, tels que nous sommes. C'est moi qui fais monter les enchères, je vais donc abattre mes cartes. Je te veux, c'est ma plus forte figure. Peut-être une main gagnante. Évidemment, tu as peur que je ne triche. Tu as été trompée auparavant, et tu ne veux pas que cela se reproduise. Mais ceci est une partie différente, avec des joueurs différents. Et les enjeux sont bien plus élevés.

En silence, Kelsey fixait son verre de vin, sans trahir la joie vibrante qui lui gonflait le cœur. Gabriel lui avait conseillé de ne jamais bluffer, mais pour une fois qu'elle avait les cartes en main, elle ne pouvait résister au plaisir de faire durer le suspense.

— Tu crois que, parce que j'ai perdu une première fois, je refuse de m'engager ? Et tu me proposes la moitié de ta fortune ? Ce n'est guère romantique.

— Tu veux des fleurs, des chandelles, une bague de fiançailles ? Je ne te donnerai rien que Wade ait pu te donner ! répliqua-t-il, furieux, car il avait effectivement envisagé de lui offrir tout cela.

Kelsey déposa vivement son verre sur le guéridon et se leva à son tour.

— Pourquoi ne me traînes-tu pas à Vegas ? lança-t-elle. Ce serait l'endroit idéal, non ? Nous pourrions prononcer nos vœux au-dessus d'une table de jeu.

— Très bien, si c'est ce que tu souhaites, dit-il en se raidissant.

— Ce que je souhaite est très simple : une question, une seule, à laquelle je pourrais répondre. Alors pose-la-moi ou va te faire foutre !

Paupières étrécies, il étudia le visage indéchiffrable de la jeune femme. Pour la première fois de sa vie, il sentit son cœur battre à se rompre avant que son adversaire ne dévoile son jeu.

— Veux-tu m'épouser, Kelsey ?
— Oui.

Les yeux fixés sur elle, il laissa échapper le soupir qu'il retenait depuis un bon moment.

— C'est tout ? fit-il encore.
— Oui, c'est tout. Alors, qui ramasse les jetons ?

Un lent sourire étira les lèvres de Gabriel qui s'avança vers la jeune femme pour saisir son visage entre ses mains.

— Je t'aime, Kelsey.
— Je sais.
— À propos de ce voyage à Vegas...
— Non !
— Attends ! Ce serait rapide, pratique, excitant. Nous pourrions passer notre nuit de noces sur un grand *waterbed* en forme de cœur, sous un plafond de miroirs...
— Quelle horreur ! s'écria-t-elle en riant, tandis qu'il la soulevait dans ses bras pour l'emporter vers l'escalier.

Une porte claqua sur l'arrière de la maison, attirant soudain leur attention. Gabriel reposa la jeune femme sur ses pieds. À cet instant, un palefrenier apparut, livide, les yeux écarquillés.
— M'sieur Slater ! C'est Reno. Ô mon Dieu, c'est terrible ! Il s'est... Il s'est pendu dans la sellerie !

Quelqu'un avait eu le courage de décrocher Reno de la poutre à laquelle il était suspendu. En pénétrant dans la sellerie, Kelsey se figea net en apercevant le cadavre recroquevillé sur le sol. Aussitôt Gabriel la saisit par les épaules pour la faire vivement pivoter sur elle-même.
— Sors d'ici, ordonna-t-il. Rentre à la maison.
— Non, je reste avec toi.

Il devina, à son regard buté, qu'il était inutile d'insister. Il alla alors chercher une couverture qu'il drapa sur le corps. Puis, avec un soupir, il s'approcha de Jamison qui, l'air hébété, était effondré sur un banc.
— C'est moi... qui l'ai trouvé, bégaya l'entraîneur. On m'a dit qu'il me cherchait et, je ne sais pas pourquoi, je suis entré ici. Il était là... à se balancer au bout d'une corde. Exactement comme la dernière fois...
— La dernière fois ?

— Oui, comme Benny... Ô mon Dieu, ça ne s'arrêtera jamais ? s'écria Jamison en enfouissant son visage entre ses mains.

Un jeune garçon d'écurie s'approcha de Gabriel.

— Il a laissé une lettre, m'sieur Slater. Là, sur le banc. Je ne l'ai pas lue. On dit toujours qu'il ne faut toucher à rien.

— Tu as bien fait, mon gars. Va dehors attendre les flics, lui intima Gabriel.

Comme le garçon obtempérait, Gabriel se saisit de l'enveloppe avec réticence et lut :

Pardonnez-moi. C'est une lâcheté, mais je ne sais pas comment m'en sortir autrement. J'ai tué le meilleur cheval qu'on m'ait jamais confié. Dieu m'en est témoin, j'ignorais que la dose était mortelle. Je voulais qu'Orgueil soit disqualifié, rien d'autre. Je voulais me venger. Je n'ai jamais cru à la culpabilité de mon père. Jusqu'à aujourd'hui. J'ai fait exactement comme lui. On ne peut pas lutter contre le sang.

Gabriel se tourna vers Jamison qui pleurait en silence. Enfin celui-ci releva la tête et dit :

— Je le savais. Je savais que Reno était le fils de Benny Morales. Que Dieu ait pitié de son âme !

Tout s'expliquait. Benny Morales, méprisé, désespéré, s'était pendu alors que sa femme était enceinte. Celle-ci s'était réfugiée au Kansas afin de protéger son enfant à naître du scandale. Puis, quand Reno avait eu 5 ans, elle s'était remariée. Reno avait pris le nom de son beau-père, mais il avait toujours rêvé à ce père mythique qu'il n'avait jamais connu. De lui, il avait hérité sa petite taille, ses mains nerveuses et son amour des chevaux. Il était donc devenu jockey.

Obsédé par le souvenir de son père, il était venu vivre en Virginie. Seul Jamison, le meilleur ami de Benny, connaissait son secret et l'avait bien gardé.

Deux jours après le suicide de Reno, le lieutenant Rossi fournit quelques éclaircissements supplémentaires à Gabriel.

— Il collectionnait tous les articles faisant référence à son père. On en a découvert une pile impressionnante chez lui. Plusieurs évoquent les accusations portées contre lui, l'enquête et le suicide. J'ai eu la mère de Reno au téléphone. D'après ce qu'elle m'a dit, il a toujours eu une passion morbide pour son père. Il le voyait comme un héros victime d'une conspiration et était déterminé à le venger.

— En droguant le cheval des Chadwick et en le faisant disqualifier du Derby, murmura Gabriel.

— Morales courait pour les Chadwick quand il a fait cette chute qui l'a empêché de monter pendant plus d'un an. Après, Cunningham l'a engagé. Quand Étoile Polaire a dû être abattu à Keeneland, Matthew Chadwick a été l'un de ceux qui ont le plus descendu Morales. Après tout, il avait perdu l'une de ses meilleures bêtes par la faute d'un fraudeur.

Gabriel réfléchissait, l'air sombre.

— Reste à savoir où Reno a trouvé la drogue, dit-il enfin. Il a sans doute pratiqué l'injection un peu après la pesée, et avant que les chevaux ne soient emmenés sur la piste. Mais qui lui a donné cette substance ?

Rossi objecta :

— Il avait mille moyens de s'en procurer. Il hantait les champs de courses depuis l'adolescence et connaissait une foule de gens.

— Pourtant, s'il s'était procuré la drogue lui-même, il ne se serait pas trompé dans la dose. Car une chose est sûre : il n'avait pas l'intention de tuer ce cheval.

— Il a commis une erreur, voilà tout.

— Ou bien il a été dupé. Au fait, lieutenant, avez-vous entrepris des recherches sur mon père ?

— Malheureusement, non. Il a déménagé de la chambre qu'il occupait sans laisser d'adresse. Je n'ai aucune raison de suivre cette piste, mais je m'en remets à votre instinct, monsieur Slater. S'il se pointe dans le coin, nous l'interrogerons.

— Il viendra, soyez-en sûr ! Il est trop vaniteux pour se méfier.

Debout près de la fenêtre de sa chambre, Kelsey admirait les collines noyées de soleil. Reno ne croyait pas à la culpabilité de son père. Et il avait passé toute sa vie à courir après son fantôme, afin de le venger. Et à la fin, incapable de supporter ce qu'il avait découvert sur ce père et sur lui-même, il s'était donné la mort.

Il était toujours risqué d'entrouvrir la porte du passé, Kelsey en était consciente. Et quand elle aurait découvert ce qu'elle cherchait, pourrait-elle le supporter ?

Ne valait-il pas mieux abandonner toute recherche, se détourner des ombres sans se poser de questions ? Après tout, elle avait toute la vie devant elle...

— Mademoiselle Kelsey ?

— Oui, Gertie ?

— Le bureau de Me Lingstrom au téléphone. Il désire parler à Mlle Naomi, mais comme elle est absente, il vous demande de venir.

— Très bien, je descends.

Kelsey prit la communication dans le bureau de sa mère. Elle écouta et réussit à faire les commentaires appropriés. Puis elle raccrocha lentement. Quand Naomi pénétra dans la pièce, Kelsey, plongée dans ses pensées, était toujours assise derrière le bureau.

— Que se passe-t-il ? s'inquiéta Naomi en remarquant tout de suite le regard voilé de sa fille.

— Ton avocat vient d'appeler. Il voulait te prévenir que les documents que tu lui as demandé de préparer attendaient ta signature. Les documents qui transfèrent la moitié des Trois Saules à mon nom, précisa Kelsey d'une voix blanche.

— Oh, c'est cela ! Eh bien, c'est parfait, répliqua Naomi, désinvolte.

— Pourquoi fais-tu ça ?

— J'en ai déjà discuté avec ton grand-père, avant sa mort. Nous étions d'accord sur ce point. Je règle juste la situation sur le plan légal.

— Sans même m'en avertir ?

Prudemment, Naomi répondit :

— Je ne voulais pas te brusquer. Jusqu'à présent, je ne t'ai pas donné grand-chose. Maintenant, je le puis. Mon père m'a laissé le soin de régler les détails, mais en réalité c'est de lui qu'émane la décision. Ce que je ne veux pas, c'est que tu perçoives cette formalité comme une obligation qui te lierait à moi.

— Tu sais que je n'ai pas besoin de ça pour t'aimer.

— Oui. En te demandant de venir habiter ici, je n'osais espérer que tu éprouverais un jour des sentiments pour moi. En revanche, j'étais certaine que tu tomberais amoureuse des Trois Saules.

— C'est un peu pareil. Vous êtes indissociables.

— C'est ce qu'on m'a souvent dit, acquiesça Naomi avec un sourire. Mais tu m'as donné ma chance, Kelsey. Tout le monde ne l'aurait pas fait.

À ces mots, Kelsey sentit son cœur se serrer et la culpabilité l'envahir de nouveau.

Dirais-tu la même chose si tu savais ce que je projette de faire ? songea-t-elle en regardant sa mère quitter le bureau.

Il était presque 6 heures lorsque Kelsey gara sa voiture dans l'allée de Tipton, derrière la vieille fourgonnette de l'ancien capitaine de police. Le chien du voisin se mit à aboyer au bout de sa chaîne, et une femme apparut bientôt à la fenêtre de la maison.

— Vous cherchez Jim ? Il est dans son atelier, au fond du jardin.

— Merci.

Contournant la demeure, Kelsey ne tarda pas à percevoir le chuintement d'une scie électrique. Elle se dirigea vers un petit appentis de bois et frappa à la porte avant de l'ouvrir.

Tipton était assis sur un banc, les yeux protégés par des lunettes spéciales, sa casquette tournée à l'envers. Il tronçonnait un rondin de bois.

— Capitaine Tipton ?

Comme il lui faisait face en éteignant l'appareil, elle eut un mouvement de surprise.

— Vous êtes blessé ? s'exclama-t-elle en avisant la tache écarlate qui souillait la chemise de l'ex-policier.

— Hein ? Où ça ? dit-il en baissant les yeux sur ses doigts, comme pour les compter. (Puis il se mit à rire.) Oh, ça ? C'est de la confiture de cerises, expliqua-t-il en se frappant la poitrine. Vous avez eu peur, hein ?

Kelsey réprima une bordée de jurons.

— Je construis des étagères, poursuivit-il. Nous avons conclu un marché, ma femme et moi. Je lui fabrique des meubles, et elle les remplit de bibelots. Comme ça, tout le monde est content ! Qu'est-ce qui vous amène ?

— Auriez-vous quelques minutes à m'accorder ?

— Bien sûr. J'ai appris qu'il y avait eu des petits problèmes ces derniers temps à Longshot.

— Oui. Curieux, n'est-ce pas, que Reno ait si bien imité son père, jusque dans sa mort.

— Le monde est plein de coïncidences, madame Byden. Enfin, cela élucide un mystère. Maintenant, vous savez qui a tué votre cheval.

— Reno n'avait pas l'intention de faire du mal à Orgueil, capitaine. Quelqu'un s'est servi de lui, j'en suis convaincue. Tout comme Naomi s'est servie d'Alec Bradley pour rendre mon père jaloux. Ce que je ne comprends pas, c'est ce que cherchait Bradley en tournant autour de ma mère...

— Allons, c'est une femme très séduisante !

— Nous ne parlons pas de séduction, mais de viol. Ce n'est pas pareil.

— Encore faut-il qu'il y ait eu tentative de viol, comme l'a prétendu votre mère.

— Je la crois, et vous aussi. Vous êtes-vous jamais demandé, dans l'hypothèse où elle disait la vérité, pourquoi Alec Bradley avait choisi cette nuit précise pour l'agresser ? Ils se voyaient depuis des semaines, et elle n'est pas du genre à fréquenter un homme violent.

Tipton saisit un morceau de papier de verre et entreprit de polir une planche.

— Elle venait de le larguer en public, c'est suffisant pour humilier un homme de cet acabit, objecta-t-il.

— Bradley avait-il déjà agressé une femme ?

— Vous pensez bien que j'ai vérifié de ce côté-là. Mais je n'ai rien trouvé. Il avait mauvaise réputation, il était criblé de dettes, mais on ne le tenait pas pour quelqu'un de violent. Tout ce que je sais, c'est que juste avant sa mort, il a remboursé la moitié de ses dettes, soit vingt mille dollars.

— Ma mère les lui aurait donnés ?

— Selon elle, elle lui a prêté de l'argent à l'occasion, mais jamais de grosses sommes. J'ignore d'où il tenait ce fric.

— Vous n'avez pas fait de recherches ?

— Non, avoua Tipton. Quelque temps avant sa mort, Bradley s'était vanté d'être sur un gros coup.

J'ai pensé logiquement qu'il avait gagné ce fric aux courses.

Nerveuse, Kelsey se mit à arpenter l'atelier en réfléchissant tout haut.

— Imaginons que quelqu'un l'ait payé pour séduire ma mère. Je ne vois pas dans quel but, mais passons. Il reçoit vingt mille dollars en acompte. Et voilà que Naomi lui signifie que tout est terminé entre eux. Il a besoin d'argent pour rembourser le restant de ses dettes, et il panique. Il essaie de s'imposer à elle. Cela se tient, non ?

Elle tourna un regard interrogateur vers Tipton. Celui-ci la dévisageait avec attention. Et elle crut voir une lueur de compassion dans ses yeux bleus.

— Oui, cela se tient, murmura-t-il. Et qui avait assez d'argent pour donner vingt mille dollars à Bradley ? Qui avait intérêt à discréditer votre mère, à salir sa réputation ?

Kelsey sentit une main de glace se refermer sur sa poitrine. La réponse, évidente, venait de jaillir dans son cerveau.

Tipton hocha la tête et poursuivit :

— C'est bien le problème, quand on commence à soulever de vieilles pierres. On n'aime pas trop ce qu'on découvre dessous. Je n'ai jamais réussi à faire le lien entre Bradley et votre père, madame Byden. Dieu sait pourtant que j'ai essayé ! J'ai passé au crible les relevés bancaires de votre père, mais nulle part je n'ai trouvé trace de ces vingt mille dollars.

— Mon père n'aurait jamais fait ça ! riposta Kelsey d'une voix blanche.

— Alors, c'est sans doute que votre mère est une meurtrière.

— Il y a une troisième solution, je le sais !

Tipton soupira.

— Peut-être. Mais elle ne vous fera pas forcément plaisir, elle non plus. En tout cas, il n'y a qu'une

personne qui relie votre père aux événements qui se sont passés aux Trois Saules.
— Qui donc ? s'étonna Kelsey.
— Mais... Charles Rooney, voyons.

26

— Tu vas adorer cette boutique ! affirma Naomi en tendant à Kelsey une carte professionnelle. J'ai repéré une robe sublime, la vendeuse te la montrera. Oh, et puis j'ai discuté avec le traiteur ! Je sais que vous préférez un mariage simple, mais il faudra bien que les invités mangent. Il va élaborer quelques menus afin que tu puisses faire ton choix.

Kelsey retourna la carte dans sa main avant de l'empocher sans grand enthousiasme.

— Merci, murmura-t-elle. J'apprécie beaucoup ton intérêt. Même pour une cérémonie sans chichis, il y a toujours des détails à régler. Pour mon premier mariage, c'est Candice qui a tout orchestré. Moi, je n'ai eu qu'à enfiler ma robe et à paraître au bras de papa.

— Et cette fois, tu aimerais te débrouiller toute seule, c'est ça ?

— Disons que je préfère avoir mon mot à dire. Mais je veux bien déléguer ! s'empressa d'ajouter Kelsey en souriant.

Naomi prit l'air rêveur.

— Jamais je n'aurais cru avoir la chance d'organiser un jour le mariage de ma fille. C'est pour ça que je m'emballe un peu. Tu n'as qu'à me rentrer dans le lard si j'empiète trop sur ton terrain ! conclut-elle avec un rire. Maintenant, file avant que je ne décide de venir avec toi !

Kelsey embrassa sa mère avant de rejoindre Gabriel qui l'attendait dans la voiture.

— C'est bien la première fois que je vais acheter une robe ! plaisanta ce dernier en mettant le contact.

Kelsey lui posa la main sur le bras.

— Gabriel, après être passés à la boutique, j'aimerais que nous allions quelque part. Je ne t'en ai pas parlé plus tôt parce que je ne souhaitais pas que Naomi soit au courant.

Comme il lui retournait un regard intrigué, elle expliqua :

— Je veux aller chez Charles Rooney, le détective privé.

Brièvement, elle le mit au courant de sa conversation avec le capitaine Tipton. Gabriel se rembrunit.

— Et maintenant, tu crains que ton père ne soit mêlé à tout cela ? murmura-t-il.

— J'espère que non, soupira la jeune femme. Mais je n'ai qu'un moyen de le vérifier. Et pour me donner du courage, j'aime autant que tu m'accompagnes.

— C'est un bon réflexe. Tu vois que tu peux t'améliorer ! répliqua-t-il en démarrant.

La robe était telle que Naomi l'avait décrite : sublime. Une cascade de soie rose pâle, à la ligne simple et fluide, brodée de perles scintillantes et agrémentée d'une capeline à voilette.

Kelsey acheta également les escarpins assortis, puis fit emballer le tout dans des cartons.

— Pourquoi ne l'as-tu pas essayée ? s'étonna Gabriel en chargeant les paquets dans le coffre de la Jaguar. J'aurais aimé te voir dedans.

— Ça porte malheur, répondit distraitement Kelsey, avant de sursauter en portant la main à sa bouche : Mon Dieu, je viens d'acheter ma robe de mariée !

— Apparemment. Pourquoi, tu as changé d'avis ?

— Non, non ! C'est juste que... tout a été tellement vite ! Je viens d'acheter ma robe de mariée et... je n'ai même pas prévenu ma famille !

— Nous pouvons réparer cet oubli aujourd'hui, si tu le souhaites.

— D'accord.

Au moment où Kelsey faisait mine d'ouvrir la portière, Gabriel lui saisit la main pour glisser à son doigt un jonc d'or serti d'un solitaire et incrusté de minuscules rubis. Comme elle levait sur lui un regard ému, il déclara :

— Rouge et blanc. Ce sont nos couleurs, à présent. Officiellement.

Kelsey sentit les larmes lui monter aux yeux. Ils se trouvaient peut-être dans un parking écrasé sous un soleil de plomb, mais pour elle l'instant était des plus romantiques.

— Elle est superbe, Gabriel. Mais je n'en avais pas besoin.

— Moi si.

Caché dans sa voiture à l'autre bout du parking, Rich vit le couple échanger un tendre baiser. Sans détourner les yeux, il but une gorgée au goulot de la flasque de whisky qui ne le quittait jamais. Une grimace haineuse déforma ses traits. C'était la faute de Gabriel s'il était redevenu un fuyard, s'il avait dû plier bagage et prendre la poudre d'escampette. Les flics le recherchaient et avaient posé tout un tas de questions à sa logeuse. Rich l'avait appris de la bouche de Cunningham en allant le taxer de deux mille dollars supplémentaires.

Eh bien, grand bien leur fasse ! ricana-t-il intérieurement en mettant le contact, au moment où la Jaguar de Gabriel sortait du parking. Dans quelques jours, il serait au Mexique. Mais d'abord, il avait un compte à régler avec son fils qui l'avait vendu aux flics.

Prenant soin de ne pas perdre de vue la Jaguar, il s'inséra dans la circulation.

— Il va falloir faire le forcing, prévint Kelsey, comme ils se garaient dans le parking souterrain de l'immeuble. Rooney a refusé de répondre à mes appels téléphoniques.

— N'en fais pas trop, conseilla Gabriel. Si tu lui tires dessus à boulets rouges, tu vas lui foutre les jetons, c'est tout.

Quelques instants plus tard, ils pénétraient dans le hall de l'agence. D'une démarche assurée, Kelsey se dirigea vers la réception.

— Kelsey Byden et Gabriel Slater. Nous voulons voir M. Rooney.

— Vous avez rendez-vous ? s'enquit la secrétaire.

— Non.

— Dans ce cas, je suis désolée, mais...

— Dites-lui que nous sommes ici et que nous ne partirons pas avant de l'avoir vu, coupa Kelsey en se penchant par-dessus le bureau.

Elle avait l'air si déterminé que la secrétaire s'esquiva sur-le-champ. Deux minutes plus tard, ils furent introduits dans le bureau du détective privé qui les accueillit d'un hochement de tête, sans prendre la peine de se lever.

— Je suis pressé. Je n'ai que cinq minutes à vous accorder, leur annonça-t-il d'un ton dépourvu d'aménité.

— Nous aurions pris rendez-vous si vous aviez daigné répondre à mes appels, lui assena Kelsey.

Avec un soupir, Rooney croisa les mains et dit d'un ton patient :

— J'essayais simplement de vous faire gagner du temps, madame Byden. Je vous le répète, je ne peux rien pour vous.

— Pourquoi étiez-vous justement aux Trois Saules cette nuit-là, monsieur Rooney ? Vous voyez, je n'arrête pas de me poser cette question. Ce détail semble avoir échappé à ceux qui ont fait l'enquête à l'époque, mais moi, j'ai plus de recul. Alors, répondez. Pourquoi cette nuit-là entre toutes ?

— C'est un hasard. Demandez-vous plutôt pourquoi votre mère a choisi ce moment pour tuer Bradley.

— Ça, je le sais. Parce qu'il a tenté de la violer. Mais ce n'est pas ce que vous avez dit dans votre déposition.

— J'ai apporté mon témoignage, je ne reviendrai pas dessus, répliqua Rooney en se levant pour congédier ses visiteurs.

Kelsey s'appuya des deux mains sur le bureau et planta son regard dans celui du détective.

— Savez-vous qui a donné vingt mille dollars à Alec Bradley, peu avant sa mort ?

Rooney déglutit avec peine tant sa bouche était sèche.

— J'ai été engagé pour suivre votre mère, pas son amant, rétorqua-t-il.

— Mon père ne s'intéressait donc pas à l'homme avec qui son épouse avait une liaison ?

— Son ex-épouse, corrigea Rooney. En réalité, Philip Byden ne s'intéressait qu'à une seule personne : son enfant. Moi, je n'ai eu de contact qu'avec ses avocats. J'ignore même s'il a lu mon rapport. Voilà tout ce que je peux vous dire. Maintenant, au revoir, madame Byden. Ne m'obligez pas à vous faire jeter dehors par le vigile de l'immeuble.

Ce disant, Charles Rooney alla ouvrir la porte du bureau. Kelsey échangea un coup d'œil avec Gabriel. Puis, le prenant par le bras, elle l'entraîna à sa suite.

— Ne vous faites pas d'illusions, monsieur Rooney, dit-elle en franchissant le seuil, je ne compte pas en rester là !

Une fois le battant refermé sur le jeune couple, Rooney alla se rasseoir à son bureau. D'une main tremblante, il tira un mouchoir de sa poche et épongea la sueur qui lui perlait au front.

Comme l'interphone grésillait, il aboya :

— Oui, qu'y a-t-il ?

— Monsieur Rooney, il y a là un monsieur qui demande à vous voir, l'informa sa secrétaire. Il dit être un de vos vieux amis. Un certain Richie...

Rooney se figea. Ses paumes devinrent moites. Durant une seconde, il jeta un regard désespéré autour de lui, cherchant un moyen de fuite. Mais il était pris au piège.

— Faites-le entrer, et qu'on ne nous dérange pas.

— Bien, monsieur, répondit docilement la secrétaire.

L'instant d'après, Rich Slater pénétrait dans la pièce, un grand sourire aux lèvres.

— Que venez-vous faire ici ? s'enquit sèchement Rooney.

Rich prit place dans le fauteuil avant de poser les pieds sur le bureau.

— Eh bien, tout d'abord je voudrais savoir pourquoi mon fils et cette jolie poulette sortent de chez vous.

— Nous n'avons pas appris grand-chose de plus, soupira Kelsey en montant dans la Jaguar.

— Non, mais tu es sur la bonne piste, rétorqua Gabriel.

— Comment peux-tu en être sûr ?

— Tu n'as donc pas remarqué la nervosité de Rooney ?

Kelsey fronça les sourcils.

— Sa nervosité ? Il était irrité, distant, mais...

— Il était obligé de serrer ses mains l'une contre l'autre pour les empêcher de trembler, coupa Gabriel.

L'air conditionné marchait à fond, pourtant il suait à grosses gouttes. Il bluffait, j'en suis certain.

Kelsey lui jeta un regard perplexe.

— Tu as appris tout ça dans les tripots ?

— En tout cas, je sais qu'il a la trouille.

— Il nous reste à découvrir pourquoi. Mais chaque chose en son temps. Arrête-moi à la première cabine téléphonique. Il est temps de faire une petite réunion familiale.

— Bon sang ! J'aurais peut-être dû enfiler une armure avant de partir ! ironisa Gabriel en faisant vrombir le moteur de la Jaguar.

— Tu exagères ! protesta Kelsey en lui assenant une petite tape.

Mais au fond d'elle-même, elle se demandait s'il n'avait pas raison.

Milicent accepta le verre de sherry que lui tendait Philip. Puis, magnanime, elle tapota la main de son fils.

— Elle va finir par reprendre ses esprits, Philip. Ne te tracasse donc pas. Je suis toute prête à oublier les quelques mois qui viennent de s'écouler. Après tout, c'est une Byden. Son sang ne saurait mentir.

Candice, qui se tenait près de la fenêtre et tripotait nerveusement le rideau, intervint :

— En tout cas, j'espère qu'elle va ramener Channing avec elle. Je ne vois pas pourquoi il resterait là-bas si Kelsey revient à Georgetown.

— Channing semble avoir trouvé la voie qui lui convient, objecta Philip.

— Bah, fadaises ! trancha Milicent. Ce garçon traverse une crise d'adolescence tardive, voilà tout. Il a éprouvé le besoin de défier l'autorité parentale, mais ça lui passera. Imaginez-vous, Candice, que Philip voulait devenir joueur de base-ball à une certaine époque ! ajouta-t-elle avec un petit rire.

— J'avais 16 ans, lui rappela Philip.

Seize ans, et pas son pareil pour manier une batte. Mais bien sûr, ce rêve de passer professionnel n'avait pas dépassé le stade embryonnaire. Un Byden sur un stade, c'était proprement inconcevable !

— Channing se rendra à la raison, insista Milicent. Vous avez commis l'erreur de ne pas faire acte d'autorité, Candice.

— Mais il a plus de 21 ans...

— Une mère reste toujours une mère !

Le sourire de Milicent s'accentua quand elle entendit la sonnette de la porte d'entrée.

— Ah, le retour de la fille prodigue ! s'exclama-t-elle gaiement. Philip, laisse-la d'abord s'excuser. Elle se sentira mieux après. Ensuite, nous pourrons tuer le veau gras.

Mais Kelsey n'arborait pas du tout une mine penaude lorsqu'elle pénétra dans le salon suivie de Gabriel. Elle serra tout d'abord son père et sa belle-mère dans ses bras, avant de déposer un baiser sur la joue poudrée de son aïeule. Puis elle se tourna vers son compagnon.

— Grand-mère, papa, Candice, je vous présente Gabriel Slater. Gabriel, voici Milicent, Candice et Philip Byden.

— Ravi de vous rencontrer, dit Philip en tendant la main à Gabriel.

Les yeux froids de Milicent s'attardèrent sur la haute silhouette de ce dernier.

— Je ne voudrais pas paraître impolie, intervint-elle, mais je croyais qu'il s'agissait d'une réunion de famille où nous allions aborder des sujets privés.

— Justement, acquiesça Kelsey. J'ai une nouvelle à vous annoncer. Gabriel et moi, nous allons nous marier.

Un silence abasourdi retomba dans la pièce. Candice fut la première à recouvrer ses esprits.

— Quelle... surprise, ma petite Kelsey ! Cela te ressemble bien de nous annoncer cela tout à trac. (Puis, assaillie par des visions de fleurs d'oranger, elle se laissa gagner par l'enthousiasme :) Dans ce cas, je crois que le sherry ne convient pas. Il faut ouvrir une bouteille de champagne.

Milicent était devenue livide sous son maquillage.

— As-tu perdu la tête, Kelsey ? s'écria-t-elle d'une voix sourde. Tu ne songes tout de même pas à épouser cet individu ?

— Maman... commença Philip d'un ton apaisant.

Sans l'écouter, Milicent continua de vitupérer :

— C'est pour nous insulter que tu as fait tout ce chemin ? Alors, ça ne te suffit pas de te dévoyer dans un monde d'escrocs et de criminels, il faut encore que tu nous en ramènes un à la maison !

Bien que connaissant sa grand-mère, Kelsey fut choquée par la violence de sa réaction.

— Je voulais simplement vous mettre au courant, rétorqua-t-elle. La noce aura lieu chez Gabriel dans quelques semaines, et je voulais vous y convier.

Désireuse d'arrondir les angles, Candice déclara :

— Mais bien sûr que nous viendrons, ma chérie ! Nous sommes un peu surpris, c'est vrai, mais nous ne raterions cet événement pour rien au monde. J'espère que tu me laisseras régler les détails de la fête...

— Assez ! s'exclama Milicent en reposant brutalement son verre de sherry. Il n'est pas question que ce mariage ait lieu. Apparemment, Kelsey, tu t'es laissé tourner la tête par un séducteur. Mais ce n'est pas irréversible. Il n'y a pas eu d'annonce officielle, et vous... (elle pointa sur Gabriel un doigt accusateur)... vous pouvez toujours sauver la face en quittant immédiatement cette maison. Cela vous épargnera des minutes embarrassantes.

— Je préfère être embarrassé, répondit Gabriel d'un ton égal.

— Très bien, vous l'aurez voulu !

Tremblante de rage, Milicent saisit son sac et en tira un document sous enveloppe.

— Il est temps que tu apprennes à regarder la réalité en face, ma petite ! grinça-t-elle en tendant l'objet à Kelsey. Voyons ce que tu diras de cela ! Il s'agit d'un rapport concernant M. Slater. Apprends que c'est un joueur professionnel qui a passé plusieurs mois en prison pour avoir participé à des jeux d'argent illicites !

Le regard méprisant de la vieille dame se porta vers Gabriel qu'elle toisa de la tête aux pieds.

— Vous avez peut-être acquis le goût du luxe, monsieur Slater, mais cela ne change rien à votre personnalité. Vous n'êtes qu'un vulgaire délinquant sorti du ruisseau, fils d'un escroc notoire porté sur la bouteille, de surcroît !

Suffoquée par l'indignation, Kelsey s'interposa entre Gabriel et sa grand-mère.

— Tu as osé fouiller dans la vie privée de Gabriel et dans la mienne ! s'emporta-t-elle.

— Mon devoir est de protéger le nom des Byden de l'opprobre public, répliqua Milicent sans se démonter. Quand j'ai appris que tu fréquentais cet individu, j'ai jugé utile de me renseigner sur son compte.

— Eh bien, tu as gaspillé ton argent ! J'étais déjà au courant du passé de Gabriel, et cela ne fait aucune différence pour moi.

— Dans ce cas, tu tiens plus de ta mère que je ne le croyais. En définitive, tout cela est sa faute !

Pâle comme un linge, Kelsey saisit le bras de Gabriel.

— Viens, rentrons à la maison, dit-elle d'une voix tremblante de fureur.

— Kelsey, je t'en prie ! s'écria Philip, accablé.

Tandis que Kelsey entraînait Gabriel hors de la pièce, Candice leur courut après, rouge de confusion.

— Kelsey, je suis affreusement désolée pour cette scène ! Philip et moi, nous n'étions absolument pas au courant que ta grand-mère avait entrepris ces recherches...

Parvenue devant la porte d'entrée, Kelsey se tourna, soudain radoucie.

— Je m'en doute, Candice. Et je ne vous en veux pas. Mais cette fois, grand-mère a été trop loin. Sa conduite est inqualifiable, elle n'a aucune excuse. Dis à papa que je l'appellerai plus tard, d'accord ?

— Entendu, acquiesça Candice, avant d'ajouter, un sourire contraint aux lèvres : Au revoir, Kelsey. Et... meilleurs vœux à tous les deux.

27

— Une sacrée famille que tu as là, chérie !

La voiture venait de s'arrêter devant le porche des Trois Saules. Kelsey sortit du véhicule.

— D'accord, vide ton sac, dit-elle.

— Tu as ruminé durant la moitié du voyage de retour et tempêté le reste du temps. Cela suffit, non ?

— Je ne suis pas la seule concernée. Tu t'en es pris plein la figure.

— Et après ? J'ai supporté bien pire, tu sais. Au moins, ta grand-mère n'a pas évoqué la show-girl de Vegas ni l'affaire d'El Paso.

— Quelle show-girl ? s'exclama Kelsey en sursautant.

Riant, il lui passa le bras autour des épaules.

— Je t'ai eue ! Quoi qu'il en soit, j'apprécie ton père et ta belle-mère. C'est déjà pas mal.

Kelsey le considéra avec une perplexité non dissimulée.

— Tu n'es même pas en colère ! murmura-t-elle. Enfin, Gabriel, elle a engagé un détective privé pour fouiner dans ta vie et réunir un dossier sur toi, comme si tu n'étais qu'un vulgaire criminel !

— Et à quoi cela l'a-t-il menée ? Tu savais déjà le pire me concernant, et tu as pris ma défense. Il ne pouvait rien m'arriver de mieux.

— Cela ne justifie pas ce qu'elle a fait.

— Mais son action est vaine. Et puis, je la comprends un peu. Vois-tu, moi, je n'ai jamais eu de nom à défendre.

— Tu lui trouves des excuses, maintenant ?

— Non, mais je crois qu'elle a commis une erreur qui va finalement lui coûter plus à elle qu'à moi.

Kelsey soupira.

— Tu as l'esprit plus ouvert que moi, dit-elle. Bon, peux-tu sortir ma robe du coffre ? Il y aura au moins une personne heureuse aujourd'hui quand je la montrerai à Naomi.

Gabriel suggéra :

— Pourquoi ne viendriez-vous pas dîner avec moi ce soir, toutes les deux ? Je vous invite.

— Très bien, je vais lui en parler.

Kelsey se hâta de rejoindre la maison. Elle était déjà au milieu de l'escalier quand Naomi l'appela du seuil de la cuisine.

— Oh, tu es là ! fit Kelsey en rebroussant chemin. Tu avais raison à propos de la robe. Elle est parfaite ! Gabriel propose de nous emmener dîner. Tu crois que Moïse nous accompagnerait ?

C'est alors qu'elle remarqua l'air sombre de sa mère qui tenait ses mains crispées l'une contre l'autre.

— Que se passe-t-il ?

— Il faut que nous parlions, Kelsey.

La jeune femme eut tout à coup l'impression de se retrouver face à l'étrangère si distante qui l'avait invitée à prendre le thé lors de sa première visite. Interloquée, elle suivit Naomi au salon.

— Tu es en colère contre moi, remarqua Kelsey au moment où Gabriel franchissait à son tour le seuil de la pièce.

— Ce n'est pas le terme exact, répondit Naomi qui, jetant un coup d'œil à Gabriel, ajouta : Il vaudrait sans doute mieux que cette conversation reste entre nous.

— Non, je n'ai rien à cacher à Gabriel.

— Très bien. Tu as reçu un appel pendant ton absence. Gertie a pris le message et l'a laissé sur le secrétaire de ta chambre. Je suis entrée quelques minutes plus tard pour prendre la liste des invités au mariage, et je suis tombée dessus. Pardonne-moi si je l'ai lu, ce n'était pas volontaire.

— De qui émanait cet appel ?

— De Charles Rooney. Il veut que tu le joignes le plus vite possible.

— Dans ce cas, je ferais mieux de...

Naomi arrêta d'un geste sa fille qui se dirigeait déjà vers la porte.

— S'il te plaît, Kelsey ! Après plus de vingt ans, j'ai peine à croire que cela soit si urgent. Comment se fait-il que tu connaisses cet homme ?

— Je l'ai rencontré deux fois.

— Dans quel but ? J'ai pourtant répondu à toutes tes questions. Tu ne me fais donc pas confiance ? (Une étincelle de colère dans les yeux, Naomi se tourna vers Gabriel et poursuivit :) Et toi, tu l'as encouragée, n'est-ce pas ?

— Non, mais j'ai compris sa démarche, rétorqua Gabriel.

— Comment pourriez-vous comprendre, l'un comme l'autre ! s'exclama Naomi avec amertume. Vous n'imaginez pas ce que j'ai ressenti en lisant ce nom ! J'ai passé plus de dix ans de ma vie à essayer d'oublier. Quand tu m'as questionnée, Kelsey, je me suis forcée à tout revivre, en me disant que c'était le prix à payer pour ton retour. Et cela ne te suffit pas ?

— Loin de moi l'idée de te blesser ! dit vivement Kelsey. Si j'ai été voir Rooney, c'est pour t'aider, parce que j'espérais découvrir un détail passé inaperçu qui aurait tout changé.

— Changé quoi ?

— La version de l'accusation reposait sur le témoignage de Rooney. Imagine qu'il ait menti par omission, ou même qu'il ait sciemment dissimulé des faits ?

Stupéfaite, Naomi alla s'asseoir sur le canapé.

— Tu pensais vraiment pouvoir me laver de toute cette boue ? Tu voulais préserver l'honneur de la famille ? C'est cela, Kelsey ? Mais enfin, quelle différence maintenant ? Tu ne peux me rendre une seule seconde des années que j'ai perdues. Ni effacer de ma mémoire aucun des commentaires ou des regards méprisants que j'ai endurés. C'est terminé, tout cela !

— Pas pour moi, s'obstina Kelsey. J'ai fait ce qui me semblait juste. D'ailleurs, Rooney doit avoir une bonne raison de me rappeler. Ce matin, il semblait très nerveux.

— Laisse tomber, Kelsey.

La jeune femme s'avança vers le canapé pour agripper les mains glacées de sa mère.

— Je ne peux pas ! décréta-t-elle. Et puis, il y a ce qui est arrivé à Orgueil et à Reno. Cela ressemble tellement à ce qui s'est passé avec Étoile Polaire et Benny Morales ! Comme un écho du passé. Même la police se demande s'il n'y a pas un lien entre les deux affaires !

Naomi devint livide.

— La police ? répéta-t-elle. Tu as parlé à la police ?

— J'ai été voir le capitaine Tipton. Il t'a toujours crue, mais il n'a jamais réussi à prouver ton innocence.

Tremblante, Naomi se dressa.

— Tu n'étais pas dans cette salle sordide, à subir cet horrible interrogatoire ! s'exclama-t-elle. Personne ne m'a crue, et certainement pas Tipton ! Sinon, pourquoi aurais-je été en prison ?

— Les photos de Rooney et son témoignage ont pesé trop lourd dans la balance...

— Nous revoilà avec Rooney ! Écoute, Kelsey, je te conjure d'oublier cette histoire. Même si tes intentions sont louables, je ne supporterais pas de revivre tout cela.

Sur ces mots, Naomi quitta la pièce. Quelques secondes plus tard, une porte claquait à l'étage.

— Quel gâchis ! soupira Kelsey en se laissant tomber sur une chaise. Tout est ma faute...

— Non, tu as juste donné un coup de pied dans la fourmilière. Et c'était peut-être utile.

— Nous avons fait tant d'efforts, elle et moi. Et voilà que j'ai tout ruiné ! Enfin... je ne sais pas. Au début, je croyais que j'agissais uniquement pour moi, parce que j'avais le droit de connaître la vérité. Ensuite, je me suis convaincue que c'était pour Naomi. Mais la vérité, c'est que je voulais tout ordonner, et faire le ménage une bonne fois pour toutes.

— Cela ne fait pas de toi une salope, Kelsey. Maintenant, dis-moi ce que tu comptes faire.

— Terminer ce que j'ai entrepris. Je vais appeler Charles Rooney.

Ils se donnèrent rendez-vous dans un bar. Non pas l'un de ces estaminets minables bondés d'ivrognes et propices à une entrevue clandestine, mais un pub luxueux à la clientèle des plus sélectes.

Rooney avait utilisé des ruses de Sioux pour s'assurer qu'il n'était pas suivi. Quand il les vit entrer, il vida son deuxième gin tonic. Il était fini, il le savait. Depuis que Rich Slater avait quitté son bureau, il avait passé des heures à organiser sa fuite. Son billet d'avion pour le Brésil était dans sa poche, et il avait les contacts nécessaires là-bas. Il ne lui restait plus qu'à vider son sac.

— Monsieur Rooney, le salua Kelsey avec raideur en s'arrêtant à hauteur de l'alcôve située en retrait des autres tables.

— Asseyez-vous. Pour moi, ce sera la même chose. Je vous recommande la cuvée maison.

— Parfait, acquiesça Kelsey.

Gabriel commanda un café noir. Il attendit que la serveuse s'éloigne avant de demander :

— Alors, qu'aviez-vous de si urgent à nous dire ?

Rooney attendit un bon moment avant de répondre. Paupières plissées, il étudia le visage de Gabriel, puis se décida à sortir de son mutisme.

— Vous êtes un homme hors du commun, monsieur Slater. Et votre parcours est tout à fait exceptionnel.

— Où voulez-vous en venir ?

— Simplement au fait que je vous connais bien. Et savez-vous pourquoi ? Parce que je viens de boucler un dossier sur vous.

Le visage impénétrable, Gabriel ne pipa mot. Kelsey, qui ne possédait pas un tel stoïcisme, bondit sur son siège en comprenant soudain de quoi il retournait.

— C'est vous que ma grand-mère a engagé ! s'exclama-t-elle.

Rooney hocha la tête.

— C'est exact. Et d'après ce que je constate, ses efforts pour discréditer M. Slater à vos yeux ont été vains. Finalement, il y a peut-être une justice en ce bas monde. Car la première fois qu'elle a eu recours à mes services, votre grand-mère a parfaitement réussi son coup.

— La première fois ? Vous voulez dire que... c'est elle, et non mon père, qui vous a engagé pour suivre ma mère en 1973 ?

— Ce sont les avocats des Byden qui m'ont engagé, sur la demande de votre grand-mère. Votre père était réticent, mais il a laissé faire. Je n'ai jamais eu de contact avec lui. C'est Milicent Byden qui a toujours mené le jeu. J'avais bonne réputation et je correspondais tout à fait au profil qu'elle recherchait : un jeune détective plein d'ambition, et assez inexpérimenté pour être impressionné par sa position et son compte en banque.

— Je ne vois pas bien quelle différence cela fait.

— Vous allez comprendre. Votre grand-mère voulait se débarrasser de votre mère une bonne fois pour toutes, la rayer de la vie de son fils et de la vôtre. Mais ce n'était pas si simple. L'idée des avocats était de faire suivre Naomi Chadwick pour la prendre en flagrant délit d'adultère. C'était logique puisqu'elle paraissait mener une vie plutôt dissolue. Mais au terme de quelques semaines de filature, je me suis rendu compte que, même si votre mère sortait beaucoup, elle rentrait toujours seule le soir, et n'avait finalement rien à se reprocher. Elle n'était jamais ivre, n'avait pas d'amant, bref, aucun vice que votre grand-mère puisse exploiter. Et c'était une mère exemplaire.

Alors Milicent Byden a élaboré un plan très simple : elle connaissait Alec Bradley, qui était issu d'une riche famille de la côte Est. Elle savait qu'il jouait gros et qu'il était endetté jusqu'au cou. Et surtout, qu'il avait une réputation détestable. Elle lui a donné de l'argent afin qu'il séduise Naomi, en lui promettant la même somme quand il serait parvenu à ses fins. (Rooney prit une gorgée de gin tonic avant d'enchaîner :) Votre grand-mère ne m'avait pas mis dans la confidence, bien sûr, mais je suis un bon professionnel, et j'ai fini par découvrir le pot aux roses. L'un de mes indicateurs connaissait Bradley. Celui-ci était bavard, et il s'est mis à raconter partout qu'il était sur un gros coup, que bientôt il n'aurait plus de soucis d'argent. Tout ce qu'il avait à faire, c'était de s'afficher avec une jolie femme.

Le silence retomba sur la tablée. Enfin Kelsey, très pâle, dit dans un souffle :

— Qu'est-ce qui me dit que vous racontez la vérité ?

Rooney haussa les épaules.

— Croyez-moi ou non, je m'en fiche. Vous exigez des réponses, je vous les donne. Qu'y puis-je si elles ne vous plaisent pas ? Quoi qu'il en soit, votre grand-mère a bien donné vingt mille dollars à Bradley. (Kelsey poussa une exclamation étouffée. Rooney poursuivit :) Le problème, c'est que Naomi ne jouait pas le jeu. Elle menait Bradley par le bout du nez et lui tenait la dragée haute. Étant donné la façon dont se déroulait le procès, votre grand-mère avait besoin de résultats probants. Elle a fait pression sur Bradley. Celui-ci était en cheville avec pas mal d'individus louches qui rôdaient sur les hippodromes. Avec leur aide, il a monté une histoire de course truquée. Le but était de faire accuser les Chadwick d'avoir drogué le cheval de leur concurrent, mais finalement le jockey a craqué et s'est suicidé en avouant sa culpabilité.

— Je n'arrive pas à le croire, murmura Kelsey, atterrée. Ainsi, tout est lié !

— Bien sûr. Une fois de plus, la manœuvre avait échoué. Alors votre grand-mère a fait pression sur Bradley. Elle lui a signifié que tout devait être réglé dans les plus brefs délais, sinon il pouvait dire adieu à son fric. Mon indicateur me l'a confirmé par la suite. Puis elle m'a convoqué pour m'ordonner de m'introduire dans la propriété de votre mère un soir précis avec mon appareil photo. J'ai tout de suite compris qu'il allait se passer quelque chose. Je me suis d'abord rendu au club où j'ai été témoin de la dispute entre votre mère et Bradley. Visiblement, il est tombé des nues quand elle l'a largué devant tout le monde. Cela ne correspondait pas du tout à ses projets ! Puis je l'ai suivi quand il a été la rejoindre aux Trois Saules. J'avais l'ordre de ne prendre que des photos susceptibles de servir la cause des Byden. Quand je les ai vus boire un verre, j'ai cru qu'ils se réconciliaient et que je tenais enfin mon adultère. Mais la dispute a repris. Alors j'ai fait le tri : je les ai photographiés au moment où Bradley embrassait votre mère, mais pas quand elle l'a repoussé : quand il a commencé à la peloter, mais pas quand elle l'a giflé. Ensuite, elle s'est réfugiée dans sa chambre. Bradley a regardé par la fenêtre, et il a désigné l'étage. Il savait que j'étais dehors, que je les épiais, et il m'indiquait que la scène allait se poursuivre là-haut. J'ai été obligé de grimper dans un arbre. J'ai vu votre mère se précipiter sur le téléphone, mais Bradley le lui a arraché des mains. Puis il s'est jeté sur elle. J'ai pris des photos d'eux apparemment enlacés. Votre mère s'est débattue, et elle a réussi à lui échapper. J'ai attendu. Puis elle s'est emparée du revolver. Et là, j'ai pris des clichés.

D'une voix horrifiée, Kelsey articula :

— Il allait la violer. Vous le saviez et vous n'êtes pas intervenu ! Et après, alors que vous saviez qu'elle n'avait fait que se défendre, vous avez menti à la police !

— J'étais paniqué. Je croyais apporter la preuve d'une liaison adultère, et voilà que j'avais photographié un meurtre. Une fois le choc passé, j'ai foncé chez Milicent Byden. Je l'ai tirée du lit au beau milieu de la nuit pour lui expliquer ce qui s'était passé. Elle m'a dit de ne pas m'inquiéter, d'attendre un jour ou deux avant d'aller trouver les flics. Je devais leur dire ce que j'avais vu, sans chercher à interpréter la scène. Et ce que j'avais vu, Milicent Byden me l'a dicté : une femme, vêtue de façon provocante, qui avait accueilli son amant chez elle. Ils avaient pris un verre, s'étaient embrassés, puis s'étaient disputés. La femme était montée dans sa chambre, il l'avait suivie pour lui présenter ses excuses, et dans un accès de jalousie elle l'avait tué d'un coup de revolver. Cette nuit-là, Milicent Byden m'a versé cinq mille dollars en liquide et m'a promis de m'envoyer tous ses amis qui auraient besoin des services d'un privé.

Livide, Kelsey pressa la main sur son estomac, luttant contre la nausée qui la terrassait. Poings serrés sous la table, Gabriel gronda :

— Vous n'êtes qu'un immonde salaud, Rooney ! Pour quelques milliers de dollars et la promesse d'une clientèle huppée, vous vous êtes rendu coupable de non-assistance à personne en danger, puis de falsification de preuves ! (Comme le détective demeurait silencieux, Gabriel continua :) Mais au fait, pourquoi vous êtes-vous décidé à nous dévoiler tout cela, alors que vous nous avez chassés de votre bureau ce matin ?

— Les choses se corsent. Je n'aime pas être pressuré de tous les côtés. Quand cette affaire éclatera au grand jour, je serai grillé sur le plan professionnel. Je crois que je vais prendre une petite retraite anticipée. Autant me décharger la conscience avant.

— Je me demande, murmura Gabriel en le toisant d'un œil froid, si je vais vous casser la gueule ou vous laisser vivre avec vos remords...

— Je n'ai pas fini, coupa Rooney.

Kelsey, qui était plongée dans ses propres réflexions, releva soudain la tête. La crainte de ce qu'elle allait entendre se lisait sur ses traits. Rooney expliqua :

— Je n'ai plus eu de contact avec Milicent Byden jusqu'au jour où vous avez décidé de faire connaissance avec votre mère. Votre entêtement à demeurer aux Trois Saules lui a fichu les jetons. Et suivant sa bonne habitude, elle est intervenue. Elle voulait vous dégoûter du monde des courses et faire passer Naomi pour une femme complètement amorale. Jeter le doute dans votre esprit.

— Comment comptait-elle s'y prendre ?

— En se servant du passé. Après la mort de Bradley, je lui ai communiqué tous mes dossiers. J'avais fait mon enquête sur cette course truquée. J'avais le nom du complice de Bradley, et je soupçonnais Bill Cunningham d'être mêlé à tout cela. Votre grand-mère a utilisé ces informations.

— Comment ?

— Elle m'a fait rechercher l'ancien associé de Bradley pour l'attirer dans le coin en lui promettant un boulot. J'ignorais de quoi il s'agissait, mais je n'ai pas tardé à le deviner. On aurait dit que l'histoire se répétait. Une course truquée, un cheval mort, la rumeur qui se tournait contre les Chadwick... et contre vous, monsieur Slater ! acheva Rooney en pointant son doigt sur Gabriel. Milicent ne voulait pas que vous approchiez sa petite-fille. Kelsey était censée s'apercevoir que le monde des courses était une mafia et rentrer dare-dare au bercail.

Les yeux emplis de larmes brûlantes, Kelsey intervint :

— Êtes-vous en train de me dire que ma grand-mère est à l'origine de la mort d'Orgueil ? Et... mon Dieu ! de celle de Mick aussi ?

— La mort du vieux palefrenier était un dérapage. Votre grand-mère m'a passé un savon en l'apprenant, comme si j'étais responsable ! Mais la mort du cheval, elle l'avait préméditée. Tout cela faisait partie de son plan pour vous donner une bonne leçon.

Le regard de Kelsey devint vague.

— Ainsi, tout est ma faute... murmura-t-elle.

— Vous êtes l'héritière de la lignée Byden. Et Milicent Byden hait votre mère depuis toujours. Elle voulait la détruire tout en vous manipulant. Elle a prêté assez d'argent à Cunningham pour qu'il puisse acheter Big Sheba et l'a convaincu de s'acoquiner avec son homme de main.

— Lipsky ! s'exclama Gabriel dans un souffle.

Rooney secoua la tête.

— Non, monsieur Slater. Lipsky n'était qu'un intermédiaire dans cette affaire. Cunningham et son complice se sont juste servis de la rancœur qu'il éprouvait à votre égard. Tout comme ils se sont servis du désir de vengeance de Reno.

— Mais alors, qui est ce fameux complice ? demanda Kelsey.

Rooney fixait Gabriel. Un sourire étira ses lèvres quand il le vit serrer les mâchoires.

— Oui, monsieur Slater. Vous avez compris. Votre père connaissait Alec Bradley de longue date quand il a accepté de lui donner un coup de main en 1973. Et quand je l'ai retrouvé, il n'a pas hésité une seule seconde à reprendre du service. Pour l'argent, bien sûr, et aussi afin d'assouvir une vengeance personnelle envers Naomi. J'ignore pourquoi, mais il avait ses raisons, Milicent les siennes, et ils se sont associés.

Kelsey pressa le bras de Gabriel en tournant vers lui un visage désolé.

— Oh, Gabriel, quel gâchis ! Toutes ces magouilles, ces vies détruites... à cause de moi !

La mine sombre, il répliqua :

— Ne dis pas n'importe quoi. Mon père n'avait pas besoin de prétexte pour agir. Il a toujours répandu le mal autour de lui. (Dominant à grand-peine la rage qui bouillonnait en lui, il reporta son attention sur Rooney :) J'avais donc raison de le soupçonner de s'être attaqué à Kelsey, le jour où Quitte ou Double a failli être blessé ou pire. Ce que je ne comprends pas, c'est comment il s'est introduit sur la propriété. Un vigile surveillait l'entrée des écuries, et trois autres patrouillaient autour de la maison.

Rooney vida son troisième gin tonic et le reposa sur la table d'un geste brusque.

— Vous vous trompez encore, monsieur Slater. Après toutes ces années, vous devriez savoir que votre père ne se résout à exécuter les basses besognes qu'en dernier recours. Ce qu'il aime, c'est soudoyer, pervertir, manipuler son entourage.

— Vous voulez dire que, là encore, il a bénéficié de complicités ? s'écria Kelsey avec incrédulité.

Le détective se leva avec un haussement d'épaules.

— Tirez-en les conclusions que vous voudrez. Moi, j'en ai terminé avec cette affaire.

28

Sur le chemin du retour, Kelsey demanda à Gabriel d'arrêter la voiture quelques instants. Là, elle put sangloter tout son saoul contre l'épaule de son compagnon, jusqu'à ce que les larmes se tarissent et qu'elle puisse de nouveau réfléchir sainement.

— Mon Dieu, quand je pense que nous sommes mêlés à ça depuis le début ! murmura-t-elle d'un ton effaré.

— Cesse de te culpabiliser.

— Je ne me culpabilise pas. Je suis juste furieuse d'avoir été manipulée. Grand-mère ne me considère pas comme sa petite-fille, juste comme une héritière. Mon père a-t-il compris qu'il n'avait été qu'un pion entre ses mains, lui aussi ? Qu'elle était somme toute responsable de son divorce ? Évidemment, à côté du reste, c'est un détail... (La jeune femme releva la tête pour plonger son regard dans celui de Gabriel.) Tu vas te mettre à la recherche de ton père, n'est-ce pas ?

— Oui.

— Je t'en prie, laisse Rossi s'en occuper ! C'est un homme dangereux !

— Avant d'aller trouver la police, il nous reste un détail à régler, non ?

Kelsey hocha gravement la tête.

— Oui ; mettre ma mère au courant. Et franchement, je ne sais pas par où je vais commencer...

— Je vais te déposer chez elle avant de retourner à Longshot. J'ai moi-même une petite vérification à faire. Je passerai te prendre demain matin et nous irons voir Rossi.

Quand la Jaguar s'arrêta devant Les Trois Saules, la nuit était tombée depuis longtemps. Kelsey embrassa Gabriel avant de remonter lentement vers la maison. La perspective de raconter à Naomi la confession de Rooney la paralysait presque. Comment sa mère réagirait-elle en apprenant qu'elle devait ses années de prison à une infâme machination ourdie par Milicent Byden ?

Mais Kelsey avait tort de s'angoisser à l'avance car Gertie, qu'elle découvrit dans le salon devant la télé, lui annonça que Naomi s'était couchée tôt en raison d'une forte migraine, et qu'elle avait absorbé un somnifère pour mieux récupérer.

— Quant à Channing, il est sorti avec Matt Gunner qui partait accoucher la jument des Williams, précisa encore la gouvernante. J'ai laissé la porte ouverte pour qu'il puisse rentrer tout à l'heure. J'espère qu'ils auront terminé avant l'aube.

Kelsey soupira.

— Bon, eh bien, je crois que je vais aller me coucher, moi aussi. Vous montez, Gertie ?

— Je vais d'abord vider le lave-vaisselle. Ne m'attendez pas, mon chou. Vous avez l'air épuisé.

Kelsey acquiesça en étouffant un bâillement. Elle n'avait pas mangé, mais les révélations de Rooney lui avaient coupé tout appétit. Elle se résolut donc à regagner sa chambre. Après tout, c'était sans doute mieux ainsi. Une bonne nuit de sommeil lui donnerait du courage. Elle en aurait besoin pour sa confrontation avec Naomi le lendemain.

Parvenu à Longshot, Gabriel se rendit directement aux écuries. Apercevant la fenêtre éclairée au-dessus de la sellerie, il emprunta l'escalier de bois et pénétra dans le bureau de Jamison sans prendre la peine de frapper.

À son entrée, l'entraîneur releva les yeux des documents qu'il consultait.

— Gabriel ? Que faites-vous ici à cette heure ?

En silence, Gabriel s'installa sur une chaise face à Jamison. Un long moment, il étudia le visage fatigué de son vis-à-vis. Puis enfin, il se décida à prendre la parole :

— Vous étiez très proche de Benny Morales, n'est-ce pas, Jamie ?

— En effet. Nous avons collaboré quand Benny est venu travailler pour Cunningham. Son suicide m'a beaucoup peiné. Quand je pense que son fils a commis le même acte vingt ans plus tard !

— Pourtant, c'était en partie votre faute si Benny s'est suicidé.

Jamison se dressa en blêmissant.

— Que voulez-vous dire ? se récria-t-il.

— Ne faites pas semblant de ne pas comprendre ! répliqua Gabriel d'une voix sèche. À l'époque, Cunningham vous harcelait pour que vous obteniez des résultats. Ses chevaux se faisaient toujours battre au poteau par ceux des Chadwick. Alors, quand mon père vous a contacté, vous avez vu le moyen d'aider la chance. Et vous avez embarqué Benny dans cette histoire de course truquée.

— Vous êtes fou !

— Oh que non ! Je commence enfin à y voir clair, au contraire ! Vous avez demandé à Benny de doper son cheval. Soit la fraude passait inaperçue et vous remportiez la course, soit on la découvrait et vous en profitiez pour faire accuser les Chadwick. Osez le nier !

Mais Jamison ne cherchait plus à protester. Il s'était effondré sur son bureau, la tête entre les mains.

— Je traversais une mauvaise passe, avoua-t-il à voix basse. Aucun de mes chevaux n'arrivait placé. Ma réputation en pâtissait, je ne savais plus quoi faire...

Sa phrase s'acheva dans un sanglot. Implacable, Gabriel reprit :

— Et dernièrement, quand mon père vous a demandé d'empêcher Double de participer au prix de Belmont, vous avez de nouveau accepté. Que vous a-t-il promis, cette fois ? De l'argent ?

— Non, je vous jure que non ! Mais il m'a fait chanter, Gabriel ! Il m'a dit que si je ne suivais pas ses ordres, il irait tout raconter et me grillerait auprès de la profession tout entière ! Je... je souhaitais monter ma propre écurie une fois à la retraite. Je ne pouvais pas me permettre de prendre ce risque ! Alors j'ai obéi. J'étais coincé ! Je devais injecter à Double une dose mortelle d'acépromazine. C'est Cunningham qui avait fourni la substance à votre père. La veille du départ pour New York, je me suis glissé dans les écuries et...

La voix de Jamison se fêla. Serrant les poings, Gabriel accusa :

— C'est vous qui avez assommé Kelsey !

— Quand elle est entrée dans le box, j'ai paniqué. Tout allait de travers. Après, votre père m'est tombé dessus. Il ne voulait pas que vous remportiez la Triple Couronne. Ça le débectait. Mais finalement il a changé d'avis. Il m'a demandé de doper le cheval avant le prix de Belmont de façon à le faire disqualifier par la suite. J'avais peur de lui, j'ai accepté. Mais au dernier moment, je n'ai pas fait ce qu'il me demandait. Les choses avaient été trop loin, j'avais déjà assommé deux personnes, je ne voulais plus tremper dans ces magouilles, même s'il devait me dénoncer...

Gabriel se dressa d'un bond et saisit Jamison à la gorge.

— Je pourrais vous tuer pour ce que vous avez fait à Kelsey ! hurla-t-il en resserrant sa prise.

Affolé, Jamison tenta de se dégager.

— Je ne l'ai pas vraiment blessée, Gabriel ! Juste une petite bosse. Et depuis, je m'en veux tellement ! Ça me soulage plutôt que vous soyez au courant. Rich peut bien dire ce qu'il veut maintenant, je m'en fiche !

— Pourquoi, il est revenu vous voir ? s'exclama Gabriel en libérant soudain l'entraîneur.

Celui-ci s'écroula sur sa chaise en frottant son cou meurtri.

— Il y a une heure à peine, avoua-t-il. Il était hors de lui, et saoul comme un cochon. Il racontait n'importe quoi, que vous aviez lancé les flics à ses trousses, qu'il allait se venger, mettre le feu aux écuries. J'ai réussi à l'en dissuader en lui disant que des vigiles surveillaient les environs. Il est parti, mais Dieu sait ce qu'il avait en tête !

Gabriel se leva.

— Vous êtes viré, Jamie. Faites vos valises et déguerpissez cette nuit même.

Il sortit, claquant la porte derrière lui. Par mesure de prudence, il alla faire un tour aux écuries. Là-bas, tout était calme. Les vigiles n'avaient rien noté d'anormal. Pourtant Gabriel n'était qu'à moitié rassuré. Rich Slater n'était pas du genre à laisser tomber. Il en voulait mortellement à son fils, et dans la folie destructrice qui s'était emparée de lui, il ne connaissait plus aucune limite.

Que pouvait-il bien mijoter ? Où frapperait-il la prochaine fois ? Ces questions se bousculaient dans la tête de Gabriel.

Soudain il se figea, et son visage devint d'une pâleur de cire. Une horrible prémonition s'emparait de lui. N'ayant pu s'attaquer à ses chevaux, Rich chercherait à s'en prendre à ce qu'il avait de plus cher.

Kelsey !

La seconde suivante, Gabriel courait vers sa voiture.

Gertie finissait de ranger la vaisselle lorsqu'elle perçut le grincement de la porte d'entrée. Un sourire apparut sur son visage. Channing avait à peine eu le temps de grignoter un morceau avant de suivre Matt Gunner. Maintenant, il devait être affamé. Mieux valait lui préparer un rapide en-cas plutôt que de le laisser dévaliser le frigo et mettre la cuisine dans un état épouvantable.

— Je parie que vous avez l'estomac dans les talons, monsieur Channing ! lança-t-elle en entendant un bruit de pas se rapprocher dans son dos.

Elle n'eut pas le temps de se retourner. Une douleur fulgurante explosa dans son crâne. Avec un petit cri, elle s'effondra sur le sol et perdit connaissance.

Satisfait, Rich Slater baissa les yeux sur sa victime qu'il venait d'assommer à l'aide de son propre rouleau à pâtisserie.

À l'étage, Kelsey, qui venait de se mettre au lit, se redressa brusquement, l'oreille aux aguets. Un bruit sourd venait de résonner dans la maison, suivi d'une légère plainte. Que se passait-il ?

Inquiète, elle rejeta les couvertures et se glissa hors de la pièce pour descendre l'escalier. Son attention fut tout de suite attirée par la lumière qui s'échappait de la cuisine.

J'espère que Gertie n'est pas malade, songea-t-elle en s'approchant.

Mais ce ne fut pas la gouvernante qui apparut soudain dans l'encadrement de la porte.

— Bonsoir, ma jolie ! murmura Rich en l'accueillant d'un sourire carnassier.

29

Pétrifiée, Kelsey dévisagea cet inconnu dont le regard si bleu la jaugeait avec insolence. Enfin elle balbutia :

— Vous... vous êtes le père de Gabriel !

— Il y a un air de famille, hein ? Les dames disent toujours que nous formons une sacrée paire, lui et moi. Et toi, tu es encore plus jolie de près que de loin ! Je comprends que mon fiston te tourne autour.

La voix pâteuse fit frémir la jeune femme. De toute évidence, cet homme était ivre ! De plus, la lueur bestiale qu'elle lisait dans son regard lui faisait peur. Sans aucun doute, il avait l'esprit dérangé...

— Que voulez-vous ? demanda-t-elle. Et où est Gertie ?

Comme elle esquissait un mouvement en direction de la cuisine, Rich lui saisit vivement le bras. Mais elle eut le temps d'apercevoir le corps de la gouvernante prostré sur le carrelage. Son cri s'étouffa dans sa gorge. Rich venait de la bâillonner.

Tandis qu'elle se débattait, il l'entraîna dans le salon et, du coude, alluma le plafonnier.

— Tiens-toi tranquille ou je te tords le cou ! grondat-il en la jetant sur le canapé. Et après, j'irai régler son compte à ta charmante mère qui dort là-haut. Ça fait une heure que je fais le guet dehors, et je sais que vous êtes seules ici. Ton frère est parti avec le véto, et Gabriel est rentré chez lui. Alors tu vois, je te conseille de ne pas me mettre en boule.

— Que... Que voulez-vous ?

— Avoir une petite conversation avec toi. Mais commence donc par me servir un whisky. J'ai la langue sèche !

Tâchant de dissimuler sa peur, Kelsey se leva lentement et s'avança vers le bar. D'une main tremblante, elle entreprit de remplir un verre.

— Alors comme ça, mon fils a décidé de faire de toi une honnête femme ? lança Rich, goguenard. Je l'ai vu, l'autre jour, t'offrir cette bague dans le parking. Nous allons faire partie de la même famille, toi et moi. C'est pas magnifique ? N'empêche que ta grand-mère doit être drôlement furax !

Sans répondre, Kelsey lui tendit le verre de whisky dont il s'empara d'une main avide. Son esprit fonctionnait à toute allure. L'homme titubait, ses réflexes étaient déjà amoindris. S'il buvait encore, elle trouverait peut-être l'occasion de lui échapper.

— Alors, tu ne dis rien à ton futur beau-papa ? insista Rich après avoir bu une longue gorgée. Tu es bien comme ta mère, tiens ! Une garce froide et imbue d'elle-même !

Kelsey tressaillit, toute peur envolée.

— Je vous interdis d'insulter ma mère, espèce d'ivrogne !

La gifle que lui assena Rich la prit par surprise et elle vit trente-six chandelles. L'air mauvais, il l'agrippa par le revers de sa chemise de nuit qui se déchira.

— Je ne permets jamais à une femme de me parler sur ce ton ! gronda-t-il. Tu crois que tu peux me traiter comme une merde parce que tu es une Chadwick ? Mais les morveuses dans ton genre, je sais les dresser, moi !

Sans la lâcher, il vida son verre qu'il laissa ensuite tomber sur la moquette. Puis sa main libre vint encercler le cou de la jeune femme.

— Je crois que je vais m'amuser un peu avec toi avant de te donner la leçon que tu mérites, grommela-t-il en faisant glisser ses doigts sur la gorge frémissante de Kelsey.

Celle-ci sentit la panique la gagner. Cet homme était fou ! Il allait la violer, puis la tuer sans merci. Elle devait absolument lui échapper !

Dans un sursaut de tout son être, elle se rejeta en arrière et brandit la bouteille de whisky qu'elle tenait toujours. Cette massue improvisée atteignit Rich à la tempe. Sonné, il vacilla et porta les deux mains à son front en proférant une bordée de jurons.

Sans perdre une seconde, Kelsey s'élança hors de la pièce. Lorsqu'elle atteignit l'escalier, elle entendit Rich se lancer à sa poursuite. Dans sa hâte, elle se tordit le pied, tomba sur les marches, puis se releva, galvanisée par la peur. Parvenue sur le palier, elle s'empara d'un vase posé sur un pilier et le lança de toutes ses forces dans les jambes de Rich. Le récipient explosa avec fracas, retardant son poursuivant de quelques précieuses secondes. Kelsey en profita pour s'engouffrer dans le couloir.

À la volée, elle ouvrit la porte de la chambre de Naomi et la claqua derrière elle, avant de donner un tour de clé. Le souffle court et le cœur battant la chamade, elle se précipita vers le lit :

— Oh, maman, réveille-toi ! Il va nous tuer !

Frénétique, elle secoua sa mère endormie. Celle-ci ouvrit enfin les yeux et posa un regard embrumé sur sa fille, qui se souvint alors avec désespoir que Naomi avait absorbé un somnifère avant de se coucher.

— Kelsey ? Que... Que se passe-t-il ?

— Maman, lève-toi ! Il arrive !

— Mais... qui ?

Kelsey poussa un cri perçant comme un bruit sourd retentissait de l'autre côté du battant. Rich tentait de défoncer la porte à coups d'épaule.

— Elle ne tiendra pas ! Ô mon Dieu, où est ton revolver ? Je sais que tu en gardes un dans ta chambre !

Sans attendre la réponse, Kelsey se rua vers la table de chevet, tandis que sur la porte les coups redoublaient. Fébrile, elle tâtonna dans le tiroir et, avec un soulagement incommensurable, sentit soudain sous ses doigts le contact froid du métal.

Au moment où le verrou cédait, Kelsey pivota sur elle-même, l'arme braquée sur Rich. La détonation retentit et les vibrations remontèrent jusque dans son bras. Devant elle, Rich s'arrêta net, la main crispée sur sa poitrine ensanglantée. Puis, les yeux écarquillés de stupeur, il chancela, avant de s'effondrer sur le sol.

Alors seulement, Kelsey comprit qu'elle venait de presser la détente.

Hagarde, Naomi fixait le corps recroquevillé au pied du lit.

— Alec... C'est Alec... balbutia-t-elle.

Lentement, Kelsey posa l'arme fumante sur le plateau de la table de nuit.

— Non, ce n'est pas Alec, s'entendit-elle répondre d'une voix désincarnée. C'est le père de Gabriel. J'ai tué le père de Gabriel.

— Mais... que fait-il là ? Comment est-il entré dans la maison ? Je... Je n'y comprends rien !

Kelsey s'assit sur le lit pour prendre les mains de sa mère entre les siennes.

— C'est une longue histoire, maman...

Elle s'interrompit, comme un bruit de pas précipités montait de l'escalier. La seconde suivante, Gabriel débouchait dans la chambre, fou d'inquiétude car il venait de trouver Gertie affalée sur le sol de la cuisine et gémissant doucement. S'arrêtant pile sur le seuil, il embrassa la scène du regard. Son père gisait à terre, dans une mare de sang. Kelsey et Naomi, mains jointes, se faisaient face sur le lit. Sur la table de chevet, un revolver était posé...

L'apercevant, Kelsey se leva d'un bond pour se jeter dans ses bras. Il l'étreignit avec passion, tandis qu'elle laissait enfin libre cours aux sanglots qui menaçaient de l'étouffer. Puis, relâchant son étreinte, il s'agenouilla pour examiner le corps inerte de son père.

— Il est... mort ? s'enquit Kelsey d'une voix chevrotante.

— Oui. Et je ne peux pas dire que je le regrette. Si cette brute vous avait fait du mal...

Il laissa sa phrase en suspens et enlaça de nouveau la jeune femme qui enfouit son visage contre sa poitrine. Un long moment, il la berça en lui embrassant les cheveux et en lui murmurant des paroles apaisantes. Puis la voix de Naomi les fit revenir à la réalité :

— Il faut appeler la police.

Une demi-heure plus tard, la maison grouillait de policiers. Réunis dans le salon, devant la fenêtre, Kelsey, Naomi et Gabriel regardèrent partir l'ambulance qui emmenait Gertie à l'hôpital. La gouvernante avait repris ses esprits et son état ne paraissait pas préoccupant. Néanmoins elle allait passer des radios et demeurer en observation quelque temps.

Naomi venait de se servir un verre de cognac lorsque le lieutenant Rossi fit son entrée dans la pièce. Aussitôt elle s'avança vers lui, très droite, son visage ne trahissant aucune émotion.

— Avant toute chose, lieutenant, sachez que c'est moi qui ai tué Rich Slater, dit-elle d'une voix qui ne tremblait pas.

Kelsey, qui était blottie dans les bras de Gabriel, sursauta en protestant :

— Mais maman...

— Tais-toi ! lui enjoignit vivement Naomi, avant de continuer à l'intention du policier : Cet individu s'est introduit dans la maison et s'est attaqué à ma fille.

Elle est venue se réfugier dans ma chambre. Je garde un revolver dans le tiroir de ma table de chevet, et quand il est entré à son tour je lui ai tiré dessus. Vous trouverez d'ailleurs mes empreintes sur l'arme. Voilà, je suis à votre disposition, lieutenant.

Avant que Rossi n'ait le temps de piper mot, Kelsey s'interposa :

— Ce n'est pas du tout comme ça que ça s'est passé ! Je vais vous dire...

— Ne l'écoutez pas, lieutenant ! coupa Naomi. Elle raconte n'importe quoi, elle est encore sous le choc.

— Mais maman...

— Tais-toi, Kelsey ! Je ne veux pas que tu passes par tout ce que j'ai subi. Tu ne sais pas ce que c'est... les interrogatoires... les cellules... Laisse-moi régler cela, je t'en prie !

Kelsey secoua la tête et, les larmes aux yeux, prit sa mère dans ses bras.

— Oh, maman ! Tu n'as pas besoin de te sacrifier ainsi ! Je n'ai pas eu le temps de tout t'expliquer, mais tout va s'arranger maintenant.

Sans comprendre, Naomi la dévisagea avec angoisse. Le lieutenant Rossi intervint alors :

— Tout cela me paraît très compliqué. Mais si je comprends bien, vous avez des révélations à nous faire, madame Byden ?

Kelsey hocha la tête. Lentement, elle gagna le centre de la pièce pour s'asseoir sur le canapé. Puis, prenant une profonde inspiration, elle déclara :

— Voilà. Tout a commencé il y a vingt-trois ans...

30

La rosée du matin étincelait sur l'herbe. Installée sur une chaise dans le patio, Kelsey regardait le paysage qui, bientôt, serait réchauffé par les rayons flamboyants du soleil.

Aux écuries, on s'activait déjà à nettoyer les box et à remplir les mangeoires. Kelsey s'accordait encore quelques minutes à profiter du paysage avant de commencer sa journée de travail.

La baie vitrée coulissa derrière elle et elle accueillit Naomi d'un sourire.

— Comment va Gertie ?

— Mieux. Elle n'arrête pas de bougonner, ce qui est un signe de bonne santé. Elle s'ennuie dans son lit, mais je l'ai menacée de la renvoyer si jamais elle osait se lever. Et toi, comment te sens-tu ?

— Plutôt bien, après une nuit aussi agitée ! Ma joue me fait encore un peu mal, c'est tout, répondit Kelsey en frôlant l'ecchymose bleuâtre qu'avait laissée sur sa peau la gifle de Rich Slater.

— Quand je pense à ce qu'il t'aurait fait si tu n'avais pas réussi à lui échapper !

Frissonnant de peur rétrospectivement, Naomi prit place dans la chaise longue voisine.

— J'ai un peu l'impression d'avoir vécu un cauchemar, murmura Kelsey. Je sais que j'ai tué un homme, pourtant je n'arrive pas à éprouver le moindre remords.

— Il ne manquerait plus que ça ! Il nous aurait tuées toutes les deux, sans s'embarrasser de scrupules, lui ! Cet homme était un véritable démon. Bizarre, je ne me souvenais même pas de lui. J'ai dû le croiser deux ou trois fois à l'hippodrome, pourtant je ne l'aurais jamais reconnu. Et dire qu'il est responsable d'événements qui ont complètement bouleversé ma vie !

— En partie seulement. Il n'était que la main qui exécute.

— Pas tout à fait, puisque en s'en prenant à nos chevaux, puis à nos personnes, il assouvissait une vengeance personnelle.

Kelsey se rembrunit.

— N'empêche que c'est grand-mère qui est l'instigatrice de cette machination. Elle s'est servie d'Alec Bradley, de Rich Slater, de Cunningham, de Rooney, et indirectement de Reno et de Jamison. C'est elle qui tirait toutes les ficelles. Je n'arrive toujours pas à comprendre qu'elle ait entrepris tout cela simplement pour préserver le nom des Byden ! Et je suis sidérée que tu aies décidé de ne pas te retourner contre elle...

— Bah, qu'y gagnerais-je ? L'affaire est classée maintenant. Slater a payé de sa vie ses méfaits, Cunningham va avoir la commission des courses sur le dos, Rooney se fera un jour ou l'autre coincer par Interpol... Quant à Milicent, elle finira sa vie toute seule, abandonnée par ceux qu'elle a si bien su manipuler. C'est une punition suffisante, à mon sens. Toi, tu vas épouser Gabriel et habiter à deux pas de chez moi. Et moi, j'ai Moïse. Que pourrais-je demander de plus ?

Kelsey hocha la tête en silence. Son regard croisa celui de sa mère et elle sentit une émotion puissante lui gonfler le cœur.

— Je t'aime, maman, chuchota-t-elle en saisissant la main de Naomi.

— Je sais.

Le bruit d'un moteur de voiture leur fit soudain tourner la tête.

— C'est sans doute Gabriel, murmura Kelsey en se levant. Je vais l'accueillir.

— Je t'accompagne.

Côte à côte, les deux femmes contournèrent la demeure. La Jaguar était garée devant le porche. Kelsey vit Gabriel sortir du véhicule, puis son regard s'agrandit de surprise en apercevant le passager qui s'extirpait à son tour de l'habitacle.

— Papa ?

Elle courut se jeter dans ses bras. Avec émotion, Philip Byden l'embrassa.

— Ce garçon m'a tiré du lit aux aurores, expliqua-t-il en désignant Gabriel. Il m'a tout expliqué durant le voyage. Ma petite fille, je frémis à l'idée de ce qui aurait pu t'arriver !

— Tout va bien, papa, je t'assure. Je comptais te téléphoner, mais Gabriel a été plus rapide. Je suis si contente que tu sois venu !

Le regard de Philip quitta le visage de sa fille pour se porter sur celui de Naomi, qui était restée en retrait. Une expression douloureuse traversa les traits du professeur.

— Bonjour, Naomi.

— Bonjour, Philip. Tu as l'air en forme.

— Toi aussi.

Un silence embarrassé retomba sur cet échange banal. Désespérément, Kelsey chercha le moyen de détendre l'atmosphère.

— Euh, papa... Channing est aux écuries. Tu veux m'accompagner là-bas ? Ça lui ferait plaisir...

— Oui, allez-y, renchérit Naomi. Je suis sûre que vous avez des tas de choses à vous dire.

Mais Philip arrêta d'un geste sa fille qui cherchait déjà à l'entraîner.

— Non. En fait, c'est avec toi que je désire discuter, Naomi. Si tu n'y vois pas d'inconvénient, bien entendu.

— Très bien, acquiesça-t-elle.

Gabriel réagit aussitôt en saisissant le bras de Kelsey.

— Allons faire une petite promenade, suggéra-t-il en l'emmenant à sa suite.

Resté seul en compagnie de Naomi, Philip toussota.

— Je ne sais pas comment commencer, avoua-t-il. Peut-être en te demandant pardon pour ma mère. Je n'ai pas eu le temps de la voir, mais j'ai l'intention de faire une mise au point avec elle le plus vite possible. Seigneur, Kelsey a failli être tuée par sa faute ! Oh, je sais d'avance qu'elle demeurera inflexible, murée dans sa tour d'ivoire. Elle est trop rigide, trop convaincue de son bon droit pour admettre ses torts. Mais cela ne m'empêchera pas de déverser ce que j'ai sur le cœur. Depuis toujours, je l'ai laissée régenter ma vie et celle des gens que j'aime. J'ai péché par faiblesse, par médiocrité. Pourras-tu jamais me pardonner, Naomi ?

— Je ne t'en veux pas, Philip. Tout est terminé.

— Je t'ai laissée tomber durant toutes ces années...

— Tu t'es bien occupé de Kelsey. Tu en as fait une jeune femme équilibrée, pleine de joie de vivre. Pour cela, je ne te remercierai jamais assez...

La voix de Philip se brisa.

— Oh, je voudrais tellement réparer tout ce mal... effacer toutes ces années perdues... Mais c'est impossible !

— En effet, convint Naomi d'un ton tranquille. Voilà pourquoi il vaut mieux ne pas s'appesantir sur le passé. (Un sourire très doux apparut sur ses lèvres.) À présent, j'ai tout ce que je souhaite dans la vie : un métier passionnant, un homme qui m'aime et une fille qui fait ma joie chaque fois que je lève les yeux sur elle.

— Elle te ressemble, dit simplement Philip en regardant son ex-femme droit dans les yeux.

Naomi poussa un long soupir, avant de s'approcher.

— Tu sais, je me suis souvent demandé ce que j'éprouverais si je te revoyais un jour, confessa-t-elle en frôlant de la main le bras de Philip.
— Et alors ? s'enquit-il nerveusement.
— Je suis heureuse. Très heureuse.

— Qu'est-ce qu'ils peuvent bien se raconter ? murmura Kelsey avec anxiété, tout en surveillant à la dérobée ses parents debout devant le porche.
— Bah, cela ne te regarde pas. Laisse-les faire la paix, rétorqua Gabriel en l'entraînant vers les pâturages où s'ébrouaient les poulains.
Kelsey ne put s'empêcher de jeter un dernier coup d'œil par-dessus son épaule.
— Papa a l'air si triste ! remarqua-t-elle avec compassion.
— Son univers bien tranquille vient de s'écrouler. Il ne sera peut-être plus le même homme qu'avant, mais il s'en remettra. Fais-lui confiance.
— Je compte sur Candice pour le soutenir dans cette épreuve.
Ils s'immobilisèrent près de la barrière de bois blanc qui clôturait la prairie, et Gabriel passa son bras autour des épaules de la jeune femme. Un long moment, ils admirèrent les chevaux qui venaient se désaltérer à l'abreuvoir.
— J'aime cet endroit, déclara enfin Kelsey à mi-voix. J'en vénère chaque brin d'herbe, chaque motte de terre. Pense un peu aux champions que nous allons élever, Gabriel !
— Tu parles des chevaux ? répliqua-t-il avec malice.
Elle secoua la tête en riant.
— Pas seulement. Tu es d'accord ?
— Entièrement !
Il demeura songeur un instant, avant de murmurer :
— Au printemps prochain, le poulain des Trois Saules et de Longshot naîtra. Je me souviendrai toute

ma vie du jour de sa conception. Le jour où j'ai pensé pour la première fois : « J'ai trouvé la femme de ma vie. »

— Et aujourd'hui, je t'appartiens, dit Kelsey en lui nouant les bras autour du cou. Alors, qu'allons-nous faire maintenant ?

— Une nouvelle donne vient d'être distribuée. Tout peut arriver.

Kelsey posa sa bouche contre celle de Gabriel.

— Tout ? répéta-t-elle dans un souffle. Alors, que le meilleur gagne !

Du même auteur aux Éditions J'ai lu

Les illusionnistes (n° 3608)
Un secret trop précieux (n° 3932)
Ennemies (n° 4080)
L'impossible mensonge (n° 4275)
Meurtres au Montana (n° 4374)
Question de choix (n° 5053)
La rivale (n° 5438)
Ce soir et à jamais (n° 5532)
Comme une ombre dans la nuit (n° 6224)
La villa (n° 6449)
Par une nuit sans mémoire (n° 6640)
La fortune des Sullivan (n° 6664)
Bayou (n° 7394)
Un dangereux secret (n° 7808)
Les diamants du passé (n° 8058)
Coup de cœur (n° 8332)
Douce revanche (n° 8638)
Les feux de la vengeance (n° 8822)
Le refuge de l'ange (n° 9067)
Si tu m'abandonnes (n° 9136)
La maison aux souvenirs (n° 9497)
Les collines de la chance (n° 9595)
Si je te retrouvais (n° 9966)
Un cœur en flammes (n°10363)
Une femme dans la tourmente (n° 10381)
Maléfice (n° 10399)
L'ultime refuge (n° 10464)

Lieutenant Eve Dallas
Lieutenant Eve Dallas (n° 4428)
Crimes pour l'exemple (n° 4454)
Au bénéfice du crime (n° 4481)
Crimes en cascade (n° 4711)
Cérémonie du crime (n° 4756)
Au cœur du crime (n° 4918)
Les bijoux du crime (n° 5981)
Conspiration du crime (n° 6027)
Candidat au crime (n° 6855)
Témoin du crime (n° 7323)
La loi du crime (n° 7334)
Au nom du crime (n° 7393)
Fascination du crime (n° 7575)
Réunion du crime (n° 7606)

Pureté du crime (n° 7797)
Portrait du crime (n° 7953)
Imitation du crime (n° 8024)
Division du crime (n° 8128)
Visions du crime (n° 8172)
Sauvée du crime (n° 8259)
Aux sources du crime (n° 8441)
Souvenir du crime (n° 8471)
Naissance du crime (n° 8583)
Candeur du crime (n° 8685)
L'art du crime (n° 8871)
Scandale du crime (n° 9037)
L'autel du crime (n° 9183)
Promesses du crime (n° 9370)
Filiation du crime (n° 9496)
Fantaisie du crime (n° 9703)
Addiction au crime (n° 9853)
Perfidie du crime (n° 10096)
Crimes de New York à Dallas (n° 10271)
Célébrité du crime (n° 10489)

Les trois sœurs
Maggie la rebelle (n° 4102)
Douce Brianna (n° 4147)
Shannon apprivoisée (n° 4371)

Trois rêves
Orgueilleuse Margo (n° 4560)
Kate l'indomptable (n° 4584)
La blessure de Laura (n° 4585)

Les frères Quinn
Dans l'océan de tes yeux (n° 5106)
Sables mouvants (n° 5215)
À l'abri des tempêtes (n° 5306)
Les rivages de l'amour (n° 6444)

Magie irlandaise
Les joyaux du soleil (n° 6144)
Les larmes de la lune (n° 6232)
Le cœur de la mer (n° 6357)

L'île des trois sœurs
Nell (n° 6533)
Ripley (n° 6654)
Mia (n° 8693)

Les trois clés
La quête de Malory (n° 7535)
La quête de Dana (n° 7617)
La quête de Zoé (n° 7855)

Le secret des fleurs
Le dahlia bleu (n° 8388)
La rose noire (n° 8389)
Le lys pourpre (n° 8390)

Le cercle blanc
La croix de Morrigan (n° 8905)
La danse des dieux (n° 8980)
La vallée du silence (n° 9014)

Le cycle des sept
Le serment (n° 9211)
Le rituel (n° 9270)
La Pierre Païenne (n° 9317)

Quatre saisons de fiançailles
Rêves en blanc (n° 10095)
Rêves en bleu (n° 10173)
Rêves en rose (n° 10211)
Rêves dorés (n° 10296)

En grand format
L'Hôtel des souvenirs
Un parfum de chèvrefeuille
Comme par magie
Sous le charme

Intégrales
Les frères Quinn
Les trois sœurs

4275

Composition
NORD COMPO

Achevé d'imprimer en Espagne (Barcelone)
par BLACK PRINT CPI
le 20 octobre 2013

Dépôt légal octobre 2013
EAN 9782290080948
OTP L21EPLN001586N001

ÉDITIONS J'AI LU
87, quai Panhard-et-Levassor, 75013 Paris
Diffusion France et étranger : Flammarion